중국소설과 지식의 조우

근대전환기 문학장의 재발견

지은이

정선경(鄭宣景, Jung, Sunkyung) 이화여자대학교 중어중문학과를 졸업하고 연세대학교 대학원에서 문학박사학위를 받았다. 북경대학교 중문연구소에서 연구학자를 역임하고 현재는 이화여자대학교 이화인문과학원 조교수로 재직하고 있다. 중국고전소설과 문화, 동아시아 서사문학과 근대 지식 형성, 비교문학 및 문화에 관심을 가지고 연구하고 있으며, 저서로는 『神仙的時空』(북경, 2007), 『중국고전소설 및 희곡 연구자료 총집』(공저, 2012), 『교류와 소통의 동아시아』(공저, 2013), 『중국고전을 읽다』(공저, 2015), 역서로는 『중국현대문학발전사』(공역, 2015) 등이 있다.

중국소설과 지식의 조우 근대전환기 문학장의 재발견

초판 인쇄 2017년 2월 20일 **초판 발행** 2017년 3월 2일
지은이 정선경 **펴낸이** 박성모 **펴낸곳** 소명출판 **출판등록** 제13-522호
주소 서울시 서초구 서초중앙로6길 15, 1층 **전화** 02-585-7840 **팩스** 02-585-7848
전자우편 somyungbooks@daum.net **홈페이지** www.somyong.co.kr

값 23,000원
ISBN 979-11-5905-153-1 93800
ⓒ 정선경, 2017

이 저서는 2007년 정부(교육과학기술부)의 재원으로 한국연구재단의 지원을 받아 수행된 연구임
(NRF-2007-361-AL0015)

이화인문과학원 인문지식총서 04

중국소설과 지식의 조우

근대전환기 문학장의 재발견

The Encounter of Chinese novel and Knowledge
: Rediscovery of the Literary Field
in the Modern Transition Period

정선경 지음

소명출판

  중국문학사에서 소설에 관한 평가만큼 인식의 편차가 컸던 장르는 없다. 박학잡다한 특성을 지닌 소설은 전근대시기 유가적 질서와 제도 속에서 자신의 위상을 정당하게 설명하지 못했다. 소설은 구국을 위한 사회적 효용성이 강조되던 근대에 이르러서야 최고의 위상으로 평가받았다. 예술성보다 정치성을 앞세웠던 그때는 서구 신지식과 신문명의 유입으로 전통적 질서와 새로운 질서가 충돌하던 시기였다. 전통 지식과 근대 지식이 상호 역동적으로 재구성되던 때, 중국소설의 창작은 폭발적으로 증가했다. 양적 증가와 질적 성숙이 동일하게 나간 것은 아니었으나 계몽지식을 실은 소설은 문학장의 변화를 추동하는 최전방의 장르, 대중문화를 지배하는 새 시대의 주역으로 올라섰다.

  당시는 새롭게 재편되는 국제질서 속에서 민족을 개조하여 문명국가, 문명인의 반열에 오르기 위해 과거의 낡은 것과 멀어져야 했다. 만병통치약이 되어버린 문명개화를 위해서 경쟁하듯 낡은 것을 버리고 새 것을 수용하려 했다. 새로운 지식의 수용은 민족이란 개념조차 모호했던 사람들에게 민족국가 건설을 추동했고 애국계몽을 향한 인식의 전환을 이끌었다. 미신에서 과학으로, 불결에서 위생으로, 문맹에서 문명으로의 구호 아래에 정치·경제·사회 전반의 전통적 질서를 해체하고 근대적 질서를 구축하고자 했다. 교육과 계몽을 앞세운 새로운 지식의 수용은 사회 전반적 패러다임의 전환을 이끌며 근대 학문 형성의 동력이 되었다.

유가경전에 대한 지식을 측정하는 과거제도가 폐지되었고 대학제도가 도입되었다. 지식인들은 더 이상 정계진출을 위해 과거를 준비하지 않았고 새로운 교육기관에서 새롭게 제도화된 학문을 배웠다. 문학·철학·사학의 통합적 지식체계 안에서 사고했던 사람들은 과학과 민주의 깃발 아래 문장은 도를 담아야 한다는 전통적인 '문이재도(文以載道)'와, 서술하나 지어내지 않는다는 '술이부작(述而不作)'의 관념에서 벗어나기 시작했다.

장구한 중국문화의 흐름 속에서 새로운 지식의 수용과 확산은 단순히 무언가를 '아는 것'에 그치지 않았다. 새로운 선택지들이 출현하면서 기존의 것들과 대립하고 경합했다. 새 것이 등장해서 오래된 것을 대체하기도 했고, 옛 것과 조화를 꾀하기도 하면서 사회적인 관계 안에서 부딪치고 갈등했다. 최선의 것이 선택되면서 인식은 전환되었다. 새로운 지식의 형성은 사회문화적 인식의 전환을 추동했고, 인식의 전환은 이전에 없었던 새 것을 잉태하면서 학술문화의 발전을 이끌었다. 지식은 또 다른 문명과 문화를 창조하는 강한 힘을 지녔다.

지식은 사회의 관계망 안에서 가치를 창출한다. 단순히 앎이 아니라 그것을 둘러싼 환경과 관계 맺으며 성장하기에 통시적이고 공시적인 네트워크 속에서 의미가 있다. 지식이 형성되면서 기존의 문제를 해결하지만 동시에 새로운 문제를 야기한다. 문제제기와 해결의 반복되는 과정을 거치며 지식은 두텁게 축적되고 사회는 진보한다. 현재성을 생명으로 하는 정보와 달리, 지식은 과거와 현재, 미래를 관통하는 통시적인 맥락 속에서 존재 의의를 지닌다. 또 공시적으로 널리 보급, 확장되면서 영향력을 강화하고 사회 질서를 변화시킨다.

저자는 중국소설을 매개로 한 인식 전환의 역학적 구조, 즉 지적 체계의 변화와 그 사회적 네트워크를 새롭게 읽어보고 싶었다. 소설이란 렌즈를 통해서 인간이 사회문화와의 관계맺음에서 이룩한 지적 체계와 그 전환의 과정을 살피고 싶었다. 혹시 성공한 근대로 나아가기 위해 오래된 지식과 새로운 지식의 경계에서 전통의 긍정적인 계승을 이루지 못한 것은 아니었을까? 서구발 신지식과 신문명의 적극적인 수용에 편향되어 기존의 것들을 과감히 수장시켜 버린 것은 아니었을까? 낡은 것 중에서 옥석을 가려내어 지혜롭게 대처할 여유가 없었던 시기였음에 공감할 수 없는 바는 아니나 이에 대한 되돌이표 물음은 중국문학을 연구하는 저자에게 오랫동안 묵어온 해결되지 않은 난제였다.

그런데 소설로 지식을 읽겠다니, 이렇듯 허무맹랑한 발상이 어디에 또 있을까? 상상하는 것조차 낯선 이유는 아마도 중국소설이 태생부터 가지고 있는 가치폄하에 관한 뿌리 깊은 인식 때문일 것이다. 말 그대로 '작은 말'에 지나지 않은 '가벼운' 장르에서 무슨 지식을 읽어낸단 말인가? 소설을 쓰는 것 자체가 수천 년 역사 속에서 지식인이 추구해서는 안 될 행위였으니 말이다. 통치에 도움이 되거나 백성을 교화할 도를 담지 못한 작품, 이 천박한 소설을 누가 감히 이름을 내걸고 짓는단 말인가? 그러나 뒤집어 생각하면, 소설은 사실의 기록이어야 할 역사서와 다르고, 만물의 이치와 윤리도덕이 담겨야 할 철학서와 다르다. 소설은 주변의 시시콜콜한 이야기부터 웅혼한 민족의식을 불러일으키는 영웅이야기까지 인간이 살아가면서 타자와 맺는 다양한 관계에서 시작한다. 이질적인 것까지 탄력적으로 포섭하며 삶과 가장 가까운 곳에서 사회와 질서의 변화를 담아낸다. 유동적이고 가변적인 속성을 지닌 소설은 문학적 자장 안에서 지식 체계의 변동과 관련해 민감하게 반응한다. 융화적 흡수력이 뛰어난 본성 덕분에 계몽과 구국이 강조되었던 근대전환기에 소설은 최고의 장르로 평가되었다. 권력과 제도, 이데올로기에 도전하면서 인식의 전환을 이끌었던 소설의 자취는 중국에서 지식의 발전이 부침을 겪었던 행로와 유사하다. 규범지식에서 자연지식으로 확장되던 중국 지식장의 변화는 바로 소설 발전의 굴곡과 묘하게 닮아있다.

양계초가 사회의 각 방면을 개혁하려면 반드시 소설로부터 시작해야 한다고 단언했듯이 — 소설과 정치사회의 인과적 논리를 지나치게 단순화한 한계점을 내포하지만 — 소설은 본질적으로 현실사회와의 불가분적 친연성을 바탕으로 한다. 일정한 좌표에 고정할 수 없는 미끄러지는 속성의 소설은 인간과 세계의 관계 맺음 속에서 사회적 인식의 변화를 섬세하게 포착한다. 지식의 렌즈를 통해 소설을 살펴보는 것은 텍스트 자체의 독립적인 연구에서 벗어나 사회문화와 인식의 전환까지 총체적으로 읽어내는 방식이다. 이것은 텍스트 내부의 고유한 의미와 텍스트 외부에서 작동하는 사회문화적 요소가 서로 반응하는 문학장, 역동하는 문학장에 천착할 수 있다. 경(經)·사(史)·자(子)·집(集) 속에 고립된 폐쇄적인 지식이 아니라 새로운 것의 흡수를 통해 전통과 근대가 대립과 융화를 반복했던 상호 역동적 현실인식의 결과물로서 소설을 다시 들여다보는 작업이다.

전통적으로 고유한 것의 비판적 계승을 염두에 두면서 옛 것과 새 것의 횡단과 통섭의 가능성을 열어둔다. 지식과 소설을 고립적으로 파악하는 것이 아니라 문학장 안에서 뒤엉켜 희석된 지점들을 포착하고 전근대에서 근대로의 전환기에 어떻게 연결되고 차별화되었는지 통찰할 수 있다. 과도의 시대를 살아가던 이들의 인식과 인식 전환의 흐름이 문학사 내에서 통시적으로 어떻게 이어졌고 공시적으로 동시대 다른 문화권의 민족에게 어떻게 재맥락화되었는지 살펴본다.

학문이 지식의 역사를 추적하는 과정이라면 새로운 항들이 삽입되고 기존의 것들이 대체 혹은 변용되는 변화의 지점은 다음 단계의 학문으로 나가는 변곡점이 될 터이다. 전환기 연구가 중요한 것은 역사적 분절점의 좌표를 강조하기 때문이 아니라 전통적 인식과 근대적 인식의 교차, 지적 체계의 연계적 양상과 그 변화의 과정 자체를 담아내기 때문이다. 지식과 소설의 연대를 통해서 변화를 추동한 지적 변수를 읽어내고 변화의 양상과 그 사이의 상호 역동성을 읽어내는 것은 상당히 의미 있는 작업이다.

국내 중국소설 연구자들은 주로 문학사 중심 혹은 특정 주제 중심의 연구를 진행해 왔다. 소설사의 발전과정에서 역사와 허구의 관계, 재현의 문제, 작품의 구성과 형식 문제, 작가와 독자의 문제, 언어 형식의 문제 등에 주목했다. 더욱이 고전문학을 공부하는 연구자들에게 근현대문학은 논외의 범위였고 근현대문학을 공부하는 연구자들에게 고전문학은 연구의 범위 밖이었다. 학문의 기풍과 연구의 풍토가 상이한 이유도 있겠으나 고전과 근현대문학의 갈래를 구분 짓는 학계의 관행은 그 경계에 놓인 작품에 대한 연구를 더디게 만들었다. 고전과 근현대의 '다른' 경계 뿐 아니라 '같은' 경계 속 전환의 지점도 그러했다. 통시적 관점에서 상호 소외적인 연구의 경향은 공시적 관점에서도 유효했기에 학계에서 일국적 차원을 넘어선 사유를 시작한 것도 그리 오래되지 않았다. 얕은 식견으로 한 권의 책 안에 감히 전통과 근대적 사유를 동시에 담으려

한 이유가 여기에 있다. 어떤 글은 진부한 소재를 끌어오기도 했으나 소설과 지식 체계의 관계성에 대한 연구가 소원한 현 학계에서 컨텍스트적 맥락으로 읽어가는 연구는 중국문학장을 역동적으로 새롭게 발견하는 학술적 의미를 지니게 된다. 동아시아학 연구가 긍정적인 힘을 받고 중국의 영향력이 제고되는 현시점에서 중심과 주변의 경계를 통찰하려는 이 책은 학계의 연구지평을 넓히는 가치를 지닐 것이다. 물론 두터운 선행연구의 성과에 엄청난 빚을 지고 있기에 그 감사한 이름들을 일일이 언급하는 것조차 누가 될까 송구스러울 따름이다.

이 책은 지식과 만난 소설을 통해 살필 수 있는 근대전환기 문학장의 변화와 지식 체계의 상호 역동성에 대해 주목한다. 전통시기 중국문학사에서 끊임없이 폄하된 위상으로 평가되다가 근대전환기에 이르러 문학 중 최고의 장르로 격상되었던, 소설이란 분야의 특수성에 주목하여 사회문화적 지적 경험의 지형도를 다시 그려내는데 목적을 두고 있다. 소설이라는 장르의 위상을 추적하는 것이 그러하고, 텍스트에 담겨진 지식체계의 역동성을 살펴보려는 것이 그러하며, 번역을 통해 동아시아 지식 형성과 교류의 장을 재인식하려는 것이 그러하다.

이 책은 크게 세 부분으로 나뉜다. 제1부는 소설담론에 대한 통사적 탐색을 통해서 전형과 변화의 각도에서 본 위상 변천의 문제를 다룬다. 유가적 사유 안에 갇혀있던 소설의 위상이 근대전환기에 공론장으로 이동하는 지적 배경을 검토하고 소설담론에 대한 총체적인 인식의 지형을 보여준다. 유교와 역사에 대한 중국인들의 편향적 자부심이 오랫동안 소설의 위상을 폄하시키는 자생적인 근거가 되어왔고, 제도와 이데올로기 안에서 정당성을 부여받지 못했던 소설은 일부 지식인들의 혜안에도 불구하고 제도권 밖으로 밀려났다. 중화주의가 설득력을 잃어가던 만청 시기, 소설계혁명을 중심으로 전환기 지식사회의 변화를 살펴보고 소설이 제도권 안으로 진입하는 과정을 탐색한다. 급변하는 사회질서의 변동 속에서 다른 어떤 장르보다 문명화된 의식을 담아내기 적절한 장르는 소설이었다. 소설은 어떻게 국민을 계몽시키고 정치사회를 변화시키고 있었는지 근대 지식체계를 사유하는 지평으로서 소설의 위상변천에 주목한다. 중국 내부에서 갈등하고 있던 소설에 대한 학술적 시각들은 서구에서 들어온 새로운 지식을 담아낼 지성적 틀을 구성하는 토대로서 작용했다. 전통시기 타자화된 장르로서의 소설과, 근대전환기 공론장으로 이동하는 소설의 위상에 대한 담론은 제2부와 제3부를 이해하는 전제로 삼는다.

제2부는 변화하고 있는 문학장 안에서 지식의 프레임으로 소설을 읽어내는 방식을 다룬다. 타자화된 소설의 가치를 환기하면서 전통적 질서가 해체되고 재구성되는 과정과 텍스트를 새롭게 읽어가는 독법을 시도한다. 문학사적 전환의 경계에 선 텍스트를 중심으로 행간의 의미와 지식인들의 문학적 수행성을 고찰하면서 문학장의 역동성을 살핀다. 그 과정에서 만들어진 영웅담론, 메타역사적 차원의 문화심리와 지적 변이를 탐색할 것이다. 중국에서 역사기록은 정치적인 행위였고 허구화된 텍스트 이면에는 역사해석의 패러다임이 작동하기 때문이다. 또 근대화라는 이름 아래에 소외되었던 전통적 실증지식은 과거를 경전화시키는 19세기의 독특한 학술문화 속에 재편되어 있었음을 다룬다. 비판적 주체의식과 지적 욕망이 파편화되면서 유기문학의 견문적 지식으로 재구성되어 있음도 살펴본다. 저널의 기능과 역할이 부각되면서 신문잡지에

연재된 소설은 이전 글쓰기와 다른 방식으로 소비되고 유통되었다. 매체와 결합한 소설은 중국역사의 특수한 상황 속에서 사회변혁의 과도기에 형성된 문학장의 역동성을 보여주는데 이전에 일찍이 존재하지 않았던 새로운 문화적 산물임을 밝히고 있다. 지식의 인식론적 패러다임과 역사해석에서 허와 실의 재구성, 19세기 학술제도와 문화의 변화, 지식주체의 자기의식 표출의 방식과 서사의 전환, 20세기 외래지식의 수용과 재편의 문제를 연계적으로 다룬다. 전통적 질서에서 근대적 질서로 넘어가는 문학장의 변화에 대해 통시적으로 살피게 될 것이다.

제3부는 지식형성의 동인으로서 소설번역과 동아시아 근대의 관계에 집중한다. 여기서 번역은 축자적인 언어 간 번역 기술이 아니라 문화와 문명을 설계하는 토대가 된다. 번역은 동서 문화의 다양한 접촉을 통해 새로운 지식이 변용·생산되는 과정이었다. 주목할 것은 문명의 유입과 지식의 창출 과정에서 각국이 처한 환경에 따라 달리 해석되었다는 점이다. 번역에서 필연적으로 부딪히는 언어형식의 문제와 식민/탈식민성의 혼종, 번역가의 과제 문제가 다루어진다. 또 지식인 양성과 교육의 문제, 번역과 계몽의 문제, 지식의 확산과 매체언어의 발견에 있어서 중국소설의 번역은 1900년대, 1910년대, 1920~30년대 각각 어떤 역할을 했는지, 동아시아의 근대를 설계하는데 어떻게 기여하고 있었는지 다룰 것이다.

근대 전환기 동아시아 삼국에서 모두 발견되는 공동의 현상 중 하나는 서구 역사물의 번역이었다. 역사 지식을 번역했던 것은 서양에 대한 단순한 호기심이 아니라 역사적 접근방식을 통해서 자국의 현실적 난관을 해결하고자 했기 때문이다. 따라서 근대를 기획하는 맥락에서 새롭게 변용되었던 영웅전기물 번역도 이 장에 포함시켰다. 대다수의 지식인들이 일본과 서구를 바라보며 새 것에 대한 개혁을 꿈꿀 때 중국문학 번역에 주목했던 양건식과 그의 번역활동을 살피면서 동아시아 지식 교류의 장에서 주변화되었던 가치를 재발견한다. 중국 고전소설 번역에 대해서 시대착오적인 복고가 아닌, 탈식민을 위해 자국의 실정에 맞는 근대성을 타진하려 했던 지식인의 고백을 확인할 수 있다. 지식인들의 현실적 고민과 구국을 위한 모색은 새로운 매체언어의 탄생으로 이어진다. 식민지의 저항의 논리와 침략국의 동화의 논리가 모두 수용되었던 『매일신보』에 연재된 번역소설에서 새로운 글쓰기 방식을 살핀다. 근대매체는 지식이 유통되는 과정에서 문학장의 변화를 추동한 주요 매개였다. 그 자체가 지식이 창출되는 환경인 동시에 대중적 확산과 보급을 이끄는 장이기도 했다. 번역과 매체의 상호 역동성을 연구의 저변에 두고 급변하는 동아시아 문학장에서 지식인들의 교류와 실천적 행위를 다룬다. 나아가 한중문학에서 전통과 근대의 관계를 재정립, 문화 간 접촉과 갈등을 통해 주변화된 것들의 가치를 재고하면서 역사적 친화성을 제거하려던 오해와 편견의 문제를 함께 규명할 것이다.

이화인문과학원 탈경계지식형성 연구팀은 서로 다른 문화권의 텍스트와 소통, 교차하면서 근대지식이 형성되고 지식장이 역동적으로 재구성되는 과정에 집중적으로 천착해 왔다. 근대지식 형성의 동력으로서 담론의 문제, 지식 주체의 문제, 지식 교류와 지식장의 문제 등 근대사회와 지식문화의 상호 유기성을 동아시아적 관계망 속에서 연구해 왔다.

이 책은 동아시아 근대지식의 발생과 변동과정에 대한 다양한 문화적 경험의 지형을 조망하는 과정에서 고민하고 토론한 결실이다. 이는 일관된 문제의식과 주제를 가지고 공동으로 연구해온 이화인문과학원 선생님들의 선행연구의 토대 위에서 가능했다. 저자는 전통과 근대가 만나면서 새 것의 대립항으로 낡은 것이 아니라 새로운 생성을 낳는 동인으로서 전통 텍스트의 근대 지식화에 관해 집중했다. 목표는 원대했고 능력은 미미한지라 방법론의 부재 속에서 좌절과 방황 속에 흘려보낸 시간도 적지 않았다. 암중모색 때마다 고민을 함께 나눠준, 학문적 동지이자 안내자였던 그들의 질정과 격려가 있었기에 오래 묵은 난제에 대한 소견을 책으로 담을 수 있었다. 그들과 학문의 여정을 함께 하고 있으니 참으로 감사하다.

이 책의 어떤 글은 설익고 어떤 글은 너무 치고 나갔다는 비판을 면치 못할 것 같다. 근대전환기 지식인들이 현실과 이상의 괴리에서 치열하게 갈등했듯이, 신성한 목표에 비해 초라한 학문적 역량이 부대낀 흔적으로 남겨지길 바란다. 오랜 시간 내 안에 담겨진 것들을 끄집어내어 마름질하면서 다음 연구로 매진하기 위한 소중한 시간이었음에 또다시 감사한다.

동아시아는 과거 그 어느 때보다도 긴밀한 협동과 상생 속에서 밀접한 관계를 맺으며 성장하고 있다. 그러나 오늘날 동아시아 정세의 불안정함은 절망과 희망이 뒤섞였던 한 세기 전 그 시대와 흡사하다고 이야기한다. 외래문화와 사상들이 유입되고 다양한 권력 관계의 역학구조가 반영되면서 과거와 미래가 공존했던 그때는, 중심과 주변이 해체되면서 혼종문화의 경계에서 살아가는 불확실한 작금에 비견되기 때문이리라.

전통은 근대가 있기에 그 가치가 빛을 발하고, 근대는 전통이 있기에 변화와 혁신의 의미가 배가된다. 전통과 근대는 서로에 대한 긴장관계 속에서 존재론적, 가치론적 정체성을 부여받는다. 끊임없이 상호 성장과 재생한다는 의미에서 '생생불식(生生不息)'이라 할 수 있을까? 전통적인 지식이 굴절, 변화되고 새로운 지식이 생산, 보급되던 근대전환기 문학장을 재해석하는 과정은 지난 세기를 뒤돌아보는 거울이자 21세기 오늘의 삶을 객관적으로 반추하는 토대가 된다. 이 책이 지난 과거 동아시아의 역사적 경험을 확인하고 미래 발전의 방향을 모색하는 작은 실마리가 되길 소망한다.

2017년 1월
정선경

제1부

전형과 변화

지식과 담론, 소설의 위상

전통시기의 문학장

유교와 역사, 타자화된 글쓰기

1. 중국소설을 바라보는 시선

중국전통소설은 신화전설의 시대부터 청대(淸代)에 이르기까지 수천 년간 중국의 전통과 문화를 형성하는데 중요한 역할을 했다. 소설의 개념 및 성격, 정체성에 관한 논의는 중층의 의미를 내포하면서 중국문학사와 비평사에서 일정한 흐름을 차지해 왔다. 그러나 비이성적, 비논리적인 내용과 구성이라는 왜곡된 시선으로 소설의 위상에 대해 폄하시켜 왔다. 가깝게는 중국문화 자체에 대한 개별적인 이해의 측면을 간과하고 근대시기 유입된 서구 사조와 문학론에 대한 무분별한 동경에서 비롯된다. 환상성이 감소하고 현실적, 사실적 요소가 증가한 것을 중국소설사의 발전으로 오인했던 것도 이와 무관하지 않다. 더 근본적인 원인을 소급해 보자면, 중국 자체적으로 형성된 소설에 대한 편견에서 시작할 수 있다. 자국 내에서조차 유가 사상과 실록 사상에 대립된다는 이유로 소설은 자신의 위상에 맞는 합당한 평가를 받지 못했다. 이 책의 첫 장은 전통시기 중국 자생의 소설이론과 정체성에 대해 재고하면서 전근대에서 근대로 이어지는 소설 담론을 이해하기 위한 통사적 토대로 삼고자 한다.

먼저, 소설의 위상 폄하에 관한 외래적인 요인을 간단히 살펴본다면, 서구에서 유입된 과학주의 사고관과 이성주의의 전통에 기준한 편견에서 기인한다. 이것은 근대시기에 유입된 서구 학술사조에 대한 비뚤어진 열등의식과 무관하지 않다.[1] 중국소설의 기원은 환상성[幻]·현묘함[玄]·괴이함[怪]·기이함[奇]·비밀스러움[秘]·비일상적[異]·신령[神]·신선[仙]·영혼[靈]·귀신[鬼]·요괴[妖]·신마[魔]·오묘함[妙] 등의 개념과 밀접하게 연관되어 있다. 이성적 판단으로 이해할 수 없는 이야기, 과학적으로 증명할 수 없는 내용들이 황당한 것, 비현실적인 것으로 간주되어 발달하지 못한, 정체된 문화적 산물로 인식되었다. 문화적 식민주의로 표상될 수 있는 중국소설에 대한 편견들은 동양문화 전반에 대한 억압으로 확대되어 왔으며, 문화적 열등의식을 부추기는 근거가 되어왔다. 다음으로 중국 자체의 내재적 요인을 살펴본다면, 수천 년간 동양사회에 막대한 영향력을 행사해 온 유교 이데올로기와 실록우월주의와 관련되어 있다. 공자가 불가사의한 사건이나 존재에 대해 말하지 않는다고 언

---

1   정재서는 일찍이 오리엔탈리즘과 중화주의에 대한 문제의식을 중국소설론의 차원에서 다루면서 한국의 동양학이 되찾아야 할 권리를 문화론적 시각에서 분석한 바 있다. 정재서, 『동양적인 것의 슬픔』, 살림, 1996 참조.

급한 이후 그에 관한 이야기들은 공식적인 가치를 인정받지 못했다. 역사의 기록은 믿을만한 사실이지만 기이한 사건에 대한 기록은 믿을 수 없는 허황된 것이라고 폄하했다. 사실의 기록은 정통문학의 범주로, 허구서사인 소설은 비정통의 문학으로 구분되었다. 심지어 사회질서를 어지럽히고 백성들의 교화에 해로운 것으로 인식되었다. 현실성이 강한 유교사상과 실록관념은 소설의 위상을 비정통의, 주변적인 것으로 소외시켰다. 이러한 환경에서 소설 작가들은 도덕적인 비난을 피하기 위해 비공개적으로 창작하거나 다른 사람의 이름에 가탁해서 창작했다. 필사의 방식으로 은밀하게 유통시켰던 풍조는 이것을 입증한다.

이상의 요인들은 오늘날 우리가 중국소설을 마주할 때 낯설고 어색한 느낌을 완전히 지울 수 없는 원인이기도 했다. 그러나 서구의 진화론적 관점에서 벗어나고, 중심과 주변이라는 이분법적 위계질서에서 벗어난다면 중국 소설의 정체성에 관해 객관적으로 조망할 수 있다. 정통문학의 뒤편으로 밀려날 수밖에 없었던 사회문화적 배경을 염두에 두면서 중국인들의 내면의식과 중국문학의 예술미학적 특성을 이해할 수 있다. 소설에 대한 탐색은 중국 고유의 문화적 접근에서부터 시작해야 한다.

이상의 문제의식에 입각해서, 중국소설이 시대별로 어떻게 존재했고 평가되었는지 그 위상을 중심으로 살펴볼 것이다. 소설이 그에 합당한 평가를 받을 수 없었던 유교와 실록 위주의 정치사회적 배경에 대해 통사적으로 조망하고 문학 중 최상의 장르로 부상되기까지 문학장의 변화를 설명하고자 한다. 소설에 대한 중국의 자생적 이론은 무엇이 있고, 어떻게 성립해서 전개되었는지 탐색하는 과정은 어떠한 편견 없이 중국소설을 이해하는데 중요하다. 나아가 전통적 지식장 속에서 제도와 언술

체계의 관계성, 문학적 글쓰기를 정당화하는 논리와 기준들에 대해 살펴볼 것이다.

　아래 논의는 환기론(幻奇論)과 허실론(虛實論)으로 대표되는 소설담론을 중심으로 한다. 환기론과 허실론에 관해서는 방정요[2]와 Lu, Sheldon HsiaoPeng[3]의 연구가 선도적이며 이 분야에 중요한 토대를 제공했다. 환기론은 위진남북조 시기에 출현한 환상성을 긍정하려는 담론이고, 허실론은 허구와 사실에 대한 논쟁적 담론이다. 중국에서 환기론과 허실론은 사실을 숭상하는 유가 사상과 실록 우월주의 관념이 문학 비평 분야에 적용되어 나타난 현상일 뿐, 소설을 중심으로 한 서사문학 창작의 경험을 총괄한 것은 아니었다. 비평가들의 인식 속에서 소설류의 서사문학은 아직 독립적인 예술 유파로 자리 잡지 못했고 문체의 한 종류에 지나지 않았다. 그렇기 때문에 사실적 내용을 기록해야 한다는 이론은 역사담론이나 학술담론에 대한 기준이 서사문학을 비평하는 기준으로 적용된 것이다. 아래에서 살펴볼 소설담론도 이상의 중국문학적 환경과 방정요, 노효붕의 선행연구의 토대 위에서 진행된다.

2　方正耀, 『中國小說批評史略』, 中國社會科學出版社, 1990(方正耀, 홍상훈 역, 『中國小說批評史略』, 을유문화사, 1994).
3　노효붕(魯曉鵬), *From Historicity To Fictionality : The Chinese Poetics Of Narrative*, CA : Stanford Press, 1994(루샤오펑, 조미원·박계화·손수영 역, 『역사에서 허구로』, 길, 2001).

2. 소설담론의 전개와 위상의 변화

중국에서 소설에 대한 담론은 사상철학적 배경과 분리해서 이해할 수 없다. 소설이라는 용어는 최초로『장자(莊子)·외물(外物)』에 보인다. "소설을 꾸미서 관직을 구하는 것은 큰 도리에 이르는 것에서 멀다"고 하여 소설이란 용어의 등장부터 큰 깨달음과 거리가 먼, 자잘한 이야기 정도로 생각했다.『논어(論語)·자장(子張)』에는 "비록 작은 도리지만 볼 만한 것이 있다. 그러나 지나치게 매달리면 좋지 않게 빠지게 되므로 군자는 그런 것을 하지 않는다"고 하여 자하가 말한 작은 도리는 소설과 비슷한 의미로 여겨졌다.『순자(荀子)·정명(正名)』에서는 "지혜로운 사람은 도를 논할 따름이고, 소가진설(小家珍說)의 바람은 모두 쇠하고 만다"고 하였고, 환담(桓譚)은『신론(新論)』에서 "소설가는 자잘한 하찮은 말을 모으고 가까운 데에서 비유를 취해, 짧은 글을 지어 몸을 다스리고 집을 거느리는데 가히 볼 만한 것이 있다"고 하였다. 반고(班固)는 또『한서(漢書)·예문지(藝文志)』에서 제자십가 중에 소설가를 포함시켰으나 소설을 제자서의 보조적인 역할 정도로 여겼기에 볼 만한 것은 구가(九家) 뿐이라며 그 존재 의의를 경시했다. "소설가의 무리는 대개 패관에서 나왔으니, 거리와 골목의 이야기들, 길에서 듣고 지껄이는 것들로 만들어진 것이다. 공자께서 말씀하시길 비록 소도라 할지라도 반드시 볼 만한 것이 있지만 원대하게 이르는데 막힘이 있을까 염려하여 군자는 이를 하지 않는다"고 하였다. 이로써 보건대, 소설이란 대도(大道)와는 멀고 지혜롭지 못한 자들이나 관계하는 것이며 굳이 찾아본다면 볼거리를 제공할 만한 가치를 지닌 정도로 인식되었다.

또 선진(先秦) 시대에 유가와 묵가의 사상은 소설 비평가들에게 실록 관념이라는 사상적 기초를 정립해주었다. 『논어·술이(述而)』의 "기록하되 창작하지 않고", "괴상한 힘과 난잡한 신령스러운 것을 말하지 않는다"는 기록은 사실을 숭상하는 기틀을 마련했다. 나아가 서한시대 미래를 예언한 참위설(讖緯說)의 성행과 동한 이후 회의적·염세적인 청담(淸談)의 기풍은 진실한 문장을 써야한다는 비평가들의 자각을 일깨웠다. 반고(班固)는 『한서·사마천전(司馬遷傳)』에서 사마천에 대해 말하길, "사물의 이치를 잘 나누어 능란하게 말을 하면서도 화려하지 않고, 질박하면서도 천박하지 않다. 그 문장은 정직하고 기록한 것은 핵심적인 것이었으며 과장되게 찬미하지도 않고 죄악을 숨기지도 않았다. 그래서 그것을 사실의 기록이라고 부르는 것이다"고 했다. 역사서 『사기(史記)』의 편찬 이후 '사실의 기록'이라는 것은 후세 역사가 및 문학가들이 작품을 창작하는 규범이 되어서 이것을 기준으로 소설의 가치를 평가하게 되었다. 동양 역사서 편찬의 전범이 된 『사기』의 완성 이후 유교와 실록이라는 두 축은 소설비평의 중요한 척도가 되었다.

후한의 왕충(王充)이나 진대(晉代) 지우(摯虞)와 같은 학자들은 모두 진실한 것을 숭상하던 대표적인 인물이었다. 왕충은 『논형(論衡)』을 지은 목적에 대하여 "여러 책들이 사실성을 잃어버리고 허황된 이야기가 진실한 아름다움을 넘어서는 현상을 바로잡기"(권29 「對作」) 위함이고, "말의 경중을 저울질하여 참과 거짓의 수평을 세우려는 것이지 문장을 꾸미고 수식하여 기이하고 훌륭하다는 평가를 하기 위함이 아니다"(권29 「對作」)고 밝혔다. 진실이나 사실을 애써 추구했던 왕충의 관점은 지우에게 이어졌는데 그는 "화려한 것이 아름다움을 지나치면 실제의 정황에 어긋나게 되므로 사실을 기록해야"(「文章流別論」) 한다고 주장했다. 정도의 차이는 있었으나 그들 모두 진실과 사실을 숭상하고, 과장이나 사실이 아닌 것에 대하여 완강히 부정했다. 한대(漢代)부터 소설에 대한 비평의식은 유교철학의 도덕과 사실을 숭상하는 실록관념을 기준으로 평가되었다.

허구의 예술성을 인정했던 일부 지식인들은 소설이 완전한 사실의 기록일 수만은 없다고 생각했다. 또 문체의 아름다움에 대한 초보적인 인식이 담겨있다며 긍정적인 평가를 하기도 했다. 그러나 중국의 전통적인 지식체계에서 문학, 역사, 철학은 분리되어 존재할 수 없었기에 유교와 실록의 두 가지 척도는 학술문화 전반을 평가하는 가장 중요한 비평기준이 되었다. 이에 부합하지 못한 작품들은 주변적인 위상으로 밀려나게 되었다.

위진남북조 약 370년간 열 개의 왕조가 교체되고 정치사회적 혼란이 가중되었다. 한나라 때 추앙받던 유교가 힘을 잃으면서 문학장에도 변화가 있었다. 노장철학을 기반으로 장생불사 사상이 널리 유행했고 현실도피적 경향이 합세하면서 도교가 흥성했다. 동한시기 인도로부터 전해진 불교가 성행하면서 불교의 염세사상과 도교의 피세사상은 문학창작과 비평 분야에 큰 영향을 미쳤다. 도・불교 사상의 확산은 소설에 대해 긍정적으로 인식하는 문인학자들을 배출케 했다. 대표적으로 간보(干寶)와 갈홍(葛洪), 소기(蕭綺) 등을 들 수 있는데 그들이 제창했던 환기론은 중국의 지식계에 새로운 관점을 던져주었다. 간보는 이론상으로 서사작품이 사실의 기록이어야 한다고 주장하면서도, 실제 창작에서는 허구적인 것까지 사실의 범주에 포함시켰다. 그는 "비록 책에서 선인들의 뜻을 고찰하고 당시에 없어져 버린 것들을 수집했지만 대개 눈과 귀로 직접 보고 들은 것이 아니기 때문에 어찌 사실성을 잃은 부분이 없다고 감히 말할 수 있겠는가? (…중략…) 하물며 천 년 전의 일을 돌이켜 서술하고 특이한 풍속을 기록하며 흩어진 조각을 엮어 편집하고 나이 든 사람에게 당시의 일들을 물어 적으면서 말과 사실에 이설이 없어야만 진실한 것으로 믿는 것은 전대 역사가들의 병폐"(「搜神記序」)라고 했다. 그가 생각하는 사실의 기록이란 기이한 일도 함께 기록하는 것이지 편파적인 시각에서 말살해 버리는 것이 아니었다. 이론상으로 사실의 기록을 견지했지만 실제로는 허구적이고 환상적인 것까지 수용했다. "신비주의가 거짓이 아님을 밝혀내고자"『수신기(搜神記)』를 지었던 간보에게 사실이란 현실적이고 일상적인 것만 가리키는 것이 아니라 기이한 것, 특이한 것까지 포함되었다. 자신이 수집한 특별한 이야기들이 실재했다고 믿었고, 또 도리를 밝힐 수 있는 것이라면 모두 사실의 기록이라고 여겼다. 즉 괴이한 일도 사실과 함께 기록될 수 있다고 여겼으며, 허구를 사실과 같이 취급하여 허구와 사실을 뒤섞어 생각하기도 했다. 소설의 본질을 이해하지 못했다는 한계를 지니지만 문학작품의 비평기준을 제도와 이데올로기에서 벗어난, 독창적인 시각에서 제시함으로서 환기론 논쟁의 발판을 마련한 셈이다. 불로장생의 비법을 이론적으로 집대성한 갈홍도 죽지 않고 영원한 생명을 획득한 신선의 존재를 믿었다.『신선전』의 저술의도에 관해서 "내가 지금 다시 옛날의 신선 이야기들을 모은 것은『선경복식방(仙經服食方)』, 여러 학자들의 책에서 보이는 것, 스승께서 말씀하신 것, 나이 많은 학자들이 논한 바이다. 이것을 열권으로 만들어 지식과 견문이 넓은 선비에게 전하고자 한다"(「神仙傳自序」)고 밝혔다. 소기는 소설이 사실의 기록이어야 함을 강조하면서도 진실한 것과 괴이한 일을 증명해야 한다고 주장했다. 그는 "실제적이고 아름다운"(「拾遺記序」) 것을 기록해야 한다고 하면서도, "광범한 것을 좋아하고 기이한 것을 숭상한" (「拾遺記序」) 『습유기(拾遺記)』를 세상에서 가장 뛰어나고 박식한 지식을 담은 책이라고 칭찬했다. 이론적으로는 허무하고 괴이한 것을 배척해야 한다고 하였으나 실제 창작에서는 신선이나 방술에 관한 이야기를 많이 기록했다. 그러나 일부 지식인들을 제외하면 위진남북조에도 소설은 여전히 잡사(雜史)나 야사(野史) 혹은 잡전(雜傳) 등 역사서술의 명칭을 모방하며 사서를 보충하는 잡다한 기록쯤으로 인식되었다. 지괴 등의 텍스트들이 경(經), 지(志), 기(記), 전(傳) 등의 제목을 달고 있는 것을 보아도 소설은 독립된 문체로 인정받는 것이 아니라 경전 및 역사서의 방계적 기록으로 존재했음을 알 수 있다.[4] 재도(載道)와 실록의 기준으로 평가되는 학술적 풍토는 이 시기 많은 저자들이 타인의 이름으로 가탁해서 소설을 창작하는 환경을 조성했다. 위진남북조 시기에 기이한 존재나 사건에 대해서 부정하지 않았던 문인들이 있었고, 그들은 소설의 본질을 이론적으로 정립하지 못했으나 환기론을 제기하고 소설의 문예미학적 특징을 초보적으로 인식하고 있었다.

혼란했던 위진남북조의 시대가 끝나고 정치적 안정을 되찾은 당대(唐代)에 이르러 한동안 침체되었던 유가사상이 다시 대두되었다. 동시에 집권세력과 귀족들이 도·불교를 애호하면서 현실성과 비현실성이 공존하는 문학 사조가 만연했다. 당대에 창작된 전기(傳奇)는 내용과 형식·

---

4 케네스 드워스킨, 「육조 지괴와 소설의 탄생」, 김진곤 편역, 『이야기 소설 Novel』, 예문서원, 2001, 268쪽.

분량 면에서 소설사상 새로운 단계에 진입했다고 평가된다. 기이한 것을 수집하고 일사를 기록하는 것에서 완전히 벗어나지 못했지만 서술이 복잡해지고 문장이 아름답게 다듬어졌다. 그러나 소재가 확장되고 형식미가 발전했음에도 불구하고 당대의 많은 소설 작품들은 여전히 사료적 가치를 기준으로 평가되고 있었다. 중국의 문헌 분류방식인 경학서(經)·역사서(史)·철학서(子)·문학서(集)의 전통적인 사부(四部) 분류법이 이 시기에 확정된다. 사부분류법은 『수서(隋書)·경적지(經籍志)』에서 확정된 후 모든 왕조사의 목록서 편찬의 기초가 되는데 소설 작품은 대부분 사부(史部)에 분류되었다. 소설은 경부(經部)도 자부(子部)도 아닌, 사부(史部) 잡전류(雜傳類)에 분류되어 역사의 보조적인 자료 정도의 위상으로 평가되었다.

이 시기에는 허구서사물을 의식적으로 짓기 시작했다는 점에 주목할 필요가 있다. 귀신이나 신선의 이야기가 허구임을 인식하긴 했지만 백성들을 교화하거나 미풍양속을 해치지 않는다는 범위 안에서 부분적으로 가치를 인정받았다. 그러나 작품 평가의 기준은 여전히 유교 사상과 실록 관념에 있었다. 당대 대표적인 학자 유지기(劉知幾)와 이조(李肇)의 관점을 엿볼 수 있다. 유지기는 소설이란 사실을 기록해야 한다고 주장했던 이론가로서, 『사통(史通)·채찬(採撰)』에서 성인의 뜻에 맞지 않는 지인·지괴소설과 귀신 이야기의 기록에 대해 비판을 했다. 그러나 사회에 유익한 기능을 제공한다는 효용론적인 입장에서 제한적으로 소설의 가치를 긍정했다. 그는 소설에 대한 분류를 시도했는데, "근고 시대에 이르러 이 분야도 점차 복잡해지니 역사가들의 서로 상이한 분류가 병행하고 있는 실정이다. 이를 헤아려 논의해보면 그 종류는 열 가지로 나뉜다.

첫째가 편기, 둘째는 소록, 셋째는 일사, 넷째는 쇄언, 다섯째는 도서, 여섯째는 가사, 일곱째는 별전, 여덟째는 잡기, 아홉째는 지리서, 열째는 도읍부"(『사통·잡술(雜述)』)라고 하면서 역사학의 각도에서 각종 소설의 특징과 발생원인, 소설의 범주에 대해 개괄했다. 소설은 정식 역사의 보조물로서 기사체에 속한다고 인식했다. "도깨비와 귀신에 대해 이야기할 때는 선한 자에게 복을 주고 음란한 자에게 벌을 내리는 이야기를 통해 권선징악의 도리를 전파할 수 있으니 이것은 쓸 만한 것이다. 그러나 바르지 못한 사람이 그렇게 하면 진실로 괴상한 이야기나 하고 요사스런 것을 서술하여 세상에 널리 이롭게 하는데 취할 만한 의미가 없다"(『사통·잡술』)고 주장했다. 유지기의 실록 이론은 신선이나 도깨비에 관한 허구적이고 환상적인 묘사마저 윤리도덕적인 입장에서 도움이 된다면 사실의 기록 속에 포함시킬 수 있다는 것이다. 소설도 역사서처럼 백성들에게 유교적 가르침을 전달해 줄 수 있다고 생각했기 때문에 효용론적 각도에서 인정되었다. 이조는 자신이 『국사보(國史補)』를 저술한 목적에 대해 "인과응보를 말하고 귀신을 서술하고 꿈이나 점몽의 징험함을 말하며 규방의 이야기에 가까운 것들은 모두 제외시켰다. 그 대신 사실을 기록하거나 사물의 이치를 탐구하거나 의혹을 판별하거나 경계를 표시하거나 풍속을 채취하거나 담소에 보탬이 될 만한 내용이라면 기록했다"(「唐國史補序」)고 밝히면서 역사를 보충하려는 의도였음을 강조했다. 그러나 꿈속에서 파란만장한 일생을 살아갔다는 『침중기(枕中記)』를 뛰어난 작품이라고 칭송했던 것을 보면 문학적 예술성을 어느 정도 인정했다고 할 수 있다. 괴이하고 신령한 존재에 관한 허구서사일지라도 윤리도덕적인 입장에서 사회에 도움이 된다면 긍정적으로 수용했다. 이렇듯

소설은 정식 역사에서 빠진 것을 수집한 정도로 인식되었고, 역사와 경전을 보완할 만한 가치라는 효용론적 범주 안에서 인정받았다. 중국 지식장에 뿌리 깊게 자리 잡은 사상과 제도를 뛰어넘을 수 없었던 한계를 보여준다. 그러나 훗날 비평가 호응린(胡應麟)의 지적처럼 당대의 문인들은 자신들이 좋아하는 기발한 이야기를 의식적으로 소설에 표현할 줄 알았다. 의도적으로 허구서사를 창작하는 기풍은 송대(宋代)에 이어 명(明)·청대(淸代) 소설이 화려하게 융성하는 추진력이 되었다.

시민계층이 대두되었던 송대에는 도시경제가 발달하면서 인쇄술이 크게 흥성했고 관료계층 뿐 아니라 서민들을 위한 연예와 오락 작품이 많이 창작되었다. 청중을 향해서 구연하는 전문적인 이야기꾼이 등장하면서 소설서사는 더욱 활기를 띠었다. 불사에 대한 관념과 도교사상 뿐 아니라 불교경전을 번역하면서 유포된 내세관, 윤회설 등이 소설 창작에 영향을 미쳤다.

오늘날의 관점에서 소설에 해당하는 서적들이 송대 이전에는 전통적인 사부 분류법 중 사부(史部)에 분류되어 있었다. 유흠(劉歆)의 『칠략(七略)』을 바탕으로 '소설가'라는 항목을 처음으로 설정했던 『한서·예문지』의 칠분법은, 『수서·경적지』에 와서 경·사·자·집이라는 사분법으로 확정된다. 『구당서(舊唐書)·경적지』는 『수서·경적지』의 체제를 그대로 따랐기 때문에 체재상 두드러진 변화는 없다. 단지 소설가류에 분류된 서적들이 상당히 감소했는데 아마도 『수서』에 수록되었던 작품들이 대부분 산실되었기 때문으로 보인다. 구양수(歐陽修)에 의해 편찬된 『신당서(新唐書)·예문지』에는 『구당서·경적지』에 비해서 소설가류에 속하는 작품들이 다시 증가했다. 당대에 많은 허구 서사물이 창작되었기 때문이기도 하지만, 이는 허구 서사에 대한 관념이 변화했음을 보여주는 부분이다. 『수서』와 『구당서』에서 사부에 속했던 저작들, 예를 들어 『수신기』와 같은 작품들이 『신당서』에는 자부에 분류되어 졌다. 즉 『수서·경적지』와 『구당서·경적지』에서 사부 잡전류로 분류되었던 저작들이 『신당서·예문지』에서는 자부 소설가류로 대거 이동했으며, 수록된 서적도 훨씬 많아졌다.[5] 작품이 새로 창작된 이유 이외에, 목록 분류상 커다란 변화가 생겼음을 알 수 있다. 『신당서』가 쓰이기 이전에 이미 소설에 대한 관념이 변화하고 있었다. 이것은 칙명에 의해 편찬된 『태평광기(太平廣記)』의 탄생으로 유추할 수 있다. 소설의 바다로 불리는 『태평광기』가 송초 태종의 명령에 의해 편찬되었다. 『태평광기』는 선진시기부터 송초에 이르기까지 수백 가지의 야사·소설 등을 종류별로 망라하여 92대류, 150여 소류의 항목으로 편집한 총 500권의 유서(類書)이다. 칙명에 의해 편찬된 거질 속에 불사를 추구하며 신선이 되고자 하는 존재, 죽은 자들과 혼령의 이야기, 도사와 승려에 관한 이야기 등이 비교적 많은 분량을 차지하며, 책의 맨 앞에 배열되어 있다. 공식적으로 유교를 숭상했지만 실제적으로 불교와 도교를 신봉했던 당시 사회적 기풍이 반영되었다. Russell Kirkland는 칙명으로 편찬된 서적의 분류체계를 통해서 역사편찬과 소설서사에 대한 인식의 불균형이 수정되는 시도라고 지적한다.[6] 소설의 정체성에 대한 혼재적 인식은 『신당서·예문지』에 와

---

5   程毅中은 소설에 대한 관념과 목록서의 변화는 사학자들의 경시에서 비롯되었다고 밝혔다(程毅中, 『古小說簡目』, 中華書局, 1986, 2~6쪽). 한편 Lu, Sheldon Hsiao-Peng(魯曉鵬, op. cit., pp.132~133)은 Kenneth DeWoskin의 "entry on hsiao-shuo", in Nienhauser, comp. & ed. *Indiana Companion to Traditional Chinese Literature*(1966, 423~426쪽)에 근거해서 『新唐書』 소설 부문에 열거된 서적들이 현대의 소설개념에 가깝다고 주장했는데, 송대에 허구 전기와 소설의 본질에 대한 태도가 바뀌었음을 지적한다.

서 이전까지 역사저작물로 분류되던 작품들을 비역사물로 승인하는 관점으로 일단락되어진다. 정사에 비추어 판단하지 않고 예술적 표현양식 자체를 인정하기 시작했음을 의미한다. 변동된 분류방식은 소설에 대한 지식인들의 관념이 변화하고 학문적 인식에 굴절이 이뤄지고 있음을 보여준다. 왜냐하면 『사기』 편찬 이후 역사가 및 문학가들은 오로지 유교의 도덕과 실록관념의 기준으로 작품을 창작하고 가치를 평가했다. 전통적 지식장에서 역사기술은 왕조의 정통론과 이데올로기의 타당성을 부여하는 가장 기본적인 정치적 행위였고 소설은 역사의 보조물 정도로 인식되어 왔기 때문이다.

홍매(洪邁)는 대다수의 비평가들이 역사의 보충물이라는 효용론적 각도에서 인식하는 것을 탈피하여 소설의 예술적 효과에 주목해서 평가했다. "소설가가 하는 말이 반드시 진실일 필요가 없다는 것은 당연하다"(「夷堅支志丁序」)고 언급함으로써 사실 여부를 강조했던 실록우월주의의 관점에서 벗어나 소설의 본질을 제시하는데 주의를 기울였다. 믿을 만한 이야기는 믿을 만하게 전해주고, 의심스런 이야기는 의심스런 그대로 전해주면 된다는 그의 주장은 간보가 처음 긍정했던 환기론의 명맥을 잇는 견해였다. 고금의 신비하고 기이한 이야기들의 궁극적인 의미는 바로 특이함 자체에 있다고 강조했다. 환기론을 적극적으로 긍정했던 홍매에 와서야 오늘날 통용되는 허구서사의 특징과 근접한 이론이 초보적으로 제기된 셈이다. 당대 전기의 예술성으로부터 문학적 지위를 설명하려 했지만 아직 소설 자체의 특징을 명확히 제시할 수는 없었다.

---

6   Russell Kirkland, "A World in Balance : Holistic Synthesis in the T′ai-p′ing kuang-chi", *Journal of Sung-Yuan Studies* No.23, 1993, pp.64~71.

명대(明代)에 이르러 소설의 본질에 대한 논의는 본격적인 수준으로 접어들었다. 송대부터 대두된 시민의식이 점차 성숙해지고 소설작품의 창작이 급격하게 증가하면서 작가층과 독자층도 넓고 다양해졌다. 소설과 사서, 문언소설과 백화소설, 역사소설과 신마·세정소설 등을 비교하는 과정에서 존재 의의나 언어상의 차이 및 내용의 사실성 여부에 대해 다양하고 심도 있는 이론이 전개되었다.[7] 호응린은 『소실산방필총(少室山房筆叢)』에서 소설의 유형을 분류하고 『한서·예문지』에서 말한 십가(十家) 중 오직 소설가만이 특별한 인기를 누리고 소설은 아무리 배척해도 나날이 늘어난다고 했다. 명대 중엽 이후 상업과 인쇄술이 크게 발전했고, 이지(李贄), 원굉도(袁宏道), 풍몽룡(馮夢龍) 등 개성 해방을 주장하면서 성리학에 반발한 지식인들의 활약으로 통속문학인 소설이 흥행했고 소설의 위상은 날로 높아졌다. 낭만주의의 대표작품으로 손꼽히는 『서유기(西遊記)』는 인간의 마음이 진리이고 인간의 진실한 감정이 녹아든 작품을 높게 평가했던 양명학의 성행 속에서 탄생할 수 있었다.

이 시기는 허실론에 대한 지식인들의 뜨거운 논쟁이 이어졌고 주목할 만한 성과를 이룩해 냈다. 소설을 위시한 통속문학이 흥성했고 낭만주의 풍격의 작품들이 유행하면서 소설이 사실의 기록이어야 한다는 기존의 관념에 대해 직접적으로 비판했다. 먼저, 전래된 민간의 이야기들을 수집하여 『삼언(三言)』을 출판했던 풍몽룡은 허실론 논쟁에서 허구서사를 긍정하는 입장에 섰다. 이지의 소설비평이론을 계승한 그는 진실한 사건이란 단순히 역사적으로 실제 있었던 사건 만을 가리키는 것이 아

---

7   이등연, 「중국소설의 개념과 기원」, 『중국소설사의 이해』, 학고방, 1997, 10쪽.

니라 허구 이야기도 진실한 이치를 담을 수 있다는 견해를 내놓았다.

> (소설 속) 인물이 반드시 실제로 있었던 일을 해야 할 필요는 없고 (소설
> 속) 사건은 반드시 실제로 존재했던 인물과 들어맞아야 할 필요도 없다. (…
> 중략…) 사건이 실제로 있었던 것이면 이치는 거짓일 수 없고 사건이 거짓일
> 지라도 이치는 진실할 수 있다.(『警世通言・序』)

그는 『경세통언』 서문에서 소설 속 인물과 사건이 반드시 실제로 존
재했던 사람이거나 있었던 사건일 필요는 없다고 밝혔다. "거짓인 것도
독자의 마음을 격동시켜 권선징악이나 비분강개의 의미를 깨우쳐 줄 수
있다"며 허구서사를 긍정했고, 나아가 예술적 진실이라는 미학적 특징을
인식했다. 교화의 의도가 다분히 내포되면서 문예비평적 관점에서 허구
와 사실, 환상과 진실의 관계를 심도 있게 이론화하지 못했으나 전대에
비해 허구서사의 특성을 비교적 본질적으로 접근하고 있었다.

허실론 논쟁의 중심인물은 원우령(袁于令)이라고 할 수 있다. 그는 극
도의 허구 서사야말로 가장 진실한 이야기라고 언급하면서 그것의 예술
성을 최고로 높게 평가했다.

> 문장은 허구가 아니면 문장이 아니고 허구는 극도의 허구가 아니면 허구
> 가 아니다. 그러므로 세상에서 가장 허구적인 사건이 곧 가장 진실한 사건이
> 며, 가장 허구적인 이치가 곧 가장 진실한 이치이다. 그러므로 사실을 이야기
> 하는 것은 허구를 이야기하는 것만 못하고, 부처에 대해 이야기하는 것은 마
> 귀에 대해 이야기하는 것만 못하다.(『西遊記・題辭』)

그는 『서유기』에 대해서 무한한 상상력을 발휘해서 창작했기 때문에 서사의 묘미가 뛰어나고 예술성이 높다고 주장했다. 유학자들의 전통적인 경학 이론에 정면으로 도전하면서 허구서사의 가치를 최고로 끌어올렸다. 소설을 창작할 때 인물, 사건, 구성에 관한 예술인식의 지평을 극도의 허구까지 확장시켜서 극도의 허구성을 가진 작품이야말로 가장 진실한 작품이라고 강조했다. 허구적 사건을 가장 진실한 사건이자 가장 진실한 이치라고 단정지은 것은 지나친 견해이다. 그러나 명대 허실론 논쟁의 중심에서 허구서사의 본질과 예술성을 과감하게 강조했던 공헌에 주목할 필요가 있다.

그 밖에 사조제(謝肇淛)는 허구와 사실을 반씩 섞어야 한다는 허실상반(虛實相半) 이론을, 그의 견해를 계승한 장무구(張無咎)는 사실(眞)과 허구(幻)를 겸비해야 한다는 진환병겸(眞幻竝兼) 이론을 주장했다. 장무구는 소설의 갈래를 진실한 것, 허구적인 것, 양자를 겸비한 것으로 구분하고 각각 『삼국연의』, 『서유기』, 『수호전』을 대표작품으로 꼽았다. 사실과 허구를 겸비한 원칙의 전형으로 『수호전』을 꼽았으나 그가 언급한 허구는 실록 관념의 상대적인 것으로의 의미일 뿐 오늘날의 소설개념과는 거리가 있었다. 그러나 이들의 소설비평 이론은 명대 환기론과 허실론 논쟁을 구체화시키며 유교의 도덕과 실록 위주의 정통 경학사상에 정면으로 도전하고 있었다.

명대에는 도덕과 윤리를 강조하기보다 인간의 자유로운 감성을 강조하는 낭만주의 작품이 흥성했다. 심즉리(心卽理)·치양지(致良知)·지행합일(知行合一)을 강조했던 양명학 사상의 성행으로 소설 비평에 있어서도 위진남북조 시기에 제기되었던 환기론에 대한 긍정적인 인식이 확산되었다. 허구와 사실에 대한 본격적인 허실론 논쟁이 전개되면서 소설 비평 이론은 상당한 궤도에 올랐다.

명대의 진환, 허실에 대한 심도 있는 논쟁은 마지막 봉건왕조였던 청대(淸代) 소설비평 발전에 직접적인 토대가 되었다. 명말청초의 대표적인 문예비평가 김성탄(金聖歎)은 『수호전』과 『서상기』를 『이소』, 『장자』, 『사기』, 두시(杜詩)와 동등한 위치로 끌어올려 육재자서(六才子書)를 제시했다. 역사적인 반란 사건을 바탕으로 협객들의 의리를 주제로 삼았던 『수호전』을 유교 경전이나 역사서의 위상과 동렬로 평가한 것이다. 영웅소설 『수호전』과 역사서 『사기』를 비교하면서 창작 방법과 성격이 다른 작품이라고 구분 지었다. 『사기』는 사실의 기록이나 『수호전』은 작가의 허구적 상상력을 통한 창작 소설임을 분명히 제시했으니 이전의 허실론 논쟁보다 훨씬 더 구체적으로 창작의도와 방법까지 논증하고 있었다.

만주족 황실이 중원을 지배하면서 사상과 문화를 규제하는 방식으로 문자옥이 남발하자, 강희 연간에만 소설 금지령이 다섯 번이나 내려졌다. "내용이 황당무계하고 천박하여 올바른 도리에 어긋나고", "유학을 배운 선비들조차 눈길이 가고 마음이 현혹되므로 풍속에 미치는 영향이 크기 때문에"(『大淸聖祖仁皇帝實錄』 권 258) 경학 숭상과 성인의 도리에 어긋나는 소설을 엄하게 금지시켰다. 그러나 소설 창작과 비평의 번영을 막을 수는 없었다. 김풍(金豊)은 오히려 허실상생(虛實相生)의 문제를 적극적으로 제시했다.

종래의 소설 창작들은 모두 허구로부터 지어낼 필요도 없었고 또한 모두 사실로부터 지을 필요도 없었다. 만약 이야기마다 모두 허구라면 지나치게 황당무계하여 옛 것을 따지는 사람들의 마음을 감동시킬 수 없고 이야기마다 모두 사실이라면 지나치게 평이해서 잠시 듣는 사람들을 감동시킬 수 없다. (…중략…) 그러므로 사실에서 나온 이야기는 충신, 간신, 방자한 사람의 이야기를 고찰할 수 있고, 허구에서 나온 이야기는 그 변화무쌍함을 볼 수 있다. 사실을 허구화하고 허구를 사실화함으로써 듣는 사람들이 지루함을 잊고 이야기의 아름다움에 빠지게 된다.(『新鐫精忠演說本岳王全傳·序』)

허구 서사에 진실성과 교훈성이 내포되어 있기에 그것의 가치를 효용적으로 인정했던 기존의 비평가들과 달리, 작가가 창작할 때부터 허구임을 인식하고 그것의 예술적 효과를 배가하고자 묘사했던 것에 대해 높은 평가를 내렸다. 실제적인 사건이건 완전한 허구이건 그 사실 여부를 판단하는 게 중요한 것이 아니라, 독자들이 변화무쌍한 내용을 어떻게 감상하고 예술적 아름다움에 얼마나 감동할 수 있는지가 가장 중요한 관건임을 지적했다. 효용론적 가치에서 벗어나 허구의 필요성과 허구와 사실 사이의 상관성에 대해 지적하며 작품 자체를 감상하는 예술적 심미의식에 주목했다.

그러나 소설에 대한 긍정적인 평가는 청대 중기에 이르러서 일시적인 퇴보의 길을 걸었다. 이것은 청대 전반적인 학술분위기가 고증학을 중심으로 이루어졌던 영향과 무관할 수 없다. 명청소설 중에 우수한 많은 작품들이 건륭 년간 제작된 중국 최대의 총서 『사고전서(四庫全書)』에 실리지 못했다. 『사고전서』 분류법을 보면, 『신당서·예문지』에서 사부 잡전류에 남겨졌던 작품들이 다시 한번 대거 자부 소설류에 편입되었다. 정의중(程毅中)이 앞의 책에서 지적했듯이, 중국소설사에서 중요한 두 번째 문헌적 변화임에도 불구하고 대다수의 지식인들이 소설을 폄하하는 태도는 전통적인 사유 속에서 그대로 답습되고 있었다. 『사고전서』의 총책임자였던 기윤(紀昀)은 『사고전서총목제요(四庫全書總目提要)』에서 소설은 잡다한 이야기 또는 화젯거리의 기록을 총칭하는 용어임을 지적하면서 '잡사를 서술한 것', '기이한 이야기를 수록한 것', '자질구레한 말을 엮어놓은 것'이라며 소설의 유파를 세 가지로 분류했다. 속이고 더럽기 때문에 진(眞)을 상실했거나 요사스럽고 허황된 이야기라서 귀를 미혹시키는 것이 많지만 그 중에는 권계를 기탁하거나 견문을 넓혀서 고증에 보탬이 된다는 보수적인 견해를 제시했다. 그러나 소설에 대한 폄하된 인식과는 무관하게, 만주족의 지배하에 있던 많은 한족 지식인들은 자신들의 불만을 소설 창작을 통해서 표현해 냈다. 포송령(蒲松齡)은 풍부한 상상력을 바탕으로 『요재지이(聊齋志異)』를 저술했는데 지식인층에서도 상당히 유행했다. 서문에서 "나는 간보의 재주에는 미치지 못하지만 그와 마찬가지로 신기한 이야기의 수집을 좋아했다. (…중략…) 설사 내 작품의 내용이 황당함의 극치를 달린다 하더라도 한 군데나마 취할 곳이 있다면 없애서는 안될 것"이라고 밝혔다. 비록 창작의 목적이 권선징악과 인과응보라는 유교적 도덕주의의 선양에 있었다고 해도 이 시기 소설의 창작과 번영은 사상적 내용과 예술적 기교의 발전에 충분한 조건을 제공해 주었다. 더불어 소설비평이론이 성숙하게 발전하는 원동력이 되었다.

소설을 둘러싼 활발했던 허실담론은 전통시기 내내 중국의 지식장에 뿌리박혀 있던 현실지향의 유교적 이념과 실록우월주의 관념에서 자유로울 수 없었다. 소설의 사회적 효용성에 대해서는 일찌감치 인정하고 있었으나 청대 전반에 걸쳐 소설을 멸시하는 풍조는 여전히 남아있었다. 소설에 대한 지식인들의 평가는 전통 중국사회를 지배했던 이념적, 역사적 범주 안에서 혼재된 관념으로 축적되고 있었고, 이후 19세기 말에 이르러 계몽과 구국을 위한 정치적인 목적에서 문학 중 최고의 장르로 격상된다.

3. 유교와 역사, 타자화된 글쓰기

중국 소설에 대한 비평론에서 환기론과 허실론은 오랜 기간 동안 지식인들의 주요한 논쟁거리였다. 실록과 허구 관념에 대한 시대적인 변화에도 불구하고, 사실의 기록은 여전히 허구서사보다 우위에 존재했다. 방정요는 앞의 책에서 소설비평의 시원을 설명하면서 소설과 사전(史傳)과의 관계를 다음의 세 가지로 정리한 바 있다. 소설은 역사가가 창작한 것이고, 정사(正史)에서 빠진 것을 보충하는 것이며, 정식 역사와 상호 보완하는 것이라고 했다. 중국의 역대 문인들은 허구 사건을 실제 사실인 양 믿기도 했고, 세상을 다스리고 교훈을 준다는 효용론적 측면에서 혹은 예술적 심미감을 준다는 미학적 측면에서 제한적으로 긍정하기도 했다. 명청시대에 통속문학이 급격히 발달하자 소설에 대한 담론은 더욱 심도 있게 진행되었다. 허구에 대해 문학적 본질에서 접근하기도 했으나 오늘날의 소설 개념과는 거리가 있었다. 유교와 실록 위주에서 벗어난 평가는 과거제도가 폐지된 1905년 이후를 기다려야 했다. 유교 경전에 대한 지식으로 관료를 선발하는 과거제도는 중국의 문학 뿐 아니라 정치 경제 및 학술문예 활동 전반에 영향력을 행사해 왔기 때문이다. 전통시기 중국 및 동아시아 지식사회를 지배했던 것은 유교의 도덕 윤리와 실록관념이었다. 정치가이자 사상가이고 문학가였던 전통 지식인들은 문·사·철의 통합적인 제도권 안에서 자유로울 수 없었다.

허구 서사에 대한 인식의 변화에도 불구하고 역사 기술은 특권을 지닌 지배적 장르로 행세했다. 명청시대 소설비평이 성행하기 전까지 서사문학 전반은 역사 기술을 중심으로 했다고 해도 과언이 아니다. 소설이 정식 역사의 부속물로 취급되었던 것은 소설의 창작 자체가 얼마간은 역사전기로부터 나왔기 때문이기도 하고, 또한 소설가 자신이 작품의 가치를 높이기 위해 정식 역사에 견주기도 했기 때문이다. 비평가들은 소설의 지위를 인정하고 소설의 사회적 효용을 탐구할 때 종종 정식 역사에 대비시키면서 소설의 효용과 후세에 대한 귀감을 이야기했다. 중국 역사가들은 역사 기술이란 사건을 정확하게 기록하는 것이고, 역사는 인간사의 거울인 동시에 교훈적 기능을 하는 것이라고 여겼다. 훌륭한 역사가들은 '사건의 믿을 만한 것'을 기록했다. 중국에서 서사는 문학의 범주가 아니었고 제도와 이데올로기 안에서 정당성을 획득하는 정치적 글쓰기였다. 따라서 허구서사인 소설은 주변적이고 비정통적인, 제도권 밖의 장르로 밀려났다.

소설은 현실성을 강조하는 유교와 사실의 기록을 중시하는 실록 위주의 척도에 가려져 20세기 초까지 그 위상을 정당하게 평가받지 못했다. 그럼에도 불구하고 소설이 끊임없이 창작되고 향유될 수 있었던 것은 사회적 질서로부터 억압된 자아의 욕망을 표출하려는 시도였기 때문이다. 금기된 규율, 관습화된 도덕 윤리를 위반함으로서 현실적 질서 속에 억눌린 욕망을 드러낼 수 있었다. 공동의 질서와 규범을 앞세웠던 유교 사회에서 현실과 이상의 갈등을 해결하려는 시도였다. 불가능한 것을 상상하고 모순된 세상과 화해하고자 했던 점에서 소설은 현실에서 결핍된 자아와 이상적 자아가 만나는 공간이었다. 비가시적인 존재와 그들의 이야기를 언어로 표현해 줌으로써 개인의 욕망은 현실 속에서 사회문화적 힘을 획득해 나간다. 사회질서와 도덕윤리를 전복시키려는 것이 아니라 결핍된 것들을 심리적으로 치유해 주는 글쓰기로 존재했다.

중국문학에서 유교가 현실세계의 윤리나 도덕을 통제하는 정치 질서였다면, 도교와 불교는 유교의 현실주의와 형식주의를 극복하는데 상당한 공헌을 했다. 문학 창작과 비평 방면에서 유가에 결여된 환상과 허구를 가능케 했으며, 함축적인 표현으로 심미적 아름다움을 배가시켜 주었다. 소설을 허황된 기이한 이야기로 폄하시켰던 중국 자생의 요인으로 중국의 정치 제도와 사상적 규범을 빼놓을 수 없다. 중국 사회에서 굳건히 자리 잡고 있던 유교해석학의 영향으로 소설의 문학적 예술성은 객관적으로 평가되기 어려웠다.

유교적 윤리도덕과 사실의 기록 여부에 주목할 것이 아니라, 중국 소설에 담겨진 함축적 의미와 문화적 해석에 주목해야 할 이유가 여기에 있다. 도덕적 비난에도 불구하고 끊임없이 창작되어 왔던 이면의 의미를 읽어내야 한다. 소설은 기득화된 사회질서에 적응하지 못했던 지식인들이 현실과 이상의 갈등 속에서 타협한 글쓰기였다. 기이한 허구의 사건을 구성하면서 현실에서 부재한 것들을 채워주는 문학적 재현이었다. 현실의 바깥을 상상하고 은폐된 욕망의 목소리에 귀를 기울여야 하는 이유는 '허구'의 소설이 '진실'한 현실을 토대로 했기 때문이다. 비일상적이고 황당한 사건들을 담아내고 있었으나 오히려 삶의 가장 가까운 곳에서 인간과 사회의 긴밀한 관계를 반영한다. 유교와 역사의 전통적 질서 속에서 끊임없이 타자화된 글쓰기는 획기적인 문학장의 전환을 이끌지 못했지만 지배 권력에 도전하면서 인식의 균열과 변화를 이끌어 낼 수 있었다.

중국 내부에서 갈등하고 있던 소설에 대한 학술적 시각들은 서구에서 들어온 새로운 문명을 주체적으로 담아낼 지성적 틀을 구성하고 있었고 이것은 만청시기 소설이 이론적으로 발전하고 그 창작이 폭발적으로 증가할 수 있는 토대가 되었다.

2장

근대전환기의 문학장

계몽과 구국, 공론장으로의 글쓰기

1. 근대를 사유하는 또 다른 지평

혼란했던 정치 사회 속에서 외부의 충격에 의해 학술문예를 꽃피웠던 시기는 근대 이전에도 몇 차례 있었다. 먼저, 짧은 기간 동안 수십 개의 국가가 난립하며 무질서 속에서 예약이 붕괴되었던 춘추전국시대를 언급할 수 있다. 제자백가들이 각자의 철학사상을 주장했기에 유가, 도가, 묵가 등 다양한 학술문화가 발전하는 시기이기도 했다. 두 번째는 몽고족이 위세를 떨쳤던 남송시대를 꼽을 수 있다. 원대(元代)는 사람의 등급을 열 단계로 나누어 한족을 기생보다도 낮은 최하위 계급으로 규정짓고 과거제도를 폐지하였으므로 한족들의 정계 진출이 단절되던 시기였다. 천하의 중심이던 한족이 문화수준이 낮은 이민족의 통제를 받으면서 예악의 질서가 무너지고 도덕과 규범이 사라진 시기였다. 끝까지 저항했던 남송의 한족들에겐 왕조의 정통론과 성리학적 명분론이 더욱 중요해진 시기이기도 했다. 세 번째, 문화종주국이던 중국이 한 때 자신을 동경했던 서구와 일본에 의해 굴욕을 당했던 근대시기이다. 중국은 19세기 말 아편전쟁·청일전쟁 등 수차례에 걸친 서구 및 일본과의 충돌 속에서 더 이상 세계의 중심이 될 수 없다는 충격을 받았다. 중화중심주의는 과거의 전통 속에서 설득력이 있었고, 눈앞의 현실은 풍전등화와 같은 조국을 위해 사회 전반의 변화와 개혁을 요구하고 있었다. 전통의 단절과 계승에 대한 문제는 곧 구국의 문제와 직결되었고, 지식인들은 새로운 문물을 받아들이며 사회 전반에 대한 개혁을 추진했다. 제국의 무력 앞에서 무참히 쓰러져 가는 조국을 구하기 위해 서구의 과학과 기술을 도입했고, 사상서와 문학서를 번역하며 신지식을 보급하고자 했다.

사회 변혁의 시기에 지식인들은 상소를 올리거나 글을 지어 자신의 주장을 펼쳐냈다. 전통적 사유의 틀 안에서 서구의 신문물을 선별적으로 수용하려는 온건적 개량파도 있었고, 봉건 구질서를 타파하고 새로운 기술과 사상을 적극 받아들이려는 급진적 개혁파도 있었다. 개량이던 혹은 개혁이던 망국의 울분을 문필로 호소하면서 제국의 침략에 대한 반발은 이전 어느 시기보다 격렬했다. 이것은 청말 전례 없는 소설의 유행으로 이어져 특히 만청 20년간 수백 종의 소설이 출간되던 배경이 되었다. 소설에 사회의 병폐와 통치자들에 대한 질책, 무너져 가는 조국을 걱정하는 지식인들의 분노를 담았다. 급작스런 양적 확대가 질적 상승과 반드시 일치했던 것은 아니었으나 급변하는 사회질서의 변동 속에서 다른 어떤 장르보다 변화된 의식을 담아내기 적절한 문학적 장치는 소설이었다.

19세기 말 지식인 양계초(梁啓超)도 소설에 주목했다. 신사학을 제창했던 역사학자, 정치개혁을 부르짖던 정치가, 각 장르의 개혁을 주장했던 문학가, 신문잡지를 창도했던 언론가, 교육제도의 혁신을 주장했던 교육가라는 다양한 위상을 지니는 애국계몽주의자 양계초는 소설을 통해 무지한 백성을 깨우치고 서구에 맞설 수 있는 강국을 건설하고자 했다.

양계초는 중국의 전통적 교육을 받은 학인일 뿐 아니라 서구 학문을 포괄적으로 수용한 지식인이었다. 스스로 밝혔듯이 일생 동안 보수와 진보에 대한 의식이 충돌하고 있었고 전후 주장이 모순을 일으키기도 했다. 이 때문에 양계초를 연구하는데 시기 선정은 상당히 중요한 문제가 된다. 레벤슨(Levenson)은 양계초가 서구 사상을 수용했던 방식에 따라 1898년, 1912년을 기준으로 3단계 접근방식을 제시한 바 있고, 이택후(李澤厚)는 그가 중국 지식인들과 대중에게 가장 큰 영향력을 미쳤을 때인 무술정변 후 1898년부터 1903년까지를 강조했다. 주목할 점은 소설계혁명이 큰 반향을 일으킬 수 있었던 근원적 배경이 일본망명 이전 유신변법 주장부터였다는 것이다. 이 책에서는 1896년부터 1903년까지 양계초의 활동과 소설에 대한 견해를 중심으로 고찰해 본다. 근대전환기 소설은 어떻게 국민을 계몽시키고 어떻게 정치사회를 변혁시키고 있었는지, 또 문학장에서 어떤 위상으로 변화하고 있었는지 살펴본다.

양계초의 소설계혁명, 그를 둘러싼 근대 지식사회의 변화를 살펴보는 것은 근대를 전통의 단절이 아닌 계승과 창신의 과정으로 바라볼 수 있는 토대가 된다. 유가적 사유 안에 갇혀있던 소설이 계몽적 지식을 담아

내는 가장 적합한 장르로 인식되면서 근대를 사유하는 또 다른 지평을
열고 있었다.

2. 사회개혁의 출발점, 소설계혁명

소설의 대중적 흥행에 관해 강유위(康有爲)의 언급에서부터 살펴볼 필
요가 있다. 강유위는 "글을 아는 사람 중에 경서를 읽지 않는 사람들은 있
으나 소설을 읽지 않는 사람들은 없다"(『日本書目志』 14권)고 하며, 널리 통
용된다는 각도에서 소설의 대중성을 인정했다. 또, 소설이 전파된 현황에
대해서 "내가 상해 점석자에게 어떤 책이 잘 팔리냐고 물으니 대답하길,
서경은 팔고문만큼 팔리지 못하고 팔고문은 소설만큼 팔리지 못한다고
했다. 송대에 이 문체가 시작되고 세속에 통용되었으므로 천하에 소설을
읽는 사람들이 가장 많아졌다"(『日本書目志』 10권)고 했다. 소설이 널리 유
행했다는 기록은 만청 이전에도 종종 있었기 때문에 새삼 놀라울 것이 없
다. 그러나 지식인층에서 경서보다 소설을 더 많이 구독했다는 점, 소설
을 경서와 동급의 차원에서 견주고 있다는 점은 그간 도를 실어 나르거나
혹은 실록의 보충적인 역할로 평가되던 소설의 위상과 대조해 볼 때 놀라
운 부분이다. 나아가 강유위는 일본서적을 15개 부문으로 분류할 때 소설
을 정치나 법률과 같은 국가 규범적 질서와 동등한 위상으로 올려놓았다.
일찍이 강희제(康熙帝)는 "인심을 바로잡고 풍속을 두터이 하려면 반드

시 경학을 숭상하고 성인의 책이 아닌 것은 엄히 끊어야 하는 것으로 이는 바뀔 수 없는 도리이다. 근래에 세상에서 많이 팔리는 소설을 보면 언사가 음란하고 황당하며 천하고 속되어 거의 올바른 도리가 아니다. 어리석은 백성들을 유혹할 뿐 아니라 사대부와 서생들도 두루 바라보며 미혹된 길로 빠져들고 있다. 소설은 (…중략…) 즉시 통행을 엄히 금지해야 한다"(『大淸聖祖仁皇帝實錄』258권)는 소설금지 유시를 발표했다. 강희제의 훈시는 중하층 백성 뿐 아니라 세정에 영향력을 행사하는 관료 지식계층을 대상으로 했다는 점에서, 소설의 가치를 경학의 범위 안에서 평가했다는 점에서 여전히 봉건적 사고의 전형을 보여준다. 그러나 강유위의 언급은 전통시기 경서와 사서에 보탬이 되는 정도에서 가치를 인정받았고 어리석은 백성들이나 보던 자질구레한 이야기를 당시 지식인층에서 대거 수용했다는 변화를 증명한다. 소설을 금지하고자 했던 이전 시기와 비교해 보면 당시 사회가 어떻게 변화하고 있었는지, 또 변화를 추동하는 이유가 얼마나 절실했는지 알 수 있다. 소설에 대한 인식의 변화는 일부 지식인들만의 문제가 아니었고 문학의 주변부에 위치했던 소설은 더 이상 소외된 장르가 아니었다.

양계초가 스승 강유위에게 수학한 후 정치적, 사상적 영향을 크게 받았기에 이 둘은 강(康)·양(梁)으로 불렸다. 양계초는 어릴 적 조부와 부모로부터 사서삼경을 공부했고 전통적인 유교 교육을 받아서 과거를 통해 정계로 진출하려던 지식인이었다. 북경에서 회시(會試)에 참가했으나 탈락하고 우연히 서계여(徐繼畬)의 『영환지략(瀛環志略)』을 구입해서 읽고 난 후 세계 지리와 서학에 관심을 가지게 되었다. 청일전쟁에서 중국이 불리하다는 정세를 듣고 강유위와 함께 변법자강을 내세워 유신을 단행했으나 서태후 등 보수파의 반대로 실패하자 일본으로 망명했다. 유신변법 실패 후 애국계몽을 위한 자신의 주장을 확고히 하며 강유위와 다른 길을 걷게 된다. 이 시기 신문잡지에 발표했던 정론문 「역인정치소설서(譯印政治小說序)」, 「논소설여군치지관계(論小說與群治之關係)」에서 소설개혁에 대한 그의 견해가 분명히 드러난다. 1898년 『청의보(清議報)』에 발표한 「역인정치소설서」에서 "인간의 성정은 장엄함을 싫어하고 해학을 좋아한다"며 소설이 환영받는 이유를 제시했으나 소설의 악습에 대해선 신랄하게 비난했다.

> 중국의 소설은 비록 구류(九流)에 속하지만, 『우초(虞初)』이래로 훌륭한 작품은 매우 적었다. 영웅을 서술하면, 『수호전』을 모범으로 삼고 남녀의 사랑을 언급하면 『홍루몽』을 본받는다. 대체로 보면 회자와 회음의 두 가지에서 벗어나지 못하고, 서로 답습하며 반복한다. 그리하여 군자들은 말하기를 꺼린다.(「譯印政治小說序」)

중국의 소설은 영웅담과 애정류만 취급하여 음란함과 도적질만 가르쳐 사람들을 함정에 빠뜨리게 했다고 맹렬히 비판했다. 그러나 그가 비판한 것은 사람들을 미혹하게 하는 구소설의 봉건도덕성이었지 소설 자체를 부정한 것이 아니었다. 뒤이어 서구 정치소설의 공헌을 찬양하는 부분에서 그의 태도를 명확히 알 수 있다.

> 옛날 유럽 각국이 변혁할 때는 자국의 석학들과 뜻있는 지식인들이 자신의 경험과 가슴 속 회포를 바탕으로 정치적 논설을 소설에 기탁했다. (…중

략…) 매번 새로운 소설이 나오면 전국의 여론이 달라진다. 저 미국, 영국, 독일, 프랑스, 오스트리아, 이탈리아, 일본 등 세계 각국의 정치가 나날이 발전하는데 정치소설의 공이 가장 크다. 영국의 어떤 명사가 말하기를 "소설은 국민의 혼이라" 어찌 그렇지 않겠는가, 어찌 그렇지 않겠는가!(「譯印政治小說序」)

양계초는 일본으로 망명하던 중 배 안에서 시바 시로오[柴四郞]의 정치소설 『가인지기우(佳人之奇遇)』를 보고 바로 『청의보』에 번역, 연재했다. 메이지 시기 3대 정치 소설 중 하나인 『가인지기우』를 읽고 서구 발전된 나라와 비교하면서 백성을 계몽해서 여론을 형성하는데 정치소설이 크게 공헌했음을 깨달았다. 메이지유신이 성공하기까지 소설이 국민 여론을 형성하는 중요한 수단이 되었음에 주목하고 소설은 국민의 혼이라며 그 위상을 끌어올렸다. 정치 변혁의 수단으로 강조된 소설의 위상은 1902년 『신소설(新小說)』에 발표한 「논소설여군치지관계」에 와서 최고조에 이른다. 소설이야말로 문학의 최상층이라고 선언하고 모든 개혁은 반드시 소설로부터 시작해야 한다고 강조했다.

한 나라의 백성을 새롭게 하려면 우선 한 나라의 소설을 혁신해야 한다. 그러므로 도덕을 새롭게 하려면 소설을 새롭게 해야 하고, 종교를 새롭게 하려면 소설을 새롭게 해야 하며, 정치를 새롭게 하려면 소설을 새롭게 해야 하고 풍속을 새롭게 하려면 소설을 새롭게 해야 하며 학예를 새롭게 하려면 소설을 새롭게 해야 한다. 심지어 사람의 마음을 새롭게 하고 인격을 새롭게 하려면 소설을 새롭게 해야 한다. 왜 그런가? 소설은 불가사의한 힘으로 인간의 도리를 지배하기 때문이다.(「論小說與群治之關係」)

양계초는 사회의 각 방면을 개혁하려면 소설을 통해야 한다고 단언했다. 그렇다면 소설은 어떻게 백성을, 도덕을, 종교를, 풍속을 개혁할 수 있는가? 그는 소설의 본성과 불가사의한 감화력을 들어 설명했다. 사람을 쉽게 끌어들이고 쉽게 감화시키는 것이 소설의 본체이기 때문에 부지불식 중에 자연스럽게 변화시킬 수 있다는 것이다.

소설의 본체는 사람을 쉽게 끌어들임이 저것과 같고 그 쓰임은 사람을 쉽게 감화시키는 것이 이와 같기 때문에 다른 글보다 소설을 좋아하는 것은 인류의 보편성이다. 이것은 심리학의 자연작용이고, 인력으로 쉽게 얻을 수 있는 것이 아니다.(「論小說與群治之關係」)

나아가, 소설의 감화력을 심리학의 자연작용이라고 하면서 소설의 불가사의한 네 가지 힘을 훈(薰), 침(浸), 자(刺), 제(提)의 원리로 설명했다. 첫째, 공간적으로 퍼지는 훈(薰)을 제시했다. 연기 속 그을림, 먹과 붉은 것을 가까이하여 물드는 것처럼 작은 씨앗이 갈수록 흥성하여 세계에 두루 영향력을 미치는 것과 같다. 둘째, 시간적으로 확대되는 침(浸)을 들었다. '훈'은 공간적인 것이기에 그 영향력은 경계의 광활함에 비례하지만, '침'은 시간적인 것이기에 그 영향력은 경계의 장단(長短)에 있다. 『홍루몽』과 『수호전』을 읽고 난 후 여운이 오래 남는 것은 마시면 취하는 술과 같은 원리로 바로 '침'의 감화력 때문이라고 설명했다. 셋째, 자극적인 감동의 힘 자(刺)를 제시했다. '훈침'의 힘이 점진적이라면 '자'의 힘은 돌발적이며, '훈침'의 힘이 느낄 수 없는 것이라면, '자'의 힘은 갑자기 깨닫게 되는 자극이라고 했다. 마지막으로 독자가 소설 속 주인공과 동화되는 힘인 '제'를 들어 설명했다. 앞의 세 가지 힘이 외부에서 내부로 들어가는 것이라면, '제'의 힘은 내부에서 촉발된 것이다. 그래서 책을 읽을 때 내 몸은 이미 이 세계를 떠나 다른 세계로 들어가 사람을 감동시키게 된다. 소설의 감화력과 영향력이 크기 때문에 소설은 사랑스럽지만 두려운 존재라며 경외시하기까지 했다.

양계초는 소설의 위상을 제고시키면서 다른 한편으론 구소설이야말로 중국의 정치를 부패하게 만든 총체적인 근원이었다고 다시 한번 강도 높게 비판한다. 당시 정치사회가 부패하고 낙후된 원인을 모두 구소설의 봉건성 탓으로 돌린 것은 편협한 견해였으나, 소설과 현실 사회의 불가분적 친연성을 강조하기 위함이었다. 소설의 본성이 공기와 음식과도 같아서 피할 수도 막을 수도 없을 만큼 사회와 밀접하게 연관되어 있다고 분석했다.

우리 중국인들이 장원급제하여 재상이 되려는 생각은 어디에서 비롯된 것인가? 소설이다. 우리 중국인들이 재자가인을 꿈꾸는 사고는 어디에서 나온 것인가? 소설이다. 우리 중국인들이 강호에서 의적 노릇한다는 생각은 어디에서 나온 것인가? 소설이다. 우리 중국인들이 요괴와 귀신에 대한 생각은 어디에서 말미암은 것인가? 바로 소설이다. (…중략…) 아, 소설이 사람들을 함정에 빠뜨리는 것이 마침내 여기까지 이르게 되었구나! (…중략…) 그러나 그 성질이나 위치는 마치 공기나 곡식과 같아 어떤 사회에서도 피할래야 피할 수도 없고 막을래야 막을 수도 없는 것이다. (…중략…) 오늘날 대중정치를 개량하고자 한다면 반드시 소설계혁명에서 시작해야 한다! 국민을 혁신시키고자 한다면 반드시 소설을 새롭게 하는 데서 시작해야 한다!(「論小說與群治之關係」)

당시 중국사회의 무능력과 관료계급 부패의 원인이 모두 소설에서 기인했다는 점은 논리적인 모순을 내포한다. 소설 때문에 중국사회가 부패한 것이 아니라 부패한 사회현실을 반영하는 소설이 대량 창작되었을 것이니 소설과 사회의 관계를 주객전도의 현상으로 파악한 것이다. 소설은 사회에서 생산된 문학 장르이므로 사회부패가 소설로부터 출발했다는 논리는 타당하지 않다. 또 한 나라의 국민을 새롭게 하는 원동력은 여러 가지가 있을 수 있고 소설은 그 중 하나의 조건이 될 수 있을 뿐이다. 소설과 정치사회의 인과적 논리는 지나치게 단순화되어 자체적인 모순을 내포하고 있었다. 그러나 양자 사이의 불가분적 친연성, 작가와 독자를 모두 개혁의 대상으로 삼았던 점은 이전 소설담론에서 살필 수 없었던 진보적인 견해였다. 이전 비평가들도 텍스트와 현실 혹은 작가와 현실생활, 창작의 소재와 일상생활의 관련성 등을 제기했으나 소설이라는 장르 자체를 사회 전반의 현상과 등가의 관계로 다루었다는 점에 주목할 수 있다. 또, 장원급제하여 재상되기를 희망하는 지식인 계층, 강호의 의적되기를 꿈꾸는 서민 계층 모두 새롭게 계몽시켜야 할 대상으로 삼았다. 소설의 작가는 더 이상 '황당한 생각이나 하는 선비나 장사치'가 아닌 근대적 지식층이어야 함을 호소했다. "어리석은 백성을 가르치는 것이 오늘날 중국을 구하는 제일 시급한 업무"(「蒙學報・演義報合敍」)이며 비식자층의 교육과 계몽을 일찍부터 강조했다. 정치를 혁신시키려면 민지(民智)를 깨우쳐 여론을 형성할 수 있는 소설을 중심으로 시작해야 했다. 그러기에 소설은 현실 사회와 불가분의 관계에 있으며 한 국가의 미래를 책임질 만큼 막중한 임무를 짊어졌다고 보았고, 소설계혁명을 통해서 국민과 국가를 변화시킬 수 있다고 믿었다. 봉건성을 타파하고 근대

국가를 성립시키기 위해서 소설의 정치사회적 작용과 역할을 강조했다.

효용론적 관점에서 소설을 최고의 장르로 평가했던 양계초의 견해는 여러 가지 모순에도 불구하고 많은 지식인들의 호응을 이끌었다. 구휘훤(邱煒萲)도 양계초의 관점을 발전시켜 "문화가 날로 발전하고 사조가 날로 고조됨에 따라 사람들은 소설의 효과가 연설이나 신문보다 빠르다는 것을 알게 되었다. 그리하여 더 이상 연애를 서술하는 도구로 보지 않고, 민지를 깨우치는 통로와 민덕(民德)을 함양시키는 요소로 여기게 되었다. (…중략…) 이것은 소설이 절대적인 가치를 지니게 된 까닭"(「新世界小說社報发刊辞」)이라며 소설의 정치 사회적 공리성을 강조했다.

3. 대중 속으로, 글쓰기 문체의 개혁

소설계혁명의 본지는 정치변혁을 위한 효용성 이외에 대중적 글쓰기로의 전환에서도 찾을 수 있다. 양계초는 1895년 강유위와 함께 청일전쟁에서 청군이 불리하다는 소식을 듣고 큰 충격을 받아 공거상서를 올렸다. 그러나 회시에 참가했던 지식인들의 소극적 저항 방식인 상서로는 사회를 변화시킬 수 없음을 깨닫고 교육을 통한 근본적인 개혁을 시도하고자 했다. 말과 글이 분리되어 있는 표현의 형식을 비판하고 구어체와 가장 가까운 글로 기록하고자 했다. 그는 당시 중국이 열등할 수밖에 없는 이유 중 하나로 백성들이 사용하는 말과 글이 일치하지 않았기 때문이라고 지적했다. 『홍루몽』이 세상에 나와 널리 유행했고 속작들이 무수히 지어졌던 시기에도 중국 최대의 총서 『사고전서』에 실리지 않았다. 『사고전서』의 경·사·자·집의 어떤 분류에도 백화로 쓰인 『홍루몽』은 수록되지 않았고 문언으로 쓰인 작품만 소설류에 분류되었다. 게다가 당시 지식인들은 과거시험에 합격하기 위해서 사서오경의 구절을 표제로 삼아 엄격하게 규정된 글자 수와 대구로 글을 짓는 팔고문(八股文)을 학습해야 했다. 정계로 진출하기 위해서 현실과 동떨어진 선진시기의 옛 자구를 암송했다. 그러나 지나친 격식 위주의 팔고문은 지식인의 사상과 감정을 통제하며 학문과 문학의 발달을 방해했고, 진한 이전의 문장만 공부하다 보니 과거에 합격하고도 한 고조와 당 태종을 모르는 무지한 관료들을 양성하게 되었다.

이러한 상황 속에서 양계초는 지식인 계층 뿐 아니라 여성과 아동, 농·공·상·병 계층에 대한 교육의 필요성을 강조했다. 언어문체적 관점에서 고문보다 쉬워 누구나 읽고 쓸 수 있는 백화문에 주목했다. 쉬운 글자로 쓰인 소설의 보급은 우민을 계몽시키는 적절한 방법이었다. 또 다수의 우민을 계몽시켜 여론을 조성하려면 쉬운 문자를 널리 선전할 수 있는 신문잡지의 파급력을 이용해야 했다. 그가 1896년 상해에서 창간한 『시무보(時務報)』, 1898년 일본에서 창간한 『청의보』, 1902년 『신민총보(新民叢報)』, 『신소설(新小說)』 등의 근대 매체는 누구나 읽고 쓸 수 있는 쉬운 문체를 널리 유행시키면서 소설계혁명을 전국적으로 확산시키는 통로가 되었다.

양계초가 유행시킨 문체는 신문잡지에 적합한 문체라고 해서 보장체(報障體) 혹은 신문체(新聞體)라고 불렸다. 시대에 맞는 쉬운 글자를 널리 보급시키려던 것은 백성들을 계몽시켜 민지를 양성코자 했기 때문이다. "일본의 변법은 완전히 속요와 소설의 힘에 의지하고 있다. 대개 아이들을 기쁘게 하고 어리석은 백성들을 인도할 방법으로 이보다 더 좋은 것은 없다"(「蒙學報・演義報合敍」)며 어린아이와 우매한 백성을 가르치기 위해 고인의 말을 모방해서는 안되고 통속적인 언어를 사용해야 한다고 강조했다. 오늘날의 문자와 언어는 서로 일치하지 않기 때문에 옛 사람들의 문언이 아닌, 난해하지 않은 일상적인 문자를 사용해야 한다는 것이다.

> 옛 사람들의 문자와 언어는 합치되었으나 오늘날 사람들의 문자와 언어는 떨어져 있어서 그 장단점에 대해서 이미 여러 차례 언급했다. 오늘날 사람들이 말할 때 모두 지금의 언어를 사용하지만 붓으로 기록할 때는 반드시 옛 말을 본뜬다. 그러므로 부녀자, 어린이, 농민들이 글을 읽는다는 것은 매우 어려운 일이 아닐 수 없다. (…중략…) 다만, 오늘날의 속어 중 음도 있고 글자도 있는 것으로 책을 쓴다면 이해하는 사람들이 많을 것이고 읽으려는 사람들도 훨씬 많을 것이다.(「變法通議・論幼學」)

그는 구어체로 쓰인 『수호전』, 『삼국지연의』, 『홍루몽』을 읽는 사람이 육경(六經)을 읽는 사람보다 도리어 많은 현실에서 쉬운 글자를 사용한 글이야말로 대중에게 시급히 보급해야 한다고 주장했다. 「논소설여군치지관계」에서 문자가 언어보다 시공간적으로 항구성을 지니기 때문에 문자에 의지할 수밖에 없는데 문언보다 속어를 써서 누구나 쉽게 읽고 쓸 수 있는 시대에 맞는 문자로 기록해야 한다고 밝혔다. 또 『신민총보』에서 엄복의 『원부(原富)』를 소개하며 서구 사상서와 철학서를 번역했던 그의 훌륭함에 찬사를 보내면서도 "번역의 목적은 불후의 명작을 고이 간직하기 위한 것이 아니라 문명 사상을 대중에게 전파하기 위한 것"(『신민총보』 제1기)이라며 지나치게 심오하고 멋을 부리려 했던 선진시대의 문체를 비판했다. 유럽이나 미국, 일본의 전례를 들면서 문체의 개혁은 문명화의 정도와 정비례하므로 중국에서 시급히 해결해야 할 문제라고 강조했다. 고아한 구문체가 아닌 통속적인 신문체여야 백성을 교육하여 민지를 양성케 할 수 있었다. 그에게 있어 백화로 쓰인 소설이야 말로 파급력과 개혁성을 동시에 갖춘 사회 전반을 계몽시키기에 적합한 글쓰기였다.

말년에 『청대학술개론(淸代學術槪論)』에서 "때때로 이어(俚語)와 운어(韻語), 외국의 어법을 섞었으므로 글은 어디에도 구속되지 않았다. 배우는 자들은 경쟁하듯 그것을 모방했고 신문체라 불렀다. (…중략…) 그 글은 조리가 분명하고 붓 끝에 언제나 감정을 담고 있어 독자들에게 특별한 마력을 가지고 있었다"(25장 「梁啓超的今文學派宣傳運動」)고 회고했다. 평이하고 유창한 글을 사용하여 아래로부터 조직된 힘을 바탕으로 정치와 사상을 개혁시킬 수 있었다. 소설을 통한 정치·사회의 개혁은 소수의 지식인 뿐 아니라 다수의 백성을 대상으로 했기 때문에 문체개혁을 추진할 수 있었다. 옛 글이 아닌 지금의 사람들이 사용하는 언어로 기록해야 한다는 진화론적 관점을 견지했다. 현실에 맞지 않는 문자의 모순을 지적하고 실생활에 맞는 언어 문체로 표기해야 한다는 시대적 변화에 따른 합리성을 강조했다. 그러나 고어와 속어, 문언과 백화의 관련성을 명확히 규정짓지 못했다. 소설 문체의 심미적인 예술성이 아니라 계몽과 정치적 효용을 위한 목적에서 출발했기 때문이었다. 그럼에도 불구하고 글쓰기 문체를 개혁하려는 양계초의 노력은 우민을 계몽시켜 민지를 양성하는, 지식을 보급하는 방면에서 큰 효력이 있었다.

양계초의 신문체 보급은 1917년 문학혁명의 도화선이 된 호적(胡適)의 「문학개량추의(文學改良芻議)」의 기초를 다졌다. 호적은 양계초의 글에 대해서 이렇게 평가했다. "엄복의 글은 너무 고아했지만 양계초의 글은 유창하고 분명했으며 열정이 충만했다. 독자들이 양계초를 따라 생각하고 행동하게 만들었으며 당시 청년들에게 큰 영향을 미쳤다."(『四十自述』) 또 개인적으로 양계초 덕분에 시야를 넓혔다고 서술했는데, 양계초의 「신민설(新民說)」을 통해서 중국 바깥에 고등 민족과 문화가 있음을, 「중국학술사상변천지대세(中國學術思想變遷之大勢)」를 통해서 중국에 사서오경 이외에 다른 학술사상이 있음을 알게 되었다고 자술한 바 있다. 그는 과거 중국문학의 주류는 정통문학인 시사(詩詞)가 아니라 백화문학이었다고 하면서 '죽은 언어'인 문언문이 아니라 '살아있는 언어'인 백화문으로 문학을 창작해야 한다고 주장했다. 호적이 제기한 팔불주의(八不主義)는 새로운 시대에 새로운 사상을 담은 '살아있는 문학'을 창작하는 근거가 되었다. 속자와 속어를 피하지 않는 백화문의 보급은 중국 역사상 최초로 민의가 관철된 정치 문화 혁명으로 이어졌다. 양계초가 제창한 신문체는 "문학혁명의 처음은 바로 문자 문제의 해결"(「嘗試集自序」)이라던 호적에 의해 '국어의 문학, 문학의 국어'를 확립하자는 전면적인 문체 개혁으로 이어졌고, 백화문을 중심으로 한 5·4작가들의 문학혁명이 성공할 수 있었던 토대가 되었다.

4. 계몽과 교육, 지식장의 변화

양계초는 소설의 파급력과 영향력에 주목했고 그것은 당시 지식계에 큰 반향을 불러일으켰다. 소설계혁명은 문학적 미의식에 방점을 둔 것이 아니라 정치와 사회를 변화시키기 위한 계몽의 수단으로 소설을 강조한 것이기 때문에 구문학에 대한 철저한 반성에서 비롯된 개혁은 아니었다. 1902년 중국 최초의 소설전문지 『신소설』을 창간하는 목적을 "소설가의 말을 빌려 국민정치사상을 불러일으키고 그 애국정신을 격려하는데 있다"(「中國唯一之文學報新小說」)라고 밝혔듯이 정치 변혁의 도구로 소설의 영향력과 효용성을 분석했다. 문학의 본질적인 측면에서 소설의 위상을 제고한 것은 아니었지만 오랜 시간 이어온 소설에 대한 폄하된 평가는 이 시기에 와서 문학 최고의 경지로 인식되었다. 비록 정치적 효용성에 입각한 주장이었으나 소설계혁명이 큰 호응을 얻을 수 있었던 배경 중 하나는 계몽을 위한 교육을 강조했기 때문이었다.

중국은 강국이 되어야만 서구 제국과 맞설 수 있고 그러기 위해선 인재가 필요했다. 인재를 양성하는 일은 백성들의 지식을 넓힘으로써 달성할 수 있는데, 지식을 양성시키는 방법은 과거제도의 전면적인 개혁과 새로운 학제 시스템의 개편을 통해서 가능했다. 이에 관해 진평원은 양계초가 과거제를 폐지하고 학교를 열어 인재를 교육하려던 변법의 근본을 신교육을 받은 작가와 독자층과 연관해서 설명했다. 신교육을 받은 청년 학생들이 5・4작가를 지지하고 협조해서 중국소설 서사양식의 변천이 이루어질 수 있었으니, 신교육이 없었다면 중국의 현대소설도 없었

고 중국소설 서사양식의 변천도 없었다는 것이다.[1]

양계초는 교육제도 개편에 대한 시급함을 아래와 같이 강조했다.

> 변법의 근본은 인재를 교육함에 있고, 인재의 흥성은 학교를 개교하는데
> 있으며, 학교의 설립은 과거제도를 변혁하는데 있으니 크게 이루고자 한다면
> 관제를 변화시켜야 한다.(「變法通議・論變法不知本原之害」)

새로운 교육제도를 통해 양성한 신민(新民)으로 국가를 건설하고자 했
다. 그가 생각한 신(新)이란 본래 없었던 것을 보충하여 새롭게 한다는
것 뿐 아니라 본래부터 있었던 것을 더욱 단련시켜 새롭게 개량한다는
것 두 가지를 모두 포함했다.(「釋新民之義」) 양계초는 민지(民智)를 갖춘 국
민 국가를 이룩하기 위해 소설의 교육적 효능에 주목했다. 1902년『신민
총보』를 창간하는 목적도 중국이 강하지 못한 것은 지성이 발전하지 못
한 것이기 때문이므로 국민들의 지성 교육을 근본으로 삼고자 함에 있
다고 밝혔다.(創刊號「本報告白」) 일찍이 엄복도 중국에서 가장 큰 근심거
리인 어리석음, 가난함, 허약함 중 가장 급선무는 어리석음을 치유하는
것이라며(「與外交報主人論教育書」) 우민을 계몽하는 수단으로서 소설의 가
치를 강조한 바 있다.

계몽을 위한 교육의 필요성을 강조했던 양계초는 1898년 근대 신식대
학인 경사대학당(京師大學堂)의 장정(章程)에 대해 초안을 작성해서 상주했
다. 이것이 바로 중국 최초의 대학장정이었다. 인재선발제도와 교육제

---

1   陳平原,『中國小說敍事模式的轉變』, 北京大學出版社, 2014, 20쪽.

도의 가장 높은 단계에 해당하는 교육행정기구 경사대학당을 중심으로 교육 학제의 전환을 시도했다. 북경대학교의 전신인 경사대학당의 장정은 비단 한 학교의 교육체재에 대한 계획이 아니라 중국 근대 교육의 전체 방향을 설계하는 지침이었다. 그는 교육제도의 개편을 통해 새로운 인재를 육성하여 신민으로 구성된 국민국가를 건설하고자 했다. 교육개혁에 대한 지속적인 노력은 1905년 지식인들의 정계진출 통로였던 과거제도의 폐지를 이끌었다. 이로써 지식인들은 더 이상 과거급제를 위해 인간의 사상과 감정을 통제하는 재도(載道)의 학문을 공부하지 않게 되었다. 중국의 교육제도는 수나라 때 과거가 성립된 후 1905년 폐지될 때까지 시종 유가학설이 주류를 이루었고 유가의 교리를 학습하는 것은 지식인들의 사회진출과 직결된 문제였다. 그러기에 과거제도의 폐지는 지식인을 양성하는 교육제도와 학습과목의 개편을 가속화시켰고 나아가 신학문의 성립에 직접적인 영향을 미쳤다.

공자가 『논어』에서 "사(士)는 도(道)에 뜻을 둔다"(「里仁」)고 언급한 이래 여영시(余英時)의 지적처럼 사(士)로 대표되는 중국의 지식인은 처음부터 도(道)와 분리될 수 없는 관계였다.[2] 때로는 경전에 대한 해석을 강조하기도 했고 때로는 사회 비판을 강조하기도 했지만 그 중심은 여전히 도를 이용하여 '세상을 변화'시키는 것이었다. 전통시기 지식인은 '도를 밝혀서 세상을 구하는' 사람이었기에 견문이 넓은 사람이 아니라 도리에 밝은 사람이었다. 비효통(費孝通)이 지적했듯이 지식이란 안다는 것이고 앎은 인류 모두가 가지고 있는 능력이지만 앎의 성격은 두 가지로 나뉠

---

2   余英時, 「古代知識階層的興起與發展」, 『士與中國文化』, 上海人民出版社, 1996, 34~51쪽.

수 있다. 하나는 사물이 어떠함을 아는 것이고 다른 하나는 사물을 어떻게 처리해야 함을 아는 것이다. 전자는 자연지식, 후자는 규범지식이라고 할 수 있는데『논어』에서 서술하는 앎이란 도리를 해석해 내는 규범지식이었다.[3] 인(仁)·의(義)·예(禮)·지(智)·신(信)의 규범을 익히고 정계에 진출하여 도리를 밝히고 그에 따라 세상을 다스리는 것이 지식인의 본분이었다. 동성파 문장을 학습했던 양계초 역시 전통적 지식인 중한 사람이었다. 그러나 제국의 힘에 의해 중국 대지가 분할되는 위기에 처하자 규범지식만으로 중국을 경세(經世), 구도(求道)할 수 없음을 깨달았다. 더욱이 정계 진출의 통로가 막힘에 따라 지식인들은 새로운 시스템에 적응해야 했고, 더 이상 과거시험을 위한 경학과 팔고문을 학습하지 않았다. 엄복은「국문보부인설부연기(國文報附印說部緣起)」에서 소설이 흥성한 이유는 독자들의 마음속에 전달되는 점이 경전이나 역사보다 뛰어나서 세상의 인심과 풍속이 모두 소설에 들어있기 때문이라고 했다. 서구와 일본에서 개화할 때 소설의 도움을 받았다는 사실을 예시하며 소설의 주요 목적은 백성을 개화시키는데 있음을 밝혔다. 소설은 전도 (傳道)와 사실(寫實)이라는 기준에서 인정받던 전통시기와 확연히 다른 평가를 받고 있었을 뿐 아니라 오히려 경전이나 역사보다 뛰어난 위상으로 격상되고 있었다.

이 시기는 중국 전통사회의 지식질서를 구축해 왔던 도덕적 규범지식과 결별하는 과정이기도 했다. 양계초가 초안을 상주한 이후, 1902년 장백희(張百熙)가「흠정경사대학당장정(欽定京師大學堂章程)」을 제정하여 경

3　쉬지린 편저, 김경남·박영순·이철호·장창호·최은진·한혜성 역,『20세기 중국의 지식인을 말하다』1, 길, 2011, 206~207쪽.

사대학당 체제를 7과로 나누어 정비했는데 경학과를 독립된 분과학문으로 책정하지 않고 문학과 아래에 소속시켰다. 1912년 교육총장이었던 채원배(蔡元培)는 대학은 더 이상 경사지학(經史之學)을 기초로 하지 않고 고등학술을 가르치며 학술위주의 인재양성에 중점을 둔다는 「대학령(大學令)」을 공포했다. 경・사・자・집의 전통분류법 중 최상층에 놓여있던 경학은 더 이상 최고의 학술분야가 아니었고, 급기야 문학과 혹은 문과 아래에 편입되는 '엄청난' 시도가 있었다. 지식의 중심은 인과 의를 바탕으로 한 도덕적 지식, 경세와 구도를 위한 전통적 규범지식에서 과학과 민주를 바탕으로 한 자연지식으로 이동하고 있었다. 이러한 지식장의 변화는 신문화운동의 구심점이었던 『신청년(新青年)』에서 공자를 타도하자는 '타도공자점(打倒孔家店)'을 내걸고 반전통, 반유가를 부르짖었던 신사상운동을 가능케 했다. 또, 백화를 중심으로 구시대 봉건문학을 개혁하려는 신문학운동의 기반을 마련했다. 비록 양계초가 1차 세계대전 후 피폐해진 유럽사회를 둘러보고 서구는 더 이상 중국이 배워야 할 대상이 아닌, 물질문명의 국가일 뿐이라며 보수적인 입장으로 돌아섰지만 그가 뿌린 진보의 씨앗은 5・4문학혁명으로 이어졌다. 1902년 양계초가 일본에서 주간했던 최초의 소설전문지 『신소설』을 시작으로, 1903년 『수상소설(繡像小說)』, 1906년 『월월소설(月月小說)』, 1907년 『소설림(小說林)』, 1910년 『소설월보(小說月報)』, 1914년 『예배육(禮拜六)』, 『소설총보(小說叢報)』, 『중화소설계(中華小說界)』 등의 소설전문지들이 무수히 창간되면서 구국의 목소리는 널리 퍼져나갔다. 1917년 북경대학에 지금의 대학원에 해당하는 연구소가 초보적으로 설립되었는데, 문(文)・이(理)・법(法)의 3과 학문 중 문과연구소 소속이었던 소설 과목에서 가장 빨리, 가장

『신청년』 창간호

(문학혁명의 도화선이 되었던 『신청년』, 처음엔 1915년 『청년잡지』라는 이름으로 발간되었다.)

활발히 지식인들의 강연과 토론이 이루어졌다.[4] 소설은 근대시기 지식장의 변화를 일선에서 보여주는 최전방의 장르였다.

과거합격을 위한 팔고문과 유가 경전을 공부했던 양계초는 일본과 서구의 문화를 직접 체험하고 강국 중국의 미래를 꿈꾸었다. 양계초의 소설계혁명은 정치사상을 선전하고 우민 계몽을 위해 문학을 실용주의적 관점에서 접근했던 것이었으나 제도권 밖에 위치했던 소설을 문학의 중심부로 이동시켰다. 이것은 단순히 소설이라는 장르의 위상이 변화된 문제가 아니라 국민의 정신을 개조하고 망국의 위기를 전환시켜줄 지식 담론이 형성되는 과정이었다. 양계초는 오늘의 내가 어제의 나를 비평하기를 꺼리지 않는다며 자신의 주장에 대한 모순을 스스로 자각했다. 이러한 점에서 혹자들은 양계초를 비판하기도 하지만 조국을 강국으로 만들기 위해 신지식을 빨리, 널리 선전하는 것은 자신에게 쏟아질 비난에 대한 걱정보다 시급한 일이었다. 백성을 계몽시킬 지식의 보급은 구국을 위해 절실했기에 소설을 통해 사회를 개량할 수 있다던 양계초의 주장은 당시 큰 호응을 이끌며 중국사회를 변화시키고 있었다.

소설은 문학 중 최고의 위상으로 올라섰다. 수천 년간 저항 없이 지속되던 정통문학 시가의 위상을 밀어내고 통속문학인 소설이 중심에 자리했다. 장지동(張之洞)을 비롯한 만청의 관료들이 서양의 과학기술과 무기 제조법 만을 강조했던 중체서용(中體西用)의 환상에서 벗어나지 못할 때 소설은 구도덕의 봉건성을 폭로하며 신지식과 신문화를 보급하고 있었다. 백화체 신문잡지의 확산을 이끌면서 다가올 문학혁명의 이론적인 토

---

4   홍석표, 『중국 근대학문의 형성과 학술문화담론』, 북코리아, 2012, 62~71쪽.

대를 제공하고 있었다. 이 시기는 소설 자체의 본질적 특성이 아닌 정치사회적 효능에 근거해서 평가했다는 한계점이 있지만, 주변적 장르였던 소설이 중국문학의 중심으로 부각되면서 지식을 생산, 유통시키는 공론장으로의 역할을 했다. 이것은 근대전환기에 이룩된 문학장의 변화였다.

1장

만들어진 영웅과 메타역사의 독법

『삼국연의(三國演義)』에 대한 상상

1. 역사해석의 패러다임과 『삼국연의』

소설 『삼국연의』는 역사서 『삼국지』를 바탕으로 한 역사소설이다. 역사 속 실존 인물들을 허구적으로 가공하여 영웅의 형상을 창조했다. 소설 속 용맹한 영웅의 이야기는 민족의 웅혼한 기상을 북돋우며 애국심을 촉발시킨다.

삼국시대는 중국 역사상 가장 혼란했던 시기 중 하나였다. 끊임없는 전쟁과 불안정한 정세 속 흥미진진한 영웅들의 무용담은 중국 뿐 아니라 한국과 일본에서도 널리 유행하여 삼국지문화라는 독특한 사회문화적 현상을 만들어냈다. 이미 출간된 다양한 종류의 번역본을 제외하고도 드라마·영화·만화·게임 등 각종 문화콘텐츠 산업에서『삼국연의』의 이야기는 가장 주목받는 아이템 중 하나가 되었다. 소설『삼국연의』의 수용 목적과 전파 과정은 국가별로 상이했으나 명실상부 동아시아를 대표하는 고전이 되었다 해도 과언이 아니다. 역사서의 기록이 모두 사실인가에 관한 논의는 제외한다 하더라도, 정작 소설의 배경이 된 중요한 역사적인 사건에 관해서 무관심하지만 허구로 재구성된 사건에 관해서는 외우다시피 한 독자들이 많다는 점은 참으로 놀랄 만하다. 소설 속 영웅의 무용담이 너무 친숙해서 오히려 정사 속 사실이 낯설게 여겨지는 주객전도의 현상까지 나타났다. 이러한 점에서 역사학자들은 재구성된 소설 속 인물의 행적을 실록에 근거해서 구분해 내고자 하지만 독자들은 여전히 허구화된 인물에 주목하고 있다. 냉정히 말하면, 소설 속 인물의 형상은 역사적으로 실재했던 인물이 내포하는 것 이상의 무언가를 제공해 주기 때문일 것이다.

이것은 비단 중국의 상황 뿐만은 아니다.『삼국연의』판본이 국내에 처음 발행되기 시작한 조선시대는 차치하고 일본에게 주권을 빼앗긴 채 출판인쇄가 자유롭지 못했던 근대에도『삼국연의』의 인기는 대단했다. 1904년 박문서관에서 발행한『수정 삼국지』, 1915년 회동서관의『현토 삼국지』, 1916년 영풍서관의『현토 삼국지』등 무단통치 시기였던 1910년대에 각 서관에서 연이어 발간할 정도였다.『매일신보』1914년 8월 14일 기사에 보면 중국의 역사소설『삼국연의』는 유비와 조조, 손권 이 세 사람의 권력 쟁탈전임을 조선의 아동들조차 모두 알고 있을 뿐 아니라 역사소설 중에서 가장 재미있고 유명한 작품이라고 보도하고 있다. 문화통치 시기라 불렸던 1920년대에도 널리 애독되어서 1928년 영창서관에서 『원문교정 언문 삼국지』가 간행되었다. 당시는 역사소설이 창작되고 흥행하던 시기이기도 했다. 1923년 이광수의 『허생전』, 1926년 『마의태자』, 1928년 『단종애사』, 1928년 홍명희의 『임꺽정』 등 장편의 역사소설이 신문에 연재되었고, 양건식은 『삼국연의』를 1929년부터 1931년까지 『매일신보』에 번역, 연재했다.

유비와 조조의 형상에 투영된 문화사회적 특징에 주목하여 『삼국연의』가 한국과 중국에서 대표적인 고전으로 존속할 수 있었던 사회적 인식의 변화에 천착할 필요가 있다. 천여 년간 인의의 상징이었던 유비, 간악함의 상징이었던 조조를 중심으로 실제 역사에는 어떻게 기록되었고 소설에서는 어떻게 변형되었는지 역사에서 허구로 변모된 과정을 조명할 것이다. 나아가 시대와 텍스트의 만남을 통해서 소설 속 영웅은 어떻게 만들어졌는지, 일본의 신문물을 배워야 했던 그 시기에도 중국의 영웅에 주목했던 우리 민족의 공감대는 어디에서 근원했는지 살펴보려 한다. 통속성과 상품성이 아닌 텍스트에 내재한 문화적 역사와 민족의식의 상관성에 주목해서 『삼국연의』의 영웅담론을 확인할 수 있다. 동아시아 고전의 보편성과 특수성을 살펴보기 위해 각종 역사서, 모종강본 『삼국연의』와 양건식의 번역본 모두를 분석의 대상으로 삼았다. 양백화라는 필명으로 활약했던 번역자 양건식에 대해선 제3부에서 자세히 다루기로 한다. 여기에서 '영웅'이란 용어는 유비와 조조를 '영웅'으로 지칭했던 정사와 소설의 기록에서 차용했다. 선과 악이라는 평면적이고 이분법적 구분을 넘어선, 의로움과 간사함의 전형적 특성이 의도적으로 만들어진 형상임을 강조하기 위해 사용한 포괄적인 개념이다.

제1부 1장에서 언급했듯이 실록의 관념은 동아시아에서 서사작품을

평가하는 주요한 기준이 되었기에 사실을 허구화한 역사소설에는 역사 해석의 패러다임이 작동한다. 역사소설을 읽는다는 것은 텍스트 행간에 숨겨진 이데올로기, 제도, 권력의 역학을 해석해 내는 것이다. 역사소설에 대한 접근은 서로 강력하게 결합되어 있는 이들 사이의 탄력적인 변수를 메타역사의 차원에서 해석하는 것이 중요하다. 따라서 역사를 허구화한 과정을 추적하는 것은 바로 지적 변이를 거친 서사가 담론화되는 과정을 살피는 것이며 역사해석의 패러다임을 읽어내는 독법이 된다. 조조와 유비로 전형화된 영웅담론의 내재적 원천은 고도로 정치화된 사회적 인식에서 찾을 수 있다.

2. 역사에서 소설로

소설 『삼국연의』는 정사 『삼국지(三國志)』에 기록된 사실을 바탕으로 각종 민간 전설, 작가의 허구적 상상력이 가미되어 탄생한 작품이다. 소설 『삼국연의』가 만들어지고 등장인물의 전형적인 성격이 창출되는데 큰 영향을 미쳤던 역사서와 사료적 가치를 지니는 텍스트를 중심으로 개괄해 보자.

가장 골격을 이루는 텍스트는 역사서 『삼국지』이다. 저자 진수(陳壽)는 촉나라 출신으로 젊어서 촉나라를 섬겼으나 진(晋)나라에서 관직을 역임했다. 나이 오십 대에 정사 『삼국지』를 저술했다. 『삼국지』는 「위서

「魏書(魏書)」30권, 「촉서(蜀書)」15권, 「오서(吳書)」20권 총 3부로 구성되어 있다. 위·촉·오 세 나라가 모두 스스로 황제를 내세웠으나 제왕의 행적을 기록한 「본기」는 「위서」에만 설정했다. 「촉서」와 「오서」에는 「본기」를 만들지 않고 황제의 전기를 「열전」에 포함시켰다. 진수 자신은 촉나라 출신이었으나 위나라에서 선양받은 진나라를 위해 벼슬했기 때문에 분량이나 구성을 보더라도 위·촉·오 삼국 중에서 위나라를 중심으로 기술했음을 알 수 있다. 그러나 「오서」에서 손권을 '권'이라고 했던 것에 비해 「촉서」에서는 유비를 선주, 아들 유선을 후주라 일컫고 각각 「선주전」과 「후주전」에 배치했던 것을 보면 촉나라 출신이었던 저자의 개인적 감정이 녹아든 것으로 유추할 수 있다.

동진(東晉) 말부터 송대(宋代)에 걸쳐 살았던 배송지(裴松之)는 송나라 문제(文帝)의 명령으로 이백여 종의 서적을 참고하여 『삼국지』의 주를 달았다. 정사 『삼국지』가 간략하게 기술된 것에 비해 배송지는 각 참고 문헌의 출처까지 꼼꼼히 표기하며 주를 달았다. 덧붙여진 주가 본문의 분량과 거의 유사할 정도로 상세하다. 따라서 『삼국지』를 보고자 한다면 배송지의 주를 반드시 참고하게 되었다. 참조한 각종 사료들이 풍성하기 때문에 정사 『삼국지』에 적힌 사건뿐 아니라 당시 각국의 상황을 좀 더 객관적으로 이해하는 데 아주 중요하다.

역사서 『삼국지』 속 인물들을 이해하기 위해서 위진남북조 시대의 대표적인 지인소설 『세설신어(世說新語)』를 참고할 수 있다. 유의경(劉義慶)이 지은 『세설신어』는 동한(東漢) 말부터 동진(東晉) 말까지 실존했던 인물 700여 명의 언사와 행동에 관해 1,130조의 이야기를 총 36편으로 기록했다. 당시 유행하던 청담논변의 특징이 잘 드러나 있다. 인물품평의 교과

서라고 불릴 정도로 명사들의 도덕관·학문관·철학관 및 일상적인 품행을 묘사했다. 다양한 각도에서 삼국시대 실존했던 인물들의 평소 모습을 살필 수 있으므로 『삼국연의』에 등장하는 인물을 분석하는 데 참고할 수 있다.

북송 사마광(司馬光)이 지은 역사서 『자치통감(資治通鑑)』도 중요한 사료적 근거를 제공해 준다. 사마광은 주 위열황 23년(B. C. 403)부터 오대후주 세종 현덕 6년(A. D. 959)까지 총 294권 280만여 자의 편년체 통사를 저술했다. 간결하게 기록한 진수의 『삼국지』 속 사건들을 시간의 순서대로 다시 배치해서 기전체 『삼국지』와는 다른 방식으로 역사를 이해할 수 있다. 양계초가 '제왕 통치학'의 기본서로 언급했던 것처럼 천 삼백여 년에 걸친 광대한 역사를 체계적으로 담아내고 있다. 기전체 『삼국지』와 편년체 『자치통감』을 바탕으로 『삼국연의』 인물들의 행적을 객관적으로 판단하는데 도움이 된다. 이후, 주희(朱熹)는 『자치통감』의 서술태도에 동의하지 않고 『자치통감강목(資治通鑑綱目)』을 지어서 다른 각도에서 역사적인 관점을 제시했다. 『자치통감강목』은 『통감강목(通鑑綱目)』이라고도 하며 총 59권으로 되어 있고 19개의 범례 속에 정통 왕조와 비정통 왕조를 구분하는 것에 중점을 두었다. 『자치통감』이 위나라를 정통으로 삼는 입장에서 촉한 정통론과 거리가 있었다면 『통감강목』은 한나라를 정통으로 삼아 기록했다.

남송시대 주자학이 널리 전파되면서 역사를 평가할 때에도 성리학적 정통론에 입각하여 판단했다. 송대 저자 거리에는 삼국의 이야기만을 전문적으로 강술하는 '설삼분(說三分)'이 있었다. 이야기꾼이 유비가 패했다는 대목을 말하면 백성들은 미간을 찌푸리며 눈물을 흘렸고 조조가 패했다는 대목을 말하면 기뻐하며 쾌재를 불렀다. 이로써 당시 민간에서 이미 유비를 옹호하고 조조에 반대하는 옹유반조의 평가가 만연했음을 알 수 있다. 이러한 민중의 바람은 원대 지치 연간 건안우씨 간본 전상평화(全相平話) 5종에 그대로 투영되었다. 그 중 『전상삼국지평화(全相三國志平話)』 3권은 문인들의 윤색을 거치지 않아서 문장은 전아하지 못하고 내용의 구성도 치밀하지 못하나 널리 유행하던 삼국시대 영웅들의 용맹한 행적을 과감하게 서술했다. 위아래의 두 단락으로 나뉘어져 있는데 윗부분은 그림이고 아래 부분은 이야기로 되어 있어 서민들의 사랑을 많이 받았다. 이것은 원말 명초 나관중(羅貫中)이 『삼국지통속연의(三國志通俗演義)』를 저술하는데 직접적인 저본이 되었다. 『삼국지통속연의』는 『삼국지연의』 혹은 『삼국연의』라고도 하는데 이전의 역사서와 원대 평화본 및 송대 유행했던 민간전설의 소재를 첨삭하여 소설로 완성한 것이다. 오늘날 볼 수 있는 가장 오래된 판본은 명대 홍치 연간 갑인간본이고 24권 240회로 구성되어 있다. "진평양후진수사전(晉平陽侯陳壽史傳), 후학나관중편차(後學羅貫中編次)"라고 쓰여 있으나 사료를 바탕으로 해서 허구를 섞어 놓았기 때문에 그 경계가 모호하다. 이에 관해서 명의 사조제(謝肇淛)나 청의 장학성(章學誠)이 결점으로 지적한 바 있다. 장학성은 『병진찰기(丙辰札記)』에서 『열국지(列國志)』·『동서한(東西漢)』 등의 연의류는 대부분 사실을 기록하고 있고 『서유기』·『금병매』 등의 작품은 허구이기 때문에 문제가 될 것이 없으나 『삼국지연의』는 단지 7할은 사실이고 3할은 허구라서 보는 사람들을 미혹되게 한다고 언급했다. 이것은 사실과 허구의 불분명한 엇섞임이 독자들로 하여금 소설 『삼국연의』를 왜곡되게 이해한다고 지적한 것으로 역사소설 자체를 부정한 것은 아니었다. 역사소설에서 역사적 사실과 문학적 허구에 관한 논쟁은 이미 많은 연구들이 진행되었고 또 다양한 이론이 제기되어 왔으나 이러한 연구 성과가 모든 작품에 일률적으로 적용될 수 없음은 당연한 것이라 하겠다.

청대 강희 연간 모종강(毛宗崗)은 김성탄(金聖嘆)이 『수호전』과 『서상기』에 비평을 덧붙였던 것을 모방하여 『삼국연의』 매 회 회목과 본문 사이에 평(評)을, 원작의 중간에 비(批)를 첨가해 평비본 혹은 평점본으로 개작하니 속칭 모평본이라 불리운다. 모종강의 평점본이 널리 유행하여 이전에 나왔던 『삼국연의』의 간본들이 거의 자취를 감추게 되었다. 오늘날 흔히 볼 수 있는 소설 『삼국연의』는 이 모평본을 가리키는 것이 되었고, 우리나라에도 바로 모륜(毛綸)·모종강(毛宗崗) 부자의 손을 거쳐 120회로 구성된 모본 『삼국연의』가 유행하였다. 근대전환기 양건식이 번역의 저본으로 사용했던 판본도 모평본일 것으로 추정된다.[5]

3. 영웅의 탄생

"지금 천하의 영웅은 단지 그대와 이 조조 뿐"(「선주전」)이라던 소설 속 조조의 언급은 『삼국지』 「촉서」에 기록되어 있다. 혼란했던 시기에 간악함과 의로움을 대표하는 두 축의 영웅, 조조와 유비의 형상을 특징짓는 사건들을 중심으로 살펴본다.

5   홍상훈, 「梁建植의 『三國演義』 번역에 대하여」, 『한국학연구』 제14집, 2005, 63쪽.

1) 간웅 조조

『삼국지』「위서」「무제기(武帝紀)」에 보면 다음과 같이 기록되어 있다.

　　태조는 책략을 이용할 계획을 세워 천하를 편달하고, 신불해와 상앙의 치
국 방법을 받아들이고, 한신과 백기의 기발한 책략을 사용하여 재능 있는 자
에게 관직을 주고, 사람마다 가진 재능을 잘 살려 자기의 감정을 자제하고 냉
정한 계획에 따랐다. 옛날의 악행을 염두에 두지 않았기에, 마침내 국가의 큰
일을 완전히 장악하고 대사업을 완성시킬 수 있었으니, 이는 오직 그의 명석
한 책략이 가장 우수했던 덕분이다. 따라서 그는 비범한 인물이며 시대를 초
월한 영웅이라고 할 수 있다.[6]

　　근검 성실했고 책을 좋아했던 조조는 문인으로서 문학적 수준이 상당
히 높았다. 건안시기 많은 작가들이 배출되고 문학이 흥성할 수 있었던
것도 뛰어난 문학가였던 조조가 인재를 중용했던 결과였다. 문학사에서
는 아들 조식, 조비와 더불어 삼조로 불리며 비장강개한 풍격인 건안풍
골(建安風骨)을 창시했다. 그뿐 아니라 「단가행(短歌行)」·「귀수수(龜雖壽)」
·「고리행(蒿里行)」 등의 작품을 남긴 풍류를 즐기는 문인이었다.
　　『삼국지』의 기록처럼 명석한 책략가이며 시대를 초월한 영웅이자 뛰
어난 문학가였던 조조는 소설 속에서 간웅으로 형상화되어 비판받아 왔
다. 소설 속 조조가 간웅으로 묘사되는 대표적인 사건을 자기 평가, 잔인

6　정사 『삼국지』의 원문 번역은 진수, 김원중 역, 『正史 삼국지』, 민음사, 2007 참조.

함, 간사함, 인재에 대한 질투의 네 항목으로 나누어 살펴보자.

먼저, 조조 스스로가 인정하는 자신에 대한 평가에서 기인한다. 인물 품평을 잘 하는 것으로 소문난 허소(許劭)를 찾아가서 '치세의 능신이요, 난세의 간웅'이라는 평가를 받고 조조가 크게 좋아했다고 기록되어 있다.

> "내가 어써한 사람이요?" 하고 무른즉 소가 대답을 아니함으로 재처 무른
> 즉 "그대는 치세(治世)에 능신(能臣)이요 란세(亂世)엔 간웅(奸雄)이라"고 대
> 답을 하니 조는 대단히 조와하얏습니다.(『매일신보』, 1929.5.10)

조조는 교현과 하옹에게 천하가 크게 어지러워질 때 백성을 편안하게 하고 천하를 건질 사람이 바로 자신이라는 품평을 받는다. 곧이어 여남 땅의 허소를 찾아가 자신에 대해 재차 묻자 태평성대에서는 훌륭한 신하이나 어지러운 시대에서는 간사한 영웅이 될 것이라는 평가를 듣고 크게 기뻐한다. 사실 정사 『삼국지』에서는 교현과 하옹만이 등장한다. 배송지 주에 허소를 등장시키면서 그의 대답을 듣고 "태조가 크게 웃었다"(『삼국지』「위서」「무제기」)고 되어 있는 것을 소설에서 "조조가 듣고는 크게 기뻐했다"로 바꾸어 간웅의 형상을 구체화했다. 대의와 명분을 중시했던 시기에 난세일수록 더욱 충의를 맹세해야 할 신하가 간웅이라는 평가에 아주 기뻐했다는 것은 조조의 인품을 상징적으로 보여준다.

다음, 조조에 대한 잔혹한 이미지는 여백사 가족을 살인하는 사건에서 구체화되었다. 동탁을 죽이려다 성공하지 못하고 도망친 조조는 부친의 친구였던 여백사를 찾아가게 되고 그의 가족이 조조를 접대하기 위해 칼을 가는 모습을 보고 자신을 죽이려는 줄 오해하며 무참히 살인한다.

"아끼는 모르고 글웃 죽엿거니와 지금은 엇재 죽엿소?" "빅사가 집에 가서 사람 만히 죽인 것을 보면 어찌 우리를 가만 두겟소? 여러 사람을 대리고 쪼차오면 반듯이 화를 당할가 그릿소" "알고도 죽이는 것은 의(義)가 아닙닌다!" "나는 천하ㅅ 사람을 저바릴 지언정 천하ㅅ 사람은 나를 저바리지 말하야 하오" 조조의 이 말에 진궁이는 잠잠코 잇섯습니다.(『매일신보』, 1929.6.1)

여백사의 가족을 죽인 것이 자신의 오해였음을 깨달은 후에도 오히려 후환을 없애기 위해 여백사마저 죽여버린다. 내가 천하 사람들을 배신할지언정 천하 사람들이 나를 배신하게 해서는 안 된다는 그의 대사는 의롭지 못한 이기심을 단적으로 표현해 준다. 사실 이 부분은 「무제기」에 기록되지 않은 부분으로 소설에 허구적으로 추가되면서 조조의 잔인한 면모를 구체화하여 강조한다. 살인 현장을 목격한 진궁은 여포의 부장으로 나중에 조조가 여포와 함께 생포해서 죽였는데, 소설 속 여백사 살인사건에 등장해서 조조의 간악함을 증명하고 있다. 배송지는 다음과 같은 세 가지 이견을 주로 달아서 조조의 잔인함에 대해 역사적 증거를 제시하고 있다.

첫째, 왕침(王沈)의 『위서(魏書)』에는 조조가 여백사를 찾아가니 "여백사는 집에 없고 그 아들들이 빈객들과 함께 태조를 위협해 말과 재물을 빼앗으려 하자 태조가 손수 칼을 빼어 몇 사람을 죽였다". 둘째, 서진의 곽반(郭頒)이 쓴 『세어(世語)』에서 "태조는 스스로 동탁의 명을 어기고 있었기 때문에 그들이 자신을 해치려는 것으로 의심했다. 그리하여 밤중에 칼로 여덟 명을 죽이고 그곳을 떠났다". 셋째, 동진(東晋) 손성(孫盛)의 『잡기(雜記)』에서 "태조는 그들이 준비하는 그릇 소리를 듣고 자기를 해치려는 것으로 생각해 마침내 밤중에 그들을 죽여 버렸다"고 덧붙였다.

왕침의 『위서』에는 조조가 여백사 가족을 살인할 수밖에 없었던 정당성을 좀 더 그럴듯하게 제시했다. 여백사의 아들들이 먼저 조조를 위협하여 재물을 빼앗으려 했기 때문에 조조는 자신을 보호하기 위해서 그들을 살해할 수밖에 없었다는 것이다. 『세어』의 기록에는 조조가 도망자의 신분으로서 남을 믿지 못하는 의심 때문에 살해한 것으로 기록되어 있다. 그러나 『잡기』에서는 여백사 가족을 살해한 이후 비참한 심정이었으나 남이 나를 배신하기보다 차라리 내가 남을 배신하는 게 낫다는 간악한 생각을 분명히 밝힘으로써 의롭지 못한, 이기적인 조조의 이미지를 강조했다. 정사 『삼국지』에 없는 내용을 배송지는 주를 달아 조조의 잔인함을 구체화했고 소설에서는 "알고도 죽이는 것은 의(義)가 아니다!" 라고 지적하면서 간웅 조조의 면모를 형상화시켰다.

세 번째, 뛰어난 인재를 시기질투하는 포용력 없는 형상으로 묘사되어 있다. 조조가 유비의 추격을 피해 양평관으로 달아났을 때 자신의 의도를 정확히 간파한 양수를 죽였다는 내용이 이를 뒷받침한다. 조조의 군사는 사면초가에 직면했는데 마침 식사 중에 닭갈비가 나온 것을 보고 그날 밤 암호를 계륵이라 명령했다.

"주부 양덕조(楊德祖)가 벌서 대왕께서 돌아가실 쯧이 잇슴을 알앗사옵니다" 하고 말함으로 조조가 쏘 양수를 불러 까닭을 무르니 양수가 곳 계륵의 쯧으로 대답함으로 조조가 대노하야 "네 어찌 감히 망녕된 말을 지어 내어 나의 군심을 어즈럽게 하는다!" 하고 도수부를 쑤즈저 쓸허 내어 버히게 하야 이에 그 머리를 원문(轅門)에 매달게 하얏슙니다. (『매일신보』, 1930. 9. 28)

조조가 군사를 주둔시킨 지 며칠이 지났는데 쳐들어가자니 상대인 마초가 굳게 지키고 있고 돌아가자니 촉군의 비웃음을 살 것 같아 어떤 결단도 내리지 못하고 있는 상황이었다. 마침 식탁에 오른 닭갈비를 보며 그날 밤 통행 암호를 계륵이라고 하자 양수가 이를 듣고 수행하는 군사들에게 돌아갈 차비를 명령했다. 조조가 군사들이 행장을 정리하며 떠날 준비를 하는 것을 보고 그 까닭을 묻자 양수는 계륵이라는 단어를 먹자니 먹을 것이 없고 버리자니 아까운 것으로 풀이하여 떠날 명령을 내렸다는 것이다. 조조는 분노하며 양수를 죽였다. 영특한 양수를 두려워하여 후환을 없애고자 뛰어난 인재를 사전에 제거해 버렸다는 것이다. 확실하지 않은 군령을 내려 위급한 전시에 군사들의 사기를 떨어뜨렸다는 죄명으로 이해할 수 있다. 그러나 배송지는 『구주춘추(九州春秋)』에 실린 기록을 주로 달아서 조조가 질투심으로 양수를 죽였던 것을 부연하여 설명한다. 실제 역사에서 양수는 조비와 조식의 패권 다툼에 연루되어 한참 후에야 죽임을 당했는데 소설에서는 조조의 간악함과 시기질투를 강조하기 위해 총명한 양수를 죽여서 조조를 폄하시키고 있다. 나아가 소설 72회 양수 살인 사건 뒤에는 『세설신어』「가휼(假譎)」편과 「첩오(捷悟)」편에서 근거한 조조와 양수의 몇 가지 일화들을 연이어 서술하여 조조가 영특한 양수를 얼마나 질투했는지 구체화시켰다. 즉, 양수는 너무 총명하여 줄곧 조조의 눈총을 받아왔기 때문에 죽임을 당한 것으로 포장됨으로서 간악한 조조의 형상을 성공적으로 묘사했다.

자신의 주부인 양수의 총명함을 시기하고 두려워해 죽였다는 일화 때문에 조조는 자신 보다 뛰어난 인재를 제거했다는 오명을 받아왔다. 그러나 사실 조조는 인재 등용 방면에서 유비나 손권보다 뛰어났으며 개인적 원한관계나 친분을 초월했다. 『삼국지』「위서」「무제기」에 건안 원년인 196년 여포가 유비를 습격하자 유비는 조조에게 도망 온 적이 있다. 정욱이 영웅의 재질을 두루 갖추고 민심을 얻고 있는 유비를 일찍 제거하는 것이 좋겠다고 하자 조조는 '지금은 영웅을 끌어모을 시기'라고 하면서 거절한다. 또한 건안 4년 199년 자신에게 절대 반역하지 않을 것으로 믿고 있던 위종이 도망가자 몹시 분노했으나 그를 생포했을 때 재주를 높이 평가할 뿐이라며 다시 기용한다. 『삼국지』「위서」「무제기」의 평어처럼 공사를 구분하여 개인적인 감정을 누르고 인재의 재능과 능력에 따라 관직을 주고 등용했던 통치자였다.

넷째, 소설 속 조조는 자신이 존중했던 인재를 간교의 대상으로 이용하고 있다. 관우의 인품을 흠모한 조조는 유비의 두 부인을 지키기 위하여 잠시 투항한 관우를 극진히 대접해 준다. 그러나 적벽대전에서 패한 조조가 화용도에서 도망칠 때 관우를 만나 목숨을 구걸하는 장면에서 조조의 포용력은 간사함으로 바뀌는 것을 볼 수 있다.

> "대장부는 신의(信義)로 중(重)함을 삼아야 하옵니다." (…중략…) 운장은 원리 의(義)가 무겁기 태산 가튼 사람인데 전일에 조조가 허다한 은의(恩義)를 베프는 것과 그뒤에 오관참장하든 일을 싱각하고야 어찌 마음이 동치 아니하겟습니까? 게다가 조조의 군사가 황황하야 모다 눈물이 덧는 것을 보고 더욱이 마음에 참하 못하야 이에 말머리를 돌우키고 중군에게 "사면으로 헷처라" 하고 일럿습니다. (…중략…) 조조가 운장의 이 거동을 보고 이에 제장과 함께 말을 몰하 지내가는데 운장이 몸을 돌우켜 본즉 조조가 이미 제장과 가티 지내 갓슴으로 (…중략…) (『매일신보』, 1930.4.25)

정사『삼국지』에 전혀 없는 화용도의 이 장면은『삼국지평화』에서는 안개 때문에 조조가 관우의 시선을 피해 도망칠 수 있었던 것으로 묘사되어 있다. 그러나 소설에서는 '의로움이 태산같이 무거운' 관우가 조조의 은혜를 입었던 과거를 떠올리며 인정에 흔들려 퇴각할 길을 열어준다. 관우를 존중했던 조조는 결국 예전에 베풀었던 은혜를 빌미로, 또 관우가 중시하는 의리를 빌미로 자신의 생명을 구걸하는 인품으로 묘사된다. 관우가 측은한 마음에 길을 내어주자 조조와 장수들은 병사들을 남겨둔 채 먼저 도망가 버린다. 관운장의 인간미와 옛 정을 의리삼아 비굴하게 구걸하는 조조의 모습을 대조시키며 조조를 더욱 조조답게 형상화시켰다. 대장부는 "신의를 중시해야" 한다는 조조의 대사는 "의리가 태산과 같은" 관우에 대한 묘사와 대조를 이룬다. 내가 남을 배신할지언정 남이 나를 배신하게 둘 수 없다는 조조는 촉한의 명장들이 인의로 미화될수록 의롭지 못한 간웅으로 포장되고 있었다.

2) 성군 유비

『삼국지』「촉서」「선주전」에 보면 다음과 같이 기록되어 있다.

유비는 도량이 넓고 의지가 강하고 마음이 너그러우며, 인물을 알아보고 선비를 예우했다. 그는 한나라 고조의 풍모를 지녔으며 영웅의 그릇이었다. 그가 나라를 받들고 태자를 보좌하는 일을 제갈량에게 부탁하되 마음에 의심이 없었던 것은 확실히 임금과 신하의 지극한 공심이며 고금을 통해 가장 훌륭한 모범이었다. 유비는 임기응변의 재간과 책략이 조조에 미치지 못했기 때문에 국토도 좁았다. 그러나 좌절해도 굴복하지 않으며 끝까지 조조의 신하가 되지 않았다. 아마 조조의 도량으로는 틀림없이 자신을 받아들이지 못할 것으로 예측하여 그와 이익을 다투지 않았으며 또한 해를 피할 수 있었던 것 같다.

『삼국지』 평어의 기록처럼 "좌절해도 굴복치 않으며 끝까지 조조의 신하가 되지 않았던" 유비야 말로 애국애민을 실천하는 최고의 통치자로 평가되었다. 인의로 대변되는 그의 형상을 관료, 백성, 부하, 의형제에 대한 태도, 네 항목으로 나누어 살펴보자.

먼저, 부조리한 관료인 감찰관 독우에게도 인의를 베푸는 부분이다. 조정에서 파견된 독우가 자신에게 뇌물을 바치지 않는다는 이유로 유비를 모략하자 의형제를 맹세했던 장비는 대신 분을 참지 못하고 독우를 묶어놓고 매질한다.

> "현공, 나 좀 살려주시요!" 하고 애걸합니다. 현덕은 종내 인자한 사람이라 급히 장비를 남을하야 못하게 하니 (…중략…) "너가튼 빅성을 못살게 구는 도적놈은 맛당히 죽일 것이로되 이즉 용서하고 인수를 내여노코 나는 간다" 하고 쑤즈겻습니다(『매일신보』, 1929. 5. 15)

황건적을 치는데 공을 세운 유비는 중산부 안위현의 현위라는 말단 관직을 역임하고 있었다. 조정의 감찰관 독우가 안위현에 내려왔는데 거만하고 탐욕스러운 자세로 유비를 모함하고자 했다. 보다 못한 장비가 격분하여 독우를 기둥에 매달아 놓고 매질을 하자 독우는 처량한 목소리로 애원한다. "원래부터 너그러운" 유비는 장비를 꾸짖고, 독우를 죽여 없애자는 관우의 뜻을 물리친다. 오히려 독우를 용서하며 관직을 내놓고 떠나는 것으로 마무리된다. 그러나 실제 역사에서 독우를 매질한 사람은 장비가 아닌 유비였다. 독우가 공적인 일로 현에 내려왔을 때 유비가 만나기를 청했으나 거절하자 직접 안으로 들어가 독우를 묶고 곤장 200대를 때린 후 관직을 버리고 도망간 것으로 기록되어 있다. 『삼국지평화』 상권에서는 장비가 매질한 것으로 바뀌어 있고 관우와 장비가 독우를 잡아 채찍으로 때려 숨지자 시신을 여섯 토막 내어 관청에 매달아 놓고 유비를 포함한 세 사람은 달아나 산적이 된다. 실제 역사에서 유비는 냉정하고 엄격했으며 벼슬에 연연하지 않은 채 단호하게 행동하는 성품이었다. 그러나 민간 전설이 많이 가미된 『삼국지평화』부터 폭력성은 점차 줄어들고 인의의 형상으로 미화된다. 소설에서 난폭하고 즉흥적인 행동은 모두 장비의 몫으로 돌려지고 있다.

둘째, 유비의 인애로운 형상은 백성에 대한 지극한 사랑으로 묘사된다. 조조의 대군이 형주를 향해 오자 유비 일행이 급히 철수하게 되었다. 제갈량은 하루 빨리 퇴각하자고 하나 유비는 마을의 피난민까지 대동하고 철수하면서 자신 때문에 백성들이 재난을 당했다며 강물에 투신하려한다. 조조의 군대가 바로 앞까지 추격했는데 장수들과 군사들을 이끌고 전략을 도모하기보다 자신을 따르는 수많은 백성들을 데리고 함께 피난길에 오른 것이다. 게다가 유비는 아직 강을 건너지 못한 백성들이 통곡하는 것을 보고 전시에서 중요한 교통수단인 배를 내어준다. 또 도망가는 길목에 있는 유표의 무덤을 보고 모든 잘못은 자신에게 있으니 형주와 양주의 백성을 도탄에서 구해달라며 통곡한다. 마음이 다급해진

부하 장수들이 유비가 먼저 빨리 피신할 것을 권유해도 끝까지 백성들을 지키고자 한다.

> "차라리 잠시 빅성을 버리고 먼저 급히 가니만 갓지 못하옵니다" 하니 현덕이 이를 듯고 울면서 "큰 일을 하는 사람은 반듯이 사람으로써 근본을 삼는 것이오, 이제 사람이 내게로 돌아왓는데 어찌 이를 버린단 말인가?" 하고 말하얏습니다. 빅성이 이를 듯고 상감(傷感)치 안는 재 업섯습니다. (『매일신보』, 1930.2.23)

큰일을 하는 사람은 반듯이 "사람으로써 근본을 삼는" 것이고 이것은 바로 핍박받는 힘없는 백성을 "버리지 않는 것"이다. 유비가 통치자로써 인본주의를 으뜸으로 여겼다는 것은 정사에도 기록되어 있는데 이것을 확대하여 재구성했다. 공명이 유비에게 형주를 차지하여 기반을 잡자고 제안하자 "내 차라리 죽을지언정 차마 의를 저버리는 일은 하지 못 하겠소"라며 거절한다. 명분을 중시하는 유비가 인정에 이끌려 대의를 그르친 통치자가 아니었을까 하는 의구심도 매 사건마다 인의로 관철된 행동은 유비, 즉 인의의 상징이라는 인식으로 자연스럽게 고정된다.

셋째, 부하 장수들에 대한 사랑과 신뢰를 언급할 수 있다. 유비가 조조의 군대에 쫓겨 다급해지자 도망가면서 버린 아들을 조자룡이 천신만고 끝에 구해 온 장면이다.

> "다힝히 공자가 무양하시옵니다!" 하면서 두 손으로 안하 현덕에게 들이니 현덕이 이를 바더 쌍에다가 던지며 "너가튼 어린 자식으로 해서 하마 나의 일

원 대장을 일흔번 하얏구나!" 하니 조운이 황망히 쌍에서 아두를 안하 일흐키며 울고 절을 하며 말합니다. "소장이 비록 간뇌도지(肝腦塗地)를 하올 지라도 이 은혜는 갑지 못하겟사옵니다!"(『매일신보』, 1930.3.2)

조자룡은 조조의 군대에 맞서 한참을 싸우다가 보호해야 할 유비의 처자식을 잃어버리자 죽을 각오를 하고 적진에 뛰어든다. 유비의 두 부인과 아두의 생사를 확인하고 유비의 유일한 혈육 아두를 품고 적군을 무찌르면서 겨우 구출한다. 자신이 미부인을 구하지 못한 것을 눈물로 사죄하고 기척 없던 아두가 무사하자 너무도 기뻐하며 유비에게 바쳤다. 그러자 유비는 외아들인 아두를 땅에 내팽개치며 오히려 조자룡의 안위를 걱정하니 조자룡은 평생 충성을 맹세하게 된다. "너 같은 어린 아이 때문에 나의 대장을 잃을 뻔 했다"는 유비의 대답은 죽어도 "보답할 길이 없다"는 부하 조자룡의 절대 충성을 이끌어 낼 수 있었다.

『삼국지』「촉서」「감황후전(甘皇后傳)」에 보면 "감황후와 유선을 버리고 떠났는데 조운의 보살핌에 힘입어 어려움을 면했다"로 되어 있다. 「장비전(張飛傳)」에는 "선주는 조공이 마침내 도달한다는 소식을 듣자 처자식을 버리고 달아나며 장비에게 기병 스무 명으로 뒤를 막게 했다"고 되어 있고, 「조운전(趙雲傳)」에는 "유비가 조조에게 당양의 장판까지 추격당하자 처자식을 버리고 남쪽으로 도주했는데 조운이 어린 자식을 품에 안았으니 곧 후주이다"라고 했다. 유비는 조조가 추격해 오자 종종 처자식을 '버리고(棄)' 겨우 빠져나간 것으로 기록되어 있다. 그러나 소설 41회에서는 '버리다(棄)'라는 단어 대신 "조자룡이 노인과 어린이들을 보호하여(保護)"로 바뀌어 있다. 한 황실의 혈통을 내세워 중원을 통일하여 대의를 이루고자 했던 유비는 수차례 처자식을 버리는 비정함마저 백성과 장수에 대한 사랑으로 바뀌어 형상화되었다.

마지막으로, 의형제의 의리를 지키려는 형상에서 기인했다. 유비는 관우와 장비의 원수를 갚기 위해 현실적 상황을 고려치 않고 전투를 도모했다. 이릉 전투는 제갈량을 비롯한 촉의 장수들이 출격을 반대했던 전쟁이었다. 전략적인 치밀한 계획을 세우기 전에 의형제들의 원한을 갚고자 서둘러 출정했으나 결국 실패함으로서 삼국의 균형은 깨지고 촉의 정세는 점차 기울기 시작했다.

> "폐하께옵서 만승(萬乘)의 몸을 버리시고 적은 의(義)를 좇치시는 것은 녯 사람의 취치 안는 배웁니다. 원컨대 폐하는 이를 생각하십시요" 합니다 선주가 "운장과 짐과는 마치 한몸 갓다 대의(大義)가 오히려 잇는데 어찌 이를 잇는단 말이냐?" 하니 진복이 쌍에 업대리어 일어나지 아니하며 "폐하께옵서 신의 말을 좇지 아니 하옵시면 진실로 실수가 게실가 하옵니다" 합니다. 선주가 크게 노하야(『매일신보』, 1930.11.19)

의형제 관우와 장비의 죽음으로 유비는 복수심이 가득하여 이성을 잃고 통곡한다. 유비가 오나라와 전쟁을 선포하자 학사 진복이 죽음을 무릅쓰고 간청한다. 당시 유비가 "한적(漢賊)의 원수는 공이요 형제의 원수는 사이옵니다. 원컨대 천하로 중함을 삼으십시오"라는 조자룡의 충언을 듣고 전쟁의 상대를 손권의 오나라가 아닌 조조의 위나라로 삼았다면 삼국의 역사는 달라졌을 것이다. 사실, 정사에는 관우와 장비의 죽음에 관해서 통치자로서 분노한 유비의 면모가 보일 뿐이다. 『삼국지』「촉서」, 「선주전」에 건안 24년 "손권이 갑작스레 관우를 습격하여 죽이고 형를 취했다"고 되어 있고, 장무 원년 221년 "거기장군 장비가 측근에 살해되었다. 당초 유비는 손권이 관우를 습격한 일에 분노하여" 손권이 화해를 청했지만 끝까지 응하지 않고 전쟁을 일으킨 것으로 기록되어 있다. 전략가로서 공사를 냉철하게 구분하지 못한 잘못은 인의를 목숨만큼 중시하는 제왕의 형상으로 전환되면서 오히려 의리 넘치는 통치자로 만들어 주었다. 황실 부흥이라는 '대의(大義)'보다 의형제를 위한 '소의(小義)'를 선택한 유비의 모습은 이성적인 통치자라기보다 감성적인 성군으로 묘사되었다.

자신을 만나주지 않는다는 이유로 곤장 200대를 때리며 독우를 잔인하게 매질하고, 「선주전」 건안 16년(211년) 유장에게 화가 나서 그의 총독 양회를 꾸짖고 목을 베기도 하며, 장무 원년(221년) 장비가 측근에게 살해당한 후 분노에 차 손권의 화해를 끝까지 수락하지 않았던 역사 속 유비는 감성 충만한 울보가 아니었다. 자신의 울분을 힘으로 표현하거나, 의형제의 죽음에 분노하여 결단력 있게 행동하는 용맹한 무장의 모습이었다.

한나라 왕조의 혈통을 이어받은 고귀한 신분의 유비는 가난한 장사꾼의 모습으로 등장했지만 천하 통일이라는 원대한 꿈을 지니고 있었다. 환관의 후예인 조조, 아버지의 대권을 물려받은 손권과 달리 고통 받는 하층민의 삶을 몸소 체험했다. 하층민의 억울함과 설움을 이해하는 유비는 감정적인 판단으로 대의를 그르친 사건마저 초심을 변치 않고 의리를 지킨 것으로 미화되었다. "내가 차라리 죽을지언정 어질지 못하고 의롭지 못한 일은 하지 않겠소"라는 반복되는 대사처럼 역사 속 용맹한 무장 유비는 소설에서 의롭고 인애로운 성군의 형상으로 탄생되었다.

4. 영웅담론과 메타역사의 '진실'

노신은 『중국소설사략』에서 "조조의 간사함을 쓰려고 했으나 결과적으로는 오히려 호방하고 지혜로운 것처럼 보인다"고 했고, "유비가 후덕한 사람이라는 것을 강조한 나머지 위선자같이 되어 버렸다"고 평가했다. 또 작가가 너무 주관적인 관점에서 묘사했기 때문에 좋게 묘사된 사람은 나쁜 점이라곤 전혀 없고, 나쁘게 묘사된 사람은 좋은 점이라곤 하나도 없다고 비판하면서 "조조와 같은 인물은 정치라는 측면에서 훌륭한 점이 있고, 유비, 관우 등도 거론할 만한 것이 전혀 없다고는 말할 수 없다"고 언급했다. 또 「위진풍기와 문학·약·술의 관계[魏晉風度及文學與藥及酒之關係]」에서 "조조는 매우 탁월한 능력을 지닌 인물로서 최소한 영웅이라 부를 수 있다. 나는 비록 조조의 일당이 아니지만 그를 존경하지 않을 수 없다"고 평가했다. 노신은 오랜 시간 널리 대중의 사랑을 받아왔던 유비와 조조의 전형화된 형상에 대해 의문을 제기했다. 유비에 대해서는 비판을, 조조에 대해서는 긍정적인 평가를 새롭게 내리는 참신함에 주목할 수 있다. 그러나 대문호 노신의 새로운 평가에도 불구하고, 동아시아의 독자 대부분은 여전히 유비와 조조의 전형화된 형상을 기억하고 수용하고자 했다.

20세기 초 국내에서도 『삼국연의』의 인기는 대단했다. 1929년 4월 25, 26일 『매일신보』에는 번역소설 「삼국연의」가 연재될 것을 반복적으로 예고하며, "그 무한한 흥취는 일빅번 닑어도 슬치 아니한 것"이라고 홍보하고 있다. 또 1929년 5월에 31일 『조선일보』에 "중국 영화로는 조선에 첫 수입이요 또 조선 사람의 누구나 다 내용을 아는 그만치 일반은 긔대하리라더라"(「中國에서 처음 輸入한 三國誌映畵 不日封切」)며 전쟁 사진까지 첨부하여『삼국연의』영화 개봉을 광고하고 있다.

그렇다면 중국과 한국에서 인의의 성군 유비와 만세의 간웅 조조의 이야기가 계속해서 사랑받으며 재현될 수 있었던 근거는 무엇인가?

첫째, 순혈주의에서 접근하는 역사해석 패러다임, 촉한정통론의 지지를 들 수 있다. 이에 관해 기윤의『사고전서총목제요』에 실린 글을 인용해 본다.

『조선일보』, 1929.5.31.

『삼국지』는 위나라를 정통으로 삼고 있지만 습착치가『한진춘추』를 지어서 처음으로 이의를 제기했다. 주자 이래로 습착치를 긍정하고 진수를 부정하지 않는 이가 없었다. 이론적으로 보면 진수의 잘못은 변명의 여지가 조금도 없지만, 정세로 보면 습착치가 촉을 정통으로 다룬 것은 시대에 순응하면서도 쉬운 일이다. 진수가 촉을 정통으로 다루는 것은 시대를 거스르니 어렵

다. 습착치가 살았던 시대에 진(晉)은 이미 남쪽으로 건너와 있었고 그 처지
가 촉과 비슷했기 때문에 주변에서 왕조의 정통성을 주장해도 그것은 당시의
논리에 부합했다. 진수는 진 무제의 신하였고 진 무제는 위를 계승하였으니
위를 정통이 아니라고 인정하면 진을 정통이 아니라고 인정하는 것이다. 당
시에 그것이 가능했겠는가? 이는 송 태조의 건립이 위와 비슷했고 북한(北漢)
이나 남당(南唐)이 촉과 비슷했기 때문에 북송의 유학자들은 모두 마음에 피
하는 점이 있어서 위를 비정통으로 보지 않는다. 고종 이후 남송 왕조는 강남
에 의거했기 때문에 그 형편이 촉과 가까웠고 중원에 있는 위의 영토는 金에
속하게 되었다. 그래서 남송의 유학자들은 차례로 일어나 촉을 정통으로 삼
았다.(『四庫全書總目提要』第二冊, 「史部·正史類·三國志」)

『사고전서』의 기록에 따라 진수는 위나라를 이어받은 서진의 신하였
기 때문에 위나라를 정통으로 서술했고, 배송지주에 인용된 동진 습착
치(習鑿齒)의 『한진춘추』에서는 후한왕조 멸망 후 촉의 유비가 정통을 이
은 것으로 역사를 서술했다. 남송의 주희에 의해 성리학이 크게 유행하
면서 『자치통감강목』에서 촉한정통론이 적극적으로 전개된다. 주희가
살았던 남송시기는 북방의 이민족이 침략해서 화북의 땅을 빼앗기고 강
남으로 이주했던 굴욕적인 시기였다. 조조가 활약했던 위나라의 활동지
역도 화북이었으니 한의 제위를 찬탈한 조조는 송을 침입한 북방 이민
족의 이미지로 덧씌워진다. 조조의 남하는 이민족에 의해 밀려났던 남
송의 치욕적인 역사를 상기시킨다. 조조가 촉을 침입한 것은 여진족과
몽고족의 송 침략으로 여겨지는 것이다.
　배송지주에 기록되어 조조를 폄하하는데 역사적 근거를 제시했던 『잡

기』의 저자 손성도 동진시대 사람이다. 동진도 북방의 유목민족이 침략하여 한족이 남쪽으로 밀려나 강남에 건설한 왕조였다. 동진과 남송은 북방 이민족의 침략에 영토를 잃고 밀려난 자신들의 처지가 촉나라의 성립과 유사한 역사적 배경을 공유하고 있다. 따라서 이 시기에 지어진 역사서와 기타 자료를 중심으로 유비와 조조에 대한 대칭적 평가가 두드러졌다.

남송시대에 "조조가 패했다는 말을 들으면 기뻐하며 쾌재를 불렀다"는 기록을 보건대, 당시 서민들에게 조조에 관한 부정적인 평가는 이미 만연했다. 금의 침략에 남쪽으로 밀려갈 수밖에 없었던 송은 한 황실의 후손으로 상징되는 유비를 통해서 주체성을 회복하고자 했다. 『자치통감』의 서술 태도에 불만을 품은 주희는 습착치의 『한진춘추』의 관점을 이어받아서 『통감강목』에서 촉한 정통론을 강하게 주장했다. 사마광이 역사적 시각으로 현상학적인 정세에 맞추어 『자치통감』을 서술했다면, 주희는 철학적 시각을 가지고 『자치통감강목』을 저술하여 이념적으로 역사를 해석하고자 했다.[7] 금이 송을 침입했을 때 끝까지 항전했던 민족의 영웅 악비가 재상 진회에 의해 억울한 죽음을 맞이한 후 조국의 영웅으로 칭송되던 것처럼, 유비의 삼국 통일은 실패했으나 순수 혈통과 민족적 정서에 근거해서 한의 후계자로 인정되었다. 패배한 유비에게 정통성을 부여했던 『통감강목』에서의 관점과 배송지주에 인용된 각종 사료들은 나관중이 민중들의 심리를 투사하여 영웅의 형상을 창조하는데 기초가 되었다. 이후 유비를 위시한 촉의 장수들은 정통성을 보장받은

---

7   권중달, 『資治通鑑傳』, 삼화, 2010, 578쪽.

채 정의롭지만 시대를 잘못 만난 영웅이자 의의 상징이 되었다. 일제 치하에서 주권을 **빼앗겨** 고통 받던 우리 민족에게도 주체성과 자주독립의 희망을 투영해 주는 상징적 존재가 될 수 있었다.

20세기 초 일본은 우리의 정체성을 허물고 궁극적으로 일본에 동화시키려는 내지연장주의를 점진적으로 시행하고 있었다. 우리 민족의 독립의지를 보여준 3·1운동 이후 하라 다카시 수상이 제기했던 내지연장주의를 부분 채택하여 식민 지배정책을 수정하고 있었다. 낙후된 조선이 선진화된 일본의 문물을 배우고 일본과 마찬가지로 행정, 사법, 군사, 경제, 재정, 교육 제도 등을 시행해야 한다고 주장했다. 소위 1920년대 문화통치라 불리지만 실은 이러한 통치 수정 방침을 통해 조선의 독립이나 자치 요구를 막을 수 있고 일본으로의 동화를 최종적인 목적으로 삼고 있었다. 민족지인 한글 신문의 발행을 허용했고 일본시찰단을 왕성하게 조직하여 파견했던 것은 우리의 항일 투쟁의지를 약화시키고 궁극적으로는 조선이 주체성을 완전히 상실하여, 조선은 하나의 국가가 아닌 일본의 일부라는 의식을 심어주기 위함이었다.[8]

유비는 몰락한 가문에서 가난하게 자랐기 때문에 기댈 만한 혈연이나 지연이 없었다. 한 황실을 부흥하려는 대의명분 하나로 관우와 장비와 의형제를 맺으며 어떤 배경이나 후원 없이 스스로 성장했다. 정계의 실세였던 환관의 후예 조조나 왕권의 후예 손권과 비교해 보면, 민심을 기반으로 세력을 확장해 나갔던 유비의 처지가 자주독립의 의지를 불태웠던 우리 민족의 형편과 닮아있었다. 한 황실을 부흥시키고자 대의를 품

---

8   수요역사연구회 편, 『식민지 동화정책과 협력 그리고 인식』, 두리미디어, 2007, 16~17쪽.

었던 촉의 영웅 이야기는 민족의 주체성을 회복하는데 적절한 선택이었다. 유비가 옛 황실의 주권을 회복하며 통치자로 인정받길 바라는 민중의 심리는 조선이 처한 환경과 조우하면서 대중들의 큰 호응을 이끌어낼 수 있었다.

둘째, 소설화 과정에서 내재화된 특징이 당시 본격화되던 야담부흥운동 및 역사소설의 성행과 상통하던 점에 주목할 수 있다. 『삼국연의』는 이야기꾼의 대본이었던 송대 화본의 형태로 전래되다가 원말명초 문인의 손을 거쳐 소설로 완성되었다. 소설 『삼국연의』의 직접적인 저본이었던 원대 평화본에는 민간전설과 민중의 보편적인 심리가 많이 담겨져 있다. 평화는 강사화본의 일종으로 장편의 역사이야기를 각색해서 만들었기 때문이다.

우리나라는 1927년을 전후해서 조선야담사가 설립되고 야담부흥운동이 일어나면서 정사의 기록 뒤편에 존재했던 야담이 널리 유포되었다. 야담의 흥행은 중국 강사화본에서 연원된 소설을 수용하기에 친숙한 환경을 마련했다. "독자여 천하의 대세(天下大勢)는 아마도 난호인지가 오리면 합하고 합한지가 오리면 또 난호이는 것인가 봅니다. 그리서 그러한지요? (…중략…) 원리 이 한나라는 고조(高祖)가 삼척검(三尺劍)을 들고일어나 천하를 통일한 뒤로 광무황제(光武皇帝)가 한번 이를 중흥(重興)하고 헌데(獻帝) 째에 일으러 마츰내 또 난호여 세 나라가 되엿습니다"(『매일신보』, 1929.5.5)라며 처음부터 일관되게 경어체를 사용하고 있다. 설화자가 청중을 상대로 이야기하는 것처럼 번역했던 것은 『삼국연의』가 이야기꾼의 대본인 화본에서 출발한 텍스트였기에 가능했다. 앞서의 인용문처럼 "운장은 원리 의(義)가 무겁기 태산가튼 사람인데 전일에 조조가 허다한 은의(恩義)를 베푸는 것과 그 뒤에 오관참장하든 일을 싱각하고야 어찌 마음이 동치 아니하겟습니까?" 등 반어형 구어체 형식으로 설화자가 청중에게 감정적으로 호소하는 장면이 그대로 전해진다.

1927년 11월 15일 『중외일보』에 기고된 「강담(講談)과 문예가(文藝家)」에는, "강담(講談)이란 그 목적(目的)이 대중(大衆)에 잇는 것이오. 이 운동(運動)이 조선(朝鮮)에 잇서서는 벌서 널어날 것이 이 째까지 못 널어난 것이니 (…중략…) 강담(講談) 그것이 장래(將來)할 사회(社會)에 필연적(必然的) 흥기(興起)할 요소(要素)를 가진 것이니 이에는 문예가(文藝家)의 손을 거치지 아니하면 안된다"고 하여 강담의 목적이 대중에게 있으며 단순히 옛 이야기가 아니라 문예가의 수식을 거쳐 널리 확산돼야 할 필요성을 강조하고 있다. 김진구는 1928년 2월 1일부터 2월 6일까지 『동아일보』에 야담운동의 필연성을 연재했다. 중국의 설서(說書)와 일본의 강담중 장점을 취하고 단점을 보충하여 우리의 정신을 담아 조선화시킨 것이라며 우리의 주체성을 강조했다.(「野談出現必然性(四)－우리 朝鮮의 客觀的情勢로 보아서」) 야사는 곧 민중사이므로 야담의 보급을 통해 민족의식을 고취할 수 있으니 야담운동은 역사적 민중의 신교화 운동임을 밝혔다. 또, 1928년 12월 16일 『조선일보』에 일본이 허가하는 범위를 지정하고 감시했기 때문에 우리의 현실을 반영하는 근대 역사를 다루기 어려웠다고 기록했다.(「野談運動 1년回顧」) 야담부흥운동이 본질적으로 민족의식의 고취와 긴밀하게 연관되어 있으므로 검열이나 통제 때문에 근대 역사를 다룰 때 쉽게 허락받을 수 없었던 당시의 정황을 유추할 수 있다.

1930년대 역사소설론의 주요 작가 중 하나인 이광수는 『단종애사』를 연재하기 전 "조선인의 마음, 조선인의 장처와 단처가 이 사건에서와 가티 분명한 선과 색채의 극단한 대조를 가지고 들어난 것은 력사 전폭을 썰어도 다시 업슬 것이다. (…중략…) 이 사실에 들어난 인정과 의리 — 그러타. 인정과 의리는 이 사실의 중심이다 — 는 세월이 지내고 시대가 변한다고 낡어질 것이 아니라고 밋는다"[9]고 소개했다. 인정과 의리를 강조하면서 선악이 분명한 사건을 중심으로 다룰 계획임을 밝히고 있다. 또 『이순신』을 연재하기 전, 검열관이 허락하는 한도에서 민족의식의 고취, 민족운동의 선동이 일생을 통해 자신이 소설을 쓰는 동기임을 밝힌 바 있다.[10] 『동아일보』에 "내가 그리랴는 이순신(李舜臣)은 이 충효(忠義)로운 인격(人格)입니다"[11]고 밝힘으로써 인정과 의리, 충정의 역사적 인물을 소재로 하여 민족의식을 강화하고자 썼음을 알 수 있다. 같은 맥락에서 보면 양건식과 이광수에게 사사받았던 박태원이 『동아일보』에 항우가 해하의 땅에서 마지막 전쟁을 치루며 느끼는 감상인 「해하(垓下)의 일야(一夜)」라는 역사소설을 발표한 것도 실록에 근거한 역사를 선양시키기 위함이 아니라 암담한 현실을 이겨나갈 통로를 모색하고자 했기 때문일 것이다.

당시 신문과 잡지에 발표된 야담과 역사소설에 관한 평론에 근거해 보면, 야담부흥운동과 역사소설의 본격화가 비슷한 시기에 이어지면서 애국심과 민족의식을 고취하려던 의도가 다분했다. 역사를 소재로 예술성과 대중성을 결합한 오락물인 야담은 역사소설과 밀접한 관련을 맺으면서 더 많은 독자들을 확보할 수 있었다. 독자들의 호응 속에서 유비를 둘

9 「端宗哀史 作者의 말」, 『동아일보』, 1928.11.24.
10 「余의 作家的 態度」, 『東光』, 1931.4.
11 「小説豫告 李舜臣 作者의 말」, 『동아일보』, 1931.5.30.

러싼 인의와 충절을 강조하며 『삼국연의』 859회는 중단 없이 연재되었다. 1934년 10월 『월간야담(月刊野談)』, 1935년 12월 『야담(野談)』 등 1930년대 중반에 야담전문 잡지가 생겨나면서 강담, 야담, 역사소설 등의 다양한 명칭과 방식으로 민족의식을 담아냈다. 야담을 역사소설의 선행 형태로 볼 수 있는가에 관해서는 더 치밀한 논증이 뒷받침돼야 하겠으나 역사적 소재와 보급 목적의 유사성, 문학적 상호 보완성에 주목한다면 야담이 1930년대 유행했던 역사소설의 기초를 다진 것으로 볼 수 있다.

암울한 시대에 민중적 희망과 기대를 역사적 실존 인물을 통해 갈망한다는 의미에서, 『삼국연의』는 민족적 역량을 집결시키고 현실적 모순을 타개해 나갈 희망을 반추해 주었다. 역사의 문제를 현실 정세 속에서 조망하는 문화정치적인 각도에서, 설화인들이 일반 대중에게 구연했던 문예론적인 각도에서 『삼국연의』 속 영웅은 창조되고 있었다. 촉한정통론에 입각해서 만들어진 영웅의 형상은 문화전승의 동인으로서, 또 야담부흥운동과 역사소설의 유행 속에 수용된 영웅의 형상은 창조적 변용으로서, 동아시아의 전형화된 영웅담론을 형성할 수 있었다. 여기에서는 양국의 공통된 역사해석학적 입장에서 영웅담론을 살펴본 것이기에 각국 고유의 문화적, 문학적 정체성에 관해서는 다루지 않았다. 물론 이에 대한 심도 있는 연구가 뒷받침되어야 동아시아 공공의 역사해석학적 독법도 객관적인 타당성을 보장받을 것이다.

역사와 허구를 혼동하여 소설 속 허구의 형상에 근거해 역사적 인물을 오랜 시간 왜곡해서 평가해 왔다면 분명 재고할 필요가 있다. 역사가들이 종종 문학작품에 대해 날선 비판을 하는 것도 이러한 이유가 담겨 있다. 그러나 허구화된 역사 이야기는 정사에서 담지 할 수 없는 민족적 정서와 심리를 투영하면서 역사의 기록보다 가까운 곳에서 대중에게 더 큰 영향력을 발휘한다.

유비와 조조의 담론은 개별적일 수 없고 상대가 존재함으로써 조조는 더 조조답게, 유비는 더 유비답게 전형화되었다. 이러한 영웅의 형상은 역사를 왜곡하는 것이 아니라 대중들이 믿어 왔고, 또 믿고 싶은 문화심리적 '진실'을 반영한다. 역사 속 유비와 조조는 시대의 요구에 따른 정치와 사회적 인식의 변천 속에서 '필요한' 영웅으로 탄생되었다. 역사소설을 읽는다는 것은 텍스트 이면에 내재한 정치, 제도, 이데올로기와 긴밀하게 작동하고 있는 지식구조의 변화를 해석해 내는 것이다. 메타역사의 대중적 '진실'을 발견하는 과정이다.

2장
고증학에 갇힌 실증지식

『경화연(鏡花緣)』, 경학과 과학지식의 재편

1. 청대 실증지식의 발전과 재학소설

만주족 황실인 청대는 몽고족 황실이었던 원대와 달리 무력으로만 다스리지 않았고 학술문화정책을 병용하면서 한족 지식인들의 울분을 달랬다. 나아가 한족의 전통과 관습, 제도를 존중하여 그들 스스로 한문화를 배우고 교육하면서 새로운 학술부흥의 시대를 개척할 수 있었다. 만주황실에 대한 반항세력을 잠재우려는 청 조정의 융화 정책과, 나라 잃은 한족 지식인들의 전통유산을 보존하려는 욕망이 결합하면서 청대 지식사회는 고증학이라는 새로운 학술사조의 흥성을 준비하고 있었다.

청대 학술문화의 전반적인 흐름은 복고의 기풍이 지배했다. 청대 지식인들의 관심은 성명의리(性命義理)와 같은 형이상학적 지식에 대한 탐구가 아니었다. 새로운 문화환경에 적응해야 했던 한족 지식인들은 더 이상 도덕적, 철리사변적 지식이 아닌 실증적으로 입증 가능한 지식에 대해 체계적으로 연구했다. 이에 대해 양계초는 『청대학술개론』에서 청대 지식사회의 학술적 변화는 송명 이학에 대한 반대에서 기인했다고 지적한 바 있다. 그는 일찍이 청대 삼백년의 사상 및 학술문화의 변천을 네 단계로 나누어 불교식 용어인 계몽기[生], 전성기[住], 탈피기[異], 쇠퇴기[滅]로 구분했다. 학술사조의 일반적인 궤도 같지만 청대 학술문화의 변이에 주목해야 할 이유는 사회적 인식의 전환을 보여주기 때문이다.

양계초에 따르면 계몽기에는 명말 양명학의 폐단을 지적하고 경세치용의 학문을 제창하면서 송명이학의 굴레에서 벗어나 실증과 고증의 방법으로 옛 경전의 진실을 추구해야 한다는 관념이 팽배했다. 전성기에는 계몽기의 증명할 수 없으면 믿지 않는다는 무징불신(無徵不信), 실사구시의 방법을 계승했으나 더 이상 세상을 다스리거나 시대적 쓰임이 있는가에 대해 주목하지 않았다. 문자학·음운학·사학·천문학·수학 등의 방면에서 한대와 당대 사람들의 훈고의 방식을 따르고 옛 선조들의 의리(義理)를 파악하여 한당 경학의 가치를 드높였다. 경세치용적 학풍은 사라지고 지식인들은 고증을 위한 고증, 경학을 위한 경학에 몰두했는데 청대 고증학이 최고로 발전하는 시기이기도 했다. 탈피기에는 동한에서 서한으로 거슬러 올라가 몇 마디 말로 큰 뜻을 드러내는 미언대의(微言大義)를 서술했다. 청초의 경세치용적 학풍을 계승했으나 계몽기에 미치지 못했고, 경학을 위한 경학 연구는 아니었지만 전성기 학풍의 엄밀함에 이르지 못했다. 쇠퇴기에는 전한시기에서 선진시기로 더 올라가 연구하는 학풍이 우세했다. 새로 유입된 서구문물에 대하여 신학과 구학, 중학과 서학의 대치와 융화, 저항과 수용의 태도로 전향하고 있었다.

흥미로운 것은 중국소설사 중에서 독특한 특징을 지니는 재학소설은 청대학술발전의 흐름과 밀접한 관련이 있다는 점이다. 재학소설은 대부분 건륭·가경·도광 년간에 나왔는데 이 시기는 고증학이 융성했고 청대 학술발전이 최고조에 이르렀던 때였다. 『야수폭언(野叟曝言)』·『담사(蟬史)』·『연산외사(燕山外史)』·『경화연』 등의 작품이 생산되었고 노신은 지식인들이 학문과 문장을 과시하는 도구로 삼았다고 하여 이들을 재학소설이라는 명칭으로 분류했다. 재학소설은 소설 전통 중 최고라고 평가될 정도로 당시 사회문화적, 학술적 기풍을 그대로 반영하고 있다. 그중 『경화연』에 대해 "(작가 이여진(李汝珍)은) 성운학에 정통하여 그때까지의 관습을 혁파하는 용기가 있었기에 학자의 대열에 끼일 수 있었고, 박식다통 하였으므로 감히 소설을 썼다. 다만 소설에 있어서도 또한 학문과 예술을 다루고 경전을 장황하게 언급하여 스스로도 끝맺지 못할 정도로" 풍부한 학식을 담아냈다고 평가했다.

도광·함풍 년간 이후 서학에 대한 낮은 지식과 청초 경세지학이 결합하면서 형성된 새로운 학파가 정통파에 반기를 들게 된다. 『경화연』의 저자 이여진은 건륭제부터 도광제의 치세기간에 걸쳐 살아간 지식인으로 정통파라 불리는 건가 고증학의 융성과 쇠락을 모두 경험했다. 호적에 의하면 『경화연』의 성립 시기는 중화제국 최대 번영기의 끝자락인 동시에 쇠락의 서두였던 1828년으로 추정한다.(「『鏡花緣』的引論」) 작가의 학술적 지식을 자랑하듯 펼쳐놓은 재학소설은 청대의 독특한 학풍이었던 고증학의 융성을 반영한다. '잡다한 이야기'라고 폄하되던 소설 속에 당시 전통적 지식을 총괄하는 학술문화적 특징이 고스란히 담겨 있었으니 흥미롭지 않을 수 없다. 재학소설의 대표작품인 『경화연』에 청대 실증 지식은 어떻게 재현되고 있는지, 고증을 위한 고증이라는 순수고증학에서 경세치용의 학풍으로 전환되는 과도기에 지식장의 역동성에 대해 탐색해 보면 서구의 이성적·과학적 지식이 본격적으로 유입되기 직전, 고유한 경학과 전통적인 과학 지식은 어떻게 재편되고 있었는지 살필 수 있다.

2. 『사고전서』의 편찬부터 『경화연』의 탄생까지

청대학술문화의 전개는 학술적 목적과 정치적 목적이 결합해 나간 과정이었다. 황제가 학문을 진흥시킨 것은 학문 자체의 장려를 위해서가 아니라 학문이 가져다주는 통치 및 성현의 도에 관한 통찰력 때문이었다.[1] 소수의 만주족 황실은 문화적 수준이 높은 다수의 한족 지식인들을 통제하기 위해서 그들을 학술편찬 사업에 대거 참여시켰다. 몽고족과 달리 자신들의 문화적 능력과 포용을 과시하면서 한족의 문자와 문화를 적극적으로 수용했다. 한자교육을 확장시켰고 문학작품을 만주어로 번역하면서 교육, 학술, 문화 등의 분야에서 한족과 만주족의 교류와 융화

---

1   켄트가이, 양휘웅 역, 『사고전서』, 생각의나무, 2009, 188쪽.

를 추진했다. 통치와 통제의 목적에서 기인했던 학술문화 사업은 이전 왕조에서 얻을 수 없었던 훌륭한 유산을 남기게 되었다.

청초에는 명대 학풍의 공소함과 비실용성에 반대하여 경세치용, 실사구시의 학문을 추구했다. 현실에 대한 학문적 관심이 증가했고 증거를 토대로 한 정확한 판단과 실증적인 연구방법을 중시했다. 명대 양명학의 공허함이 국가의 멸망을 초래했다고 판단했기에 현실에 대해 적극적인 관심을 가지고 있었으며, 학문은 실사구시·경세치용을 추구해야 한다고 생각했다. 청초 지식인들의 현실에 대한 관심은 국가의 질서를 전복시킬 만한 위험한 사상이었기에 이민족 황실의 입장에서는 상당히 불편한 학술적 환경인 셈이었다. 한족 학자들의 적극적인 정치적 경향은 국가의 기강을 바로잡고 국가건설의 기초를 세우려던 만주족 통치 관료들에게 위협이 되었다. 한족 지식인들을 통제하는 수단으로써 문자의 옥이 남발했고 이것은 성세로 널리 알려진 강희·옹정·건륭의 통치기간 내내 지속되었다. 강력한 사상 탄압 속에서 생명의 위협을 느낀 문인들은 세상과 현실정치에 대한 관심을 접고 학문을 위한 학문에 몰두하기 시작했다. 건가 고증학이 최고로 발전했던 사회문화적 배경 중 하나는 강희부터 건륭 연간까지 학자들이 자신의 솔직한 견해를 공개적으로 드러낼 수 없었기 때문이었다. 지식인들은 화를 피하려고 정치사회적 안건에 대해서 침묵했고 오로지 고서 연구에만 전념했다. 청 황실은 학식이 뛰어난 지식인들을 선발해서 학술서적을 편찬하도록 회유했다. 강희제와 건륭제의 학술에 대한 관심은 박학홍유과 시험을 개최했던 기록에서도 알 수 있는데 이러한 사회적 분위기는 고증학이 최고조로 발전하는 추진력이 되었다.

청대학술의 전성기로 불리는 건륭·가경 연간에는 순수고증학이라 불리는 정통파 학풍이 우세했다. 이 시기는 송대 주자학에 반대하는 사상적인 움직임이 있었고 한학과 송학 연구에 대한 학문적 경쟁으로 이어졌다. 증거를 채택할 때 양한 시대까지 이르렀기에 한학의 기풍이 성행했다. 지식인들은 정통파라고 자처하며 스스로 '박학'이라고 이름을 붙였고 경학을 중심으로 연구했다. 경학에 부속된 것으로는 소학(小學)이 있고 그 다음은 사학·천문학·수학·지리학·음운학·율려학(음악)·금석학·교감학·목록학 등이 있었다.[2] 순수고증학의 융성은 중국 최대 규모의 백과전서인『사고전서』의 편찬으로 결실을 맺었다.

건륭 38년 사고전서관이 세워졌고 전국 각지에 있는 장서들이 북경으로 이전되었다. 세상의 모든 책들을 정리하는 학술문화 사업은 반청사상이 의심되는 지식인을 죽이거나 탄압하는 사건을 초래했다. 반청사상이 깃든 책들을 검열하면서 불온한 서적들의 판목을 소각하거나 명조 추종에 대한 오해의 소지가 있는 글들을 모두 색출해서 폐기시켰다. 서적탄압이 시행되면서 패관야사, 음서소설 등에 대해서도 금서령이 내려졌다. 문자의 옥을 피하기 위해 지식인들은 전대 서적에 대한 고증에 몰두할 수밖에 없었고, 과거시험에서도 고증학을 중심으로 인재를 선발했기에 제도적으로 발전하게 되었다. 이러한 학술사조에 힘입어 마침내 건륭 연간 36,500여 책으로 필사된, 중국의 역사와 문화적 전통이 집약된『사고전서』(1781)가 편찬되었다. 공식적으로 동원된 학자들의 수가 수천 명에 달하는, 세상의 모든 책들을 수집하고 평가하여 학술을 총결산

---

2   梁啓超 撰,『淸代學術槪論』, 上海古籍出版社, 2011, 47~48쪽.

해 낸 성과물이었다. 황제의 특권을 강화하고 권위를 드높인 사업인 동시에 만주족 황실의 한족 지식인에 대한 강경책과 회유책이 동시에 시행된 결과였다. 『사고전서』를 편찬하는 작업 중에 소각된 서적은 『사고전서』에 수록된 서적의 수와 맞먹는 3천종 이상 약 6, 7만부 정도였음을 상기해 보면 학술문화의 발전이라기보다 '효과적인' 사상 통제의 과정이기도 했다.

『사고전서』는 경부 10류, 사부 15류, 자부 14류, 집부 5류로 나누었는데 그 중 자부와 사부가 가장 광범위하고 복잡하다. 학자들은 비록 그 내용이 지나치게 광범위한 것을 단점으로 여겼지만 고증의 자료가 될 수 있거나 학문을 넓힐 수 있다고 생각했기에 함께 수록했다. 각 찬수관들이 쓴 제요를 모아서 편집한 『사고전서』의 목록집 『사고전서총목제요』를 통해서 편찬 기준과 평가 원칙을 알 수 있다. 그 중 『사고전서총목제요』 자부의 배열순서에 근거해서 『사고전서』 편찬의 총책임자 기윤의 사고관 및 건륭제의 치학이념을 구체적으로는 살필 수 있다.

내가 『사고전서』 자부를 모두 14분야로 나누어 교록했는데 유가가 첫째이고, 병가가 두 번째, 법가가 세 번째였으니 소위 예악·군사·형법은 나라의 큰 근본이기 때문이다. 농가와 의가는 과거 역사에서는 대부분 말단에 놓았지만 나는 농가를 네 번째에 두었고 의가를 다섯 번째 두었다. 농업이란 백성의 생명과 관련된 것이며, 의술은 비록 기술이나 역시 백성의 생명과 관련된 것이기 때문에 다른 기예와 방술의 위에 두었다.(『紀文達公文集』 권8 「濟衆新編序」)

기윤은 당대 최고의 지식인이었던 대진의 학풍을 이어받았다. 정통파 대진 학파에서 학문을 연구하는 근본적인 방법은 실사구시였다. 건가고 증학이 다루는 분야는 아주 광범위했는데 소학 등의 전통 학술분야에서 업적이 탁월했다. 그러나 앞의 예문에서 알 수 있듯 이전까지 견지했던 관습적 가치기준을 바꿔서 농가와 의가를 강조했다. 이것은 건가고증학이 경세치용과 거리가 멀었다는 기존의 평가와 대치되는 부분이다. 순수 학술성만을 중시한 것이 아니라 경세치용적 사상이 표면화되고 있었음을 의미한다.

학술문화가 가장 크게 융성했던 건륭제 시기 끝자락부터 이미 청대학술문화의 쇠퇴가 시작되고 있었다. 60여 년간 태평성세를 구가했던 건륭제는 잘못된 인재등용으로 인해 말년의 치세를 부패와 사치로 얼룩지게 만들었다. 간신 화신(和珅)이 권력을 장악해서 정권을 횡행하며 부정부패를 일삼았다. 통치계급의 부정한 비리는 뒤이은 가경제 시기에도 끊이지 않아 한족 민중들의 항거였던 백련교도의 반란을 재차 초래했고 이후 의화단의 난까지 이어지게 했다. 가경제는 화신을 체포하여 처단했으나 만연한 관리들의 부패를 척결하기보다 궁중의 경비를 줄이거나 관직을 팔아서 재정을 복구하고자 했다. 부패는 더욱 심각해졌고 백성들의 세금 부담은 과중해졌다. 아편의 수입은 점차 늘어나면서 정부의 재정은 바닥을 드러낸 채 청왕조는 쇠퇴기로 접어들고 있었다. 1820년 황위를 이어받은 도광제는 국세를 바로잡고자 했으나 이미 기울어진 국정을 회복하기 어려웠다. 결국 아편전쟁이 일어나고 영국과 불평등 조약인 남경조약이 체결되면서 홍콩은 영국으로 넘어가고 상해 등 5개 항구가 개항되어 서구 열강이 쇄도해오게 된다.

이러한 배경 속에서 1828년『경화연』이 완성되었다.『경화연』은 신화서『산해경』의 구성을 모방하고 당 측천무후의 역사를 빌어서 당시의 현실을 비판한다.『경화연』의 대략적인 내용은 다음과 같다. 측천무후가 한겨울에 꽃을 감상하고 싶어서 온갖 꽃을 일제히 피도록 했다. 화신(花神)은 감히 거역할 수 없어서 명령에 따르다가 하늘의 질책을 받고 인간 세상으로 귀양을 오는데 백 명의 여자로 환생하게 된다. 당시 당오(唐敖)라는 사람이 과거 시험에 급제했지만 반란을 일으킨 무리와 결탁했다고 탄핵받아 쫓겨난다. 억울한 생각에 속세를 벗어나려고 그의 매부와 함께 배를 타고 해외로 여행을 나간다. 책의 전반부는 주인공 당오 일행이 30여 개의 해외이국을 방문하면서 그곳의 풍습과 견문견식을 기록했고, 후반부는 백 명의 재녀들이 재주를 과시하는 내용을 기록했다. 과거의 역사를 차용하긴 했으나 건륭 연간이었다면 상상조차 힘든, 만주족 황실의 한족 지배에 대한 풍자를 담았다. 문자의 옥이 삼엄했던 시기를 벗어나면서 현실적 울분을 신화적 모티프에 빗대어 풍자했다. 건가시기의 박학한 지식을 나열하는 순수고증학적 학풍과 도광시기의 현실정치에 유용한 경세치용적 학풍이 중첩되어 담겨졌다.

어려서부터 정통 유가 사상의 교육을 받았던 저자 이여진은 양주학파의 대표인물 능정감(凌廷堪)에게 사사받았고, 예교주의자 능정감은 건가 정통파의 중심인물인 대진의 학문을 전수받았다. 이여진은 성운학에 능통하여 운학서『이씨음감(李氏音鑒)』을 저술하는 등 전통적 경학 연구에 뛰어났다. 학문적 수양이 깊었을 뿐 아니라 가경 연간에 황하가 여러 차례 범람하자 직접 치수사업에 관여하면서 백성들의 고통을 몸소 체험했다. 연납금을 내지 않아 더 이상 관직생활을 영위할 수 없었고 부패한 관리들의 부정을 직접 목격하면서 공명에 대한 뜻을 접었다. 『경화연』 속에 군자국의 재상 형제가 천조국의 사회풍기를 비판하는 장면(12회)이며, 여아국에서 당오가 치수사업을 제안하는 사건(35회)도 작가의 실제적인 경험을 바탕으로 했다.

『경화연』은 19세기 말 외부의 충격으로 인해서 경세치용의 사조가 전면화되기 직전, 고증학에 갇혔던 지식사회 내부가 균열되고 있었음을 보여준다. 지적 전환의 전조들은 경학이라는 전통적 테두리 속에, 또 전통으로의 회귀에 대해 거부감 없는 중국 고유의 문화 속에 내재되어 있었다.

3. 경학과 과학지식의 재편

1) 소학적 지식

소학이란 언어와 문자에 대한 연구로 가장 기초적인 학문이다. 옹정·건륭 연간 문자의 옥 때문에 지식인들은 경전과 제자백가를 고증하고 소학을 연구하는데 몰두했다. 건륭·가경 연간에는 문자학·성운학·금석학·훈고학 등이 융성했는데 특히 문자학과 성운학 방면에서 큰 성취를 이룩해냈다.

『경화연』에는 등장인물들이 소학의 필요성이나 고증방식에 관해 지적 유희를 즐기는 장면이 많이 등장한다. "독서를 하려면 반드시 먼저 글자를 알아야 하고 글자를 알려면 음부터 알아야 한다고 들었습니다. 만약 음을 분명하게 판별하지 못한다면 애매하여 어떻게 뜻을 알 수 있겠습니까"(17회)[3]라는 흑치국 어린 재녀의 말은 문자의 음과 훈으로써 의리를 구했던 건가 고증학자들의 공통된 원칙과 목적을 직설적으로 드러내준다.

먼저, 성운학에서 고증학적 연구범위는 고운학(古韻學)과 절운학(切韻學)으로 나눠질 수 있다. 흑치국의 어린 두 소녀와 당오, 다구공의 대화에는 당시 유행했던 성운학 연구의 학풍이 고스란히 담겨있다.

> 음을 알려면 반드시 먼저 반절을 알아야 하고 반절을 알려면 반드시 자모를 판별해야 한다는 말을 들었습니다. 만약 자모를 구별하지 못한다면 절을 알 수 없고 절을 알 수 없으면 음을 알 수 없으며 음을 알지 못하면 글자를 모르게 됩니다. 이렇게 말한다면 절과 음 모두 학문을 하는 사람으로서 소홀히 할 수 없는 것입니다.(17회)

> 옛 사람들은 馬를 姥로 읽고 下를 虎로 읽었는데 모두 處자와 같은 운이니 어찌 다르다고 하겠습니까? 즉 '吉日庚午, 既差我馬'에서 馬를 姥로 대신할 수 없으며 '率西水滸, 至於岐下'에서 下를 虎로 대신할 수 없겠습니까? 운서는 진나라 때부터 생긴 것으로 진·한 이전에는 운서라는 것이 없었습니다. 下를 虎로, 馬를 姥로 읽은 것은 옛 사람들의 원래 발음에 따른 것이므로 가차한 것이 아닙니다. 『毛詩』에서 風을 分으로 읽고 服을 迫으로 읽은 것들이 모두 10

3   李汝珍 撰, 『鏡花緣』(中國學術類編單行本), 臺北 : 鼎文書局, 1979, 114쪽. 번역문은 문현선 역의 『경화연』 1, 2(문학과지성사, 2011)을 참조함.

여 군데 있는 것도 같은 이유입니다. 만일 가차라고 한다면 아무 곳에서나 가차하고 원음을 무시하는 셈이니 이치에 맞지 않습니다. 『한서』와 『진서』에 실린 동요에서 협운이 많이 보입니다. (…중략…) 음은 시간의 흐름에 따라 변한다는 사실을 알 수 있습니다.(17회)

등장인물들은 두 글자의 음을 합쳐서 다른 글자의 음을 정하는 반절법과, 다른 글자의 음을 빌려와 새로운 음을 만드는 가차의 조자원리에 관한 지식을 견주고 있다. 자랑하기 좋아하는 다구공이 고금의 음이 다르다는 재녀의 말을 믿을 수 없다며 무작정 반박하는 장면은 오히려 흑치국 재녀들의 음운학적 깊은 학식을 증명해 준다. 내실은 없으면서 겉으로만 학식 있어 보이는 당시 학자들에 대한 풍자이다. 또 평·상·거·입에 해당하는 고대 사성을 언급하며 성에 따라 뜻이 달라지는 것에 대해 아래와 같이 지적인 대화를 이어나간다.

'子華使於齊 (…중략…) 乘肥馬, 衣輕裘'에서 衣는 거성으로 읽어야만 합니다. 자화가 살진 말을 타고 가벼운 갖옷을 입었다는 뜻입니다. 여기서 衣는 분명히 수레, 말, 옷, 갖옷의 네 가지를 뜻하니 의가 어찌 거성이겠습니까? 衣를 만약 입는다는 뜻으로 본다면 願과 이어지지 않으며 갖옷만 있고 옷이 없다는 뜻이니 어기로 보나 뜻으로 보나 부족합니다. 만약 거성으로 읽으면 자로가 갖옷을 친구와 같이 입는다는 뜻이니 옷을 어떻게 친구와 같이 입습니까? 이는 모두 裘 앞에 輕이 있기 때문입니다. 만약 輕이 없다면 자연히 '願車馬衣裘與朋友共'으로 읽게 됩니다. 혹은 裘 앞의 輕이 있고 馬 앞에 肥가 있다면 후대 사람들이 읽을 때 자연히 수레와 살진 말, 옷과 가벼운 갖옷으로 나눠서 볼 테니 절대 거성으로 읽지 않을 겁니다. 하물며 衣가 내포하는 범위가 매우 커서 輕裘도 그 속에 포함되지요. 따라서 輕裘는 뺄 수 있지만 衣는 없어서는 안 됩니다. 만일 衣를 쓰지 않고 輕裘만 쓴다면 衣가 어찌 輕裘를 포함할 수 있겠습니까? 그러니 거성으로 읽는다면 어찌 부족하지 않겠습니까?(17회)

자신의 얕은 지식을 믿고 승부욕에 집착하는 다구공은 재녀들의 음운학적 견해에 대해 비아냥댄다. 그러나 소학에 관한 학문적 대화가 길어지면서 어린 재녀들에게 착실하지 못한 수박 겉핥기식 연구방법에 허풍 가득한 사람이라는 평가를 받는다. 『경화연』15회부터 19회까지 총 5회는 다구공과 당오가 흑치국의 어린 두 재녀 정정 및 홍홍과 고음, 반절, 고서주에 대해 토론하는 것으로 구성되어 있다.

또 타국에는 절대 알려주지 않았던 기설국(歧舌國)의 국가 기밀인 음운법칙이 31회에 등장한다. 기설국 국왕이 세자와 왕비를 치료해 준 보답으로 음운법칙의 일부를 알려주게 되는데 당오일행은 음운서 전체를 보지 못했으나 자연스럽게 입에 붙는 발음을 통해서 기설국의 음운법칙을 깨닫게 된다. 임지양이 열두 번 박수를 친 뒤 잠시 쉬었다 다시 한 번 치고, 또 잠시 기다렸다가 네 번을 친다. 그러자 딸인 완여는 박수를 열두 번 친 것은 열두 번째 행, 한번 또 친 것은 열두 번째 행의 첫 번째 글자, 또다시 박수를 네 번 친 것은 음성·양성·상성·거성·입성의 다섯 가지 중 네 번째인 거성임을 밝혀낸다. 28회부터 31회까지는 기설국에서 음운을 학습하며, 자모표를 기록하는 내용인데 그 중 일부는 저자 이여진이 지은 음운학 이론서 『이씨음감』에서 연원했다.[4]

소설 속 음운법칙의 등장은 강영(江永), 대진(戴震), 단옥재(段玉裁)로 이어지는 고음학 연구의 탁월한 성취를 바탕으로 한다. 18세기에 강영은 사성과 고음의 관계에 대해 분석하면서 성조와 발음은 시간이 지남에 따라 변하고, 지역의 차이와 글자의 개별적인 변천과정과 관련 있다는 것을 발견했다. 뒤이어 단옥재는 강영이 음운을 13개로 분류한 것에 비해 17개로 분류했으며 음운학을 엄밀한 학문의 단계로 끌어올렸다. 18세기 말의 음운 연구는 고운 분야에서 벗어나 성조와 발음 간의 관계 쪽으로 변화하고 있었고 언어학의 역사는 자연과학에서 실증적인 방법론이 진보해 온 과정과 유사하게 나아가고 있었다.[5]

둘째, 고음학·반절학의 발전과 더불어 문자훈고학 역시 크게 발전했다. 『경화연』에서 흑치국의 붉은 옷을 입은 재녀가 주석에 관해 질문하자 당오는 다음과 같이 대답한다.

제 기억으로 정강성은 『예기』의 '季秋鴻雁來賓'에 대해 기러기가 오는 것이 귀한 손님이 찾아오는 것 같아 내빈이라 하였다고 주를 달았습니다. 그러나 許愼은 『회남자』에서 먼저 오는 자는 주인이고 나중에 오는 자는 손님이라고 주를 달았으며 高誘는 『여씨춘추』에서 鴻雁來가 한 구이고 '賓爵入大水爲蛤'이 한 구라며 중추에 온 것은 어미 기러기라고 주를 달았습니다. 새끼는 날개가 아직 연약해서 잘 따라가지 못하기 때문에 9월에야 도착한다는 이유였지요. 또한 賓爵은 참새를 뜻하며 빈객처럼 늘 민가를 찾아들어 빈작이라 했다고 설명했습니다. 賓爵은 『고금주』에서도 보여 연관이 있을 거 같지만「月令」에 따르면 중추에 이미 홍안이 왔다는 구절이 있으므로 만일 賓을 다

4   劉勇強, 『中國古代小說史敍論』, 北京大學出版社, 2007, 480~481쪽.
5   벤저민 엘먼, 양휘웅 역, 『성리학에서 고증학으로』, 예문서원, 2008, 418~421쪽.

음 구절로 보낼 경우 늦가을에 또 홍안이 오는 셈이라 중복을 피할 수 없습니다. 그리고 설령 중추에 온 것이 어미이고 늦가을에 온 게 새끼라고 해도 그걸 누가 알 수 있겠습니까? 게다가「夏小正」에서도 '爵入大水爲蛤' 앞에 賓 자가 없으므로 고유의 착오로 보입니다. 제 생각으로는 정강성의 주가 옳다고 생각하는데 재녀는 어찌 생각하는지요?(17회)

뒤이어『주역』의 해설서에 관해 누가 더 많이 알고 있나 질문하고 대답하면서 학문적 경쟁을 한다. 잘난 척을 하고 싶은 다구공은 육십여 종을 알고 있었으나 백 종의 해설서를 보았다고 거짓말한다. 자주색 옷을 입은 재녀가 세상에 전하는『주역』93종을 하나라부터 수나라까지 누가 몇 권을 썼는지 말한 후 남은 7종의 주석서를 알려달라고 재촉하자 거짓으로 속였던 다구공의 학식이 드러나면서 굴욕을 당한다. 소학적 학식을 견주는 지적 대화를 통해 외모만으로 인재를 가늠하다가 초야에 숨은 수많은 대학자들을 알아보지 못하는 사회현실을 비판하고 있다. 이여진은『경화연』에서 흑치국의 어린 두 소녀와 당오, 다구공의 대화 속에 경전과 주석본에 대한 깊이 있는 지식을 투영시켰다. 음운으로부터 문자를 고증하고 성음으로부터 훈고에 통달하는 것은 단옥재『설문해자주』의 주요 연구방법이었다. 경서를 세밀하게 교감하고 잘못되거나 결여된 부분을 보완, 개정하는 것은 당시 만연했던 학문적 기풍이었다. 많은 분량을 할애해서 서술한 흑치국 재녀들과 당오 일행의 지적 논쟁은 소학 연구의 방법론에 관한 당대 학술적 기풍을 배경으로 한다.

『경화연』에는 소학 즉 음운·훈고 방면에서의 공헌이 탁월했던 건가 고증학의 여풍이 여실히 반영되었다. 건가 학파는 크게 혜동을 영수로

한 오파와 대진을 영수로한 환파로 나뉘었다. 두 파의 학술적 공통점은 많지만 환파가 소학과 천산에 더욱 정통했다. 환파의 영수였던 대진은 성운, 훈고, 명물 제도의 고증을 중시했고 작품의 사상내용과 의리를 중시했다. 소학에 정통하여 음운, 훈고의 기본 연구부터 착수하니 경전을 연구한 성과가 뛰어났다. 경전의 뜻에 통달하기 위해 반드시 먼저 음성을 이해하고 육경의 전주와 가차의 법에 밝아야만 수많은 경전 중 문자의 뜻을 정확하게 파악할 수 있다고 강조했다.[6] 대진의 제자인 단옥재가 『설문해자주』를 저술하여 음운의 훈고를 자세히 설명했는데 이 책이 고문자 연구에 아주 중요한 공구서로 자리매김할 수 있었던 것도 대진을 영수로 한 환파의 영향력이 컸기 때문이다. 음운으로부터 문자를 고증하고 성음으로부터 훈고에 통달했다.[7] 대진의 제자 능정감을 스승으로 모셨던 이여진은 운을 정확하게 고증했다. 반절과 고대 사성에 따른 분류에 관해서 박학한 지식을 지니고 있었고 음운학에 깊은 조예가 있어서 『이씨음감』・『수자보(授子譜)』 등의 작품을 저술했다. 『이씨음감』은 이여진이 능정감에게 사사하면서 건륭 47년인 1782년에 지은 것으로 음운학 방면의 성취가 컸다. 실용을 위주로 하고 편대음을 중시함으로써 그때까지의 관습을 혁파했다는 의의를 지닌다. 『경화연』에 보이는 음운학에 대한 재녀들의 실증적인 지식은 당시 소학 중심의 고증학적 학풍이 얼마나 전방위적으로 유포되어 있었는지를 보여준다.

---

6 鄺士元, 이태형 역, 『중국학술사상』, 학고방, 2007, 392~393쪽.
7 위의 책, 400쪽.

2) 의학적 지식

강희제는 유럽과학에 깊은 흥미를 가졌고 해부학에 관심이 많았다. 유럽의 해부서를 만주어로 번역시킨 『각체전록(各體全錄)』이 지금도 남아 있다. 그러나 해부서의 간행은 미풍양속에 해롭다는 여론에 따라 세상의 빛을 보지 못하고 궁중에 비장되었다. 옹정제 때는 선교사들에 대한 규제가 강화되면서 그리스도교의 전면적 금지령까지 내려졌으나 건륭제 때는 서구와의 교류가 다시 활발해 졌다. 그러나 서구의 새로운 의학적 기술이나 해부학적 지식보다 전통적인 본초학과 방제학에 따른 고증학적 지식이 의술치병에 여전히 중심적인 위치를 차지하고 있었다. 많은 의가들은 실증학풍의 영향에 따라 전문적으로 의서를 고증하고 교정하는 작업에 종사했다. 고대의서를 고증하여 주석하는 것이 유행처럼 성행하여 고대의학 문헌의 보존과 연구에 큰 공헌을 했다.[8]

『경화연』에는 오늘날 피부과, 이비인후과, 내과, 정형외과, 산부인과, 소아과 등에서 치료해야 할 각종 질병에 대해 당시에 전해졌던 처방과 본초학에 관한 해박한 지식이 등장한다. 먼저, 화상이나 종기 치료 등 피부과에 관련한 본초학 지식들이 나오는데, 어디서나 구하기 쉬운 약초로 치료하는 방법들이 나온다. 임지양이 다구공에게 입주위의 화상을 입었을 때 처치방법에 관해 물으며 '세상에 도움이 되도록' 알려주기를 요청하자 다음과 같이 대답한다.

---

8   김기욱 외, 『강좌 중국의학사』, 대성의학사, 2006, 306쪽.

사실 어디서나 구할 수 있는 닥풀입니다. 잎이 마치 닭발처럼 생겨서 황촉 규라고도 하지요. 꽃이 활짝 피었을 때 참기름 반병에 신선한 꽃을 젓가락으로 가득 채운 뒤 꽉 막아둡니다. 그러다 화상을 입었을 때 바르면 바로 독소를 제거하고 통증을 없앨 수 있어요. (…중략…) 화상 입었을 때 이 약이 없다면 참기름에 대황 가루를 개어 바르는 것도 좋습니다. (26회)

사람들이 흔한 약재로도 치료할 수 있다는 걸 모른다며 가격이 비쌀수록 약효가 높다는 말은 백성을 오도하는 술수일 뿐이라고 일축한다. 닥풀은 꽃, 뿌리, 줄기, 잎이 모두 약용으로 사용되는 한해살이풀인데 『본초강목(本草綱目)』에도 그 약효에 관해서 "부스럼을 삭이며, 기름에 담가서 탕화상에 바른다"고 쓰여 있다. 오늘날에도 그 줄기는 피를 조화시키고 사열(邪熱)을 제거하며 산욕열과 화상을 치료하는 것으로 알려져 있다. 외용약으로 사용할 때는 가루를 내어 바르거나 기름에 담가서 바른다. 임산부는 복용을 금지해야 할 약용초이다. 화상용 연고 제조에 들어간 대황도 지혈, 혈액응고, 양혈해독 등의 효과가 있으며 자가면역질환에 유용한 약초이다.[9] 다구공은 종기 처방에 관해서 의사들이 약초의 성질을 제대로 연구하지 않아서 떠도는 풍문을 지적하고 『본초강목』에 근거해서 처방을 내린다(30회). 인동에 대해서 『본초강목』 고본과 최근판에서 서로 다르게 기록된 이유를 설명한다. 열을 내려서 독을 빼내기 때문이니 화기를 없애는 차가운 식물은 아니라며 고증을 근거로 한 박학한 지식을 드러낸다. 나아가 종기, 등창, 부스럼에 두루 사용할 수 있는 인동탕

---

9   약재의 약효와 약리 및 임상응용에 관한 내용은 한방약리학 교재편찬위원회, 『한방약리학』, 신일상사, 2006; 김용현 편저, 『신본초학』, 한울, 2014 등 참조.

과 대귀탕 조제 방법 및 복용법을 전수해 준다. 인동은 오늘날에도 청열 해독과 항염작용, 면역증강 작용에 효능이 있는 것으로 알려져 있다.

둘째, 무더위를 먹거나 이질, 복통 등 내과에 관련된 처방이 소개되고 있다. 더위 때문에 현기증이 나거나 쓰러진 사람에게 평안산 냄새를 맡 게 하는데 그것의 제조법을 밝히고 있다.

"서우황 네 푼, 빙편 여섯 푼, 사향 여섯 푼, 섬소 한 돈, (…중략…) 사 기병에 담은 뒤 공기가 통하지 않게 합니다."(27회) 이 약을 쓰면 깨어나 기 때문에 인마평안산이라고도 하며 갑자기 복통이 나거나 가축이 더위 를 먹었을 때도 코로 들이마시게 하면 바로 효험을 볼 수 있다고 알려준 다. 인마평안산에 들어가는 사향은 오늘날에도 진정작용이 뛰어나 질식 감의 완화에 매우 좋고, 협심증의 발작 등 심혈관계와 중추신경계에 효 과가 있는 것으로 알려져 있다.

또, 이질 등에 걸렸을 때 사용하는 내복약 조제법도 소개되고 있다. 당오가 이질에 걸리자 다구공이 조재한 약을 먹고 차도를 보인다. 다구 공이 비법을 전수하려 하지 않자 당오는 신묘한 처방을 세상에 알려서 사람들이 무병장수하도록 도와야 한다고 설득한다. 결국 다구공은 세상 에 쓰임이 되고자 당장 조제법을 공개한다.

창출 세 냥, 행인 두 냥, 강활 두 냥, 천오 한 냥 다섯 돈, 생대황 한냥, 숙대 황 한냥, 생감초 한 냥 다섯 돈이라고 적은 뒤 말했다. "모두 함께 곱게 빻습니 다. 한 번에 네 푼씩 먹으며 소아는 절반을 복용하고 임산부는 복용을 피합니 다. 적리일 경우는 燈心 30촌을 진하게 달여서 타먹고, 백리일 때는 생강 세 편을 진하게 달인 뒤 먹습니다. 적백리의 경우에는 燈心 30촌과 생강 세 편을

진하게 달인 뒤 먹고 설사할 때는 미음에 타서 먹습니다."(27회)

이전 의원들의 처방과 다른 점을 지적하며 약을 어떻게 배합하느냐에 따라 효험이 완전히 달라진다고 지적한다. 급성 전염병의 종류, 즉 적리(赤痢)일 때와 백리(白痢)일 때, 적백리(赤白痢)일 때 다른 처방을 내리며, 임신 중 복용금지 등에 관한 주의사항을 이야기한다. 이질 처방전에 사용되는 창출은 오늘날에도 복부팽만, 구토, 신트림, 묽은 대변 등의 병증에 사용하는 국화과에 속한 식물로서 진정효과 및 심혈관계에 효과적이라고 알려져 있다. 행인은 기침유도를 억제하고 장을 부드럽게 해주며 진통 및 항염·항암작용이 있고, 강활도 진통 및 항염증 약물로 사용된다.

셋째, 골절상과 낙상 등 정형외과와 관련된 복용약과 치료방법에 관해서 기록하고 있다. 기설국을 지나던 당오 일행은 낙마해서 두 다리가 골절된 세자를 치료해 주게 된다. 낙상의 부위를 눈으로 직접 관찰해서 부상의 정도를 진단한 후 외상에 쓰는 약과 내상에 쓰는 약을 결정한다. 낙상한 상처가 깊어 혼수상태에 이른 세자의 의식을 먼저 되찾게 한 후 복용약과 외용약을 처방한다. 낙상의 경중에 따라 어혈이 생기면 치료가 늦기 때문에 응급처치가 중요하며 적절한 시간을 놓치면 효험이 없음을 경고한다. 비록 혼절한 사람의 의식을 회복시키는데 사용한 동변과 황주의 처방전은 미신적인 것이 섞여있지만 응급처치의 효험과 근본적 이유를 분명히 제시하고 있다.

넷째, 부인과에 대한 의학적 지식도 등장한다. 기설국의 임신한 한 왕비가 하혈을 하고, 다른 왕비는 유선염을 앓고 있자 이들을 고쳐주는 다구공의 활약이 그려져 있다. 불안한 태동을 안정시키는 처방전인 보산

무우산은 당귀·천후박·생황기·천패모·토사자·생강 등을 섞어서 제조한다. 오늘날에도 당귀는 보혈효능이 있어서 심근의 순환을 촉진시키며 자궁근 수축억제작용이 있고, 천후박도 중추신경계에 작용하여 근이완작용 및 혈소판응집억제 효능이 있다고 입증된다. 생강 역시 혈액순환 촉진, 소화 및 항구토에 아주 효과적인 약재이다. 유선염에는 가슴을 씻어주어 청결을 유지하게 하고 총백과 황주를 섞어 복용하며 염분의 특성과 음식 성분을 고려하여 환자에게 처방한다.

다섯째, 소아 치료와 관련된 구체적인 병리와 약리 분석을 살필 수 있다. 소아의 얼굴이 누렇게 뜨고 배가 불룩한 복부팽창과 소화불량을 구분하며 구충제 조제방법을 알려준다.

뇌환 다섯 돈과 창출 두 돈을 함께 삶은 뒤 창출을 빼내십시오. 그러고는 뇌환의 껍질을 벗겨 볶고 사군자 다섯 돈도 껍질을 벗겨 볶은 뒤 모두 곱게 빻으세요. 분말을 여섯 등분으로 나누고 아이가 식사 때 달걀 한두 개에 한번 분량의 약을 섞은 뒤 기름과 소금, 파와 마늘 등으로 양념해 볶아서 먹이십시오. 그러면 기생충이 달걀 냄새에 취해 약이 섞인 줄 모를 겁니다. 그렇게 하루에 두 번씩 복용하면 며칠 되지 않아 기생충이 대변으로 나오면서 치유됩니다. 어린아이의 얼굴이 누렇게 뜨고 몸은 마르는데 배는 팽창하면 음식이 소화되지 않으면서 기생충이 생긴 것입니다. 뇌환과 사군자는 구충 효과에 제일 좋으니 바로 효험을 볼 것입니다.(30회)

기설국 통역사의 딸이 기생충으로 괴로워하자 다구공은 『본초강목』을 인용하면서 뇌환과 사군자를 복용해야만 효과가 있다고 말한다. 실제로 사군자와 뇌환은 구충작용에 효과가 있다고 알려져 있는데, 본초학에서 뇌환은 살충의 효능이 있어 촌충·비대흡충·십이지장충·회충·요충 등의 증상에 사용한다.

사실, 본초라는 용어는『한서·교사지(郊祀志)』에 '본초대조'란 관직명이 처음 보이며『한서·예문지』에는 11가 274권의 방서(方書)가 수록되어 있다. 한나라 때 이미 방제학이 발달해서 1세기 무렵엔 본초서의 원형인『신농본초경(神農本草經)』이 탄생되었다.[10]『신농본초경』에 있는 약재는 365종에 달하며 약 성분의 효능과 차이에 따라 3품으로 구분되었다. 중국 본초학 약물분류방법 중 가장 이른 분류법이며 내과, 외과, 부인과 및 고관과 등의 질병이 포함된 주치병증에 따라 대략 170여 종으로 나뉜다. 약물 약호에 대해 기록한 치료 효과는 정확하고 그 후 500년간 사용되어 왔으나 원서는 실전되었다. 본초학에 대한 성과는 명대 이시진(李時珍)의『본초강목』에 와서 총결되었다. 이시진은 친히 전국을 돌아다니며 민간에 산재한 처방들까지 모두 종합하여『본초강목』을 완성했다. 20여 년 연구한 끝에 총 52권으로 된『본초강목』을 저술했는데 1892종 본초에 대한 성미, 산지, 형태, 채취방법, 약성이론, 방제배합 등 모든 부분에서 상세히 서술했다. 이 책은 16세기 이전 중국 본초학의 성과를 총결했을 뿐 아니라 이전 본초서의 오류까지 바로 잡았다. 금단을 복용하면 장생불사한다는 미신적인 처방 등은 삭제했고 임상적인 실용성을 부각시켰다.『본초강목』이 나온 이후 본초학에 관한 내용은 계속해서 보완, 증보되었는데 청대 고증학과 복고주의 학풍의 영향으로 본초학 서적은 끊임없이 출

---

10 본초학의 발전에 관해서 김기욱 외, 앞의 책 참조.

간되었다. 이러한 학술문화적 분위기에 힘입어 강희 39년에『본초품휘정요(本草品彙精要)』는 궁궐에 저장된지 200년 만에 다시 나와서 중간되었다.『본초강목』과『신농본초경소(神農本草經疏)』를 기초로 하여 저술된 왕앙의『본초비요(本草備要)』는 청대 본초학 서적 중 가장 널리 보급되며 영향력을 미쳤고, 오의락은『본초강목』의 분류법을 참조해서 실용적 가치를 높인『본초종신(本草從新)』을 편찬했다. 조학민은 각종 의학서적, 지방지, 수필과 소설에 언급된 본초까지 채록하여 30년간 노력을 쏟아『본초강목습유(本草綱目拾遺)』를 편찬했다. 여기에는 모두 921종의 본초가 수록되었는데 그 중 161종은『본초강목』에 이미 수록된 것을 보충한 것이며 716종은 새로운 것으로 아편에 대한 기록까지 포함했다. 1826년부터 1832년에 완성한『본초술구현(本草述鉤玄)』등이 출간되었고, 1848년 오기준이 전 38권 1714종의 식물을 수록한『식물명실도고(植物名實圖考)』를 편찬했다. 과거 본초에 대한 잘못된 지식을 바로 잡았기에 19세기 약용식물학 전서로서 호평을 받았다.

청대 고증학의 성행은 본초의술방면에도 큰 영향을 미쳐 청대에만 총 400여 부의 본초저작이 편찬되었는데 이전의 의서들을 수정, 개편 및 보완하면서 널리 보급되었다.『경화연』에는 다구공과 그 일행이 해외이국을 방문하며 그 지역의 환자들을 치료하는 과정에서 본초의술 방면의 지식이 주를 이루고 있다. 서구에서 들어온 새로운 지식보다 본초, 방제에 관한 전통적인 의학적 지식이 여전히 널리 수용되어 있었고 소설 속에서 고증하여 주석하는 실증학풍의 방식으로 재편되고 있었다.

3) 수학적 지식

『경화연』에는 수학적 지식이 많이 등장한다. 하천 치수에 관한 산술적 계산방식 이외에, 지름을 재서 원주를 계산하는 방법, 원을 사각형으로 만들었을 때 길이와 너비를 계산하는 방법, 산가지 계산법, 천둥소리로 번개친 곳까지의 거리를 계산하는 법 등 문제를 내고 답변하는 수수께끼의 방식으로 등장하고 있다.

먼저, 주인공 당오가 여아국에서 치수사업을 성공적으로 이끈 사건에서 살필 수 있다. 금속 무기 사용을 금지했던 여아국의 사회적 풍기에서 착안하여 하수범람의 원인을 찾아내고 강바닥을 깊게, 넓게 파는 산술적 지식을 활용한다.

> 만약 서쪽의 토사를 동쪽으로 보내려 하는데 서쪽 입구의 넓이가 스무 장이라면 서쪽에서부터 점점 좁혀 동쪽 끝에서는 몇 장에 불과하도록 만들어야 합니다.(36회)

> 우선 첫째 구간의 물을 둘째 구간의 제방 안으로 보낸 뒤 첫째 구간을 깊이 팠다. 그러고 나서 둘째 구간의 제방을 무너뜨려 첫째 구간의 새로 깊이 판 웅덩이로 물을 보낸 뒤 다시 둘째 구간을 팠다. 각 구간을 팔 때 최대한 깊게 파게하고 그러다가 퍼낸 흙 때문에 제방에 오르기 힘들어지면 광주리를 구덩이 속으로 내린 뒤 도르래를 이용해 올렸다.(36회)

중국 고대문명의 발상지였던 황하 유역은 자주 범람했기 때문에 하천 관리는 국가적인 사업이었고 통치자의 치수능력은 실권을 장악하는데 아주 중요했다. 수학적 지식은 하천의 범람 때문에 겪었던 현실적 어려움을 해결하기 위해 일찍부터 발달했다. 제방을 쌓거나 운하를 건설하는 등 토목 공사에서 사용되는 수학은 쌓아올려야 할 또는 파내야 할 흙더미의 부피와 소요되는 노동인원의 수를 계산하는 것이 주를 이루었다.

　중국 수학의 고전으로 불리는『구장산술(九章算術)』에는 현실생활에서 부딪치는 총 246개의 실용적인 문제가 제시되어 있다. 총 9장으로 나누어 수수께끼의 방식인 문제와 해답, 풀이법의 구조로 서술되었다. 다양한 모양의 전답의 경계와 넓이, 곡물 교환비율 및 교환량, 쌓아놓은 농산물의 부피, 봉록이나 세금의 분배, 토목공사에 사용되는 공사량과 소요인원 등에 관해 다루고 있다.『구장산술』은 원작자는 알려져 있지 않지만 진한 시대의 산술서를 계승하고 후한 시대에 모습을 갖추었다. 위나라 유휘(劉徽)가 주를 붙이고 당나라 이순풍(李淳風)이 주석을 단 것인데 대진이『사고전서』에 이 책을 수록하기 전까지『구장산경(九章算經)』으로 불리던 것을 상기한다면 중국 수학사에서 차지하는 위상을 짐작할 수 있다. 그 중 토목공사의 공정과 부피를 다루는 제5권「상공」장에는 제방을 쌓거나 개천 및 구덩이를 파는데 부피와 길이를 계산하는 문제, 소요되는 1인당 노동량을 구하는 문제 등으로 구성되어 있다. 파낸 땅의 부피가 굳은 흙일 때와 부드러운 흙일 때를 구분할 만큼 계절이나 환경의 변화까지 고려하여 아주 구체적으로 실생활에 적용하기에 유용하다. 축성, 치수, 관개 등의 대규모 토목공사가 많았던 중국에서 토지측량과 관계된 계산 기술은 절대적으로 중요했고 통치자들이 갖춰야 할 필수적인 지식이자 능력이었다.『경화연』에는 당오 일행에게 닥친 위기상황에서 치수사업과 그에 필요한 수학적 지식을 활용하는 사건으로 재구성되어 있다.

또, 탁자의 둘레를 계산하는 법, 원을 사각형으로 바꾸었을 때 너비를 계산하는 법 등 구체적인 산술방법이 등장인물들의 대화를 통해 제시되고 있다.

> 원탁을 가리키며 탁자의 둘레가 몇 자냐고 물었다. 난분이 보운에게 자를 하나 달라고 하더니 지름을 쟀다. 3척 2촌이었다. 붓을 쥐고 포지금을 그린 뒤 "이 탁자는 1장 4푼 8이네요" 하고 말했다. 춘휘가 그림을 본 뒤 물었다. "옛 법에 지금이 1이면 둘레는 3이라고 했는데 맞나요?" 난분이 "옛날 방식은 정확하지 않아요. 지금은 지름이 1이면 둘레는 3.14157265라고 하는데 아주 정확하죠. 그 중 3.14만 사용해서 계산해요." 춘휘가 묻길, "지금 그 원탁을 네모난 탁자로 만들면 길이와 너비는 어떻게 되나요?" 난분이 대답했다. "사각형으로 바꾸면 각 변이 2척 2촌 6푼이 돼요."(79회)

재녀들이 활쏘기의 바른 자세에 대해 장황하게 대화를 나눈 후에 산법에 관해서 서로 문제를 내고 대답하는 방식으로 지식을 자랑하고 있다. 그들의 대화에서 원주율 3.14파이가 나오는데 소수 여덟째까지 정확히 계산해 내고 있었음을 알 수 있다. 17세기 예수회 선교사들이 중국을 찾았을 때 중국인들은 유럽인들의 파이에 관한 지식에 경탄했으나 사실, 중국에서는 3세기 유휘가 원에 내접시킨 다각형을 192각형에서 시작하여 3,072각형까지 좁혀서 파이의 값을 3.14159인 소수 다섯 째 자리까지 계산해냈다. 원주율의 정밀도에 관해서는 5세기에 조충지(祖冲之) 부자가 소수 열째 자리인 3.1415929203을 정확히 계산해 냈는데 아쉽게도 그들의 저서는 일실되었다. 1300년경 조우흠(趙友欽)은 이들 부자의 계산법이 정확했음을 확인했다.[11] 유럽인들이 1600년경까지 대략 일곱 자리까지 계산해 냈던 것을 상기하면 중국에서 산술적 지식은 상당히 빨리 발전했음에 주목할 수 있다. 『구장산술』제4장「소광」은 밭의 가로와 세로 길이, 넓이의 관계에 관한 문제에서 시작해서 정사각형과 정육면체의 한 변을 구하거나, 원의 넓이를 알고 둘레를 구하는 문제들로 구성되어 있다. 이러한 수학적 지식은 당시 농업, 상업, 행정, 수송 등 실제생활에서 발행했던 현실적 문제에 도움이 되기 위한 경세치용적, 실용적 관념에서 출발했다.

셋째, 일정한 중량을 가지고 크기가 다른 물건을 만들어내는 방법을 제시하면서 산가지 계산법의 우수성을 자랑하고 있다.

> "저 크기가 다른 아홉 개의 잔이 있어요. 금 126냥을 가지고 만들 때 각각의 중량이 얼마나 될까요?" 난분이 말하길, "그건 차분법으로 풀면 돼요. 9에 1을 더해 10을 만들고 9와 10을 곱해요. 그렇게 얻은 90을 반으로 나누고 거기서 나온 45로 126을 나눠요. 그러면 2냥 8전이 되죠. 그게 가장 작은 아홉 번째 잔의 무게예요." 그러고는 하녀의 주머니에서 2냥과 8냥짜리 산가지를 꺼내 늘어놓고는 붓으로 적기 시작했다. 가장 큰 잔은 25냥 2전, 두 번째는 22냥 4전, 세 번째는 19냥 6전, 네 번째는 16냥 8전, 다섯 번째 14냥, 여섯 번째 11냥 2전, 일곱 번째 8냥 4전, 그리고 여덟 번째 잔은 5냥 6전이었다. (79회)

---

11 조셉 니덤, 콜린 로넌 축약, 이면우 역, 『중국의 과학과 문명』 2, 까치, 2000, 55쪽.

보운이 금 126냥으로 크기가 다른 아홉 개의 금잔을 만드는 문제를 내자 난분이 차분법으로 해결한다. 2냥 산가지와 8냥 산가지를 꺼내서 계산하며 금방 해답을 찾는다. 보운이 난분의 설명과 해법에 고개를 끄덕이면서 "산법 책에서 차분법을 보면 체감, 배감, 삼칠, 사육 등 어찌나 다양한지 잘 이해가 되지 않았어요. 그런데 이제 산가지 계산법의 우수성만큼은 잘 알겠네요"라며 전통적인 산술계산 방식의 우수성과 실효성을 강조하고 있다. 『구장산술』 제3장 「쇠분」에는 차이가 있는 봉록이나 세금에 가중치를 부여하여 나누던 방식이 나와 있는데 작위가 다른 5명의 신분에 따라 사냥한 사슴을 분배하는 해법 등이 설명되어 있다. 제6장 「균수」에는 거리의 원근과 비용 부담을 차등적으로 적용하는 방식이 나온다. 특히, 「균수」 마지막 문제는 검문소 통과세가 모두 합쳐 금 1근일 때 처음에 가졌던 돈의 액수가 얼마였는지 구하는 문제가 실려 있어서 다섯 검문소를 통과하면서 차등적으로 잔금의 $1/n$씩 바친 소지금에 대한 풀이가 나와 있다. 즉 농산물의 교환이나 백성들의 세금 납세 때 정확한 비례의 문제를 구체적으로 제시하고 해결하려던 목적에서 출발했음을 알 수 있다.

넷째, 돌의 길이, 무게, 부피와 관련된 계산법도 등장한다. 송양잠이 붉은 색과 흰색 마노의 무게를 계산할 수 있느냐 묻자 난분은 길이만 알면 무게를 계산할 수 있다고 대답한다. 자로 각각의 마노의 길이를 잰 후에 무게를 정확히 추정해 낸다. 또 "하얀 마노의 경우 길이 1촌당 무게는 2냥 3전이고 붉은 건 2냥 2전이에요. 지금 길이가 3촌이니까 부피는 27촌으로 계산해야지요. 무게는 물건마다 달라요. 예를 들어 백은은 1촌당 9냥이고 홍동은 7냥 5전, 백동은 6냥 9전 8푼, 황동은 6냥 8전이지요"(79회)라고 대답하며 길이와 무게, 부피에 관련된 지식을 자랑하듯 설명한다. 『구장산술』 제7장 「영부족」에는 남거나 모자라는 것들의 관계에서 x나 y의 미지수를 구하는 과정을 보여준다. 예를 들어 귀금속이나 돌 등의 무게를 비교하거나 계산하는 법이 나와 있는데, 옥과 돌의 합산한 무게를 제시한 후 각각의 무게를 구하는 문제와 해결법 등이 제시되어 있다.

다섯째, 번개 친 뒤 얼마 후에 천둥이 울리는지 거리를 정확히 계산하는 방법도 등장한다.

> 난분이 계산한 뒤 "정확히 1초 동안 천둥소리는 128장 5척 7촌을 가요. 이 계산에 따르면 지금 천둥은 여기에서 10리 128장 떨어진 곳에서 친 거죠." 양묵향이 "10리 밖에 있으면서도 그렇게 큰 소리를 내다니 벽력이란 정말 무섭군요"라고 하자, 필전정이 "천둥이 얼마나 멀리서 치는지 계산할 수 있다니 거짓말 같네요"라고 말했다.(79회)

재녀들이 지적인 유희를 즐기고 있을 때 먹구름이 몰려오더니 사방에서 번개와 천둥이 치기 시작한다. 난분이 천둥소리로 거리를 계산해낼 수 있다며 번개 친 뒤 조금 있다가 천둥이 울린 시간을 잰다. 15초 후에 천둥이 친 것을 근거로 번개 친 곳이 얼마나 멀리 떨어져 있는지 정확한 거리를 계산해 낸다. 재녀들은 난분의 계산력에 감탄하면서 산술적 지식을 자랑한다. 뒤이어 큰 바람이 불어서 우물이 담장 밖으로 날아간 이야기, 사람이 벼락 맞아 죽은 이야기 등이 서술되어 있다. 벼락 맞은 사람이 약 10리 정도 떨어진 곳에 위치했었음을 계산해 낸다. 번개나 천둥친 것을 통해 거리를 추정하며 실생활에 유용한 계산법에 주목했다. 『구장산술』 제9장 「구고」에는 천문학적인 계산이나 지식이 등장하지 않지만 속도와 거리와의 상관관계에 대한 문제와 해답이 제시되어 있다. 예를 들어 서로 걷는 속도가 다른 두 사람이 마주칠 수 있는 거리를 구하는 문제가 예시되어 있다.

중국의 과학 분야 중에서 천문학과 수학은 일찍부터 발전했는데, 청의 강희제도 이 분야를 매우 중시했다. 중국번이 강남제조국을 설립하여 서양 과학서를 번역하기 이전에 매문정이나 대진의 과학서들이 인정받고 있었다. 대진은 『사고전서총목제요』에서 가장 초기 수학적 문헌의 발견이 고증학에서 지니는 중요성을 강조했다. 『사고전서총목제요』의 경부도 대진의 손을 거쳐 완성되었는데 고전 수학책 산경십서도 그때 간행된 것으로 알려져 있다. 대진은 『구장산술제요』, 『구장산술발』 등을 저술했다. 대표적인 열 종의 수학서 중 하나인 『구장산술』은 20세기 말까지도 이에 관한 주석본이 계속 출간될 정도로 동양 산학을 형성하는 데 중요한 영향을 미쳤다. 경학서에 대한 고증이 우세했던 이 시기에 『구장산술』의 구성이 『경화연』에 흡수되어 산술적 계산은 지적 유희처럼 펼쳐진다.

중국의 지적 전통에서 수학적 지식은 도덕적 수양이나 치용에 적용될 때 인정받아 왔다. 산경십서를 경전화했던 것은 담고 있는 내용이 단순한 산술적 지식이 아니라 현실적인 효용성을 지니고 있었고 치수관리, 토지정리, 조세제도, 농산물 거래 등 통치자에게 정치, 경제 방면에서 훌륭한 지침서가 되었기 때문이다. 관개 및 하천 보호에 대한 치수의 문제는 극히 중요한 문제였다. 수리적 사고의 원형은 현실생활 중 삶의 난제를 해결하려는 목적에서 기원했다.

수학적 지식은 수리적 논증이나 이론을 창출하기보다 주석과 논평을 다는 고유의 문화전통 속에서 경전화되었다. 수학적 정의나 증명의 발전은 더디었고, 수학은 독립된 학문이 아니라 정치나 경제에 종속된 문화의 일부였다. 천문·역법·수학 등 과학기술 연구 방면에서 활약했던 완원은 1799년 북경 국자감의 산학총감으로 임명되었는데 19세기 초에도 여전히 경전교육의 방식으로 인재를 양성했다. 19세기 말 대표적인 수학자 화형방조차 『산학필담(算學筆談)』에서 "수학을 연구하기 위해서는 먼저 고전부터 습득해야 한다"[12]고 했던 것을 보아도 수학분야의 경전화 경향은 여전했다. 『경화연』 후반부에 등장하는 재녀들의 지적 유희는 수학적 지식을 경전화시켰던 당시의 학술문화적 풍조를 선명하게 보여주고 있다.

4. 경전화된 지식과 19세기 학술문화에 대한 재인식

『경화연』은 독자로 하여금 소설 속 인물이나 플롯에 집중하기보다 19세기 초 학술문화의 흔적을 먼저 마주하게 하는 작품이다. 『산해경』의 서사수법을 이어받은 박물적 특징과 과장, 은유성은 오히려 초기 소설의

---

12 김용운·김용국, 『중국수학사』, 민음사, 1996, 118쪽.

박학잡다한 성격과 상통하고 있다.『경화연』은 신화전설의 구성을 차용하여 각종 지식을 서사의 플롯으로 재배치함으로서 기존 장회소설의 관습적 내용과 달리 학술적 지식을 유희의 대상으로 삼고 있다. '말류의 학문이지만 견식이 풍부한' 소설 고유의 박학잡다한 특징을 보여준다.『경화연』맨 끝의 기록처럼 "소설가들의 말이니 어찌 경중을 따지겠는가!(小說家言, 何關輕重!)"라는 소설에 대한 보편적 인식과 달리, 오히려 소도(小道)의 장르 속에 당대의 대표적인 실증지식을 담고 있다.

일찍이 장방진(蔣方震)의 "이민족 청이 치용의 학문은 위정자들이 꺼리는 것이었고 학자들은 박학을 빙자하여 스스로 보호했다"[13]는 평가 이래로, 순수고증학은 경세치용과 거리가 먼 학풍이라고 인식되었다. 나아가 청말 학자들은 고증학이 인재를 손상시키고 사상을 억제하며 중국학술을 퇴보시키고 민지(民智)의 은폐를 야기하는 주된 원인이라고 비난하였다. 학문분과의 전면적인 틀이 개혁되고 '진정한' 과학지식이 보급된 것은 19세기 말 서구 문명의 유입 때문이라고 알려져 왔으나 세상을 다스리는데 도움이 되는 실용적 지식은 중국 내 자립적 기반 위에서 축적되고 있었다. 전통적 지식을 구성하는 큰 틀을 바꾸지 않은 채 음운·훈고·본초·방제·산술·천문 등의 지식은 경전화되어 존재했다. 실용적 지식이 고증학에 종속된 형태로 존재함으로서 독자적인 학문체계를 확보하지 못했지만 고증학이 크게 융성했던 시기에도 경세치용적 학풍은 내재되어 있었다. 경전화된 지식은 새로운 사회의 도래에 민첩하게 대응하기 어려운 특징을 내포했다. 그러나 전통 속에 존재해 왔던 실

---

13 梁啓超 撰, 앞의 책, 110쪽.

용적 지식을 학술적으로 재배치하고 있었다.

이여진의 시대는 학문을 강구하고 지식을 중시하는 시대였으며 이것은 『경화연』의 사상 비판과 문화 관념의 출발점이었다. 이여진의 학술 사상은 청대 순수 고증학에서 경세치용의 방향으로 전환하는 것이며 『경화연』은 이러한 학술적 변화를 반영하고 있다.[14] 건가고증학은 현실과 동떨어진 학문을 추구했고 아편전쟁 이후에 와서야 경세치용의 학풍이 다시 고개를 들기 시작했다는 청말 지식인들의 평가는 서구 신문물의 유입에 경도되었던 관점에서 본 일방적인 측면이 없지 않다. 『사고전서총목제요』 자부의 배열순서에 대한 기윤의 언급에서도 보이듯 세상에 쓰임이 되는 경세치용적 학풍은 내재되어 있었다. 『경화연』에 보이는 경학과 의학, 수학적 지식은 고증학에 갇혀 재편되었으나 새로운 문명의 도래를 준비하는 과도기 문학장의 일면을 보여준다.

여기에서 우리는 근대 중국의 문명이 19세기 서구의 과학과 지식의 유입 때문에 발전했다는 일방적인 식견도 재고할 수 있다. 중국 수천 년의 학술이 모두 사회방면에 집중되어 있고 자연계 방면에 거의 주의를 기울이지 않았으며 천문학과 수학은 경학과 사학의 종속적인 형태로 연대해서 발달했다는 양계초의 언급[15]도 변화하고 있던 당시 문학환경을 고려하며 재조명해야할 부분이다. 18, 19세기 학자들이 자연계 방면에 관심이 없었던 것이 아니라 고대의 과학적 지식을 소환해서 재배치하는 과정이 전통적 규범과 전형적 제도에서 벗어나지 못했기 때문이다. '근대화', '서구화'라는 이름 아래에 폄하되고 잊혔던 지식은 오랫동안 실생

---

14 劉勇强, 앞의 책, 480~481쪽.
15 梁啓超 撰, 앞의 책, 29쪽.

활에 유용하게 축적되고 있었고 과거의 지식을 경전화시키는 청대학술의 독특한 문화 속에서 존재하고 있었다. 과거에서 소환된 실증적 지식은 독자적인 학문체계를 형성하지 못한 채 제도와 이데올로기 안에서 경전화된 지식으로 재편되고 있었다.

서구에서 유입된 새로운 지식과 문명은 분명 중국의 근대국가 형성과 발전에 중요한 영향을 미쳤다. 모든 것을 자국 내에서 창조해 왔고 자립적이었던 독특한 문화가 전통과 제도라는 울타리 속에서 외부 문명의 유입, 변화를 방해했던 것도 사실이다. 그러나 근대 이전 중국의 학문이 정체되었다는 편견은 정치와 학술이 분립되지 못하고 순수학문을 위한 이론이 성립되지 못했던 중국 고유의 문화적 특성이 간과된 것에서 기인한다. 그러한 이유로 전통문화 전반에 대한 폄하된 인식과 근대의 발전이 전통의 단절 덕분이었다는 섣부른 견해는 지양해야 할 것이다. 과학과 이성을 중심으로 한 서구의 학문에 압도당해 오래된 지식체계의 가치와 위상을 스스로 부정한 것은 아닌지 뒤돌아봐야 한다.

근대로 나아가는 과정에서 자각적인 반성이 없었다고 폄하하기보다 잠재적인 가능성과 고유한 특수성을 함께 고려해야 한다. 역사적·문화적 정체성을 망각한 채 세계적 보편성에 입각한 발전론적 측면에서만 파악하는 것은 편협한 태도이다. 전통에 집착하는 것은 침체나 후퇴의 원인이기도 하지만 문화적 개별성을 간과한 시선과 평가 역시 지양해야 한다.

3장
견문적 지식의 재구성과 서사의 모색

『경화연』과『노잔유기(老殘遊記)』

1.『경화연』과『노잔유기』에 대한 새로운 접근

　　19세기에 발표된『경화연』은 측천무후가 즉위한 때부터 중종이 다시 복위하기까지 근 20여 년의 역사적 사건을 배경으로 삼고, 인간세계와 신선세계를 오가는 장편의 액자소설이다. 책의 전반부는 당오 일행이 해외이국을 방문하면서 그곳의 풍습과 견문견식을 기록했다. 노신이 '학술의 집합, 문학 예술의 나열'이라며『경화연』을 재학소설이라고 분류한 이후, 지식을 자랑하듯 나열한 작품이라는 평가가 일반적이다. 또 20세기 초 창작된『노잔유기』는 노잔(老殘)이라는 의사가 중국의 북방을 떠돌아다니며 경물을 묘사하고 사건을 기록한 소설이다. 현실 정세에 능동적으로 대처하지 못한 만청 정부의 무능함과 부패한 관료를 비판했는데 청말 대표적인 4대 견책소설(譴責小說)로 분류된다. 이 시기에 많이 창작되었던 견책소설들은 노골적인 질책의 의미를 강조하느라 예술적 성취가 높지 않다고 평가되었다.

고대 신화서의 체재를 모방한 해외이국 방문기『경화연』과 새로운 근대매체에 연재된 견책소설『노잔유기』는 얼핏보면 서로 유사성이 없어 보인다. 그러나 두 작품은 모두 지식인 작가들의 실제 경험을 바탕으로 쓰여진 자전적 특성을 지닌다. 또, 70여 년의 시차를 두고 발표되었으나 '유기(遊記)'라는 틀 속에서 서사의 구성과 풍격을 공유하고 있다. 여행지에서의 감상과 사건은 각각 순수고증학에서 경세치용의 학풍으로 전환되는 시기에, 풍자에서 견책의 문풍으로 전환되는 시기에 당시의 사회상을 대변하고 있다. 이러한 점에서 두 작품은 상당히 닮아있다.

아편전쟁 직전에, 신해혁명 직전에 발표된 각 작품에서 견문적 지식이 재구성된 과정과 행간의 사회문화적 의미를 읽고자 한다. 새로운 장소와 풍경, 이국이향에서의 견문적 지식을 통해서 작가는 무엇을 말하고자 했는가? 오랜 기간 지속되어온 윤리도덕이 흔들리고, 문명의 발신자로서 위상이 무너지며, 정치사회적 국제질서가 재편되는 시점에서 작가는 무엇을 기록하고자 했는가? 지식인들은 전통과 혁신의 경계에서 무엇을 추구했고, 두 소설의 경계에서 발생하는 목소리는 어떠했는가?

『경화연』을 그간의 통설적인 평가였던 재학소설로 한정하지 않고 전반부의 유기문학적 특성에 주목해서 새롭게 접근해 보자. 유기문학적 특성 속에 투영된 견문견식적 비판성, 풍자성이 과도기 지식인의 고민을 어떻게 담아내고 있었는지 살필 수 있다.『노잔유기』역시 '예술성이 떨어지는' 견책소설의 범위로 한계 짓지 않으려 한다. 일면의 성격으로 평가하기에 두 소설이 표상하는 목소리는 상당히 다채롭다. 두 작품 모두 사회비판성이 농후한 유기문학이라는 점에 주목하여 과도기 지식인들의 자기의식 표출의 방법과 새롭게 시도하는 글쓰기에 대해 살펴볼 수 있다.

유기문학은 여행자의 경험을 통한 자기 발견과 현실 반추의 이중적 의미를 내포한다. 공간 이동에 따른 풍경의 재구성, 여행자의 감상, 사건의 전개 등 일련의 서사 과정은 여행자 개인의 욕망 뿐 아니라 사회적 상황을 반영한다. 견문적 지식은 개인적이고 비공식적인 성격과 사회적이고 공식적인 특징이 복합적으로 결합되어 있다. 유기란 여행하면서 보고 들은 바를 기록하는 견문록의 형태를 취하기 때문에 기본적으로 새로운 지식 수용을 전제로 한다. 여행자는 현상학적 경물과 풍경만 기록하는 것이 아니라 사회적 구성원으로서 감상과 비판을 투영시키며 견문적 지식을 해체하고 재구성한다. 이국이향의 풍경과 사건 속에서 박학한 지식을 드러내기도 하고 혹은 사회 변혁에 대한 기대와 지식계층에 대한 질책을 담아내기도 한다.

2. 유기문학으로서『경화연』과『노잔유기』

일찍이 러시아의 중문학자 피시맨(Fishman)은 1959년『경화연』을 번역한 후 유기소설이라고 언급한 바 있고, 미국의 하지청(夏志淸)은『노잔유기』를 유기의 형식으로 쓰인 새로운 소설이라고 주목했다. 매신림(梅新林)은 중국 유기문학의 원류 및 발전에 대해 연구했는데 마음이 행동과 결합한다는 신형합일(神形合一)의 여행을 유기문학의 원류로 보고『산해경』과『목천자전(穆天子傳)』에 주목했다. '유(游)'란 신(神)과 물(物)이 노닐며 경계를 초월하는 의미로 해석했다. 또 가홍안(賈鴻雁)은 허구적 성분을 제거한, 실제 있었던 주목왕의 서쪽 정벌 이야기인『목천자전』을 유기문학의 원류로 보았다. 이에 비해 진평원은 유기란 여정과 의론을 기록한 것 이외에 보고 들은 견문을 중심으로 한 것이며, 관찰한 것이 산수가 아니라 인간세상이고 기록한 것이 실제 여행경험이 아니라 상상 중의 여행체험이라면 유기체 소설이라고 했다.[1] 유기체 소설이란 실제 여정이 아니더라도 여행자의 이목에 따라 이국이향의 자연이나 풍물을 기록하며 현실에 대한 감상이나 의론이 담겨진 작품이라고 할 수 있다.

앞장에서 언급했듯이『경화연』은 호적의 고증에 따라 1828년 발표된 것으로 보인다. 신화의 세계를 바탕으로 신선들이 등장하고 백화선자가 인간 세상에 환생하면서 당오 일행의 해외방문기가 시작되는 100회본 장편소설이다. '거울 속의 꽃, 물속의 달[鏡花水月]'에서 따온 서명이 보여주듯, 전반부는 해외이국을 방문하는 기록 속에서 이상세계에 대한 갈망과 현실 비판 의식을 담아냈고, 후반부는 백 명의 재녀들이 재주를 과시하는 내용을 담았다. 진문신(陳文新)은『경화연』을 성격상 박물체 소설로, 구조상 유기소설로 보고 주인공 당오(唐敖)의 '오(敖)'는 바로 여행을 의미하는 '유(游)'의 뜻이라고 했다.『경화연』중 백미는 7회부터 40회까

---

1   陳平原, 『中國現代小說的起點－淸末民初小說硏究』, 北京大學出版社, 2006, 247쪽.

지 주인공 당오가 처남 임지양을 따라서 먼 바다로 여행을 떠나 해외 각국을 돌아다니며 보고 느낀 견문과 사건을 기록한 부분이다. 당오 일행이 경험하는 해외이국의 낯선 경물과 풍습 등을 소개하면서 작가는 자신의 정치적 이상과 현실비판의 의지를 담아냈다. 저자 이여진은 신화와 역사를 차용하면서 부패한 사회질서에 대한 비판을 담아냈다. 이상향의 추구는 상상 속 세계를 빗대어 현실을 반추하고 작가의 내면의식을 반영했다. 『경화연』의 글쓰기는 『산해경』의 체제와 흡사하다. 『산해경』은 중국의 중앙과 변방 지역을 방위의 개념으로 나누고 지리, 풍물 및 풍습까지 총망라한 고대문화의 백과사전적 성격을 지닌다. 신화적, 지리적, 무술적 색채가 농후한 『산해경』의 구성을 차용하여 현실사회의 모순을 풍자한다. 해외 이국에서의 사건과 감상을 기록하면서 이상국가 회복을 향한 갈망을 상상력으로 재구성했다. 이검국(李劍國)이 지적한 대로 『산해경』을 모방한 것 같으나 분명 『산해경』이나 『박물지(博物志)』의 번역이 아니며 독자에게 완전히 새로운 인상과 참신한 감상을 전해 준다. 만주족의 한족 억압, 팔고문을 중심으로 한 과거제도의 불합리, 뇌물수수가 만연했던 관료계의 악습, 지식인의 허위의식 등 각종 사회모순에 대한 상상적 이국 체험 속에 작가의 내면세계를 반영했다. 노신은 재학소설로, 호적은 부녀소설로, 제유혼(齊裕焜)은 풍자소설로, 우신웅(尤信雄)은 이상소설로, 문기(聞起)는 사회문제소설로 다양하게 규정지었듯,[2] 『경화연』의 성격을 어느 한 가지로 제한할 수 없지만 풍자성 농후한 사회비판적 특성을 지님에 이견이 없을 듯 하다. 장준(張俊)이 잡가소설이

---

2   정영호, 「이여진의 『鏡花緣』 연구」, 전남대 박사논문, 1997, 258~264쪽 참조.

라고 했던 것처럼 어느 한 영역으로 특정할 수 없는, 다양한 지적 체험으로 구성되어 있으며 의론과 결합한 유기체 글쓰기를 통해 강렬한 사회 비판 의식을 담고 있다.

양무운동 시기, 서구의 자연과학적 지식과 역사·지리 등에 대해 관심이 집중되면서 문학장에도 새로운 변화가 일었다. 만청시기에 지리학에 대한 관심은 지식인들의 해외 방문과 서구 여행소설의 번역을 이끌었다. 청조 관원의 해외견문록, 서양 유기소설 및 과학소설의 번역은 문학장을 재편하는 토대가 되었다. 1900년 『팔십일환유기(八十日環游記)』, 1902년 『세계말일보(世界末日記)』, 『해저유기(海底游記)』, 1903년 『월계여행(月界旅行)』, 『몽유이십일세기(夢游二十一世紀)』, 1906년의 『지심여행(地心旅行)』 등이 발표되면서 전통적인 유기 문학에 새로운 예술적 수법이 도입되었다. 이 시기 유기 문학의 보급은 세계적 지식을 깨닫는 계몽교육의 일환이었다. 유기체 소설은 여행자의 감상과 회포를 기록할 뿐 아니라 혼란한 과도기 속 지식인들의 생존 방식, 서구 제국주의에 대한 저항의식, 새로운 국가건설에 대한 염원을 담아내며 전통적 지식을 해체하고 새로운 내용으로 재구성되고 있었다. 소설 전반에서 현 정치에 대한 본격적인 비판을 담아내는 작품이 성행했고 문학적 예술성을 추구하기보다 구국을 위한 애국적 목소리를 드러내는데 주력했다. 아영(阿英)의 『만청소설사(晚淸小說史)』에서 밝힌 대로 이 시기는 무능한 청 정부를 비판하고 급변하는 세계질서에 대응하기 위해 국민을 계몽시키는 견책소설이 무수히 창작되었다. 지식인들의 관심이 계몽과 구국에 집중되면서 신문잡지의 발행도 급격히 증가했다. 서구 선교사들이 주도하던 신문잡지를 중국인 스스로가 주관하고 발행하면서 무능한 정부를 질타하고 우매한 백성을 각성시키는 내용을 많이 실었다. 이러한 사회적 분위기 속에서 유악(劉鶚)의 『노잔유기』가 창작되었다. 이보가(李寶嘉)가 편집을 맡고 4대 소설잡지 중 가장 오랫동안 영향력을 행사했던 『수상소설(繡像小說)』에 1903년 제9 기부터 1904년 제18기까지 연재되었다. 1906년 『천진일일신문(天津日日 新聞)』에 다시 연재되다가 속집 14회에서 중단된 후 나중에 단행본으로 출간된다. 노잔이란 떠돌이 의사 겸 도인이 배를 타고 각지를 여행하면 서 사람들의 병을 치유하고 사건을 해결하는 내용이다. 여행자의 견문적 지식을 통해 기울어가는 청 정부의 부패와 무능, 지식인의 허위의식, 무 지한 지식관료계급 등에 대해 신랄한 비판을 담아냈다. "역대 소설들은 모두 탐관오리들의 악폐만을 기록했을 뿐 청렴한 관리의 악폐를 들춘 것 은 『노잔유기』가 처음이다"는 노신의 평가처럼, 누구나 알고 있는 탐관 오리의 악행이 아니라 도덕군자로 여겨지는 청렴한 관리들의 부도덕함 을 폭로했다. 금전적인 문제가 깨끗하다는 이유로 함부로 살인을 하거나 행정 사건을 마음대로 처리하는 지식관료층의 비윤리성과 무지함을 고 발했다. 혼란했던 과도기에 정치나 사회에 대한 노골적인 질책이 이어졌 고, 지식사회의 부패와 허위성에 대하여 여행자의 시선과 목소리로 기록 했다. 호적은 『노잔유기』에 관해 "예부터 소설을 쓰는 사람들은 인물을 묘사하는 데 많은 힘을 들였으나 풍경을 묘사하는 능력은 구소설에서는 거의 없었다"며 유기체 서사의 형식과 기교에 주목했다. 정탐소설적 특 징이 혼용되어 있지만 노잔의 여정과 감상을 통해 현실 정치사회를 투영 시킨다. 『경화연』과 『노잔유기』는 유기의 형식 속에 실제적 경험을 바탕 으로 한 작가의 내면의식과 변화하고 있는 서사적 특징을 담아내고 있다.

3. 견문적 지식의 재구성과 작가의 내면의식

　유기체 소설의 특징은 여행자의 발길에 따라 새로운 공간으로 진입하고 그곳의 경물과 풍경을 작가의 필치로 재구성하여 담아낸다. 풍물묘사, 사건의 전개, 감상과 비평을 서술하는 여정 속에서 현실 정치에 대한 비판과 이상 국가에 대한 염원, 억압받는 여성인권에 대한 폭로와 인재 등용에 대한 갈망, 지식인 사회의 부패를 고발하고 있다.

1) 이상적 국가질서의 회복

　『경화연』의 주인공 당오는 과거시험에 합격했으나 무측천에 반대했던 서경업, 낙빈왕과 의형제를 맺었던 사건에 연루되자 유람을 통해 자신의 울분을 풀고자 한다. 모함을 받아 합당한 직분에 오르지 못하고 공명을 버린 채 해외로 여행가는 당오를 통해 작가 자신의 내면의식이 투영된다. 군자국, 대인국, 여아국, 양면국, 무장국, 숙사국, 기설국 등 30여 국가를 방문하면서 정치, 경제, 사회, 풍습, 문화 등의 면모를 서술하며 자국의 현실과 교차시킨다.

　먼저, 군자국 방문에서는 이상적인 상도덕과 질서, 모범적인 관료상에 관해 서술한다. '군자국'이라는 이름이 어디서 왔는지 무슨 의미인지조차 모를 만큼 양보를 좋아하고 다투지 않는 사람들이 모여 사는 곳이다. 선비이건 서민이건 부귀빈천을 막론하고 언행이 공손하고 예의 바르니 군자라고 하기에 손색이 없다. 원래 거래란 파는 사람은 비싸게 부르고 사는 사람은 깎는 법인데 "상인은 값을 올리려 않고 사는 사람은 물건을 반만 가져가려 하는"(11회), 현실에 존재하지 않는 이상국가의 상거래 질서와 윤리성을 보여준다. 또 구습의 폐단을 지적하는 현명한 재상 형제를 만나서 당오가 살고 있는 '천조(天朝)'의 악습이 폭로된다. 호화로운 장례풍속, 잘못된 자녀양육, 악순환적인 소송, 미신 숭배와 음란한 행위 조성, 계모의 부덕과 악행, 전족의 악습, 사치스러운 사회 풍기 등에 관해서 조목조목 비판받는다. 재상 형제는 평범한 노인들로 착각할 만큼 겸손하며 고관들의 권위 의식이 전혀 없다. '성군이 재위하여 정사가 올곧으며 그 은덕이 중원 밖까지 미치고 있는' 천조국에서 온 당오 일행은 '국사에 관해 아는 것이 없는 폐방'의 군자국 노인들에게 신랄한 질책을 받는다. 또 대인국에 도착해서 부귀빈천이 아니라 선악의 기준에 따라 사람들 발밑에 드리워진 구름의 색깔이 달라짐을 목도한다. 공명정대한 사람은 구름이 오색의 빛을 띠고, 간사하고 음흉한 사람은 검은색을 띠게 된다. 상황에 따라 변하기 때문에 잘못을 뉘우치고 선한 마음을 먹으면 다시 색깔이 바뀐다. 나쁜 일에 몸사리고 착한 일에 앞장서는 대인의 기질을 보이기 때문에 대인국이라 하며, 선한 인성과 표리일체의 이상적인 인류질서를 보여주는 곳이다. 이들과는 달리, 사리사욕을 앞세우는 무장국도 지나게 된다. 음식을 먹자마자 그대로 배설하는데 아무 냄새가 나지 않기에 하인들에게 먹을 것으로 주면서 부를 축적하는 부도덕한 사람들이 살고 있다. 겉과 속이 다른 사람들이 모여 사는 양면국도 방문한다. 의관을 제대로 갖춰 입은 사람들에게는 친절하지만 가난한 사람들에게는 아주 차갑고 냉담하다. 입고 있는 옷의 뒷자락을 들

쳐보니 끔찍한 괴물 같은 모습으로 긴 혀를 내밀면서 독기를 뿜고 있다. 이중인격의, 위선적인 행태에 대해 풍자한다.

여아국에 대한 묘사는 총 6회나 되는 만큼 비중 있게 다루어진다. 특히 남녀의 역할이 뒤바뀐 제32~33회 사건에서 전족을 강요하는 사회적 병폐를 고발한다. 남자인 임지양이 왕비로 책봉되면서 어명에 따라 강제로 귀를 뚫리고 전족을 당한다. 저항하자 죽판으로 매를 맞으며 견딜 수 없는 육체적 고통을 받게 된다. "발가락 다섯 개를 한꺼번에 모으고 발바닥을 둥글게 만든 다음 능사로 싸매고"(33회), 실과 바늘로 틈새를 꿰매자 보름도 되지 않아 "발바닥이 반으로 구부러지고 발가락이 썩어 선혈이 낭자하다."(34회) 통증이 심해도 강제로 걷는 연습을 시킨다. 시간이 흐를수록 살과 피가 고름으로 변하고 앙상한 뼈만 남게 되는데 매일 향기로운 물로 목욕을 하고 외모를 가꿔야 한다. 전족의 과정이 고통스러울수록 아름다운 신부로 변한다며 남성을 위한 여성인권 억압과 불평등한 위계질서를 풍자한다. 가늘고 작게 전족한 금련을 감상하는 남자들의 왜곡된 성적 욕구, 그것을 위한 여성인권 유린의 악습을 비판한다. 흥미로운 점은 잔인한 구습을 폭로할 때 해학적인 웃음이 동반된다는 것이다. 화려한 옷을 입고 세 치의 금련을 한 채 진주와 비취로 장식한 중년 부인의 입가에 수염과 구레나룻가 보인다. 어깨가 벌어지고 힘이 센 수염 난 궁녀들의 등장은 무거운 주제를 익살스럽게 포장한다.

어려서부터 전통 교육을 받고, 능정감의 예교주의의 영향을 받았던 작가 이여진은 건륭, 가경 연간에 살면서 당시 강경한 한족 억압책, 과거 제도의 폐단과 부패, 관직 매매 등 부조리한 사회질서에 대해 비판했다. 『경화연』은 단순한 이국 견문록이 아니라 이여진이 살았던 시기 만주족이 한족을 통치하며 억압하는 상황을 여성 황제의 통치에 빗대고 있다. 당시 정치사회적 부패와 모순을 당 무측천이 중종을 몰아내고 스스로 황제가 된 것에 비유하고 있다. 여성 군주의 통치는 피지배계층인 한족의 억눌림을, 중종의 복위는 정통성의 회복 즉 한족 중심의 권력 회복으로 상징된다. 한족의 뿌리 깊은 문명우월의식과 문화적 자존감은 그대로 전승되었는데 그들이 경시하던 이민족의 통치 하에서 자신의 이상을 펼칠 수 없었다. 만주족은 한족 지식인의 정치적 토론이나 활동을 금지시키는 대신 만주 황실을 위협하지 않는 실증적이고 귀납적인 고증학적 연구를 장려했다. 중국의 르네상스로 불리는 18세기 학술문예의 화려한 결실은 반만(反滿) 감정을 철저히 근절시키려는 만주 황실의 정치적인 의도에서 출발했다. 게다가 오랫동안 지속된 문자옥의 여파와 엄격한 통치 하에서 한족 지식인들의 분노와 울분은 공개적으로 표출될 수 없었다. 당오 일행이 어느 곳을 방문하던 천조국에서 왔다고 칭송받는 것은 한족 중심의 정통문화에 대한 자부심의 표출이다. "폐방이 바다 한구석에 있으면서 그나마 무식함을 면한 것은 천조 문물의 교화를 그르침 없이 받아들였기 때문"(11회)이라는 이국의 사람들은 당오 일행을 "만물이 으뜸인 성인의 나라로 사람들의 인품과 학문이 모두 비범한"(17회) 천조국에서 왔다고 존경한다. 이여진은 책 전반에 걸쳐 성인의 나라이자 인륜이 바로 선 나라, 문물이 발달된 나라라고 반복적으로 서술하며 천조국의 존재를 통해 한족 중심의 우월의식과 자부심을 강조한다. 그러나 이상적이여야 할 천조국은 군자국 재상 형제의 의론을 통해서 폐방보다 못한 현실에 처해 있음이 폭로된다. 폐방의 사람들이 성인의 나라, 이상적 질서로 가득찼다고 여기는 천조국의 실상은 '풍수만을 따지느라 부모의 관을 오래 방치하고', '자녀의 생일잔치를 위해 많은 생명을 해치고', '말다툼이나 재산 분쟁으로 관가에 달려가며', '무지한 아녀자를 속여서 재물을 갈취하는', '전족의 악습과 사치가 넘쳐나는' 곳으로 풍자된다. 여기에서 이상적 국가질서를 회복하려는 저자의 갈등과 고민이 드러난다.

이여진은 군자국과 대인국을 묘사하면서 자신이 상상하는 이상 국가의 모범을 제시했다. '천조의 귀인이 물길을 다스려 주길 바라는' 염원은 한족 중심의 전통을 회복하고픈 바람이다. 호적이 "남녀의 평등한 대우, 평등한 교육, 평등한 선거권을 주장한 소설"(「『鏡花緣』的引論」)이라고 지적했듯이, 여아국에서 억압받는 여성인권 문제를 고발하는 주체의식은 상당히 진보적이고 혁신적이다. 그러나 현실세계가 아닌 해외 이국이라는 상상의 공간 속에서 이상 국가 건설을 기대한다. 소설의 첫 회부터 봉래산에 대해 묘사하며 주인공의 최종 행선지를 신선 세계로 귀결시키고, 여성인권을 증진시키려던 측천무후를 퇴위시킨다. 이여진이 살았던 시대가 아닌 과거 속 역사적 사건에 빗대면서 현실 비판적 의지는 웃음과 해학 속에 감춰진다. 이상 국가에 대한 염원은 현실 사회에서 갈등 해결의 출구를 찾지 못한 주인공 일행의 마지막 여정을 통해 은폐되어 존재한다.

『노잔유기』에서는 노잔의 부탁을 받은 신자평이 유인보를 방문하기 위해 떠나면서 9회에서 11회까지 고담논쟁이 진행된다. 도화산 깊은 곳에 이른 신자평은 산골 처녀 여고와 도인 황용자와 만난다. "송 유가들이 덕은 사랑하나 색은 사랑하지 않는다는 말은 스스로를 속이는 것"(9회)[3]이라며 인간의 본성을 억압하는 성리학에 대해 노골적으로 질책한다.

---

3 『中國近代官場小說選』卷七(『宦海潮』・『老殘游記』), 內蒙古人民出版社, 2003. 김시준 역, 『라오찬 여행기』, 연암서가, 2009 참조.

송대 유학에 대한 직설적인 비판은 태주학파를 신봉했던 작가의 태도가 반영된 것이다. 왕수인(王守仁)의 주관적 관념론, 양지설(良知說)을 계승했던 태주학파에서는 인간의 내적인 심(心) 자체에 대한 직접적인 접근을 시도했다. 유악은 지극히 선한 것은 본성이 선한 것이라는 왕간(王艮)의 학설을 신봉하여 양지가 바로 본성이고 본성이란 도이자 천리라고 여긴 태주학파의 사상[4]에 경도되어 있었다. 신자평이 도학을 논하고 도인의 고견을 경청하는 부분에서 작가 유악이 살았던 동치·광서제 시기의 무질서와 혼란을 담아냈다. 또 중국의 정치현실을 비판하고 미래의 국제질서를 타진하는데 송대 이후 삼교의 후예들이 성인들의 정의를 왜곡되게 풀이했기에 하늘에서 '북권남혁(北拳南革)'이라는 재앙을 내렸다고 했다(11회). 천체운항과 자연 질서에 빗대어 사회현상을 예언한 것은 태주학파의 교리에 경도된 미신적 성분이 다분하다. 동치 황제의 붕어, 프랑스와 전쟁, 일본의 침략, 러시아와 독일의 이권다툼 등의 정세변화를 예언한다. 1900년 의화단의 난을 '북방지강(北方之强)'이라며 한족을 압박하기 위한 목적이라고 하고, 1898년 무술년의 혁명과 1910년 경술년의 분쟁을 '남방지강(南方之强)'이라며 만주족을 쫓아내기 위한 목적이라고 규정한다. 특히 남혁에 관해서는 더욱 비판적인 자세를 취했다. '혁(革)'이란 온 몸을 동여매는 가죽과 같아서 부지불식간 목숨을 잃게 되는 치명적인 피부병과 같고, 남혁의 수령들은 총명하지만 남을 이해하지 못해 실행하는 일이 뜻대로 되지 않는다고 지적했다. 남혁의 이론은 훌륭하나 오히려 세상의 도를 파괴하는 난당이라고 비판했는데 유악이 『노잔

---

4   北京大學哲學系中國哲學敎硏室, 『中國哲學史』(第二版), 北京大學出版社, 2013, 347~348쪽.

유기』를 지을 때 혁명당은 아직 본격적인 활동을 하기 전이었다. 청나라를 돕고 서양을 물리친다는 부청멸양(扶淸滅洋)을 내세웠던 이미 진압된 의화단보다 지식인들을 필두로 한 혁명파가 경계의 대상이었다. 남녀 선객이 가득 찬 배가 풍랑에 난파되려는 순간 "유식하고 개화된 말투로"(1회) 선원들과 선객들을 이간질시키는 '목청높인 연설자'로 비유한 것을 보아도 짐작할 수 있다. 이십 삼사 장이나 되는 큰 배는 성한 곳이 없었고, 선원들은 협동하지 않으며, 연설자는 자신들의 권리를 찾자고 승객들을 선동한다. 이것은 외세에 의해 분열된 중국의 국토와 만청 정부의 무능함, 자기 돈만 챙기고 남에게 피를 흘리게 하는 혁명당원들의 선동, 그러한 상황 속에서 희생당하는 중국백성을 상징한다. 노잔 일행이 나침판과 육분의, 망원경을 가지고 선객들을 구하려 하나 "양코배기들이 보내온 매국노 스파이"(1회)라는 오해를 받고 쫓겨나는 꿈은 세력의 대립, 신구문물의 갈등이 혼재된 과도기의 정치사회를 보여준다. 서구 과학적 지식과 문물에 대한 대중적 수용이 어떠했는지 보여주는 단면이기도 하다.

노잔은 제하현 근처에 이르렀을 때 황인서를 만나 세상사에 대해 이야기한다. 취화, 취환 기녀의 불우한 삶을 통해서 여성인권을 억압하는 사회적 병폐를 비판한다. 본래는 귀한 자식이었던 기녀들이 형편상 어쩔 수 없이 비참하게 살아가는 상황을 폭로하며, 포주들의 극랄한 악행과 기녀를 매매하는 불합리한 사회구조에 대해 고발한다. "세상 남자들 모두가 여자를 똥 밟은 듯 대하는 것은 아니구나"(13회)라는 취환의 생각을 통해 당시 여성폄하에 대한 사회적 인식을 보여주고, 기녀의 고통과 불행, 하층민으로 내몰리는 병폐적 사회구조에 관해 직설적으로 비판한다.

『노잔유기』는 주인공의 여정에 따라 새로운 사람과 만나고 사건을 서술하는 과정에서 당대의 특수한 정황을 담아냈다. 저자 유악은 서태후가 사치와 향락으로 집정하여 정사가 어지러웠던 동치제와 광서제 통치기에 살았다.『경화연』처럼 역사를 차용하면서 과거의 사건에 빗댄 방식이 아니라, 작가가 살았던 19세기 말의 현실 속에서 사회 모순을 직접적으로 들춰낸다. 열강의 중국 침략에 대한 묘사에서도 북방의 큰 구름은 러시아를, 동쪽의 또 다른 구름은 일본을 의미한다. 망국의 위기 앞에 놓인 국내 정세에 대해서 침몰 직전의 큰 배는 중국 정부를, 배에 탄 사람들은 통치 관료 및 하급 관료계급, 혁명당과 무지한 백성들을 비유했다. 일찍이 서구 문명과 사상에 눈을 떴던 유악은 동치제의 죽음, 청일전쟁, 광서제의 개혁실패와 감금 사건, 서태후의 재집권, 열강의 중국 침략과 약탈의 과정을 목도했다. 짧은 기간 동안 충격적인 사건들이 연이어 이어졌고 국제 질서가 경도되는 과정 속에서 국가가 부강해야 외세의 침략을 방어할 수 있다는 현실적인 대응 방안을 모색했다. 송대 성리학의 폐해를 신랄하게 꼬집었지만, 강유위와 양계초를 위시한 변법파도, 손문의 급진적인 혁명파도 반대하면서 이상적 전통 질서의 회복을 갈망하는 보수적인 유신파였다. 성리학 뿐 아니라 유불도에 관한 비판, 삼교합일에 관한 이론은 신구문물이 교차하는 19세기 말 지식인의 내적 갈등을 대변한다. 발전된 서구과학기술의 도입은 찬성하나 구사회의 전복이나 새로운 국가 건설을 위한 혁명은 거부한다. 1914년 이후에 중국과 외세의 원한, 한족과 만주족의 불신이 모두 소멸되고, 1924년 갑자년에 이르러서 중국이 자립하며 유럽의 신문명이 삼황오제의 구문명에 유입되어 대동 세상으로 나아간다는 미래를 염원한다. 미신적 성분이 다분하지만 보수와 혁신의 중립적인 입장에 선 유악의 이상을 보여준다. 그러나 현실은 망국의 위기에 처해 있고 백성들은 모두 병들고 잠들어 있음을 실감한다. 희망보다는 고통과 신음 속에 놓여 있는 현실을 자각하고, 영성이 깨어있는 존재는 요령을 흔들며 잠든 백성들을 깨우고자 한다. 초편 자서의 언급처럼 "우리 인간은 세상에 태어나서 국가, 사회, 민족, 종교 등에 대하여 여러 가지 감정을 가지고 있다. 그 감정이 깊을수록 울음도 더욱 통렬한 것"이고, "바둑판이 끝나가고 있는데 나도 늙어가니 울지 않을 수 없다"며 이상적 질서 회복을 위한 저자의 내면의식을 노골적인 비판과 울음으로 형상화시켰다.

2) 여성인재 양성의 염원과 지식관료층 비판

『경화연』에는 억압받는 여성인권에 대한 고발 뿐 아니라 여성 인재 양성과 교육의 중요성, 인재 선발에 대한 혁신적인 견해가 드러난다. 그리하여 호적은 『경화연』을 "중국 최초의 부녀문제를 토론한 소설"(「『鏡花緣』的引論」)이라고 평가했다. "여인국의 궁녀들이 비록 남장을 하고 있었지만 모두 여인들이라 눈치도 빠르고 민첩하여 아무리 말을 해도 알아듣지 못하는 무식한 남자들과 다르다"(36회)며 재녀들의 재주와 학식을 존중한다. 태후는 여성 과거고시를 포함한 열두 조항의 칙령을 반포하고, "짐은 하늘이 사람을 가려 재능을 내린다고 생각지 않으니 제왕을 보필할 인재를 선발함에 어찌 격식을 따지리오. (…중략…) 내규에 따라 인재를 신중히 선발해도 규방이 과거에서 제외된 것 또한 사실이다. 낭군은 추천을 받지만 여인들은 날개를 펴지 못하고 있다. 그러니 어떻게 선발이 공정하다 할 것이며 인재가 성하다고 하겠는가?"(42회), "여성의 교육은 글을 더욱 풍부하게 만들고 재능은 아름다움을 더욱 돋보이게 한다"(42회)며 여성지식인 양성을 추진한다. 여성 과거를 시행하는 사건은 여성 인재양성을 독려하는 동시에 사회적 위상을 제고하는 선각적인 견해이다. 책 전반에 걸쳐 남성중심의, 전통적인 봉건사상이 전제되어 있으나 여성 황제에 의한 여성의 권익 증진, 여성 인재 발굴을 제안하는 점은 상당히 획기적인 부분이다.

여성 교육의 중요성은 흑치국에서 만난 여인들이 학문 수양을 최고의 가치로 꼽는 것에서도 드러난다. 화장품보다 책을 소중히 하는 그녀들을 통해서 재주와 학식을 높게 여기는 사회 풍조를 반영한다. 당오 일행이 놀랄 만큼 여자들이 화장품이 아닌 책을 사겠다고 하며, "학식이 높은 사람은 귀하게 여기고 낮은 사람은 천하게 여긴다. 여자도 마찬가지라서 나이가 차도 학식이 있어야만 구혼하는 사람이 있다. 남녀를 막론하고 어려서부터 책을 읽는다"(18회)고 하여 귀천의 기준이 학문과 지식에 달려있다. 또 당오 일행은 하얗고 아름다운 용모의 백민국 사람들을 보고 해외 이국 중 최고라며 칭찬을 아끼지 않는다. 학식을 시험해 보려는 백민국 학당 선생 앞에서 '글도 모르고 시도 짓지 못하는 사람들과 무슨 이야기를 하겠냐'며 무시당한다. 알고 보니 학당 선생이야말로 '유(幼)'자와 '급(及)'자도 구분 못하고, '영(永)'자와 '구(求)'자도 구분 못하는 학식이 천박한 인물이었다. 또, 성문 현판에 '자손을 번성케 하려면 글을 읽혀야 한다'고 쓰여 있는 선한 선비의 나라 숙사국을 방문한다. 이곳 사람들은 어려서부터 모두 글을 읽으며 일반 서민들도 경서와 역사, 사부, 시문, 책론, 서계, 음율, 음운, 의학, 점술 등으로 나누어진 과거시험을 본다.

음운학에 능통한 기설국, 천문과 점술, 산법에 능통해 모든 사람들이 연구하느라 빨리 늙어버리는 지가국도 방문한다. 선비차림을 하고 있는 농부, 안경을 쓰고 현학적인 말투로 주문받는 술집 종업원, 『소자』라는 세상에 없는 책에 대해서 잘난 척 하며 일장 연설을 하는 일화는 팔고문만 공부하며 융통성 없는 지식을 양성하던 당시의 현실사회를 풍자한다. 학식과 학문을 숭상하는 이야기는 웃음과 해학적 풍자를 동반한다.

홍홍이 자신은 학식이 있어도 연줄이 없고 뇌물을 주지 않아서 과거시험에서 떨어졌다고 하자, 규신이 천조는 태후가 내린 조서에 근거해서 과거시험을 치루며 시험관들이 청렴결백하다고 강조한다.(51회) 이것은 과거 급제를 위해 뇌물 청탁이 만연했던 당시 사회의 부정부패를 냉소적으로 고발한다. 사서삼경만 공부하고 형식적인 틀에 얽매인 팔고문 학습의 부작용과 입신양명을 위해 뇌물수수의 부정행위가 만연했던 지식관료층에 대한 비판이다. 팔고문 학습을 거부했고 과거에 급제하지 못해 고관에 오를 수 없었던 이여진은 자전적 경험을 바탕으로 과거제도의 비리를 폭로했다. 박학다식했으나 연납금마저 내지 않아 온전한 관직생활을 하지 못하고 쫓겨나면서 고지식한 지식인을 양성하는 과거제도, 뇌물수수가 만연했던 관료 선발, 허식과 부패로 얼룩진 지식관료층의 비리를 해학적으로 고발한다.

청나라 최대의 전성기라 불리는 18세기 후반 건륭제 통치기에 지식의 총서라 할 수 있는 『사고전서』가 편찬되었다. 학문과 예술을 장려하며 중국 전역의 서적을 국가에서 총정리했다는 역사적인 의의가 있으나, 전국의 책을 검열하는 방편이기도 했다. 건륭제 통치기에 책의 검열과 금서 지정의 과정은 상당히 복잡하고 엄격했다. 단어 하나라도 만주 황실을 경멸적으로 묘사한 것이 발견되었을 경우 가문이 멸망당하는 등 문자의 옥으로 고통 받는 한족 지식인들이 무수히 양산되었다. 수천 종 이상의 책들이 소각되었고 그 밖에도 일부소각, 수정개편, 금서지정 등 만주 황실에 저항하는 자료들은 철저히 색출되었으며 지식인들의 활동은 제한될 수밖에 없었다. 만주 황실은 한족 지식인들을 회유하여 학문적 융합을 이끌고자 하면서도, 변발을 강요하거나 민족 간 통혼을 금지시키는 등 사회문화적인 억압은 여전했다. 소설이 미치는 사회적 영향에도 주목하여 금서령이 잦았고 소설책방 개설을 금지시켰다. 『경화연』 창작 시기를 전후한 거의 50년간은 소설의 공백기였다. 또 태평성대를 지나면서 암암리에 성장해간 관료들의 부정부패는 민중들의 고통을 가중시키며 백련교도의 난을 초래했다. 가경제 때 화신(和珅) 등의 부패한 관리를 척결한 이후에도 궁중의 수입을 늘리기 위해 관직을 매매하는 등 정부 관료층의 부패는 여전했다. 이러한 분위기 속에서 이여진은 익살스런 풍자의 방식으로 자신의 지적 욕망을 담았다. 과거에 응시했으나 여전히 수재였던 주인공 당오에게 현실과 이상의 괴리에서 고뇌하는 저자 자신의 모습을 투영했다. 제35회 황하치수에 도전하는 당오의 형상은 이여진 자신의 경험에서 나온 것이다. 바다와 연접한 해주에서 살면서 바다를 향한 이상향을 꿈꿨다. "세상 사람들은 단지 벼슬아치만 시를 쓴다고 알고 있지만 어찌 초야에 수많은 홍유들이 묻혀 있다는 것을 알겠는가?" (18회)라는 언급은 학식과 학문이 뛰어났으나 관직에 나가지 못한 저자의 울분을 담았다. 이여진이 살았던 당시는 학문을 강구하고 지식을 중시하는 시대였으나 한족 지식인들의 지적 욕망을 자유롭게 펼칠 수 없었다. 저자의 견문적 지식을 과거 역사적 사건 속으로 편입시키고 해외 이국이라는 환상 세계를 설정하여 구성했으나, 여성인재 배양과 여성 고시의 출범이라는 혁신적인 견해를 제시해서 주변적 존재들의 권익을 대변하려 했다는 점에서 시대를 앞서가고 있었다.

『노잔유기』는 옥현과 강필이라는 관리를 등장시켜 지식인 사회의 전형적인 부패를 고발하고 있다. 노잔은 여정 중에 조주부의 태수 옥현의 사건을 마주하게 된다. 옥현은 관리로서 청렴했으나 사건을 엄격하게 처리하다 보니, 억울하게 죽은 백성들이 넘쳐나고 집안 전체가 몰살당하는 경우도 비일비재했다. 열두 개의 형틀이 하루도 비지 않는 혹독한 정치를 하지만 "대청국의 법률에 백성이 관가로부터 억울함을 당해도 참는 것 말고 다른 방법이 없다"며 "관은 관끼리 서로 옹호하여"(5회) 힘없는 백성들만 희생되는 사건이 이어진다. 강도는 잡지 못하고 억울하게 누명 쓴 백성들만 죽임을 당한다. 백성들은 옥현의 폭정을 함부로 폭로하지 못하나 그의 명성은 날로 높아진다. "관모의 구슬에 피를 묻히고 백성을 죽이고, 상관에게 아첨하는 일들은 모두 재능 있는 자들의 짓"(6회)이라는 질책은 내실 있는 학식과 재능을 갖추지 못한 통치 관료계층에 대한 고발이다. 또 노잔이 제하현 근처에 이르렀을 때 제동진 살인사건에 관여하게 된다. 순무가 파견한 회심관 강필은 고지식한 사람이어서 사건을 어리석게 해결해 선량한 백성들만 고통 받는다. 스스로 청렴하다고 자처하고 있으나 "세상 사람을 모두 소인으로 보고 자기만 군자인 체 하는" 태도로 "천하의 대사를 그르치는"(18회) 지식계층의 표본이다. 청렴결백하다는 허울만 지닌 채 백성들의 고통이나 실상을 외면하고 자신들의 출세와 안위만을 지향했던 지식인 집단의 고질적인 병폐를 드러내고 있다. 형식적인 팔고문 학습의 부작용, 사리분별력 떨어지는 고지식한 관료층의 무능 때문에 고통 속에 신음하는 백성들의 실상을 고발한다. 여기서 옥현은 의화단의 난에서 기독교도를 학살했던 실제 인물 육현(毓賢)을, 강필은 만주족 군기대신 강의(剛毅)를 모델로 하여 출세와 권력에 눈이 먼 지식인 사회의 추악함을 사실적으로 폭로했다. 수년간 팔고문에 매달려 학문을 익히는 동안 각종 규정과 법식 외에 더 이상의 정의감이나 시비 관념이 없었고 게다가 과거에 합격해 바로 벼슬을 하던 지식인들은 현실적 감각이나 대처 방안을 상실했다.[5] 과거시험의 흡인력이 독서인들의 양심을 얼마나 파괴했는지 그 사실적인 단면을 보여준다.

또, 잘못된 치수 때문에 고통 받는 백성들의 사정을 기녀들의 대화를 통해 고발한다. 마을을 다스리던 순무와 무지한 지식인들의 사욕을 앞세운 황하 치수 사업 때문에 수백 명의 사람들이 죽임을 당하고 삶의 터전을 잃었다. 살아남은 자들 역시 몰락하거나 생계가 어려워 자식을 기녀로 팔 수밖에 없는 기형적인 현실로 내몰린다. 부자였던 취환의 가정이 파탄 났던 이유도 지식 관료층의 허식과 무지 때문이었다. "스(史) 관찰사인지 무엇인지 모르겠으나 이 일을 창안한 자는 나쁜 마음이나 사심을 먹고 하지는 않았겠지. 그러나 책만 읽었을 뿐 세상사에 어두우니 하는 일이 모두 실패인 거야. 『맹자』에 모든 일에 책만을 믿으려 한다면 차라리 책이 없는 것이 낫다고 했지. 하천 공사만 그렇겠는가? 천하의 큰일에서 간신들 때문에 실패하는 일이 열에 삼, 사라면 세상사를 모르는 선비들이 그르치는 일이 열에 예닐곱"(14회)이라는 노잔의 폭로에는 저자 유악의 저술 의도가 담겨있다. 유가의 책만을 읽는 도덕군자들과 청

---

5   진정, 김효민 역, 『중국과거문화사』, 동아시아, 2003, 305쪽.

렴함만을 내세운 관리들이 탐관보다 훨씬 가증스럽고 무지하다고 고발했다.

저자 유악은 정계와 상업계에서 모두 오해와 모함을 받았던 경험을 바탕으로 지식 관료층에 숨겨진 사회악에 대해 신랄하게 폭로했다. "팔고문에 능통하지 못하여 공부깨나 했으면서도 과거 시험에 떨어져 벼슬길에 나아가지 못했던"(1회) 주인공 노잔은 저자 자신의 투영이다. 간신보다 군자가, 탐관보다 청관이 국가에 더 해로운 존재라는 발상은 유악이 관료 생활도 했고 상업 활동도 하면서 다양한 체험을 했던 사람이기에 가능했다. 19세기 후반의 중국은 문명의 중심지였던 과거의 위상이 추락하고 서구 열강에 의해 국토가 분열되었다. 선각적인 지식인들은 부국강병을 외치며 서구의 문물과 사상을 배우는데 경도되어 있었다. 유악의 가문은 대대로 관료계급이어서 집안에 많은 서적이 있었기에 유악은 어려서부터 다독하며 성장했다. 당시에 총리아문이라는 기관이 설립되면서 서구의 서적들이 많이 번역되자 폭넓게 지식을 쌓을 수 있었다. 작품 속 곳곳에 황하치수 사업이 등장하는 것은 유악이 치수공사에 참여했던 경험을 바탕으로 한다. 나침판과 육분의를 등장시키고(1회) 독약의 화학적 성분을 밝혀내려는 사건(19~20회)도 산업부흥을 위해 철도를 부설하고 탄광을 개발하고자 했던 실제적 체험을 기반으로 했다. 국가를 부흥시키려는 노력이 서양 자본을 끌어들이기 위함이라는 지탄을 받아 관료계를 떠나 상업에 전념했다. 그러나 정계와 상업계에서 모두 모함을 받아 자신의 포부를 펼치지 못하면서 지식관료층 이면에 숨겨진 병폐에 대해 신랄하게 폭로했다. 『노잔유기』를 집필할 무렵에는 무술변법운동이 이미 실패해서 양계초 등의 유신파는 망명을 갔고, 외세에 억압받던 성난 민중은 의화단의 난을 일으켰다. 유악은 보수파도 혁명파도 아니었으나 구국을 위해 서구의 과학과 문명을 받아들이고자 했다. 의화단의 난이 일어났을 때 러시아군과 협상하여 쌀을 구입해 난민 구조에 힘썼으나 국가를 위한 행동이 모함을 받으면서 현실적 감각 없는 지식관료층의 무지가 얼마나 위험하고 심각한 것인지 인식하게 되었다. 「초집자서」에서 "『이소』는 굴대부의 울음이요, 『장자』는 몽수의 울음, 『사기』는 태사공의 울음, 『초당시집』은 두보의 울음, 이후주는 사로써 울고, 팔대산인은 그림으로 울고 왕실보는 『서상기』를 지어 울고, 조설근은 『홍루몽』을 지어 울었다"라고 썼던 것처럼 불안한 과도기를 살아가는 작가의 내면의식을 '눈물'로 형상화시켰다.

4. 시점의 재배치와 서술적 거리두기

이야기를 서술하는 화자의 관점은 아주 중요하다. 그의 시선과 서사의 관점에 따라 사건의 배치가 달라지고 사회적인 의미가 드러난다. 『경화연』과 『노잔유기』는 여행자의 시선에 따라 경물과 사건이 재구성된다. 기본적으로 여행자의 제한적 관점에서 쓰이면서 화자와 등장인물 사이에 일정한 거리가 유지된다. 설서인이 강설하듯 구연하던 화자 단독의 전지적 시점이 감소하면서 독자 스스로 해석할 수 있는 가능성이 크게 열렸다. 객관적인 서사를 지향하는 부분은 직접화법의 활용과 관찰자적 정경묘사에서 두드러진다.

먼저, 작가의 내면적인 주제사상을 문답 형식의 대화체를 통해서 직접적으로 전달한다. 주인공과 그 일행이 여행하는 과정에서 새로운 사람들과 만나고 그들과 대화를 나누며 작가의 의론을 표출한다. 『경화연』은 기본적으로 주인공 당오의 시점으로 제한되지만 곳곳에서 주변인물도 사건을 전개시키는 주체가 된다. 딸 당소산과 처남인 임지양, 다구공은 각각의 견문과 식견을 바탕으로 사건을 두루마리 펼치듯 전개시킨다. 내용의 전말을 알고 있는 전지적 단독 화자의 친절한 설명은 삭제되고 주인공 일행이 방문지 사람들과 대화를 나누며 의론을 펼쳐 나간다. 작가는 등장인물들의 직접화법을 통해 작품과 서술적 거리두기를 시도한다. 당오와 다구공이 대인국의 오지화, 오지상 형제를 만나 허식과 사치에 대한 악습을 비판받는 장면도 그러하다.

귀국의 장례 풍속에 관해서 들은 바가 있습니다. 자손들이 죽은 자는 땅에 들어가야 안식을 취할 수 있다는 사실은 염두에 두지 않고 풍수 만을 따져 부모의 관을 오래 방치한다고 들었습니다. 심지어 이대, 삼대가 지나도록 안장하지 않는 것이 무슨 풍속처럼 되었다면서요? (…중략…) 묏자리로 조화를 되돌리고자 하는 것은 연목구어가 아니겠습니까? 쓸데없는 낭비를 하느니 주역의 뜻을 좇아 부모 대신 선행을 베풀고 널리 음덕을 쌓는다면 훗날 어찌 경사가 남지 않겠습니까?(11회)

귀국에서는 호화로움을 숭상하여 혼례와 장례, 음식, 의복은 물론 일상 소비에서까지 지나칠 정도로 사치한다고 들었습니다. 부유한 집에서 복을 아끼지 않고 헛되이 낭비하는 것은 죄를 짓는 행위입니다. 그런데 여력이 없는 하층민조차 오직 눈앞의 즐거움을 위해 미래의 배고픔과 추위를 생각지 않는다면서요. 따라서 검소한 군자들이 항상 사치하지 말고 여유를 만들라고 일깨워 주어야 합니다.(12회)

대화체는 이상적 정치론과 국가관, 여성 억압의 부당성에 대해 절제된 의론을 유도한다. 고질적인 구습과 사회의 악습 비판, 학습의 중요성, 여성 교육과 여권신장의 필요성, 통치 계급의 부패, 전통 윤리 상실에 대한 견해가 이성적 대화를 통해 표면화된다. 당오와 다구공이 흑치국의 어린 두 재녀에게 학식 대결에서 호되게 당하는 장면 역시 대화체로 묘사된다. 두 명의 박식한 재녀는 '모든 인문이 모이고 인재가 많은 천조국'에서 온 당오 일행과 학식을 펼치며 학문을 토론한다. 글자의 독음판별, 반절, 『시경』, 『논어』, 『예기』, 『주역』 등 경전의 주석과 고증에 대해 논쟁한다. 100종의 『주역』 해설서 중 93종을 줄줄 읊은 재녀들이 잘난 척하는 다구공에게 나머지 권수와 필자에 대해 알려주길 청하자 다구공의 어설픈 학식이 들통 난다. "학문이란 착실하게 공을 들여야 기반이 튼튼해집니다. 수박 겉핥기식으로 본다면 아무런 견해도 생기지 않아 시대 풍조에 휩쓸릴 수밖에 없지요. 어르신도 그런 버릇이 있으신 듯합니다. 모르는 것을 안다고 우기면서 끝까지 허풍으로 남을 속이니 상대를 너무 얕잡아 보는 것이지요"(18회)라며 겉치레를 중시하던 지식 관료층의 악습에 대해 등장인물의 시점에서 비판하고 있다. 백민국 학당 선생 앞에서 당오 일행은 겸손하게 자신들의 학문적 수준을 낮추나 오히려 학당 선생이야말로 기본적인 글자도 구분 못하는 무식한 사람이었음이 직접화법으로 폭로된다. 우월하다고 착각하는 허위적인 자만심도, 천박한 학식이 들통 나는 수치스런 굴욕도, 추악한 행동을 반성하는 장면도 전능한 화자가 아닌, 등장인물의 입을 통해 드러난다. "전체를 보지 못한 채 표면에만 집착해서 사고가 편협해졌고", 표면적인 "검은 것만 보느라 진면목을 살피지 못했으며" "가증스런 자신의 천박한 면모가 고스란히 드러나는"(19회) 반성과 비판이 대화를 통해 진행되면서 전지적 단독 화자는 문학장에서 조금씩 퇴장하고 있었다.

『노잔유기』는『경화연』보다 더욱 주인공 단독의 시점으로 제한되어 있다. 노잔 이목의 연장이라고 볼 수 있는 신자평과 덕부인의 시점으로 묘사된 곳이 있으나 기본적으로 노잔의 시선을 통해 북방 사회의 모습에 대해 서술했다. 무능한 청 왕조에 대한 비판, 외세 침략에 대한 분노와 수치심, 청관의 이중성이 여행자와 방문지 사람들의 문답식 대화를 통해서 더욱 객관화된 관점으로 묘사된다. 노잔이 옥현의 혹독한 치정에 대해 분노하고 있을 때 신동조가 노잔을 식사에 초대한다.

　"선생과 같이 재량이 뛰어난 분들이 조정에 나오시지 않으니 정치가 부진한 것입니다. 참으로 애석합니다. 재량이 있는 분들은 숨어서 나오지 않고 범속한 자들만이 관직을 탐하여 정사를 그르치고 있으니 이것이 바로 천지간에 가장 유감스러운 일입니다" (…중략…) "범속한 자가 관직을 탐하는 것은 그다지 중요하지 않습니다. 가장 중요한 것은 재능이 있는 자가 억지로 벼슬을 하고 또 고관이 되려고 발버둥치는 것이지요. 관모의 구슬에 피를 묻히고 백성을 죽이고 상관에게 아첨하고 이런 일들은 모두 재능 있는 자들의 짓입니다."(6회)

벼슬이 클수록, 재능이 있을수록 해가 크다는 노잔의 목소리를 통해서 직설적으로 전달한다. 또 노잔의 부탁을 받아 떠난 신자평이 도화산에서 여구와 황용자와 문답식 대화로 지적 논쟁을 벌인다. 9회에서 11회까지 유불도에 관한 비평, 송대 유가의 폐단, 북권과 남혁, 국제 정치질서의 변화, 현재의 정세 등에 대해 조목조목 비판적 의견을 제시한다.

유불도는 마치 세 개의 상점같이 간판을 걸고 있지만 기실은 모두 잡화를 팔고 있어. 땔감, 쌀, 소금, 기름 모두 있지. 유가는 점포가 조금 크고 불가는 조금 작고 도가는 더 작다는 것뿐 뭐든지 팔아. 또 말씀하시길, 무릇 도는 두 가지 층이 있는데 하나는 도의 외면이고 하나는 내면이지. 내면은 모두 같고 외면만 각기 분별되어 마치 승려는 머리를 깎고 도사는 머리를 늘어뜨려서 사람들이 한 눈에 저것은 승려고 저것은 도사라고 알아볼 수 있게 하는 것과 같아. 만약에 승려가 머리를 깎지 않고 늘어뜨리고 장삼을 입고 다니거나 도사가 머리를 깎고 가사를 입고 다닌다면 사람들은 그들을 반대로 부르겠지.(9회)

성리학에 반대했던 유악의 입장은 신자평과 여고 처녀의 대화로 드러난다. 여고가 공자, 맹자의 유교는 송나라 유가들에 의해 쇠퇴할 대로 쇠퇴해져서 단절되기에 이르렀다고 말하자, 신자평은 옛 성인의 말씀이 송대 유가에 의해 제창된 후 그 공덕은 위대하고 인심과 풍속도 순화되었다고 반박한다. 그러자 여고는 송 유가들의 자기기만에 관해서 다음과 같은 의론을 직설적으로 제시한다.

공자께서는 덕을 사랑하기를 아름다움을 사랑하듯 할지어다라고 하셨고

맹자는 먹는 것과 색은 본성이다고 하셨고, 공자의 제자 자하는 현을 현으로 하여 색으로 바꾸라고 하셨으니 이런 호색이 바로 인간의 본성인 것이지요. 송 유가들은 덕은 사랑하나 색은 사랑하지 않는다고 말하였으니 이 어찌 스스로를 속이는 것이 아니겠어요? 스스로 속이는 자를 속인다는 것은 불성실의 극치가 아니겠어요? (…중략…) 송대 유가들의 기만은 모두 말씀드리기 어려울 정도입니다.(9회)

새벽이 온 것도 모른 채 학문적 논쟁과 정치적 견해를 주고받는다. 두 작품에서 중요한 의론의 표출방식은 여행자와 방문지 사람들과의 대화를 통해 전개되며 이로써 화자와 등장인물 사이에 서술적 거리두기가 시도된다.

둘째, 설서인의 전지적 시점에서 벗어나려는 시도는 『노잔유기』의 정경묘사에서 더욱 두드러진다. 『노잔유기』의 서사방식에 관해 노신은 『중국소설사략』에서 주인공 노잔의 언론과 견문을 기록한 것이라고 평가했다. 하지청은 "전통적인 소설가들의 상투적인 사건 서술에서 벗어나 관습적인 모든 요인을 개인의 식견 속에 귀속시켰다"고 지적했고, 일본의 다루모토 데루오(樽本照雄)는 작가의 시점을 노잔에게 고정시켰다고 하면서 전통 소설의 형식적 기교에 혁신을 보여준 작품이라고 했다.

여행자의 제한적 시점은 노잔이 대명호를 유람하는 부분에서 대표적으로 잘 드러난다. 제남부에 도착하여 철공의 사당 앞에서 천불산의 절경, 맑은 호수, 석양을 사실적으로, 있는 그대로 묘사한다.

천불산이 마주보이고 절들이 푸른 송백 숲 사이로 흩어져 보이며 붉은 것은 불과 같고 흰 것은 백설과 같으며 푸른 것은 쪽과 같고 초목은 짙푸르며 더욱이 온통 붉거나 반쯤 물든 단풍이 그 사이에서 섞인다. (…중략…) 명호물의 맑기가 거울 같았다. 천불산의 그림자가 너무도 똑똑히 호수 속에 거꾸로 드리워 누각과 나무의 그림자가 더욱 맑은 빛을 발하고 있었다. 머리를 들어 보니 실물보다 더욱 아름답고 똑똑히 보였다. 이 호수의 남쪽 기슭에는 갈대가 무성하였다. 지금이 바로 꽃 피는 때여서 흰 빛의 꽃들이 석양에 비껴 마치 붉은 융단 같으며 아래 위 두 산 사이에 깔아놓은 것 같은 것이 실로 기묘한 절경이었다.(2회)

다시 역하정 뒤쪽으로 돌아 작화교에 이르러 인가가 많은 것을 묘사하는 장면도 관찰하듯 객관적이다.

짐을 진 자도 있고 작은 손수레를 밀고 가는 자도 있는가 하면 두 사람이 메는 푸른 비단을 두른 작은 가마에 타고 가는 자도 있었다. 가마 뒤로는 붉은 술이 달린 모자를 쓰고 옆구리에 서류를 낀 채 죽어라고 달려가는 자도 있는데 수건으로 땀을 닦아가면서 고개를 숙인 채 뛰어가고 있었다.(2회)

어린 아이가 가마꾼과 부딪쳐 우는 장면, 신자평이 도화산에 오르는 모습, 남북으로 뻗어 있는 봉우리와 계곡, 모래강을 건너 병풍을 두른 듯 우뚝 솟은 산의 위엄, 울창한 수목, 하얀 눈과 어우러진 푸른 송백에 대한 묘사는 눈앞에 펼쳐지듯 생생하다. 겨울철 황하의 결빙을 묘사할 때에는 상류부터 강 전체가 얼어서 나룻배가 꼼짝 못하는 상황, 황하의 굴곡, 강의 너비, 수면 위 겹겹이 쌓인 얼음 덩어리들이 서로 밀쳐내는 듯한 형상을 한 폭의 그림처럼 기록했다. 여행자의 시선에 포착된 자연 경물을 있는 그대로, 생동하는 형상으로 창출해냈다. 일찍이 호적은 「노잔유기서(老殘遊記序)」에서 이 소설이 문학사에 끼친 공헌은 작가의 사상이 아니라 풍경과 인물을 묘사하는 작가의 뛰어난 능력에 있다고 칭송했다. 기녀의 신분에서 해방시켜 주겠다는 노잔과 황인서의 말을 듣고 "웃음이 피어남을 멈출 수 없다가", "버들잎 같은 눈썹을 찡그리고", "얼굴이 잿빛으로 변하고", "미간에 굳은 결의가 나타나고" "눈물이 방울져 흘러내리는" 취환의 복잡한 심리를 관찰하듯 묘사하는 장면도 빼놓을 수 없다. 시맹(時萌)은 중국 고전소설 중 긴 단락으로 인물의 심리를 묘사한 것은 『노잔유기』로부터 시작되었다고 지적한 바 있다. 『노잔유기』는 여행자의 제한적 시점으로 풍경이나 사물을 묘사하면서 인물의 심리를 기탁하는 유기체 서사의 예술성을 새롭게 창출하고 있었다.

오후에는 눈이 더욱 많이 내렸다. 방문 앞에 서서 밖을 내다보니 크고 작은 나뭇가지가 마치 새 솜을 걸어놓은 것 같았다. 나무 위에 앉았던 몇 마리 까마귀들이 목을 움츠리고 떨고 있으며 깃털 위에는 눈이 쌓여 거의 묻히고 있었다. 또 많은 참새들이 처마 아래에 몸을 숨기고는 머리를 움츠리고 추위와 굶주림에 떠는 꼴이 가련하게 느껴졌다.(6회)

새들은 아무도 총으로 쏴죽이거나 그물로 잡지 않으나, 조주부의 백성들은 죽임을 당해도 말조차 못한다며 굶주림과 추위에 지쳐있는 새들보다 못하다고 묘사했다. 여행자가 관찰하듯 묘사한 정경묘사에 잔인한 폭정에 시달리는 백성들의 고통을 투영시킨다. '부질없이 견책하는 글을 짓느라 사람을 감동시키는 힘이 없다'는 일반적인 평가에서 벗어난다. 풍경에 대한 묘사는 이 시대만의 특징은 아니다. 그러나 여행자의 시선에서 세밀하게 관찰하듯 묘사하여 그를 통해 인간의 심리를 투영시키는 것은 『노잔유기』의 탁월한 성취였다고 할 수 있다. 전지적 화자의 일방적인 설명이 아니라 객관화된 정경 묘사 속에 인간의 심리를 기탁했다. 이에 대해 진평원은 경물묘사 및 이야기 서술을 여행자의 이목에 예속시킴으로서 전통적인 전지적 서사를 극복하는 시도였다고 지적한다.[6]

　두 작품은 기본적으로 여행자의 관찰적 시점으로 서사되어 있으나 인물의 심리를 직접 묘사할 때 전지적 시점이 혼용되기도 했다. 『경화연』에서 '말하는 게 전혀 속되지 않구나', '외국에 사는 어린 계집에 불과한데 학문이 있으면 얼마나 있겠는가?'(16회), '일반 경서로는 골탕 먹이기 힘들겠다. 외국에는 주역이 없다고 했으니 그것으로 공격해야겠어. 당황스럽게 만들 수 있을거야'(17회) 라며 흑치국의 첫인상, 외모로 얕잡아 학식을 폄하시키는 장면, 편법을 써보려는 다구공의 내적 심리를 묘사하는 부분을 들 수 있다. 주인공 당오가 등장해도 동행인 다구공의 내면을 전지적 시점으로 묘사했다. '글을 논하다 보니 생김새를 살피기도 전에 우리 머릿속이 얼마나 추한지' 증명해 주는 비판의 장면도 그러하다. 『노잔유기』에는 위씨 부녀가 무죄판결을 받고 석방되자 가간이 어찌할 바 모르며 당황하는 심리, 기녀 소금자가 허대에게 투덜대는 속마음 등 화자는 주변 인물들의 내면 심리를 직접 묘사하기도 했다. 관찰자적, 제한적 시점의 표상 뒤에 전통적 서사장치가 여전히 교차되고 있었다.

6　陳平原, 『中國小說敍事模式的轉變』, 北京大學出版社, 2014, 179쪽.

전체적으로『경화연』과『노잔유기』는 여행자의 시점으로 제한되면서 설서인의 전지적 서술에서 벗어나려는 거리두기가 시도되고 있었다. 때론 주인공 일행의 시점으로 분산시키기도 했고 때론 전지적 시점이 혼재되기도 했으나 기본적으로 여행자의 시점에 고정시켜서 기존의 서사방식을 재배치하고 있었다. 중국소설사에 전통적으로 오랫동안 자리 잡고 있었던 설서인의 전지적 시점이 관찰자적으로 전환되면서 유기문학의 예술성은 새로운 문학장의 자장 속으로 나아가고 있었다.

5. 파편화된 지식, 길항하는 유기문학

유기문학은 단순한 여정의 기록이 아니다. 계획된 장소와 시간 속으로 이동하면서 여행자의 시선에 따라 포착되고 새롭게 발견되며 해석되기 때문이다. 그러기에 유기소설 속 풍경은 주관이 개입되지 않은 완벽히 객관화된 경물일 수 없다. 여행자는 이국 이향의 형상과 사건을 마주하면서 자신의 견문과 경험을 바탕으로 현실사회의 풍경을 담아낸다. 여행자의 견문적 지식은 여정 속에 파편화되면서 사회를 반추하는 거울이 된다.

유기문학의 주인공은 여행을 하면서 결핍의 대상과 본질을 확인한다. 결핍된 것을 채우기 위해 주위의 다른 존재들을 잘라내고 무화시키며[7] 내적 욕망을 투영시킨다.『경화연』과『노잔유기』에서 주인공 당오와 노잔이 그러하다. 주인공은 저자의 내면의식이 실체화된 존재이며, 현실세계에서 실현되지 못한 자신의 이상과 울분을 유기 속에 풍자와 비판으로 형상화시켰다. 『경화연』은 전통소설의 형식과 구성 속에서 해외이국을 방문하는 감추기의 방식으로, 『노잔유기』는 새로운 예술 수법 속에서 북방 지역을 여행하는 드러내기의 방식으로 현실과 갈등하는 지식인의 내적 고뇌를 담았다.

　　『경화연』은 『산해경』의 신화적 제재와 구성을 패러디하면서 현실사회의 모순과 부패를 웃음과 조롱으로 은닉시킨다. 불합리한 당대의 모순을 역사적 사건 속에 감추고 만주족의 한족 억압, 지식인 사회의 병폐를 희화화된 웃음으로 표현한다. 주인공은 상처 치유로서의 이상향을 지향하나 현실세계에서 출구를 찾지 못하고 신화적 장소로 도피한다. 여성인권이나 여성 인재 등용에 있어서 선각적인 견해를 제시했지만, 결국 혁신적인 법안을 실현하려는 무측천을 퇴위시키며 작가의 내면의식을 풍자 속으로 우회시킨다. 혁신과 보수의 경계에서 갈등하는 지식인의 이중 의식이 중첩되고 있다.

　　『노잔유기』는 더 이상 과거의 역사를 차용하지 않은, 현재의 상황을 배경으로 한다. 국제적, 정치적 위기에 처한 중국의 실상을 개탄하는 작가의 내면세계를 적극적으로 표현한다. 외세 강국에 의해 국토가 분열되는 울분 속에서 국가의 안위를 걱정하며, 현실적 대응 능력이 없는 무능한 통치자들과 지식관료층에 대한 비분을 노골적으로 드러낸다. 저자는 현실 세계와 직접 대면하면서 정계의 부패와 무능력, 지식계층의 허

7　변광배, 『장 폴 사르트르─시선과 타자』, 살림출판사, 2004, 11쪽.

위의식과 무지에 대한 실상을 공개적으로 폭로한다. 『경화연』이 지식인 집단의 불만을 해학적 웃음으로 형상화했다면, 『노잔유기』는 집단이나 계층의 차원을 넘어 국가적 위기상황을 분노와 울음으로 고발했다. 또 전통 설서인들의 전지적 시점에서 차츰 벗어나면서 제한적, 관찰자적인 시점에서 사건을 전개시킨다. 과도기의 문학장에는 전통 서사의 구성과 장치들이 해체되면서 새로운 항들이 삽입되고 시도되고 있었다.

여행은 세계와의 갈등 속에서 결핍된 자아의 내면의식을 확인하고 타협점을 찾기 위해 떠나는 과정이다. 주체 내면의 결핍이나 상처를 망각하려고도 하고 때론 새롭게 혁신하려고도 한다. 사회의 치부를 은밀하게 풍자하기도 하고 때론 드러내며 질책하기도 한다. 현실에서 결핍된 것들을 치유하기 위해 출발했기에 사회 문제, 현실 비판에 대한 작가의 내면세계가 담겨진다. 세계적 지식과 지리학에 대한 관심이 고조되던 이 시기, 현실과 이상의 경계에서 갈등하는 지식인들은 유기문학의 구성 속에 비판적 주체의식과 지적 욕망을 파편화시키고 있었다.

4장

만청소설과 매체의 연대,
흔들리는 문학장

1. 소설 창작의 급증과 문학 환경의 변화

수차례에 걸친 외세와의 충돌 속에서 중국은 전례 없는 충격과 변화를 겪었다. 청일전쟁의 패배는 아편전쟁 때보다 더 큰 수치심과 모욕감을 중국인들에게 안겨주었고, 외부로부터 강요된 문명은 구국과 자강을 위한 내부적인 반성과 자각을 일깨웠다. 수천 년간 이어져온 중화중심의 문화적 우월주의가 붕괴하면서 동·서 간에, 그리고 동아시아 국가 간에 불평등한 위계질서가 조성되었다. 국제질서가 새롭게 재편되는 과정에서 지식인들은 보수를 부르짖거나 개혁을 시도하면서 반식민상태로 전락한 조국을 다시 일으키고자 고군분투했다.

서태후 등의 보수파에 의해 유신변법운동이 백일 만에 실패로 끝나자 위로부터가 아닌 아래로부터 개혁의 필요성을 깨달았다. 서구에서 유입된 신교육의 보급과 학제의 개편을 통해서 근대적 교육제도가 차츰 확립되어 갔고, 신학문의 소양을 갖춘 지식인들도 생겨났다. 과거제도의 폐지는 정계진출의 직접적인 통로를 차단했으나 지식인들의 학문적 관심과 애국적 열정을 새로운 방향으로 분출시키는 계기가 되었다. 그들은 신문잡지 등에 글을 기고하면서 각자의 정견을 발표하고 지지 세력을 형성해 나갔다. 사회에 대한 책임의식을 글에 의탁하여 구국과 계몽을 이끌고자 하였으니 대다수의 작품에서 정치논변적인 성격이 두드러졌다. 군주국의 인민들에게 국가라는 어렴풋한 개념이 자리 잡기 시작했으며, 새로운 국가를 이끌어 갈 주체로서 신민이 요청되었다. 유신변법을 주장했던 지식인들을 중심으로 신민을 형성하는 데에 소설이 아주 중요한 역할을 할 수 있다고 인식되었고 정치와 사회를 개혁하기 위한 목적에서 주목받았다. 소설은 전통시기 정종(正宗)의 자리에 있었던 시를 대신해서 최상의 장르로 격상되었다. 19세기의 끝자락에서 10여 년 남짓한 짧은 기간 동안 급작스레 많은 소설들이 창작되었는데 당시 사회의 온갖 병폐와 타락한 현실을 노골적으로 질책하는 내용이 주류를 이루었다. 진평원은 1907년 한 해 동안 중국 전역에서 출판된 서적을 대략 550종 1,300책으로 추산하면서 그 중 소설은 199종이나 된다고 분석했다. 소설의 유행과 동시에 더 많은 사람들에게 보급하고 선전하기 위해서 쉽게 이해되는 글쓰기의 필요성이 대두되었다. 이상의 변화들은 전환과 격동의 소용돌이 속에서 정치적 수요와 무관할 수 없었던 중국문학의 한 단면을 보여준다.

주목할 것은 이들의 사상과 견해는 당시 새롭게 흥성하고 있던 신문과 잡지라는 근대매체를 통해 발표되고 널리 유통되었다는 점이다. 일찍이 아영은『만청소설사』에서 소설 창작의 급증과 번영에 관해 연구하면서 그 사회적 배경에 관해 다음과 같이 제시한 바 있다. 첫째, 석판 인쇄사업과 신문사업의 발달로 대량생산에 대한 수요가 늘었고 둘째, 당시 지식인 계층에서 소설의 사회적 의의와 중요성을 인식했으며 셋째, 청 왕조의 정치적 부패와 무능함에 대한 좌절로 인해 유신과 혁명을 제창하기 적합한 소설이 급증했다고 주장했다. 소설에 대한 수요가 늘면서 소설의 창작이 증가했고 나아가 소설을 전문적으로 게재하는 잡지가 창간되었다. 1892년『해상기서(海上奇書)』부터 1919년까지 소설잡지가 60여 종에 달했는데, 창작소설 중 신문이나 잡지에 발표된 작품은 1901년에 79%, 1904년에 81%, 1915년에 95%에 이르렀다.[1] 조취인(曹聚仁)이 "중국의 근대문학사는 바로 신문사업의 발달사"[2]라고 언급했듯이, 이 시기 문학연구에 있어서 신문잡지와 연관된 고찰은 중요한 의미를 지닌다. 이전에 볼 수 없었던 내용과 유통방식이 등장하면서 과거와는 다른 문학의 장이 형성되고 있었다. 단순히 통계적 수치에 주목하기보다 5·4문학혁명으로 나아가는 전환기 경계면의 탐색에 주목할 필요가 있다.

전례 없이 급증했던 소설 창작과 유행에 주목해서 만청의 대표적인 4대소설이 신문잡지와 만나면서 문학장이 어떻게 변화하고 있었는지 살펴봐야 한다. 주변문학이었던 소설이 중심장르로 전이되면서 어떤 내용을 담아내고 있었는지, 매체와 결합된 소설은 전통적인 글쓰기 방식에

---

1   郭浩帆,「淸末民初小說與报刊業之關係探略」,『文史哲』, 2004년 제3기(총제282기), 46·48쪽.
2   曹聚仁,『文壇五十年』, 東方出版中心, 1997, 83쪽.

어떤 균열을 내고 있었는지 고찰해 보자. 내외부적으로 흔들리는 사회 질서의 변화 속에서 구국을 위한 지식인들의 고심과 노력은 문학장을 어떻게 재구성하고 있었는지, 계몽과 개혁을 위한 새로운 지식과 정보는 어떻게 유통되고 있었는지 이해할 수 있다.

2. 소설, 신문잡지와 결합하다

1872년 창간된 신문 『신보(申報)』는 원고공모 후 투고량이 많아서 11월부터 문예부간 형식으로 매달 『영환쇄기(瀛寰瑣記)』를 별도로 출판했는데 이것이 바로 근대문학잡지의 효시라고 할 수 있다. 『영환쇄기』는 천문, 지리 등 새로운 문물에 대한 지식 정보와 시사성 논문을 포함하고 있었지만 주요 내용은 소설, 산문, 시사(詩詞) 등으로 구성되었다. 소설은 만물을 이해하고 인륜을 살피는데 큰 도움이 되며, 사람의 마음 속 깊이 파고들 수 있으므로 소도(小道)가 아니니 기존의 소설이 극복해야 할 네 가지 병폐만 제거한다면 사회적으로 매우 유용한 가치가 있다고 했다. 새로운 사건이나 지식의 전달적 기능과 전기체 소설의 오락적 기능이 결합하면서 소설이 문학의 중심부로 진입하는데 단초적인 토대를 제공했다.[3] 기독교 선교사들에 의해 창간된 교회신문이었다가 1874년 개칭된 『만

---

3 차태근, 「19세기 중국 신문잡지와 文界의 재편」, 『중국문학』 제56집, 2008, 307~308쪽.

국공보(萬國公報)』는 서구 국가들에 대한 정보, 자연과학, 경제학설, 사회주의 학설 등 서학의 공급원일 뿐 아니라 중국 정세에 대한 평론 등을 실었다. 1889년 광학회(廣學會)의 기관지로 복간된 후 국제질서와 중국 정치의 형세를 보도하고 개혁에 대한 논변을 실어서 무술변법운동의 자극제가 되었다. 1895년 6월 제77책에 「구저시신소설(求著時新小說)」을 게재하여 "사람의 마음을 감동시키고 풍속을 변화시키는 데에 소설만한 것이 없기 때문에" 전래된 폐단을 제거하고 낡은 습관을 바꾸기 위해서 소설의 가치에 주목했다. 신문에서 소설을 공모한 획기적인 사건은 독자들의 참여를 독려하면서 중국의 구습을 일소하고 계몽을 선도하고자 했다는 점에서 중요한 시사점을 남겼다.

유신파 지식인들은 청일전쟁에서 패배한 근본원인이 중국의 낡은 정치제도에 있다고 판단하고 각종 제도를 개혁하려는 변법운동을 전개했다. 강유위 등이 공거상서를 올리면서 각종 제도를 과감하게 개혁하고 백성들을 계몽하기 위해 근대적 신문 잡지의 발행을 촉진시킬 것을 강조했다. 1895년 8월『중외공보(中外公報)』와 1896년 1월『강학보(强學報)』가 발간되고 이로부터 변법의 필요성을 강조하는 정론지가 크게 유행한다. 청 조정의 탄압 속에서도 강학회 회원들은 1896년 8월『시무보(時務報)』를 창간했다. 창간호에 「논보관유익어국사(論報館有益於國事)」를 실어 팔고문과 시 중심의 정통문학을 강조했던 구사회의 한계점을 지적하고 과거시험을 위한 공부가 아닌 실용적 지식의 도입을 주장했다. 서구의 의회, 정치, 경제, 지리, 법률, 병력, 과학 등에 관한 지식을 전달할 뿐 아니라 중국의 구습을 타파하고 새로운 질서를 개편하고자 발간했다. 당시『시무보』는 상당히 많은 독자들을 확보하면서 다른 매체들을 압도해 나갔다. 국외 정보에 무지했던 중국 인민을 깨우치기 위해 외국신문에 실린 뉴스를 보도했던『국문보(國文報)』에서 엄복(嚴復)과 하증우(夏曾佑)는 1897년「본관부인설부연기(本館附因說部緣起)」를 발표했다. "유럽과 미국 및 일본에 대해 들어보니 그 나라들이 개화할 당시에 종종 소설의 도움을 받았다"며 소설과 국민 지식과의 상관성에 주목했다. 독자에게 전달되는 점이 경전이나 역사보다 뛰어나며, 세상의 인심과 풍속이 모두 소설에 들어있기 때문에 흥성했다고 주장했다. 소설의 근본은 백성을 개화시키는 데 있음을 강조했다. 1898년 무술변법의 실패로 광서제가 구금되고 일본으로 망명했던 양계초는 요코하마에서『청의보』를 창간했다. 외국 신문잡지들의 기사를 번역하고 서양이나 일본의 학술 및 사상서적을 소개했다. 내용은 크게 논설, 근사(近事), 철학, 소설 등의 6개 분야로 나누고 소설란을 별도로 두었다. 백성들의 공론 혹은 정의의 소리를 의미하는 '청의'라는 제호를 표방했듯이 지식보급과 정론전개에 충실한 잡지였다. 중국 백성의 지식을 넓혀주고, 백성의 기를 진작시키기 위해 1898년 12월 23일「역인정치소설서」를 발표하여 정치소설의 효능과 중요성을 강조했다. 양계초는 유럽 각국이 변혁할 때 지식인들이 자신의 정치적 견해를 소설에 기탁하여 발표하니 전국의 여론이 달라졌다며 '소설은 국민의 혼'이라고 강조했다.

유신운동의 전개과정 중 소설의 사회적 효용성이 강조되었다. 민지를 계발하고 국민계몽을 선도하는 정론지가 유행하는 시점에서 매체와 소설은 더욱 긴밀하게 결합했다. 신학문을 공부한 지식인층을 중심으로 소설은 새롭게 평가되고 있었고 소설에 대해 이야기하는 것이 더 이상 경박한 일이 아니라 국가와 민족을 위한 새로운 실천적 방식이 되었다. 사대부들이 사서와 오경에만 빠져있던 습관을 스스로 바꾸어 소설을 구독하고자 했으니 이들은 90%가 구학계에서 나와 신학설을 수용한 지식인들이었다. 소설에 대한 수요가 급증했고 소설 창작이 흥행하면서 소설잡지가 출간되었다. 무수히 창간되고 사라졌던 소설잡지 중 만청 4대 소설잡지로 손꼽혔던 것은 『신소설(新小說)』, 『수상소설(繡像小說)』, 『월월소설(月月小說)』, 『소설림(小說林)』이었다.

최초의 근대적 소설전문지인 『신소설』은 1902년 양계초에 의해 일본에서 창간되었다. 제1호 목차에 소설을 역사, 정치, 과학, 철리, 모험, 정탐, 전기로 분류했고, 소설을 지식전달 매체로 간주했다.[4] 대중적인 문학형식이 계몽에 효과적이라고 판단했기 때문에 소일거리로 취급되던 소설을 사회적 목적이 뚜렷한 신문학으로 변화시키고자 했다. "소설가의 말을 빌려 국민정치사상을 불러일으키고 애국정신을 격려"(「中國唯一之文學報新小說」, 『新民叢報』 14호)하는 데 목적을 두고, 정치 변혁의 도구로서 소설의 영향력과 효용성을 분석했다. 1902년 11월 14일 발간사에 「논소설여군치지관계」를 발표해서 소설계혁명을 제창했다. 한 나라의 백성을, 도덕을, 종교를, 정치를, 풍속을, 학예를, 심지어 사람의 마음을 새롭게 하고 인격을 새롭게 하려면 소설을 새롭게 해야 한다는, 일종의 선언문 같은 논설문을 실었다. 다른 글보다 소설을 좋아하는 것은 인류의 보편성이라며 정치와 사회를 개량하기 위한 도구적 관점에서 소설의 효용성에 주목했다. 이 글은 많은 사람들의 호응을 얻어 소설의 위상을 격상시키는데 큰 역할을 했다. 제7호부터 「소설총화(小說叢話)」란을 만들어 소설과 관련된 평론을 실었고, 신도덕, 신정치, 신풍조, 신문예 등의

---

4 위의 글, 314쪽.

내용으로 소설의 사회적 기능, 백화 사용의 필요성을 강조했다.

1903년 이보가(李寶嘉)가 주편을 맡아 반월간으로 발행되던 『수상소설』은 문학의 통속성을 통해 인민의 지식을 계발하고 부강한 국가 건설을 위해 창간되었다. 장편소설과 전기(傳奇), 희곡, 번역 작품 등을 실었으며 제국주의의 침략, 봉건정치의 부패를 비판하면서 사회적 영향력을 확대해 나갔다. 창간호에 실린 「본관편인수상소설연기(本館編印繡像小說緣起)」에서 강담하고 노래하는 것으로 사람을 감화하는 것은 매우 쉬우니 멀리는 유럽의 좋은 규

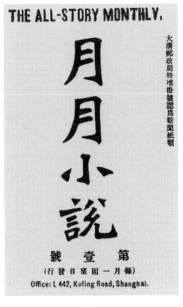

1906년 상해에서 발간된 『월월소설』 창간호

범을 취하여 우매한 백성을 개화시키고 민지를 계발해야 한다는 창간목적을 밝혔다. 제3호에 하증우의 「소설원리(小說原理)」를 실어서 소설의 특징이란 지식의 이치를 상세히 쓰는 것이라며 소설 유행의 원인을 분석했다. 소설의 통속성이야말로 지식을 계발하고 사회발전을 촉진하는 원동력으로 보았다.

1906년 오옥요(吳沃堯)·주계생(周桂生) 등이 주편을 맡았던 『월월소설』은 역사, 철학, 사회, 전기, 골계, 과학, 정탐, 예기소설, 도화, 잡록 등의 내용으로 구성되었다. 통속적인 소설을 이용하여 사회를 개량하고 민지를 확장시키기 위해 발간한다고 천명했다. 창간호에 오견인(吳趼人)은 「월월소설서」를 발표해서 도덕이 땅에 떨어진 시기에 구습과 악습을 바꾸려면 소설로부터 시작해야 함을 강조했다. 미국의 독립이나 프랑스 혁

명과 같은 위대한 과업이 완수되려면 많은 사람들이 힘을 모아야 하는데 양계초의 「논소설여군치지관계」의 발표 후 중국에 소설이 많아졌다면서 소설의 사회 개량적 효능을 긍정했다.

1907년 서념자(徐念慈) 등이 주편을 맡아 상해에서 창간된 『소설림』은 단편소설과 문학평론, 시사 및 희극작품을 위주로 실었다. 「소설소화(小說小話)」라는 고정란을 만들어서 소설에 대한 견해와 고증을 실었는데 이론 방면에서 많은 주목을 받았다. 발간사에서 "오늘날은 문명이 서로 교류하는 시대이다. 바로 소설이 교통하는 시대"이며 소설은 그 일어남이 활발하고 영향력이 크기 때문에 예리한 글로써 현 상황을 개척할 수 있다고 소설의 효용성을 강조했다. 창간호에 황임(黃任)의 「소설림발간사(小說林發刊詞)」와 서념자의 「소설림연기(小說林緣起)」를 발표하여 신문명, 신문화 교류를 위한 소설의 기능을 인식하면서 당시 효용론을 중심으로 한 소설의 급작스런 부상에 대해 반성적 검토를 시도했다.

소설은 새로운 인쇄매체와 결합하면서 빠르게, 널리 유통되고 있었다. 국민의 지식 함양과 계몽교육을 담당했던 신문잡지의 부상 속에서 전례 없이 높은 가치와 위상을 부여받았다. 정치사회적 효용성에 힘입어 문학의 중심부로 들어왔고, 『신소설』 창간 후 '소설'이란 명칭을 단 잡지들이 무수히 창간되었다. 소설전문지 뿐 아니라 종합성 문예지에도 소설의 게재 빈도가 가장 높았다. 1900년부터 1911년까지 나온 218종의 간행물 중 102종에 소설이 게재되었다.[5] 정보의 보급과 확산이라는 매체 본연의 성격이 소설의 감화력과 결합하면서 단순한 지식 전달이 아니라 사회 변화에 따른 시의적 요구를 담아내고 있었다.

---

5 劉永文, 「晚淸報刊小說的傳播與發展」, 『社會科學輯刊』, 2003년 제1기(총제144기), 175쪽.

3. 풍자에서 견책으로, 사회 개혁의 서막

폭발적으로 증가했던 소설의 창작은 다수의 인민이 중심 되는 개혁의 필요성과 무관하지 않았다. 소설가들은 각자의 처지와 주장이 달랐을 뿐 구국을 위한 책임의식에서 정치를 개량하는데 적극적인 관심을 가지고 있었다. 서구의 사상과 지식을 받아들이고 중국의 부패한 정치와 사회를 공격하는 작품을 창작했는데 이 시기에 발표된 소설 중 90% 이상이 이러한 유형에 해당되었다. 과거에 빗대어 현실사회를 반영하던 전통적인 풍자소설과 달리, 당대의 정치와 사회의 병폐를 노골적으로 질책하는 소설이 등장했다. 이러한 소설들이 수백 종 창작되고 유통되었으며 노신은 견책소설이라고 분류했다. 그 중 대표적인 것으로 오옥요(吳沃堯)의 『이십년목도지괴현상(二十年目睹之怪現狀)』, 이보가(李寶嘉)의 『관장현형기(官場現形記)』, 유악(劉鶚)의 『노잔유기』, 증박(曾樸)의 『얼해화(孼海花)』네 작품을 꼽을 수 있다. 정기간행물에 연재된 견책소설은 전국적으로 인기를 끌었다. 이들은 외국에 대한 지식과 정보를 전달하며 서구세계와 만나는 창구이기도 했고, 자국민들의 반성과 자각을 촉구하는 자리이기도 했다. 대부분 4대 소설잡지에 실렸으며 당대 사회현실에 대한 반성과 자책에서 비롯된 '사회 개혁의 서막'(胡適, 「官場現形記序」)이었다.

오옥요의 『이십년목도지괴현상』은 『신소설』에 발표되었다. 1903년 10월부터 1906년 1월까지 연재된 후 상해 광지서국에서 부분적으로 단행본이 간행되다가 1910년 말에 와서야 108회 전체가 완성되었다. 구사일생(九死一生)이라는 주인공의 시각으로 1884년 청프전쟁부터 청일전쟁

후 1904년까지 20년간 각종 비리와 부패로 얼룩진 봉건왕조 말기의 사회 현상에 대해 강도 높은 비판과 질책을 쏟아냈다. 상해의 군수공장에서 일했던 작가의 실제 경험을 바탕으로 만청 정관계의 암흑, 상업계의 부패, 조계지의 무질서 등 사회의 온갖 부패상에 대해 신랄하게 폭로했다. 이보가의『관장현형기』는 자신이 주관하던『번화보(繁華報)』에 1903년 4월부터 1905년 6월까지 게재되었다. 먼저 12회를 연재한 후 신문사에서 부분적으로 나눈 단행본이 나왔다. 내용은 주로 청 정부의 부패와 그로 인한 관계의 추악한 행위, 관료계급에 대한 풍자이다. 탐관오리의 악행, 폐병환자와 아편중독자로 구성된 군대의 무질서, 출세를 위해 어떤 일도 서슴치 않는 부도덕한 관료, 무분별한 문명의 유입이 초래한 얼치기 지식인, 국외 사정에 무지한 관료계층에 대한 비판이 담겨있다. 또유악의『노잔유기』는『수상소설』에 발표되었다. 1903년 제9기부터 1904년 제18기까지 13회가 연재되었고, 1905년『천진일일신문』에 다시 연재되었다. 노잔이란 도인을 등장시켜 배를 타고 봉래산으로 여행가는 내용을 기록하면서 침몰 직전의 큰 배는 중국을, 배 안의 사람들은 통치 관료, 하급 관료, 혁명당과 무지한 백성을 비유했다. 자서에서 "우리 인간은 세상에 태어나서 국가, 사회, 종교 등에 대하여 감정을 가지고 있다. 그 감정이 깊을수록 울음도 더욱 통렬한 것"이라며 망국의 위기에 놓여 있는 국가 정세에 대해 노골적으로 개탄했다. 1870년부터 1900년대까지 만청 30년의 정치와 사회의 변혁을 묘사했던『얼해화』는 원래 김송잠(金松岑)이 기획해서 1904년『강소』제8기에 원고의 앞부분을 발표했다. 뒤이어 김송잠의 위임을 받은 증박이 제3회부터 35회까지 완성했다. 1905년에 제1회부터 10회까지를 초집, 제11회부터 20회까지를 이집으로 묶어 소설림서사(小說林書社)에서 출판했고, 1907년부터 1908년에 제21회부터 25회까지 자신이 주편으로 있던 『소설림』에 연재했다. 이어서 1927년 『진미선(眞美善)』이란 잡지에 26회에서 35회를 연재했다. 실존인물을 모델로 한 김문청(金雯靑)과 부채운(傅彩雲)을 주인공으로 유명인사의 생활과 세태를 역사적 사건 속에 담아냈다. 외국의 개혁운동과 신사상의 소개, 양무운동, 변법운동, 청일전쟁, 혁명사상의 흥기, 봉건 지식계층의 무능, 외국인에 대한 두려움 등을 사실적으로 표현했다.

세상을 바로 잡으려는 취지는 풍자소설과 동일했으나 그 언어는 훨씬 노골적이고 표현이 과장적이며, 어느 시대에나 목격할 수 있는 정부와 관료에 대한 부패를 다룬 것이 아니었다. 역사적 사건에 빗대어 당시의 현실을 이야기하거나 능력자의 출현과 구원으로 해결되는 구성이 아니었다. 개탄하는 가운데 해학이 있는 기존의 풍자소설이 아니고, '숨겨진 것을 밝혀내고 폐악을 들추어 정치를 엄중하게 규탄'하는 견책소설을 통해 사회를 개혁하고자 했다. '일반 백성들은 우매하여 차나 마시면서 역도들을 평정하는 무공담이나 듣기 즐겼으나 지식인들은 이미 개혁을 생각하고 적개심에 기대어 유신과 애국을 부르짖고 부강에 대해 관심을 기울이고 있었으니' 신문잡지와 결합한 소설은 정치와 사회의 병폐를 담아내면서 우민을 각성시키고자 했다.

먼저, 청 정부의 무능에 대한 비판과 정세에 대한 개탄을 담았다. 『얼해화』의 첫 장면은 콜럼버스도 찾아내지 못하고 마젤란도 가보지 못한, 북위 30도, 동경 110도 근방의 노예들의 나라는 자유와 같은 신선한 공기가 매우 부족해서 사람들이 강권을 숭배하고 외국인에게 아부하며 살아가고 있다는 노골적인 질책으로 시작한다. 옛날부터 다른 나라와 교류가 없었고 자유로운 공기를 마신 적이 없었기에 백성들은 먹을 것, 입을 것, 부귀공명을 모두 갖춘 것으로 여기며 살아갔고 러일 전쟁이 일어나는 상황에서도 여전히 마작과 경극을 즐기는 사회 정세에 대해 비판했다. "30년의 옛 일, 쓰고 보니 온통 핏자국이다. 4억 동포들이여, 바라건데 어서 깨달음의 언덕으로 오르소서!"(1회)라며 중국의 반식민지적 상황을 애통해하는 작가의 처절한 심정을 드러냈다. 써놓은 원고를 들고 곧장 『소설림』 인쇄소로 가서 정부의 무능을 폭로하고 백성의 자각을 촉구하려던 작가의 울분이 생생하게 전해진다.

둘째, 관계의 부패에 대한 신랄한 질책이다. 『관장현형기』에 보면, 누구나 돈만 있으면 살 수 있기에 어린이 뿐 아니라 심지어 태아도 미리 관직을 사고, 아편중독자에게 가짜 약을 파는 사기꾼도 관직을 사서 관료가 된다. 가난했던 서생이 1년 동안 관리를 역임한 후 온갖 호화찬란한 생활을 누리고, 국정이 시급한 상황에서도 관료들은 임금을 알현할 때 머리 조아리는 방법에만 골몰하는 등 관계의 온갖 추잡한 백태를 폭로했다. 『이십년목도지괴현상』에는 청조의 신식군대 남양해군의 병선들은 애시당초 사용할 수 없는 무용지물이었음을, 신식무기를 소지한 신기영 군인의 흐트러진 기강을 신랄하게 질책했다. 귀족 자제들로 구성된 신기영 군인들은 하인을 한 명씩 데리고 입대하여 총은 하인에게 들게 하고 자신들은 관상용 매만 신경쓰며 아편을 피운다. 프랑스와 일본에게 패배할 수밖에 없는 군대의 흐트러진 기강, 자주 의식과 주체사상이 결여된 관료, 금전만능주의 속 윤리성을 상실한 관리를 노골적으로 묘사했다.

셋째, 무지함에 대한 비판과 신문명 유입의 필요성을 강조했다. 『노잔유기』에서 세상의 일들은 간신들보다 세상사 모르는 군자들이 그르치는 것이 훨씬 많다면서 생명력을 상실한 유가의 책만 읽는 도덕군자들과 청렴함만 내세운 관리가 탐관들보다 훨씬 무지하다고 비판했다. 간신보다 군자가, 탐관보다 청관이 국가에 더 해로운 존재라고 날카롭게 지적했다.『관장현형기』에서는 서구의 상품을 받으면 평생의 정조를 버리는 것으로 인식하는 고관 흠차대신의 고지식한 언행을,『얼해화』에서는『손자병법』과『맹자』를 들먹이고 싸우지 않고도 이길 수 있다며 청일전쟁 중에 한가로이 산수화를 그리는 장수의 어리석음을 조소하고 있다. 한편 대조적으로 "외국의 언어와 학문에 능통해서 그들이 부강한 이유를 깨닫고, 모든 과학적 학문 및 기선·총포의 제조 기술을 다 익혀야만 쓸모 있는 배움"(2회)이라며 신지식과 신문명의 필요성을 강조한다. 구국을 위해 무지에서 깨어나야 한다는 경고이자 입으로만 신학문을 외치는 지식인들에 대한 개탄을 담았다.

풍자소설의 함축온양의 맛은 없었으나 외세강국들이 중국을 어떻게 잠식해 갔는지, 부패한 관료들이 그들과 어떻게 영합했는지, 청 정부는 얼마나 무능하게 대처했는지, 신학문과 신지식을 어설피 수용한 지식인들의 폐단과 우매한 백성들의 실상, 그로인한 사회의 각종 부패상을 밝혀내고 정치를 규탄했다. 중국이 처한 특수한 역사적 환경 속에서 지식인들의 계몽과 구망을 향한 고민은 노골적인 질책과 분노의 방식으로 소설에 담겨졌다.

전통적 지식인들이 학문을 닦아 과거시험에 급제하여 관료가 되기를 희망했다면, 견책소설의 작가들은 대체로 구학문을 배웠으나 나중에 신학문과 신지식을 받아들였다.『관장현형기』를 지었던 이보가는 어려서 팔고문을 비롯한 전통학문을 공부했으나 성년이 되어서 선교사에게 영어를 배웠다. 수재에 합격했지만 가정의 변고와 외세침략에 대한 국정의 위급함을 느끼고 관직에 나가지 않았다. 백성을 각성시키는 빠른 길은 신문잡지의 발행이라고 생각하여 상해에서 1903년『수상소설』의 주편을 맡아 소설 작가로서, 저널리스트로서 활발한 활동을 했다. 자신이 창작한『문명소사(文明小史)』, 유악의『노잔유기』, 오견인의『할편기문(瞎騙奇聞)』등을 연재했고, 주로 청 정부와 관료계의 부패, 제국주의 열강의 중국 침략, 유신변법운동과 입헌파의 지식 보급, 번역을 통한 서구문명의 전파와 관련된 내용을 실었다. 창간호에서 밝혔던 바, 서구의 발전된 나라는 소설의 영향이 컸음을 강조하고 "천하의 대세를 살피고 인류의 이치를 통찰하며 과거를 추측하고 미래를 예단하여" "인간 집단의 오랜 폐단에 대해 바른 소리로 지적하거나 혹은 국가의 위험에 대해 귀감을 세워" 국가에 도움이 되고 백성을 이롭게 하기위해 잡지를 발간했다. 그 밖에도『지남보(指南報)』·『유희보(遊戲報)』·『번화보(繁華報)』등을 창간했다.『이십년목도지괴현상』의 저자 오옥요는 관료가문에서 태어났으나 너무 가난하여 과거에 응시해보지도 못한 채 소설가로서 생활을 했다. 직업작가로서 원고료 수입도 상당했었던 그는 관직에 추천을 받았으나 사양하고 소설작가로서 지냈다. "소설의 재미를 빌려 덕육(德育)을 양성하는데 도움이 되고자"(「月月小說序」) 했던『월월소설』의 편집장이었고, 일찍부터 저널리스트로 활동하면서 관계의 부패를 적나라하게 폭로했다.『노잔유기』를 지었던 유악은 사대부들의 공명의식을 버리고 부국강병을 위한 경제상업 분야를 부흥시키고자 노력했다. 산업부흥을 위한 철도부설, 탄광개발 등에 대한 노력이 서양 자본을 끌어들이기 위함이라는 지탄을 받아 관료계를 떠난 문인이었다. 정계와 상경계에서 실제 관료 생활을 했던 경험을 바탕으로 쇠락하는 국가에 대한 통한의 심정을 기탄없이 드러낼 수 있었다. 『얼해화』를 창작했던 증박은 구학문을 공부해서 거인(擧人)이 된 후 1892년 회시를 마지막으로 더 이상 과거시험 준비를 하지 않고 서구 신학문을 배우는데 몰두했다. 신변상의 이유로 관계를 떠나 문학창작에 몰두하며 소설림사를 세웠고 잡지 『소설림』을 창간했다. 진미선 서점을 개설하고 『진미선』이라는 잡지도 발간했다. 오대양 너머의 거대한 바다를 '얼해'라 묘사했고 그 바다 가운데 섬을 노예들의 낙원인 노락도(奴樂島)로 설정했다. 죄악의 바다 가운데 핀 꽃 '얼해화'라는 용어로 낙후한 중국을 빗댄 작가의 직설적인 질책과 분노는 자신이 출판사를 경영하면서 시국의 위태로움을 널리 전파하려는 저널리스트로서의 책임의식과 무관하지 않다.

과거시험의 공식적인 폐지는 지식인들이 직업작가로서 혹은 출판계에서 활동하는 환경을 마련했고, 이들은 새로운 문화 활동을 통해서 전환기 사회질서 속으로 편입되고 있었다. 자발적이거나 피동적으로 정관계를 떠났던 지식인들은 비교적 언론의 자유가 보장되었던 조계지 상해에서 출판사를 운영하거나 신문잡지 등을 발행하면서 서구 각국의 정치사회적 상황, 청 정부의 무능함, 관계의 부패, 가증스런 사회악, 현실을 직시하지 못한 중국인들의 실상을 노골적으로 폭로하며 각성을 촉구했다.

이 시기 소설은 계몽과 유신을 위한 정치선전의 도구적 기능이 지나치게 강조되었다. 공정성을 견지하면서 당시의 폐단을 지적하는 전통 풍자소설의 객관성과 사실성이 결여된 채 견책만을 강조하다 예술적인 면에서 떨어지는 비판을 면치 못했다. "소설은 수십 회로 이루어져 있어서 그 전체적인 구조가 수미일관되려면 심혈을 기울여야 한다. 그래서 이전의 작가들은 늘 원고를 몇 번씩 교정한 뒤에야 마음에 맞는 작품을 얻을 수 있었다. 오늘날은 신문의 격식에 맞춰 매월 한 회씩 제출하기 때문에 원고를 수정할 수 없어서 뛰어난 작품이 나오기 어렵다"(「新小說第一號」)는『신민총보(新民叢報)』의 기록처럼 장기간 연재되면서 앞뒤의 의미가 모순되는 경우가 많았다. 정기간행물의 지면에 맞게 서술해야 했기에 수미가 완결된 작품이 드물었다. 자본의 부족으로 1년 수개월 만에 폐간되는 경우가 열에 일곱 여덟이 되었다. 잡지사가 정간되면서 연재가 완료되지 못하는 경우도 많았으니 예술성을 고려할 충분한 여건이 형성되지 못했다. "다 쓰고 나서 세상에 공개할 생각이었으나 수년이 걸려도 완성하지 못할까 걱정되어 차라리 신문잡지에 연재하여 스스로를 채찍질하는 방식으로 조금씩 써내려가는"(「新中國未來記·緒言」,『新小說』제1호) 방식을 선택하면서 예술적 심미성의 제고보다 신지식의 유입, 구습에 대한 비판, 시정 개혁에 대한 다수의 자각을 촉구했다. 구국을 위한 지식인들의 사회를 개량하려는 목적이 해학적인 풍자를 넘어 분노와 질책으로 표현되고 있었다. 당대의 사회악과 부패한 현실을 분석하고 병폐의 근본적인 원인을 노골적으로 질책하는 것은 이전에 볼 수 없던 것들이었다.

4. 아(雅)에서 속(俗)으로, 글쓰기 언어의 재편

　문학의 주변 장르였던 소설이 사회변혁의 격동기에 계몽과 구국을 위한 최적의 장르로 부상하면서 담겨진 내용 뿐 아니라 전달하는 글쓰기 언어에서도 변화가 있었다. 소설을 계몽선전의 도구로 선택하면서 부딪힌 첫 번째 문제는 입말과 글말의 큰 거리였다.[6] 이천여 년 정종(正宗)의 위치였던 문언은 신사상과 신지식을 담아내기에 너무 경직되어 있었고 일반 백성들까지 쉽게 읽고 이해할 수 있는 전파성이 강한 백화를 활용해야 했다. 보다 많은 사람들이 이해하고 동조할 수 있는 문체로 글을 쓰는 것은 중요한 문제였다.

　구교육을 받고 성장했던 지식인들은 과거시험에 급제하기 위해서 팔고문을 학습했다. 팔고문은 명청시기 과거시험에 사용된 문체로 사서오경의 유가경전을 중심으로 엄격하게 규정된 형식에 따른 글이었다. 문학적 생명력이 상실된, 사상 통제에 적합한 문체였으며 실제로 사용하는 입말과 거리가 멀었다. 일찍이 『만국공보(萬國公報)』에서, 소설의 감화력으로 중국의 구습 중 가장 큰 폐단인 아편, 팔고문, 전족의 세 가지를 개량시킬 수 있다며 소설을 공모한 사건은(「求著時新小說」) 당시의 글인 팔고문의 폐해가 상당했기 때문이었다. 『시무보』 창간호에 양계초는 "옛 사람들의 문자와 언어는 합치되었으나 오늘날 사람들의 문자와 언어는 떨어져 있어서" 부녀자나 어린이 등이 글을 읽는 것은 매우 어려우니,

---

6　이보경, 『근대어의 탄생』, 연세대 출판부, 2003, 28쪽.

"오늘날의 속어 중 음도 있고 글자도 있는 것으로 책을 쓴다면 이해하는 사람들이 많을 것이고 읽으려는 사람들도 훨씬 많을 것"(「變法通議·論幼學」)이라며 문체개혁의 필요성을 강조했다. "일본의 변법은 속요와 소설의 힘에 의지"(「蒙學報演義報合叙」)하고 있음과 문자와 언어가 통일되자 신문의 독자가 증가했다는 사례를 거론하면서 통속적인 글쓰기의 필요성을 강조했다. 1897년 엄복과 하증우도 소설을 부록으로 싣는 이유를 설명하면서 "만약 책에 사용된 언어문자가 입말의 언어와 비슷하면 그 책은 쉽게 전파된다. 만약 책에 사용된 언어문자와 입말의 언어가 서로 멀다면 그 책은 전파되지 않는다. 그러므로 책의 전파 정도는 글말과 입말의 거리에 비례"(「本館附因說部緣起」, 『國文報』)한다며 입말과 글말의 거리는 사상의 보급과 전파에 크게 방해된다고 밝혔다. 1897년 『소보(蘇報)』에 실린 구정량(裘廷梁)의 「논백화위유신지본(論白話爲維新之本)」이 발표되면서 문언의 폐해를 직접적으로 비판하고 백화의 보급이야 말로 유신의 기본임을 강조했다. "문자가 있으면 지혜로운 나라이고 문자가 없으면 어리석은 나라이며, 문자를 알면 지혜로운 백성이고 문자를 모르면 어리석은 백성"임은 모든 나라가 동일한데 유독 중국은 문자가 있어도 지혜로운 나라라 할 수 없는 이유가 바로 '문언의 폐해' 때문이라고 주장한다. "천하를 어리석게 하는 도구는 문언 만한 것이 없고 천하를 지혜롭게 하는 도구는 백화 만한 것이 없다"며 중국 인민을 계몽시키기 위해서 백화로 글을 써야 실학이 흥성하게 되고 그 다음에 백성이 지혜롭게 된다며 백화의 중요성을 강조했다.

　　시대적 요구를 담아내려는 지식인들의 노력은 문체 개혁의 방면에서 진행되었고 신민체라고 불리는 글쓰기 문체가 창안되었다. 신민체는 양계초가 일본에서 창간했던 『신민총보』와 여기에 발표된 「신민설」이 많은 사람들의 호응을 얻으면서 유래된 명칭이다. 신문잡지에 적합하다고 해서 보장체, 신문체(新聞體), 새로운 글쓰기라고 해서 신문체(新文體), 쉬운 글이라고 해서 통속체라고도 불렸다. 스스로 언급했듯, 평이하고 유창한 글이 되도록 힘썼고 속어와 운어, 외국의 어법을 섞었으므로 글은 어디에도 구속되지 않았으며, 조리가 분명하고 붓 끝에 언제나 감정을 담고 있어 독자들에게 특별한 마력을 지니고 있었다. 신문잡지 문체의 새로운 길을 열었던 보장체에 관해 아영은 신문사업이 발달하면서 청말에 새로운 형식의 문학이 탄생했는데 바로 담사동이 말한 보장문체이며 당시에 영향이 매우 컸다고 했다. 보장체는 비단 소설에 국한된 글쓰기는 아니었다. 그러나 당시 서구 각국의 정세와 신지식을 보급하며 시의적 내용을 간행물에 연재하던 만청소설의 문체에 자연스럽게 영향을 미쳤다.

1902년 『신소설』 창간호에 문자는 언어만 못하지만 언어의 힘은 널리 퍼질 수 없으며 오래갈 수 없으니 문자에 의지해야 한다는 주장이 입말과 문자의 거리를 완화시키려는 문학적 분위기를 촉진시켰다. 1905년 『신소설』 「소설총화(小說叢話)」에서 "고어의 문학에서 속어의 문학으로 바뀐다는 사실은 문학진화에 있어 중요한 법칙이며 각국 문학사의 전개 법칙"이니 "사상을 보급하려 한다면 이러한 문체를 소설 뿐 아니라 모든 문장에 적용시켜야" 한다며 고아한 문언이 아닌 통속적인 백화의 보급이 급선무라고 강조했다. 쉬운 글쓰기에 대한 필요성이 증대되는 시기에 1902년 팔고문으로 관료를 뽑는 제도는 사라지고 1905년 과거제도는 공식적으로 폐지된다. 4대 견책소설은 팔고문으로 글을 써야 하는 통념적인 부담이 사라진 후에 창작되었다. 『관장현형기』가 가장 통속적인 문체로 쓰였는데 작품 내용상 관장의 온갖 부패를 노골적으로 질책하기에 적합했을 뿐 아니라 널리 유통시키는 방면에서도 효과적이었다. "섬서성 동주부 조바현 남쪽 30리에 한 마을이 있었다. 마을에는 다만 조씨와 방씨 두 성씨만 살고 있었다"(1회)로 시작되며 이해하기 아주 쉬운 백화로 쓰였다. 『이십년목도지괴현상』도 "상해는 상인들이 무리지어 몰려드는 곳으로 중국인과 외국인들이 함께 살고 인가가 빼곡하며 기선과 배가 드나들어 많은 상품들이 운송된다. 소주, 양주 지역의 기녀들도 모두 상해의 호상들을 노렸고 배를 타고 사마로 일대로 와서 기예와 미모를 다투었다"(1회)라며 평이하고 쉬운 문장으로 시작된다. 『얼해화』에서도 "게걸들린 고양이처럼 잔뜩 욕심이 많고 제대로 씹지도 않는다"(24회)며 여주인공 차이윈의 남자편력 관계를 비꼬는 대화는 아주 통속적이다. 또 경치 묘사에 있어서도 평이하고 정확한 용어를 사용하고 있다. 『노잔유기』에 산동 황하강의 결빙의 풍경을 묘사하는데 "攔住"・"站住"・"逼的"・"竄到"・"壓"・"擠的" 등의 솔직담백한 백화를 활용하여 강의 풍경이 독자의 뇌리에 남을 수 있도록 직설적으로 서사하고 있다. (12회) 평이하고, 사실적이고, 통속적인 백화는 신문잡지에 연재된 견책소설의 독특한 언어적 특징이 되었다.

사실, 4대 견책소설의 형식은 장편의 이야기가 회나 장으로 이어진 장회소설이었다. 장회소설은 송대 이야기꾼의 대본인 화본소설에서 유래된 것으로 설화인들의 구어체적 성격이 농후한 백화소설이다. 작품 안에는 설화인의 구어체 상투어인 '각설(却說)', '화설(話說)', '차설(且說)', '간관(看官)', '욕지후사여하(欲知後事如何), 차청하회분해(且聽下回分解)' 등이 여전히 사용되었다. '여러분, 내가 설명하는 것을 잘 들어보시라' 등 청자를 대상으로 한 흔적을 곳곳에서 찾아볼 수 있으나 그 사용빈도는 이전에 비해 줄어들었다. 또, 주요 대목에서 감정을 고조시키거나 분위기를 환기시킬 때 시로써 증명한다는 '유시위증(有詩爲證)'의 흔적은 현격히 사라졌다. 신문잡지라는 제한된 지면에 연재되었기 때문에 매회 어떤 사건의 완결성이 중요한 문제였다. 사건의 완결성과 거리가 멀었던 '전아한 시로써 사건을 증명하는' 형식은 자취를 많이 감추었는데 마지막을 마무리하던 산장시가 사라진 『노잔유기』와 『관장현형기』에서 그러했다. 그러나 독자를 염두에 둔 구어체 문장은 늘어났다. 『얼해화』의 "독자들이 여기까지 읽고서는 내 이야기 전개가 분명 느슨하다고 생각할 것이다"(30회) 등 앞에서 제시한 사건을 긴박하게 전개하지 못했거나 혹은 한정된 지면 때문에 완결하지 못한 사건을 해명하듯 서술하기도 했다. 독자의 반응에 민감할 수밖에 없는, 정기간행물 연재라는 특수한 환경이 창출한 면모였다.

쉬운 글쓰기로 소설을 지어야 한다는 지식인들이 상당수였으나, 백화 사용에 문제를 제기하는 사람들이 있었다. 1908년 『중외소설림(中外小說林)』에서 황백요(黃伯耀)는 "문인 학사들이 문자 때문에 보급에 지장을 줄까 우려하여 중국백화를 만들어 소설에 적용하여 진화를 도모했다. (…중략…) 우리 나라는 각 성마다 다르고 토음도 각기 다르다. 정음교육을 받은 사람이 몇이나 되겠는가? 만약 이와 같다면 독자들이 완전히 이해하지 못하는 것보다 각 성의 경계에 따라 토음을 사용하여 일반 사람들의 마음에, 입에 명료하게 하는 게 낫다"(「曲本小說與白話小說之宜於普通社會」)고 하여 북방관화를 중심으로 한 백화보다 오히려 각 지방에서 통용되는 토착어로 쓰는 것이 전파에 더 효율적이라고 주장했다. 상당수 지식인들이 속어 사용을 강조했지만 그것은 실제적으로 북방관화를 중심으로 한 글말이었음을 비판한 대목이다.[7] 백화에서 '백(白)'은 '수식을 가하지 않은 담백한', '쉽게 이해되는' 의미를 지니며 그러한 성격의 '화(話)'이기 때문에 구어를 지칭하는 듯하나 본래 입말 구어와 입말 서면어를 통칭하는 용어였다. 관화란 원명시기부터 통용된 관리들의 공식 언어이며, 중국을 크게 네 지역으로 나누어 각 해당 구역 방언들의 특징을 종합해서 사용했던 지역별 공식 언어였다. 유신파 지식인들이 강조했던 백화는 입말 서면어, 즉 관리들의 언어인 관화를 가리켰고, 그 중에서도 대표격인 수도 북경을 중심으로 한 북방관화를 지칭했다. 북방관화는 상해를 위시한 남방에서 실제 사용하는 입말이 아니라 학습을 통해 익혀야만 하는 별도의 언어였던 것이다. 13, 14세기의 소설들이 북방관화를 기초로 하여 쓰였고 이러한 화본, 장회체 소설들이 널리 전파되면서 관화는 관료들의 공식적 언어가 아닌 일반 백성에게 통용되는 언어가 되었다. 관화와 백화가 모호하게 혼용되면서 둘 사이에 중첩된 공통성 때문에 백화를 들어 입말과 글말의 일치, 글쓰기의 통속화를 주장했으나 이것은 애초부터 한계를 안고 있었다. 그들이 주장했던 쉽게 이해되는 글은 관화였고 이것은 입말이 아닌 서면화된 언어였기 때문이다. 백화의 모범으로 제시했던 『유림외사(儒林外史)』도 양자강 유역의 관화인 오어로 기록된 작품이었다. 그러나 신문잡지 사업이 융성했던 상해 주변에는 북방관화보다 각 지역의 토속어인 방언이 통용되고 있었다. 『이십년목도지

---

7 위의 책, 31쪽.

괴현상』에는 좀 더 생동적인 표현을 구사하기 위해 호북 방언인 '니가(你家)'를 13차례나 사용했을 뿐 아니라 광동, 북경, 소주의 방언을 혼용하여 강렬한 지방색을 드러내고 있다.[8] 다른 작품에 비해 고아한 문체로 쓰였던 『얼해화』조차 소주 방언이 곳곳에 등장하는데 소주나 상해에서 기방을 의미하는 '서우(書寓)'라는 용어가 자연스럽게 노출된다. 1902년 『신소설』 창간호의 "본 잡지는 문언과 속어를 섞어 쓴다. 속어는 관화와 월어를 섞어 쓴다. 하지만 어떤 소설이 모종의 문체를 선택했으면 처음부터 끝까지 일률적으로 사용해야 한다"(「中國唯一之文學報新小說」)는 공지가 증명해주듯 문언과 관화, 방언이 함께 상용되고 있었다.

쉬운 글쓰기에 대한 수요가 엄청났지만 여전히 백화를 반대하고 문언인 고문을 지지하는 보수파들도 있었다. 183종이나 되는 서구 문학작품을 번역해서 넓은 독자층을 확보하고 있었던 임서(林紓)의 번역문은 실제적으로 큰 영향력을 미쳤다. 그는 백화로 된 번역문의 질적 수준에 대해 비판하면서 쉽게 이해되는 글쓰기가 문학계의 발전을 저해할 뿐이라며 고문으로 번역해야 한다고 주장했다. 백화로 쓰인 견책소설에도 고어나 고문의 성분이 없었던 것은 아니었다. 『얼해화』에 나오는 '당차(堂差)'라는 용어는 본래 주밀(周密)의 『제동야어(齊東野語)』에 기록된 바, 중서성에서 내리는 관직의 명칭이었다. 만청시기 기녀들이 외부에서 온 손님들의 부름을 기다리는 것을 과거에 합격한 후 관직의 제수를 기다리는 거인에 비유하여 사용한 고어였다. 또 『이십년목도지괴현상』에서 '인하(人虾)'는 원래 명말의 유신이 충절을 위해 순절하려고 했으나 낙타의 등처

---

8   崔桓, 「만청소설의 문체연구」, 『중어중문학』 제20집, 1997, 440쪽.

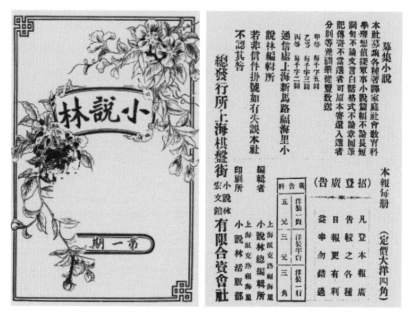

『소설림』 창간호. 1907년 상해에서 창간된 『소설림』 표지와 소설모집 공고문.

럼 허리가 굽어질 만큼 오래 살면서 술과 기생 놀음에만 빠졌던 것을 조소하는 용어였다. 이후 마음의 심지도 없으면서 자신도 타인도 속이는 사람에 비유했는데 이러한 전고들이 삽입되면서 완벽한 백화로 된 작품의 산출은 아직 시기 상조였다.[9] 1907년『소설림』 창간호에 실린 "편폭이 장편이던 단편이던, 언어가 문언이던 백화이던"(「募集小說」) 소설을 모집한다는 광고에서 알 수 있듯이, 백화와 문언은 아직까지 혼용적으로 사용되고 있었다. 그러나 글쓰기 언어의 주도권은 문언이 아닌 통속적인 백화로 옮아가고 있었다.

---

9   蔡之國, 「晚淸譴責小說傳播硏究」, 揚州大學 博士學位論文, 2010, 150쪽 참조.

5. 만청소설과 과도기 문학장의 전환

망해가는 국가를 구원하고 민족을 계몽하려는 사조는 19세기 말부터 20세기 초까지 중국의 정치사회를 이끄는 중심축이었고, 문학은 현실정치 개혁에 선두적인 역할을 담당하고 있었다. 청 정부에 대한 더 이상의 희망을 버리고 아래로부터 개혁하려는 목적에서 주목했던 것이 소설이었다. 그리하여 문학이 예술성보다 정치성을 강조했던 것은 중국역사의 특수한 상황 속에서 사회변혁의 과도기에 형성된 문학장의 일면이었다. 소설전문지의 홍행과 소설계혁명에서 이룩한 성과는 문학의 판도를 완전히 전복시킬 만한 파장을 지녔던 것은 아니었다. 그러나 소설을 문학 주변부에서 중심부로 옮겨 놓았고, 독자들을 소수의 문인에서 다수의 인민으로 확대시켜 놓았다. 소설잡지의 등장과 함께 직업소설가도 탄생했고, 소설은 먼저 잡지에 연재된 후 단행본으로 발간되었다. 이들은 모두 이전 문학장에서 일찍이 존재하지 않았던 새로운 문화적 산물이었다.[10]

최초의 소설잡지 『신소설』 창간 이후 『수상소설』, 『월월소설』, 『소설림』 등에서 지식인들은 어떻게 하면 새로울 수 있는지를 고민하며 옛 것에서 새 것으로의 전환을 시도했다. 전통에 대한 맹목적인 추구에서 벗어나 보수와 혁신 사이를 갈등하며 비판적인 수용의 과정을 거쳤다. 애국적 열정에서 부각된 소설 속에서 정부의 무능과 사회의 부패를 노골적으로 질책하며 우매한 인민을 깨우고자 했다. 사회개량의 목소리를 북

---

10 吳福輝, 『中國現代文學發展史』, 北京大學出版社, 2010, 49쪽.

돋웠고 다수의 사람들을 공론의 장으로 이끌고자 했다. 소설잡지의 광범위한 유통은 작가에게 새로운 창작 환경을 제공했을 뿐 아니라 불특정 다수의 독자와 교류하는 문학의 장으로 변화시키고 있었다.

정치사회의 현실적인 면모를 생생하게 반영하는 데에 전아한 문언보다 통속적인 백화가 적합했다. 입말과 글말을 일치시키려는 노력은 더 많은 사람들에게 정치변혁과 사회개량을 선전하기 위한 목적에서 출발했다. 글쓰기 언어는 신문잡지의 파급력과 결합한, 이해하기 쉬운 백화를 중심으로 재편되고 있었다. 통속적인 글쓰기의 보급은 문학 언어의 본질적인 차원에서 제기된 것이 아니라 선전의 효용성에서 기인했다. 계몽과 개혁의 필요성에서 주목했으며 문학 언어로서의 글쓰기라는 문제의식에 이르지 못했다. 문학혁명의 기치를 본격적으로 내건 것은 『신청년(新靑年)』의 시대를 기다려야 했다. 그러나 수천 년간 정종의 위치였던 고문 위주의 문언에서 백화로의 전환을 추동하고 있었으니 백화로써 문언을 대체하려는 문학혁명의 토대가 다져지고 있었다. 단순히 글쓰기 언어의 개혁이 아니라 자연스러운 표현수단을 통해 사상 해방을 이끌기 위한 기초 작업이었다.

어떠한 문학혁명도 단기간에 이루어질 수 없으며 상당한 준비 기간을 거쳐서 완성된다. 옛 것에 대한 반성과 회의, 새 것에 대한 충격과 변용의 과정을 되풀이하면서 새로운 방법을 모색하고 시도한다. 계몽 선전의 효용적 측면에서 주목받던 소설이 사회비판과 정치 변혁의 내용을 거침없이 담아냈다. 누구나 이해할 수 있는 쉬운 글쓰기의 필요성을 강조하면서 5·4문학혁명의 추동을 준비하고 있었다. 중국의 전통사상과 구 정치제도, 구 사회제도를 통렬히 비판하고 백화와 고문의 위계질서가 해체되는, 새로운 시대에 새로운 사상을 담은 '살아있는 문학'을 창작하려는 문학혁명의 첫 단계는 이미 진행 중이었다.

제3부

기획과 변용

지식으로서의 소설번역과
동아시아 근대

서구 역사 지식의 동아시아적 수용과 자국화 맥락

『의대리건국삼걸전(意大利建國三傑傳)』 번역과 영웅의 호출

1. 동아시아 삼국과 영웅서사의 번역

근대 전환기 동아시아 삼국에서 모두 발견되는 공동의 현상 중 하나는 서구 영웅 서사의 번역이었다. 서구의 역사 전기를 많이 번역했던 것은 서양에 대한 단순한 호기심이 아니라 서구 역사 지식의 수용을 통해서 자국의 현실적 난관을 해결하고자 했기 때문이다. 삼국은 약간의 시차는 있었으나 비슷한 시기에 영웅 서사를 번역했고 각국의 지식인들은 서로 다른 맥락에서 수용, 유통시켰다.

김병철이 『한국 근대번역문학사 연구』에서 밝혔듯이 근대 번역문학에 대한 선구적 연구에서 역사류와 전기류는 총 작품수의 절반을 상회

한다. 번역서들은 주로 서구문물을 수용하거나 시대적 각성을 촉구하는 의도에서 출발했다. 가장 많이 번역된 주제는 외국의 역사물이었고, 서구 영웅 서사의 번역은 근대번역문학사에서 특수한 문화적 산물로 이해될 수 있다. 외세에 의해 조국의 주권이 흔들리는 시점에서 지식인들은 역경을 딛고 승리를 쟁취한 역사적 영웅을 호출하고 번역의 대상으로 삼았다. 서구에서 출발한 영웅 서사는 일본과 중국을 거쳐 최종적으로 조선에 도착하면서 동아시아의 문학장 속에서 변용되었다. 한중일 삼국은 '서쪽'으로부터 근대 지식을 수입했고 그것을 자국화하는 방식은 각국의 상황에 따라 다르게 맥락화되었다.

양계초는 서구문명과 지식을 적극 수용하여 만신창이가 된 중국사회를 개조하고자 했다. 정치가, 사상가, 계몽선전가였던 그는 서구의 근대적 사학개념을 받아들여 사계(史界)혁명을 주도했고, 소설계혁명, 시계혁명, 문계혁명, 희극개량운동 등 문사철의 각 분야에서 5·4신문화운동 성공의 발판을 마련했다. 서구 근대 지식을 서둘러 자국민에게 소개하면서 계몽시키고자 했던 그는 1900년대 조선에서 상당한 주목과 지지를 받았다. 그의 정치사회적 행보는 조선의 지식 사회에 큰 영향을 미쳤고, 역사학, 철학 뿐 아니라 문학계에도 지적 충격을 던져주었다. 일본을 경유한 양계초의 한역 재역서들은 1900년대 지식인들의 필독서가 되어 바로 조선에 유입되었다.[1] 양계초 작품의 국내 번역서와 출판물이 유행했고 이 시기 영웅 전기의 번역 및 창작을 언급할 때 그를 제외하고 말하기 어려울 정도이다. 1900년대 조선은 한학의 전통 속에서 중국어 서적

---

1   정환국, 「근대계몽기 역사전기물 번역에 대하여」, 『근대어 근대매체 근대문학―근대 매체와 근대 언어 질서의 상관성』, 성균관대 대동문화연구원, 2006, 155쪽.

의 직접적인 영향을 받고 있었고 중국어본을 번역의 원본으로 선택하던 시기이기도 했다.[2]

여기에서 양계초의『의대리건국삼걸전(意大利建國三傑傳)』수용을 중심으로 영웅 서사는 한중 양국에서 각각 어떻게 번역되면서 재맥락화되었는지 탐색해 본다. 근대 계몽기 대표적인 역사전기물인『의대리건국삼걸전(意大利建國三傑傳)』은 카밀로 카부르(Camillo Cavour), 주제페 마찌니(Giuseppe Mazzini), 주제페 가리발디(Giuseppe Garibaldi)라는 세 영웅의 행적을 중심으로 이태리 통일의 역사를 기록했다. 이 작품은 중국 양계초의『의대리건국삼걸전』을 통해 한국에 소개되었는데, 신채호, 주시경 등에 의해 번역되어 각각 1907년, 1908년 단행본으로 간행되었다. 주목할 점은 1902년 단행본으로 발간된 양계초의『의대리건국삼걸전』은 1892년 일본의 히라타 히사시[平田久]의『이태리건국삼걸(伊太利建國三傑)』을 역술한 것이며, 또 히라타 히사시는 1889년 영국의 메리어트(J. A. R. Marriott)가 쓴 *The Makers of Modern Italy*를 번역한 것이다. 즉, 이태리 통일사에 관한 영국인의 저술은 일본과 중국 지식인의 손을 거쳐 조선에 번역되어 널리 유통되었다.

서구의 문명과 근대 지식이 일본으로 이식되고 다시 중국을 거쳐 조선으로 연계되는 과정에서 번역은 근대 동아시아를 연구의 대상으로 설정하는 중요한 방법론이 된다. 이태리를 통일시킨 영웅의 이야기가 양국에서 어떻게 수용되었는지 살펴보는 것은 근대 동아시아 지식인들의 국가와 민족을 위한 실천적 행위가 어떠한 방식으로 이루어졌는지 파악하는데 중요한 작업이다. 제국으로 발돋움하는 일본과, 제국의 폭력에 저

---

2   김성연,『영웅에서 위인으로—번역 위인전기 전집의 기원』, 소명출판, 2013, 69쪽.

항하는 조선과 중국에서 각각 다르게 재맥락화된 것은 바로 서구의 역사지식을 자국의 현실에 비추어 새롭게 변용했기 때문이다. 이러한 점에서 번역은 단순히 축자적인 언어 간 번역이 아니라 지식을 변용, 생산하는 과정이자 나아가 근대를 기획, 설계하는 토대가 된다.

2. 양계초의 『의대리건국삼걸전』
─개량주의 정치 이상의 추구

동아시아 삼국 중 가장 민첩하게 서구의 지식과 학문을 받아들인 것은 일본이었고 양계초를 위시한 중국의 지식인들은 일본을 경유한 서구 문명을 수용하고자 노력했다. 양계초는 일본 망명 이전부터 서구 강국의 힘은 군사력이 아닌 지식에서 근원했다고 파악했다. 유교의 도덕적 지식이 아니라 새로운 자연과학적 지식이 국가를 강하게 만들어준다고 생각했다. 망명 이후 서구 정치소설의 힘에 주목하면서 서구의 사상과 지식을 습득하는데 더욱 적극적이었다.

양계초는 일본으로 망명가던 해 시바 시로의(柴四郎)의 정치소설 『가인지기우(佳人之奇遇)』를 보고 서구 정치소설의 영향력과 우민 계몽이 직결되어 있음을 깨달았다. 메이지유신의 성공 뒤에는 역사 전기와 정치소설의 공로가 컸다고 판단한 후 계몽을 위해 서구 영웅 전기를 적극적으로 활용한다. 양계초가 1902년 『의대리건국삼걸전』을 역술할 당시 일본은 사전(史伝) 장르가 크게 유행하고 있었고 이 글은『신민총보』에 연재되어 널리 유통되었다. 그는 1902년 헝가리의 영웅을 기록하는 것에서 시작해서 이태리, 프랑스, 영국 등 각국의 영웅 전기를 연재하면서 조국을 구원했던 영웅과 그들의 역사를 보급하는데 적극적이었다. 여러 권의 서구 위인전기를 쓰고 서구 학술 서적을 중국에 소개한 목적은 구체제의 악습에 매몰된 우민을 일깨워 신중국을 건설하기 위한 반봉건, 구국 의식에서 기인했다. 1902년『신민총보』를 창간하는 목적도 중국이 강하지 못한 것은 지성이 발전하지 못했기 때문이므로 국민들의 지성 교육을 근본으로 삼고자 함에 있다고 밝힌 바 있다.(「本報告白」) 프랑스와 로마의 혁명사에 주목했고, 이태리 영웅에 대해 기록한 것도 역사적 사실을 전달하는 게 아니라 영웅의 행적을 어떻게 기술하여 국민 계몽으로 선도하느냐가 관건이었다.

양계초가 일본에서 창간한 잡지『청의보』와『신민총보』에 발표했던 영웅에 대한 논설 및 서구 영웅의 전기들은, 주로 민우사(民友社)에서 출판되었거나 민우사의 사장이자 정치언론인 도쿠토미 소회(德富蘇峰)의 영향을 많이 받았다. 양계초가 저본으로 삼았던 일역본은 1892년『이태리건국삼걸』이라는 제목으로 히라타 히사시(平田久)가 번역하고 도쿠토미 소호가 서(序)를 붙였다. 히라타 히사시는 교토 도지사 대학을 졸업한 후 민우사의 기자로 활약했다. 그의 저술 대부분이 민우사에서 출판되었고, 1902년 자전적 저서의 서에서 민우사의 사장 도쿠토미 소호를 위해 바친다고 기록한 것을 보아도 정치가이자 언론가인 도쿠토미의 영향을 많이 받았던 것으로 추정된다.[3]

이태리 통일의 역사는 산업혁명을 통해 유럽에서 문명의 주도권을 먼저 확립했던 영국이 자국의 위상을 다시 확인받으려는 정치적 목적으로 사용되었다. 19세기 후반 식민지 전쟁에서 프랑스와 경쟁을 하고 있던 영국은 이전에 비해 약화된 정치적 입지를 재확립하는데 이태리 통일의 역사를 활용한다. 유럽의 주변 경쟁국가에는 자국의 굳건한 위상을 확인받고자 했고, 최근 통일된 이태리에는 수백 년 앞선 문명국가의 선도적 위상을 제시하고자 했다. 역사가이자 정치가였던 메리어트는 옥스퍼드 대학교에서 현대사 및 정치 경제학을 가르쳤고, 강의했던 자료를 엮어서 *The Makers of Modern Italy*를 만들었다. 이태리 통일의 전기를 저술하면서 유럽 문명의 종주국으로서 영국의 자존감을 세우고자 했다.[4] 또, 히라타 히사시는 메리어트본을 저본으로 하면서 메이지유신에 성공한 일본의 위상을 새롭게 통일된 이태리에 비유하고자 했다. 부흥을 의미하는 이태리 통일운동의 과정인 리소르지멘토(Risorgimento)와 일본 메이지유신의 연대의식을 강화하고자 했다. 혁명이라는 대활극에는 세 종류의 역할자가 필요한데 예언자가 나타나 그 서막을 열고 대협객이 나타나 본막을 연기하고 정치가가 나타나 대단원을 연기한다며 이태리 통일의 역사와 일본 메이지유신의 역사가 그러했으니 이 둘을 모범적인 혁명의 과정으로 제시하고자 했다.[5] 히라타는 마찌니, 카부르, 가리발디의 세 부분으로 나눈 메리어트본의 구성과 내용을 거의 유사하게 따르고 있다. 다만 체재상「서론」과「혁명전기」를 추가했으나 메리어트가 마찌

---

3   손성준, 「영웅서사의 동아시아 수용과 중역의 원본성―서구 텍스트의 한국적 재맥락화를 중심으로」, 성균관대 박사논문, 2012, 114쪽 참조.

4   John Arthur Ransome Marriott, *The Makers of Modern Italy : Mazzini, Cavour, Garibaldi. Three Lectures Delivered at Oxford*, Primary Source Edition, Nabu Press, 1889(영인본), p.2.

5   平田久, 『伊太利建國三傑』, 일본국립국회도서관 영인본, 151쪽.

니 항목에서 서술한 내용을 분리시켰을 뿐이다.

양계초는 히라타의 번역본과 다른 자료들을 참조하여 메리어트와 히라타가 저술한 각각의 세 전기문 같은 구성을 탈피하여 소제목을 설정하면서 전체적인 구조를 재편했다. 발단, 제1절~제26절, 결론의 3단 구성을 기본으로 하고, 본문을 다시 26개의 소절로 구분했다. 이태리와 중국의 현실을 비교하면서 중국에도 삼결과 같은 영웅이 하루 속히 나타날 것을 호소하고 있다. 그러나 메리어트와 히사시가 시세(時勢)의 흐름 속에 영웅이 등장함을 강조하는 제국의 입장에서 영웅 카부르를 부각시켰다면, 양계초는 서구 열강에 무너져가는 조국을 구원해 줄 영웅, 현실적 난관 속에서 시세를 창출해 나가는 영웅을 강조하고자 카부르에 주목했다. 사실, 이태리 역사상 1870년에 통일되었다고는 하나 전국적인 혁명이나 쿠테타에 의한 것이 아니라 이전부터 존재했던 샤르데냐 왕국이 이태리 전체로 세력을 확대해 나간 것이다. 엄밀한 의미에서 근대국가의 수립이라고 볼 수 없지만 이전까지 분립했던 도시국가가 최초로 하나로 통일되었다는 역사적 의미를 지닌다. 이 과정에서 정치가 카부르의 외교적 책략과 언론 정책은 샤르데냐 왕국을 중심으로 이태리가 통일하는데 구심적 역할을 했다. 양계초는 「선변지호걸(善变之豪杰)」, 「카부르와 제갈공명[加布兒與诸葛孔明]」의 글에서도 밝혔듯이 카부르를 이태리 통일을 이끈 영웅호걸이라고 칭송하고 있으며 통일의 주역은 바로 샤르데냐 왕국 출신의 재상 카부르라고 강조했다.

이태리 독립국의 정치가이자 재상인 백작 카부르가 죽었다. 위로는 왕에서부터 아래로는 사대부, 농민, 상인, 아동, 졸개에 이르기까지 마치 부모상을 당한 듯 슬퍼하며 통곡하지 않은 이가 없었다. 조정도 열리지 않았고 시장도 열리지 않은 채 이태리 전 국민이 몇 달간 번뇌의 바다에 빠져 있었다. 아아! 이태리인의 질곡은 카부르가 풀었으며 이태리인의 가시덤불은 카부르가 헤쳐냈다. 이태리인의 지식은 카부르가 가르쳤고 이태리인의 자유는 카부르가 베풀었으니 이태리는 카부르의 부인이 아니라 자식이로다. (…중략…) 링컨이 노예 해방을 일생의 대업으로 삼았다가 미국의 남북 전쟁이 그친 후 세상을 떠났고, 카부르도 이태리 통일을 대업으로 삼고 일하다가 제1대 국회가 열린 후 세상을 떠났으니 아아 카부르도 그제서야 눈을 감을 수 있었다. (23절 「加富爾之長逝及其末竟之志」)

위 예시문은 제23절 「카부르의 서거와 최후의 의지[加富爾之長逝及其末竟之志]」에서 카부르가 서거하자 그의 죽음을 애도하며 이태리 통일의 대업을 이룬 사람은 바로 카부르라면서 그의 행적을 칭송하는 부분이다. 유신변법의 실패로 일본으로 망명한 양계초는 청 정부의 무능함에 염증을 느끼고 재상 카부르에게 자신의 정치적 입장을 투영시켰다. 중국의 민주 공화국 혁명을 반대한 것이 아니라 아직은 때가 이르지 못했기 때문이라던 양계초의 정치적 이상은 입헌군주제의 실현에 있었다. 또 입헌군주제를 실현하려는 최종 목적은 바로 서구 열강에 짓밟히는 조국을 구원하기 위함이었다. 무력과 혁명을 통한 통치체제의 전복이 아니라 중국의 현 상황에 맞는 개혁을 이끌어 서구 강국에 맞설 자립과 자강을 강구하고자 했다. 카부르는 변화하고 있는 유럽 정세를 파악하고 이태리에 유리한 전망으로 이끌고자 파리 강화 조약에서 이태리 문제를 승전국의 일원으로서 다루려고 했다. 재상 카부르의 뛰어난 외교정책과 활약은 양계초가 구상한 근대 국가를 향한 이상적 영웅의 모델이었다. 아래 예문은 가리발디의 목소리를 통해 입헌군주제 실현의 궁극적인 목적이 애국에 있음을 우회적으로 밝히는 부분이다.

그를 힐난하며 "어찌하여 공화정을 선포하지 않는가"라고 말했다. 가리발디 장군은 본디 공화를 사랑하는 자라, 비록 공화를 사랑한다 해도 이태리를 사랑하는 것만 같지 않았다. 장군의 뜻은 이러했다. "통일이 안되면 이태리도 없소. 만약 공화를 한 뒤에 이태리를 통일할 수 있다면 나는 모든 것을 희생하더라도 공화를 따를 것이오. 그러나 공화를 버린 뒤에야 이태리를 통일할 수 있다면 나는 모든 것을 희생하고서라도 공화를 버리고자 할 것이니 내가 바라는 것은 '통일'을 이루기 위한 목적뿐이오. 이제는 하나의 이태리만이 있어야 하오. 두 개의 이태리는 있을 수 없소."(21절 「南北意大利之合倂」)

입헌군주제를 실현시킨 카부르에 주목했던 양계초의 관심은 그의 다른 논설문에서도 어렵지 않게 찾을 수 있다. 「영웅여시세(英雄與時勢)」에 보면, 이태리 정세가 혼란하고 위기에 처했을 때 카부르가 출현했다고 밝히고 영웅과 시세에 관해 이야기했다.

그러한즉 사람은 그저 용감하고 웅대하지 못함을 걱정할 뿐이지만 과연 영웅이라면 시세의 어려움과 위태로움이 어찌 있겠는가? (…중략…) 그러므로 영웅의 능력은 시세를 이용하는 데서 시작하며 시세를 만들어 가는데 궁극적으로 도달한다. 영웅과 시세란 서로 원인이 되고 결과가 된다. 원인을 만드는 것이 끊임이 없으니 그 결과 역시 끝이 없다.(「自由書·英雄與時勢」)

이탈리아에서 로마가 망한지 오래되어 교황이 멋대로 날뛰고, 오스트리아가 간섭하여 위급한 상황에 처하자 카부르가 나타났다며, 프랑스의 압제 속에서 비스마르크, 영국의 압제 속에서 워싱턴이 탄생한 것에 비유했다. 위급한 정세 속에서 영웅은 그 진가를 발휘하는데 영웅의 능력은 바로 시세를 만들어가는 데에 있다고 강조했다. 영웅과 시세의 관계 즉, 영웅이 시세를 이끌어 가는지, 아니면 시세가 영웅을 만들어 내는지는 서로 불가분의 관계에 있으나 영웅의 주도적이고 적극적인 역할을 더욱 강조하고 있다. 양계초는 히라타가 제시한 시세가 영웅을 만든다는 국가주도적, 시세주도적인 인물에 대해서 일정 부분 동의했으나 그가 본질적으로 강조하고 싶었던 것은 시세를 만들어 나가는 주체적인 영웅이었다. 능숙한 외교관이자 협상가로서 혁명운동의 위험성을 경고하면서 프랑스가 이태리와 동맹을 맺도록 유도해내어 오스트리아 군에 승리를 거둔 카부르야말로 시세를 읽고 적극적으로 만들어가는 영웅이었다. 봉건주의를 타파하고 입헌군주제를 옹호했던 양계초에게 반봉건, 구국을 위해 시세의 흐름을 주도하고 신중국을 건설할 가장 이상적인 영웅의 모델은 카부르였다.

그러나 카부르를 성공의 주역으로 만든 혁명파 마찌니의 숨은 공로도 간과하지 않았다. 그의 표현대로 "마찌니가 밭을 갈고 카부르가 수확한", "이태리를 만든 것은 세 영웅이나 두 영웅을 만든 것은 마찌니"라며 통일의 기초를 다졌던 숨은 영웅에 마찌니를 대입시키고 있다. 양계초는 "따라서 마찌니가 물러난 이후에 이태리가 건국될 수 있었다"(9절 「革命後之形勢」)는 기록을 통해 이태리 통일을 위한 가장 기초적인 공로를 마찌니에게 돌리고 있다. 통일 국가 수립의 주역은 카부르이나, 카부르를 길러낸 무명의 영웅은 마찌니였다는 것이다.

양계초는 마찌니의 죽음에 특별한 의미를 부여했다. 바로 유신변법의 실패를 혁명을 위한 씨앗으로 간주하며 죽음을 피하지 않았던 친우 담사동의 의연함을 투영시켰다. 떠나는 자가 없다면 장래를 도모할 수 없으니 자신이 죽음으로 나아가는 것은 바로 개혁이 붉은 피를 원하기 때문이라며 미래의 신중국 건설을 위해 오히려 죽음을 담담히 받아들였던 담사동의 혁명투사적 면모를 중첩시켰다.

양계초는 자유와 근대국가 건설에 대한 견해를 신문잡지에 지속적으로 발표해서 이것을 모아 『자유서(自由書)』라는 제목으로 엮었는데 이를 통해 그의 입장을 좀 더 면밀히 살필 수 있다. 『자유서』에는 「영웅여시세(英雄與時勢)」, 「위인 닐슨 일화(偉人讷耳遜軼事)」, 「선변의 호걸(善變之豪杰)」, 「카부르와 제갈공명(加布兒與诸葛孔明)」, 「호걸의 정신(豪杰之公胸)」, 「무명의 영웅(無名之英雄)」, 「19세기의 유럽과 20세기의 중국(十九世紀之歐洲與二十世紀之中國)」, 「결혼하지 않는 위인(不婚之偉人)」 등의 대표적인 논설문이 실려 있다. 그 중 1900년 3월 1일 『청의보』 제37호에 실었던 도쿠토미 소호의 글 「무명의 영웅(無名の英雄)」(1889) 번역문을 예시해본다.

음빙자가 말하길, 도쿠토미 소호의 이 글은 소위 시세가 영웅을 만든다는 말이다. 오늘날 중국이 부진한 까닭은 영웅이 없다는데 있다. 이 뜻은 사람마다 능히 알고 말할 수 있는 것이다. 그러나 영웅이 없는 까닭은 무명(無名)의 영웅이 없다는데 있는데, 이 뜻을 능히 알아서 말할 수 있는 사람은 대체로 적다. 무릇 오늘날 우리 중국에 영웅이 있는 것인가! 영웅이 없는 것인가?(「無名之英雄」)

비록 시세가 영웅을 만든다는 도쿠토미 소호의 견해에 동조하면서 시작하고 있지만, 영웅이 시세를 만들어 간다는 점을 강조하며 상호 존립 의의를 설명하고 있다. 궁극적으로는 부진한 중국을 강국으로 만들기 위해서 사람들 개개인이 무명의 영웅이 되어야 함을 강조한다. 장수의 성공을 돕는 자는 병졸이고, 병졸을 훈련시켜 나를 돕게 만드는 것은 바로 장수의 손에 달려있으니 세상에 영웅이 되고자 하는 자가 있다면 먼저 이러한 무명의 영웅을 육성해야 한다고 호소하고 있다. 시세를 개척해 나가는 궁극적인 추동력은 무명의 영웅에서 기인한다는 것이다. 이러한 점에서 마찌니가 혁명의 씨앗으로서 이태리의 무명의 영웅이었다면, 친우 담사동이야말로 신중국의 미래를 위해 희생한 무명의 영웅이었다. 담사동의 죽음이 신중국 건설을 위한 기초적인 토대가 되었음을 높게 평가했다.

양계초는 입헌군주제를 성공시킨 카부르를 전면에 내세워서 자신의 정치적 이상형을 투영시켰고 혁명투사 마찌니의 공로도 간과하지 않았다. 일본으로 망명간 후 5년간 그는 수차례 사상적 변화를 겪었다. 변법유신에서 혁명으로 또 다시 반혁명으로 정치적 입장을 번복하면서 때로는 입헌군주제를, 때로는 개명전제를 주장했다. 스승인 강유위에게 질책을 받았고, 손중산에게도 "한 사람이 두 가지 주장을 하니 우유부단하며 결단성이 없다"(『孫中山選集』)는 비난을 받던 양계초는 스스로 밝혔듯이 평생을 구국을 위한 진보와 보수의 경계에서 갈등했다. 그는 급진파 마찌니와 온건파 카부르의 경계에서 서구 강국에게 짓밟힌 조국을 회생시킬 이상적인 정치노선을 모색하고 있었다. 일본 망명 후 손문이 이끄는 혁명파 진영과 접촉하면서 공화혁명에 대한 긍정적 입장을 보인 적도

있었으나 결국 그들과 정치적 입장의 대치 속에서 공화정이 아닌 입헌
군주제를 선택했다. 급진적 혁명이 아닌 온건적 개량을 지지했다. 1903
년 이후부터 보수적 입장을 표명했는데, 미국을 방문하여 시찰한 후 자
신이 구상했던 민주공화정의 현실이 중국의 현 정세와 맞지 않음을 실
감했던 것도 그 이유 중 하나였다. 한때 제창하던 혁명을 반대하며 1905
년에 이르러서는 혁명파 기관지『민보』와 맹렬히 설전을 벌이면서 그의
정치적 영향력은 약화되기 시작했다. 급기야 1906년『신민총보』에「개
명전제론」을 발표하면서 공화정이나 입헌군주제보다 전제정치로 선회
했던 그의 행보는 당시 복잡한 국제정치적 질서, 혁명파와 보수파의 대
립, 구교육과 신학문의 충돌, 강유위와 황준헌의 권고 등 조국의 내·외
적 환경과 자신을 둘러싼 갈등이 복합적으로 분출된 결과였다. 이택후가
지적했던 것처럼, 양계초의 대중적 영향력은 무술변법실패 후부터 1903
년까지 가장 왕성했으며 보수주의로 돌아선 그는 더 이상 '여론계의 총
아'가 아니었다. 다변했던 그의 정치사회적 행보는 과도시대를 살아가는
지식인이 구국을 위해 끊임없이 노력하는 '변화'의 과정이기도 했다. 일본
의 요시다 쇼인[吉田松蔭]과 이태리의 카부르를 예시하며 그 둘의 애국의
방법이 비록 다르고 변화가 있지만 최종적인 목표는 변하지 않았다면서
"때와 상황에 따라 방법이 달라지더라도 중심이 흔들리지 않으면 이는
변해도 변한 것이 아니다"는「선변의 호걸[善變之豪杰]」에서의 주장은 자
신의 정치적 입장을 항변해 준다.

　『의대리건국삼걸전』에는 1902년 보수와 진보의 경계에서 고민하던
개량주의자 양계초의 두 가지 정치노선이 복합적으로 등장하지만, 결국
입헌군주제로 기울어지는 입장을 살필 수 있다. 그는 이태리 통일 뒤에

가려진 고난의 역사와 영웅의 행적을 소개하면서 자신의 정치적 이상과 고심을 자연스럽게 투영시켰다. 온건파 재상 카부르를 통해 조국을 일으켜 세울 영웅의 표본을 제시하고 있었다. 공화정이던 혹은 입헌군주제던 정치적 입장 표명이 중요한 것이 아니라 조국을 서구 제국 및 일본에 맞설 수 있는 강국으로 성장시키려는 궁극적인 목적이 중요했다. 점진적 진보를 통해 개량적 정치 노선을 선택한 양계초에게 서구 영웅서사의 번역은 계몽과 구국을 위한 주체적인 모색의 과정이었다.

3. 신채호(申采浩)의『이태리건국삼걸전(伊太利建國三傑傳)』
─신동국 신영웅에 대한 기대

양계초가 일본에서 신문잡지를 통해 발표했던 글들은 국내의 지식인들에게 빠르게 읽혔다. 영웅 논설이 많이 수록된『음빙실자유서』가 전항기에 의해 1908년 탑인사에서 국한문으로 번역, 출간되면서 양계초를 경유한 영웅 서사에 대한 주목과 관심은 전면화되었다. 양계초가 국내에 최초로 소개되었던 1897년부터 한일합방이 되기 전까지 각종 신문매체에 이태리 세 영웅에 대한 전기는 지속적으로 연재되었다. 특히 대표적인 민족지『황성신문』과『대한매일신보』의 논설란에 계속해서 소개되었다.

변법자강운동이 서태후에 의해 좌절된 후 일본으로 망명했던 강유위, 양계초 등 유신파 지식인들의 사상은 신채호에게 큰 영향을 미쳤다. 신채호는 양계초의 『음빙실문집』을 통독하면서 서구사상과 지식에 대한 시야를 넓혔고 우리 실정에 맞는 자주독립의식과 민족의식을 고취시키는 데에 앞장섰다. 『황성신문』과 『대한매일신보』의 주필을 맡으면서 필봉으로 계몽과 국민사상을 개혁하고자 했다. 신채호는 어려서 조부로부터 전통적인 성리학을 학습했으나 성균관에 입학해서 각종 서적을 통달하면서 신구학문을 섭렵했다. 조선의 실학 서적과 청국을 통해 수입된 서양서들을 읽으며 견문을 넓혔고 다양한 분야의 지식을 쌓았다. 한일병합 직전 중국으로 망명했고 북경에 머물던 때에도 북경대학이나 시내 서점에서 구매한 책을 열독했던 독서광이었다. 이후 5·4운동의 정신적 지주가 되었던 북경대학 교수인 이석증(李石曾), 채원배(蔡元培)와 교류했고, 북경에서 『천고(天鼓)』를 발행하면서 한국인과 중국인을 결속하는 항일투쟁과 한국 고대사 연구를 지속했던 민족주의 사상가이자 역사학자였다.

신채호는 1907년 10월 25일 광학서포(廣學書舖)에서 국한문혼용체로 번역한 『이태리건국삼걸전』을 출판했다. 표지에는 원저자가 표기되어 있지 않고 신채호 역술, 장지연(張志淵) 교열(校閱)이라고만 쓰여 있다. 바로 뒷장에 있는 장지연의 서문에서 "신채호가 음빙자 양계초의 책을 번역해서 냄[申君采浩從飮氷子梁啓超氏所著者譯出]"이라고 하여 원서가 양계초의 저서임을 밝히고 있다. 서문에는 이 책을 번역하는 목적이 명확히 제시되어 있다. "왜 삼걸전을 번역하는가? 삼걸은 애국자이기 때문이다. 왜 애국자를 흠모하는가? 애국심은 나라의 빛이며 생명의 양식이며 학문의 근원이기 때문이다. (…중략…) 이 마음 없이 정치학, 법률학, 공업, 상업, 기술, 예술, 각종 과학을 배운다면 아, 기계일 따름이고 노예일 따름이니 그것이 옳겠는가?"[6]라고 하여 근대 분과학문적 지식의 습득보다 국민들의 애국심 고취가 우선이기 때문에 이 책을 번역한다고 명시하고 있다.

목차는 크게 수편(首篇 : 서론), 제1절~제26절, 종편(終篇 : 결론)의 세 단계로 구성되어 있다. 이것은 양계초의 3단 26개 소절 구성을 그대로 따른 것이며 각 소절의 제목 번역도 한자 단어를 그대로 따르고 조사만 한글로 붙였다. 구성상의 변화는 '발단'을 '서론'으로 고친 정도이나 내용상에서는 양계초 저본의 기록을 취사선택하면서 신채호가 기획한 애국자의 모델을 확고하게 드러냈다.

첫째, 서론과 결론의 내용은 양계초본과 다르게 구성되면서 신채호의 목소리를 분명히 나타내고 있다. 양계초본 발단 부분의 각 단락은 '양계초왈(梁啓超曰)'로 시작되나, 신채호본 서론의 각 단락은 '무애생(无涯生)이 왈(曰)'이라는 문구로 시작된다. 글의 처음부터 신채호 자신의 견해를 분명히 전달하기 위해서다. 발단 부분에서 양계초는 천하의 가장 큰 일은 애국임을 밝히고 애국자의 본분을 설명한 후 과거 이태리의 역사와 처지가 중국과 비슷하고 세 영웅의 행적이 위대하기에 중국에도 이런 호걸이 탄생하기를 바란다고 기록했다. 삼걸이 없었으면 오늘의 이태리도 없었을 것인즉 삼걸은 이태리의 부모요, 생명이니 중국 인민은 삼걸 중 하나라도 본받아야 한다고 강조했다. 반면에, 신채호의 서론은 '애국자' 출현에 대한 기대로 일관되어 있다.

내가 축하할 것은 오로지 우리나라에 애국자가 있는 것이지, 우리나라 삼천 리가 삼만 리 삼억 리로 넓어지는 것을 바라는 것이 아니다. 내가 바라는

---

6   단재신채호전집편찬위원회, 『단재 신채호 전집』 제4권, 전기 「伊太利建國三傑傳」, 독립기념관 한국독립운동사연구소, 2007, 567쪽.

것은 오로지 우리나라에 애국자가 있는 것이며, 파는 곳마다 황금이 물처럼 용솟아 나는 것도 원하는 바가 아니요, 이 나라 곳곳에서 오곡이 넘실대는 것도 내가 구하는 바가 아니다. 내가 원하고 구하는 것은 오직 우리나라에 애국자가 있는 것이니 (…중략…) 애국자가 없다면 열강들이 호시탐탐 넘보아 가죽과 살이 녹아 없어지고 살육의 칼날에 고통이 심할지니, 그 누가 보호하고 그 누가 구원하리오. (「緒論」)

애국자가 있는 나라와 없는 나라의 흥망성쇠로부터 애국자의 필요성, 애국자의 본분, 애국자 출현의 시대에 관해서 호소력 짙은 문장으로 기록했다. 이태리 삼걸에 관해서는 아주 간단히 소개한 후 대한중흥의 삼걸전을 쓰려는 염원을 담아 번역한다는 의도를 밝히고 있다. 양계초가 서론보다 결론에 초점을 두었던 것에 비해, 신채호는 글의 서두에서 애국자 출현의 기대를 강렬하게 표현하고 있다.

결론 첫 문단에서 신채호는 '신사민왈(新史民曰)'로 시작하여 양계초가 원저자임을 표기함과 동시에 양계초 결론의 두 번째 단락을 그대로 번역하고 있다. 그러나 중국 국민에게 각성을 촉구하는 양계초본 결론의 내용을 바꾸어 '중국'이라는 단어를 삭제해 버린다. 둘째 단락에서는 다시 '무애생왈'로 바꾸어 이태리 삼걸에 대한 자신의 감상을 적었다. 다음은 마찌니, 가리발디, 카부르의 성과를 언급한 후 삼걸 뒤에 가려진 무명의 영웅들을 예찬했다. 마지막에는 우리 동포들이 삼걸이 되기를 바라야 한다고 강력히 호소하고 있다. 삼걸을 배우기를, 삼걸을 따르기를, 결국 삼걸이 나오기를 간절히 바란다며 독자들에게 당부하는 형식으로 끝을 맺고 있다.

아아 애국 동포여. 그대는 오로지 삼걸이 되기를 바라야 한다. 아침에 삼걸이 되길 구하고 저녁에 삼걸이 되길 구하며, 오늘 삼걸이 되길 구하고 내일 삼걸이 되길 구한다면, 그대가 삼걸이 되지 못한다고 해도 그대의 후손 중에 반드시 삼걸이 있게 될 것이다. 따라서 삼걸을 배워서 그에 이르지는 못한다 해도 삼걸의 시조는 될 수 있다. (⋯중략⋯) 삼걸을 배워서 그에 이르지는 못하다 해도 삼걸을 따르는 자는 될 수 있다. (⋯중략⋯) 삼걸의 시조가 있는 다음에야 삼걸이 생길 수 있으며 삼걸을 따르는 자가 있는 다음에야 삼걸이 나올 수 있는 것이다. 나의 이태리 삼걸전을 읽는 이들이여! 화복을 걱정하지 말고 영욕을 돌아보지 말며 오직 진심어린 정성으로 하늘을 이고 땅 위에 우뚝 서라. 장래에 이 나라를 그대가 구원할 수 있게 되리니 이것이 독자에게 바라는 바이다.(「結論」)

양계초가 조국을 강조하는 문장은 그대로 번역하여 신채호에 의해 조선을 강조하는 의미로 전이되었다. 양계초본에서 무명의 영웅들이 중국에 두루 일어나 중국인을 위한 중국이 되어야 한다는 강렬한 호소는 삭제되고, 조선의 장래를 구할 수 있는 애국 영웅을 고대하는 갈망으로 대체되었다. 양계초본의 '양계초왈', '신사씨왈'을 신채호본에서 '무애생왈'로 대체해 기록함으로써 신채호 자신의 목소리로 서술하고 있다. 실질적인 외교권을 상실한 우리 백성들에게 자국민의 목소리로 애국심을 고취하고자 했다. 두 책을 비교해 보면, '신사씨왈'을 '무애생왈'로 바꿔도 어색하지 않을 정도로 제국의 폭력 아래 쓰러져가는 조국을 구원하려는 양국 지식인의 애국적 동질감을 확인할 수 있다.

둘째, 이태리 세 영웅의 행적을 기록함에 있어서 신채호는 양계초본을 그대로 번역하지 않고 과감하게 첨삭했던 것에 주목할 수 있다. 신채호가 양계초보다 강조했던 것은 혁명성이라고 할 수 있다. 양계초가 이태리 영웅 중 카부르를 가장 이상적인 영웅상으로 부각시켰다면 신채호는 마찌니를 강조했다. 양계초본 본문의 기본적인 구성은 따랐으나 시세를 바꿀 수 있는 혁명가적 영웅 마찌니를 중심으로 내용을 재편했다.

조선에서는 1905년 실질적인 외교권이 이미 박탈되고 민족의 자주권을 침해받는 각종 정책이 강제적으로 시행되고 있었다. 신문잡지 등의 발간을 사전 검열하는 신문지법, 저작권법, 출판법 등에 의해 언론이 통제되는 상황에서 더 이상 카부르와 같은 온건적인 외교관은 설득력이 없었다. 망국을 눈앞에 둔 상황에서 항일 비밀 독립단체의 중심인물 신채호에게 계몽과 구국을 위한 실질적인 혁명가가 필요했다. 마찌니는 오스트리아의 폭정에서 벗어나기 위해 카르보나리 당에 가입하여 혁명운동을 주도했으며, 이후 청년 이탈리아 당을 조직하여 이태리 통일을 위해 평생을 바쳤다. 다시 청년 유럽당을 조직하여 각국의 민족주의 운동을 고무시켰고 가리발디의 남부 원정을 지지하며 이태리 통일운동을 이끌었다. 말년에는 계획했던 일들이 실패로 이어졌지만 영국 망명 중에도 조국을 위해 언론활동을 하면서 공화정에 의한 이태리 통일을 주장했던 혁명가였다. 신채호에게 마찌니는 분열된 이태리의 통일을 이끈 정신적인 지주와 같았다. 애국지사들에 대한 엄격한 감시와 탄압 속에서 조선의 국권을 회복하고 자주독립을 이루기 위한 실제적 모델은 행동가 마찌니였다. 마찌니를 부각시키기 위해 양계초본에서 강조된 온건파 카부르의 영웅적 면모를 칭송하는 기록들은 축소되거나 삭제되었다. 대신 공화정을 주장했던 마찌니의 혁명적 역할은 강조되었고, 마찌니의 혁명이 실패로 끝났음을 알리는 기록도 축소되거나 삭제되었다.

이태리 건국의 으뜸 공헌은 분명 마찌니를 내세워야 할 것이니 마찌니는 경작자요 카부르는 수확자라. (……) 마찌니가 그 전에 없었으면 비록 백 명의 카부르가 있었다 할지라도 결국에 수확하지 못했을 것이요, 나중에 카부르가 없었다해도 마찌니의 감화에 일어나서 수확하는 자가 어찌 그 한 사람뿐이었겠는가! 그러므로 이태리를 만든 사람은 세 영웅이나 저 두 영웅을 만든 사람은 마찌니이니 따라서 마찌니가 물러난 후에 이태리가 통일될 수 있었다.(제9절「革命後의 形勢」)

신채호는 이태리를 만든 것은 세 영웅이나 두 영웅을 탄생케 한 것은 마찌니임을 강조하고 있다. 카부르가 이태리 통일의 일등공신으로 떠오를 수 있는 것은 마찌니의 혁명적 노력이 씨앗으로 작용했기 때문이었으니 그가 떠났다 할지라도 통일의 숙원은 이룩될 수 있다는 것이다. 그런데 앞의 예문에서 신채호는 양계초의 원본에 있었던 (……) 안의 부분을 번역하지 않고 삭제했다. 아래 예시문은 신채호가 삭제한 부분이다.

수확하는 자의 공덕이 밭가는 자와 어떻게 다른지 물어보라. 무릇 마찌니는 도가 있는 선비나 공명을 얻는 사람은 아니니 혁명을 창도했으나 이루지 못하여 결국 여기에 이르렀다.(9절「革命後之形勢」)

카부르가 이태리를 통일할 수 있었던 것은 마찌니가 기초를 이루었기 때문이라고 강조하기 위해 마찌니의 혁명 실패에 대한 부분은 번역하지 않았다. 또 제10절「현명한 사르데냐의 새 왕과 재상이 된 카부르[撒的尼亞新王의 賢明과 加富爾의 入相」에 보면 마찌니의 혁명이 끝난 뒤 카부르가 점점 뛰어난 재상으로 성장하는 모습을 기록했다. 그 중에서 "마찌니는 진실로 집요한 사람이라. 자신의 뜻을 고수하고 굴복하지 않았다. 비록 하늘은 공화정으로 이태리를 안정케 하지 않고 다시 진압해 버렸다. 마찌니는 이후로 정계에서 은퇴하지 않을 수 없었다"라는 실패한 혁명가로서 비춰질 수 있는 내용은 아예 삭제하고 번역하지 않았다. 나아가, 카부르의 인품과 능력을 칭송하는 기록도 과감히 삭제되었다. 아래에 예시해 본다.

> 천재에 한 번 얻을 기회를 손 안에 넣었다. 그러므로 지극히 고요한 것으로 천하의 지극히 동요함을 억제하고, 지극히 부드러운 것으로 천하의 지극히 강건함을 억제하며, 시종 신중하고 온화하며 인내하는 태도로 행동하니, 신중하고 온화하며 인내하는 것이 실상 카부르 일생에 성공하는 둘도 없는 원칙이었다.(16절 「意奧戰爭及加富爾之辭職」)

공화주의자 신채호가 갈망하는 영웅이란 안정된 국왕 치하의 외교관이 아닌 현재의 정세를 새롭게 혁신시킬 혁명가였다. 독립군 양성에도 주력했던 신민회의 핵심인물 신채호에게 중립적인 개혁가보다 강력한 행동가야말로 국권을 회복시켜 줄 영웅의 모델이었다. 신채호는 자주독립과 민족의 자강을 위해서 새시대를 이끌어갈 국민적 영웅의 출현을 갈망했다. 국민적 영웅의 모델을 이태리 통일운동에 근본적인 기초를 제공했던 혁명가 마찌니에게서 찾았다. 영웅출현에 대한 기대는 그의 대표적인 애국계몽논설 1908년의 「영웅(英雄)과 세계(世界)」, 1909년의 「이십세기 신동국의 영웅(二十世紀新東國之英雄)」에도 잘 나타나 있다.

"그 나라에 세계와 교섭할 영웅이 있어야 세계와 교섭할지며, 세계와 분투할 영웅이 있어야 세계와 분투하리니 영웅이 없고야 그 나라가 나라됨을 어찌 얻으리오"(「英雄과 世界」)라고 하며 국권을 수호할 능력을 갖춘, 외세와의 경쟁 속에서 국난을 개척해 나갈 혁명적인 영웅을 갈망했다. "강자(強者)는 상(賞)을 몽(蒙)하여 점점(點點) 영토(領土)를 양반구(兩半球)에 기치(基置)하며 약자(弱子)는 벌(罰)을 수(受)하여 애애도조(哀哀刀俎)에 재할(裁割)을 시공(是供)하나니 영웅(英雄) 영웅(英雄) 이십세기(二十世紀) 신동국(新東國) 영웅(英雄)이여"(「二十世紀新東國之英雄」)라며 제국주의의 침략이 팽창하고 있는 약육강식의 시대에 국권을 수호하고 자유를 쟁취할 수 있는 신동국의 영웅이 출현하기를 고대했다. 그리하여 『이태리건국삼걸전』 결론에서 애국심 하나로 뭉쳐진 이름 없는 무명의 영웅들이 이 나라를 구하게 될 것을 선포하고 있다. 전국민이 삼걸이 되기를 바라고, 삼걸을 따르기를 바라며 무명의 몇 백 몇 천 명의 애국자를 기대하는 간절한 마음으로 결론을 맺고 있다. 삼걸이 되지 못해도 삼걸의 시조는 될 수 있다는 신채호의 언급에서 혁명가 마찌니와 같은 무명의 애국자의 출현을 얼마나 간절히 갈망했는지 엿볼 수 있다.

신채호는 『이태리건국삼걸전』을 번역출판한 뒤 『을지문덕(乙支文德)』을 광학서포에서 발간했고 『대한매일신보』에 「수군제일위인이순신전(水軍第一偉人李舜臣傳)」과 「동국거걸최도통전(東國巨傑崔都統傳)」을 연재하는 등 민족적 영웅에 대한 창작 전기를 꾸준히 발표했다. 이태리의 자주독립을 완성한 통일의 주역들을 소개한 후 우리 역사 속 영웅을 상기시켜 민족적 자부심과 긍지를 심어주고자 했다. 외세와의 싸움에서 승리한 을지문덕, 이순신, 최영 등의 민족적 영웅을 호출하면서 조선의 미래를 책임질 영웅의 모델을 우리의 역사적 경험성에서 제시하고자 했다. "과거

의 영웅을 그려서 미래의 영웅을 부르려는"(「乙支文德序」) 신채호에게 "구
국민(舊國民)은 국민(國民)이 아니며 구영웅(舊英雄)은 영웅(英雄)이 아니었
다."(「二十世紀新東國之英雄」) 봉건적 인습에서 탈피하여 오늘날 국가 사회
의 추진력이 한 둘의 영웅에 있지 않고 국민 전체의 실력에 달려 있음을
자각하고, 신영웅은 사회 각 부문을 주도할 근대의식을 지닌 다수의 국
민에 있다고 주장했다. 혁명가 마찌니의 행적을 강조했던 신채호는 역사
속 민족적 영웅을 거울삼아 자주독립과 민족자강의 실천적 가능성을 20
세기 신동국의 신영웅 출현에서 모색하고자 했다.

4. 주시경(周時經)의 『이태리건국삼걸젼』
─자국어 보급을 통한 자주독립의 의지

　1908년 6월 주시경은 박문서관에서 순 국문 번역본 『이태리건국삼걸
젼』을 발행했다. 주지하듯 주시경은 1905년 『국어문법』, 1906년 『대한
국어문법』, 1908년 『국어문전음학(國語文典音學)』, 1914년 순우리말 서술
에 성공한 『말의 소리』 등의 언어학 저서를 집필한 국어학자이자 국어
실천 운동가였다. 1907년 8월 양계초의 『월남망국ㅅ』를 박문서관에서
순국문체로 번역해 출간했고, 이듬해인 1908년 6월 13일 『이태리건국삼
걸젼』도 번역, 출판한 것으로 알려져 있다.
　그러나 최근 이 책의 실제 번역자는 주시경이 아닌 이현석일 것으로

제기되었다. 1975년 김병철이 『한국 근대번역문학사』에서 순 한글본 『이태리건국삼걸전』의 번역자가 주시경이라고 밝힌 이후 2006년 정승철에 와서야 실제 번역자가 따로 있음이 처음 제기되었다.[7] 그간 주시경이 번역했다고 확신해왔던 이유 중 하나는 그가 유일하게 번역했던 책이 양계초의 저서였기 때문이다. 1907년 번역한 『월남망국ᄉᆞ』는 1908년 6월에 이미 제3판이 간행될 정도로 널리 유행하고 있었다. 더욱이 『이태리건국삼걸전』 표지에 번역(飜譯) 주시경(周時經)이라고 분명히 표기되어 있고 순국문체로 번역되어 있었으므로 번역자의 진위여부는 문제시되지 않았다. 실제 번역에 참여했던 이현석은 표지 바로 뒷장에 쓰여 있다 하더라도 주목받지 못했다. 그러나 책의 판권소유와 인쇄소, 발행자 등이 표기되어 있는 맨 뒷장에도 '번역자 쥬시경'으로 명백히 기록되어 있는 것으로 보아 순 한글본 『이태리건국삼걸전』은 어떤 형태로든 주시경이 책임을 맡았을 것으로 추정된다. 손성준은 히라타 히사시가 도쿠토미 소호의 영향을 많이 받았던 것처럼 이현석도 주시경과 공동으로 혹은 그의 책임 하에 번역했던 것으로 추정했는데 상당히 설득력 있다.[8]

신채호는 자신이 갈망하는 영웅의 모습이 부각되도록 양계초의 원문을 과감하게 삭제하거나 첨가했다. 그에 비해 주시경은 양계초의 원문을 비교적 그대로 충실히 번역했다. 주시경본 목차는 크게 '시작ᄒᆞ는 의론', '뎨일절'~'뎨이십오절'의 두 단계로 구성되어 있다. 이것은 양계초 저본이 '발단', '제1절'~'제26절', '결론'의 3단 구성으로 되어 있는 것과 얼핏 달라 보인다. 그러나 실제는 '뎨이십오절' 안에 양계초 원본의 25, 26

---

7 정승철, 「순국문 이태리건국삼걸젼(1908)에 대하여」, 『어문연구』 제34권 제4호, 2006, 38쪽.
8 손성준, 앞의 글, 136쪽 참조.

절이 구분 없이 함께 연이어 번역되어 있어서 26절의 소제목만 없을 뿐 내용은 거의 그대로 번역되어 있다. 즉 양계초의 결론 부분만 번역하지 않은 셈이다. 번역의 서문도 따로 없으며, 본문 중 주관적인 첨삭 부분은 특별히 보이지 않고 신채호 번역본에 비해 양계초의 원전 내용에 훨씬 가깝다고 할 수 있다. 신채호가 양계초의 목소리를 삭제하고 자신의 목소리로 전달하고자 했던 것에 비해 주시경은 양계초의 목소리를 그대로 유지했다. 다음은 세 책의 서론 첫 문장이다.

> 梁啓超曰, 天下之盛德大業, 孰有過於愛國者乎. 眞愛國者國事以外擧無足以介其心. 故舍國事無嗜好. 舍國事無希望. 舍國事無憂患. 舍國事無忿懷. 舍國事無爭競.

> 无涯生이曰, 偉哉라 愛國者며 壯哉라 愛國者여 愛國者가 無흔 國은 雖强이나 必弱ᄒ며 雖盛이나 必衰ᄒ며 雖興이나 必亡ᄒ며, 雖生이나 必死ᄒ고 愛國者가 有흔國은

> 량계쵸 가라대 텬하에 셩흔 덕과 큰 업은 나라를 사랑ᄒ는 일에서 더흔것이 어듸잇ᄂᆞ뇨. 참으로 나라를 사랑ᄒ는 쟈는 나라 일 외에는 다 죡히 마음에 둘것이 업는 고로 나라 일 외에는 조화흘것도 업고 나라 일 외에는 바랄것이 업고 나라일 외에는 근심흘것도 업고 나라 일 외에는 분흘것도 업고 나라 일 외에는 다흘것도 업고 나라 일 외에는 깃버흘것도 업스며 ᄯᅩ 나라를 참으로 사랑ᄒ는 쟈는 나라 일을 어려은줄로 싱각지도 안이ᄒ고 될 줄로 싱각지도 안이ᄒ고 못될줄로 싱각지도 안이ᄒ며

신채호는 하루빨리 애국자가 나와서 망국의 기로에 놓여 있는 조국을 구원해야 한다고 주장했다. 이태리 통일 전후의 상황과 영웅의 활약을 통해 우리 민족을 구원할 영웅상을 제시하고픈 신채호에게 양계초의 직접적인 목소리는 불필요했다. 반면 주시경은 조국의 현실이 과거에는 번영했으나 현재는 무능에 빠진 중국과도 같으며 조선과 중국이 제국의 폭력 속에서 하루 속히 벗어나는 길은 애국자의 속출임에 동조하고 있다. 과거 문화종주국이었던 중국의 몰락은 외교권을 상실한 조국의 처지에 빗대어졌다. 망국을 눈앞에 둔 현실에서 국어학자였던 주시경에게 애국계몽을 위한 자국어의 보급은 양계초의 목소리를 삭제하는 것보다 앞선 문제였다. 아래 예시문은 '시작ᄒ는 의론'의 일부이다.

우리 즁국의 오날 쳐지됨이 의태리와 ᄀ트며 그 나라 사랑ᄒ는 쟈의 ᄯᅳᆺ과 일이 가히 오날 즁국 빅셩의 법이 되기도 의태리의 세 호걸만ᄒ 사람이 업는지라. (…중략…) 나는 자나 ᄭᅢ나 탄식ᄒ며 말ᄒ노니 내 나라 빅셩이 오히려 나라 사랑홈을 알겟ᄂᆞ뇨 비록 그 디위나 회포나 지략은 서로 일만 가지요 그 말과 쇠와 업이 일만 가지로되 그 읏듬 되는 쟈도 가히 세 호걸에 한아가 되지 못ᄒᆯ 것이요 그 다음되는 쟈는 가히 세 호걸즁 한아의 젼톄의 일 분도 되지 못ᄒ리니 사람 사람이 힘써 세 호걸의 일분의 일이 되면 곳 우리 즁국에 호걸이 날것이요 곳 우리 즁국이 강ᄒᆯ지라 이러홈으로 의태리 나라 회복ᄒ 세 호걸의 ᄉᆞ젹을 져슐ᄒ노라.

'량계쵸 가라대'로 시작하는 서론 부분에서 중국에 호걸이 탄생해서 다시 강성해지는 것은 바로 조선에 호걸이 탄생해서 다시 강성해지는 것으로 재맥락화 되었다. 쇠락한 나라의 부흥과 재건을 위한 양국 지식인의 다급함이 생생하게 전해진다. 신채호가 양계초본의 서론과 결론을 과감하게 재구성하면서 자신의 목소리로 전달했던 것에 비해, 주시경은 양계초가 특별히 심혈을 기울여 서론보다 강조했던 결론 부분을 번역하지 않았다. 주시경은 양계초의 목소리를 그대로 차용한 채 특별히 첨삭 없이 번역했으나 양계초가 자국민들에게 당부하는 내용인 결론을 번역할 필요를 느끼지 못한 것으로 추정된다. 이태리 통일의 주역인 삼걸의 행적을 통해 애국의식을 고취하려는 서론은 번역했지만 이태리 삼걸을 본받길 원하며 자국민의 구국의식을 선동하는 결론을 번역하지 않았다. 이것은 영웅서사를 수용하려는 근본적인 목적은 동일했으나 재맥락화하는 방식이 상이했기 때문이다. 주시경은 이태리 삼걸의 역사적 행적을 번역하면서 자주 독립국가로서의 정체성을 자국어 확립과 보급에서 찾았다. 프랑스의 혹독한 식민정책과 베트남 망국의 현실을 세계에 알리고 애국 계몽 의식을 일깨우기 위해 양계초의 『월남망국사』를 순 한글로 번역하여 타산지석으로 삼고자 했던 의도와 상통한다.

주시경은 영웅의 전기를 순국문체로 번역해서 보급했다. 이것은 고아한 문체를 반대하고 통속체를 주장했던 양계초의 견해와 일치한다. 양계초는 문언보다 속어를 써서 누구나 쉽게 읽고 쓸 수 있는 시대에 맞는 문자로 기록해야 한다고 주장했다. 또 지식을 빨리 받아들이기 위해 번역의 중요성을 강조했고, 영어를 배우려면 5, 6년은 걸리나 손쉬운 일본어를 빨리 배워 서구의 지식을 번역하자고 했다. 국민 모두에게 근대 지식을 보급시키기 위하여 시대에 맞는 쉬운 문체의 글쓰기를 전파하고자 노력했다. 주시경은 현 정세에서 영어나 일어 등 외국어를 배울 필요성에 동의하면서도 전 국민의 지식을 넓혀주려면 반드시 자국어로 번역해야 함을 강조했다. 양계초와 주시경 모두 자국민을 계몽시키기 위한 실천의 방식으로 쉬운 글쓰기를 강조했으나 주시경은 자주 독립을 위한 선행 조건으로 자국의 문자사용을 전제로 했다. 1907년 월간지 『서우(西友)』에 발표했던 「국어와 국문의 필요」에서도 확인할 수 있다.

전국인민의 ᄉ샹을 돌니며 지식을 다 널펴주랴면 불가불 국문으로 각싁학문을 져슐ᄒ며 번역ᄒ여 무론남녀ᄒ고 다 쉽게 알도록 ᄀᄅ쳐 주어야 될지라. (…중략…) 우리의 나라 사ᄅᆷ이 다 국어와 국문을 우리나라 근본의 쥬쟝 글노 슝샹ᄒ고 사랑ᄒ여 쓰기를 ᄇ라노라.

외국의 학문과 지식을 속히 배워야 함을 주장했으나 지식 보급의 방식은 반드시 국문이어야 한다고 했다. 영어나 일어는 한문보다 어려우니 외국어를 온 국민이 다 배울 필요는 없고 일부가 담당해서 번역을 통해 서구 문명과 지식을 학습하자고 했다. 주시경에게 한문은 자연스럽게 체득된 언어적 지식이라서 영어나 일어보다 쉬운 글이었다. 더 많은 사람들이 새로운 지식을 습득하려면 당연히 자국어로 표기해야 한다고 생각했다. 한국 최초의 여성잡지 『가뎡잡지』의 편집인으로 여성과 어린이의 지식 보급까지 확대하려던 노력도 이것을 뒷받침한다. 『독립신문』과 『황성신문』에 글을 기고하며 서구 근대학문과 지식 습득의 필요성을 역설했으나, 반드시 국어를 사용하여 보급시키고자 했다. 한글학자 주시경이 자주독립을 위해 민족의식을 고취시키는 계몽운동의 한 방식이었다.

남녀를 불문하고 우리나라 사람이라면 국어와 국문으로 나라의 근본을 삼아야 한다는 견해는 1907년 『황성신문』에 연재했던 「필상자국문언(必尙自國文言)」에서도 살필 수 있다. 한 나라의 언어문자야 말로 한 국가가 자유국이 되는 중요한 특성이라고 강조했다.(「自國文覺爲自國特立之表而或被他弄則其害之如何」) 남의 나라를 빼앗고자 한다면 먼저 그 나라의 언어를 빼앗아야 하고 나라를 흥성케 하고자 한다면 그 언어를 널리 전파하고 숙지하여 민지를 발달시켜야 한다는 것이다. 설령 자국의 문언이 타국의 문언만 못할지라도 잘 보존하고 상용해야 한다고 주장했다.(「必修自國之文言」) 말과 글이란 한 나라를 자주국으로 판가름하는 중요한 표지이니 이것을 숭상하고 고쳐 사용하는 것은 자주 국민으로서 당연한 일이었다. 왜냐하면 글이야말로 사회를 조직하고 민지를 깨우치고 국정을 시행케 하는 기구이니 국가를 잘 보존하려면 자국의 언어를 잘 닦아야 했다.(「文言之爲用如機關」) 옛날 로마가 번성했을 때 그 언어가 유럽, 아시아, 아프리카 등의 열방에 널리 전파되었음과 중국이 번성했을 때 한자를 널리 전파하며 많은 주변국들을 통합했다고 예시하면서 자국어 사용과 보급의 중요성을 역설했다.(「廣文言以奪人國」) 「필상자국문언」의 마지막 연재문인 「권고전국유지제군여상하동포(勸告全國有志諸君與上下同胞)」에서 다음과 같이 언급했다.

英文이나 日語로 教育코자 ᄒ시ᄂ뇨 英文이나 日語를 我民이 何以知之리오 漢文보다도 倍難ᄒ을지라 如今之世를 當ᄒ여 特別이 英德法日清俄 等國의 文言을 學習ᄒᄂ 者도 必有ᄒ여야겟으나 全國人民의 思想을 變化ᄒ며 智識을 發興케 ᄒ랴면 不可不 國文으로 各種 學文을 著述ᄒ며 繙譯ᄒ여 주어야 될지

라 (…중략…) 我全國上下가 國文을 我國의 本體로 崇用ᄒ여 我國이 世界에 特立되ᄂᆞᆫ 特性의 表柄을 堅持ᄒ고 自由萬萬歲를 永享ᄒ기 伏乞ᄒᄂ이다.

　주시경은 전국민의 지식을 함양하려면 각종 저술이나 번역을 반드시 우리 국문으로 써야 함을 누차 주장했다. 국문을 우리나라의 본체로 숭상해야만 자주독립국으로 세계에 우뚝 설 수 있음을 반복적으로 강조했다. 1907년 이능화(李能和)와 함께 국문연구소 설치를 주도하며 1908년 말까지 십여 차례에 걸쳐 「국문연구안」을 작성하면서 우리말 맞춤법을 정리하고 보급시키고자 노력했다. 주시경에게 자주 독립을 이룩하는 가장 근본적인 방법은 국어교육과 자국어 보급에 있었다. 국어실천 운동가였던 그는 이태리 통일의 역사를 순우리말로 번역하며 자국민의 민족의식을 고취하고자 했다.

5. 자국화된 번역과 동아시아의 지식장

　청말 지식인 양계초의 저술이 국내에 처음 번역된 것은 1899년 3월 『황성신문』의 「애국론(愛國論)」이었으나, 그의 존재는 이전부터 널리 알려져 있었다. 그가 일본에서 발행했던 『청의보』와 『신민총보』는 조선의 경성, 인천 등의 대리 발행처에서 수입되어 국내 지식인들도 바로 열람할 수 있었다. 1906년 평양에 설립된 대동서관에서는 상해에서만 3,200여 종의 중국 서적을 수입하여 성황리에 판매하고 있었으니, 양계초가 창간했던 『시무보』의 글들과 상해를 통해 일본에서 수입한 그의 글들이 1900년대 조선의 지식인들에게 널리 유통되었음은 충분히 짐작할 수 있다.

당시 동아시아 지식계에서 시세와 영웅의 관계를 천착하는 것은 중요한 논점이었다. 이태리 영웅에 대한 영국인의 전기는 일본의 히라타 히사시와 중국의 양계초의 손을 거쳐 한국에 유입되었다. 일본은 메이지 유신의 성공을 이태리의 리소르지멘토에 비유하며 서구 열강으로서의 위상에 동참하고자 했다. 그리하여 일역본은 메리어트 원본에 드리워진 제국으로의 야망과 정치적 색채를 그대로 유지한 채 번역했다. 메이지 유신을 통해 근대 국가의 초석을 다진 일본에서는 시세에 의해 영웅이 만들어진다는 논리를 적용했다. 반면에, 중국과 조선에서는 영웅이 시세를 개척해 나간다는 입장을 강조했다. 서구 열강과 일본 제국의 폭력 속에서 중국과 조선은 조국의 현실적 난관을 극복하고 구국을 주도할 영웅을 갈망했다.

양계초는 메리어트와 히라타가 기록한 세 영웅 중심의 전기문을 개편하여 26개의 절로 된 소제목 중심의 구성을 가미하고, 영웅이 시세의 흐름을 주도해 간다는 점에 주목했다. 보수와 진보의 경계에 선 개량주의적 정치 노선을 이태리 삼걸의 행적에 투영시켰다. 이태리 통일의 초석을 다진 마찌니도 간과하지 않았으나 입헌군주제로 근대 통일국가를 이룩해 낸 온건적 영웅 카부르를 전면에 내세웠다.

우리나라에서는 신채호, 주시경에 의해서 근대전환기 조선이 요구하는 영웅으로 재맥락화되었다. 신채호는 주권 상실이라는 굴욕적인 현실 앞에서 혁명적 영웅 마찌니를 강조했다. 역경을 딛고 투쟁했던 공화주의자 마찌니에 주목하며 자국의 역사적인 경험성을 토대로 한 신동국의 신영웅을 모색하고자 했다. 또 주시경은 영웅의 전기와 통일의 역사를 순 국문으로 소개하며 자국어 보급을 통한 민족의식을 발양하고자 했다. 자국어가 확립되어야만 자주 독립국가로 우뚝 설 수 있음을 재차 강조했다. 국가의 주권을 강탈당했던 조선은 망국의 치욕을 눈앞에 두고 민족을 구원할 존재를 처절하게 갈망하고 있었다.

영웅 서사는 제국으로 발돋움하려는 일본과, 서구 열강에 힘없이 무너져 버린 중국, 식민지 전락 직전의 조선에서 서로 다른 방식으로 변용되었다. 마찌니, 카부르, 가리발디를 중심으로 한 이태리 통일의 역사는 국난극복과 자주 독립을 위해 고심하는 중국과 조선의 지식인들에 의해 각자 다른 주안점에 따라 재맥락화되었다. 이태리 통일사와 삼걸의 행적을 번역한 것은 그들의 정치적 대립이나 긴장 관계, 분열의 고통, 통일의 완성이라는 역사적 사실 자체를 전달하려던 것이 아니었다. 그들의 서사를 통해서 이상적 정치 노선을 제시하고, 현실적인 영웅의 모델을 설정하며, 민족의 정체성을 확립하고자 했다.

서구의 역사적 지식은 각국의 자국화된 변용을 통해서 민족의식을 강화하고 주체의식을 발양하는 토대가 되었다. 그러한 의미에서 번역은 급변하던 국제 질서 속에서 계몽적 지식을 주체적으로 수용하고 재맥락화된 해석을 통해 자주국의 정체성을 부여하는 과정이었다. 동아시아 지식장에서 서구의 영웅 서사를 수용하고 변용시킨 방식은 달랐으나 번역은 동서 문화의 다양한 접촉을 통해 새로운 지식을 생산하고 유통, 소비시키는 중요한 구심점이 되었다.

2장
중국소설의 번역과 지식인의 과제

양건식, 전통의 변용과 신문학의 모색

1. 한국 근대문학사와 중국 고전소설

조선의 지식인들은 서구와 일본의 문학작품을 번역하고 소개함으로써 계몽을 일깨우며 조국의 주권을 회복하고자 앞장섰다. 저물어가는 제국 중국에 대한 실망은 떠오르는 일본에 대한 기대로 옮아갔으며, 일본 문학의 번역은 선진화된 문명을 수용하는 과정으로 간주되었다. 일본 문물의 유입이 곧 문명화로 향한 지름길로 인식되었기에 지식인들은 서둘러 일본으로 유학을 떠났고 일본 문학을 번역하며 소개하고자 했다. 그러나 이 시기에 오히려 중국문학을 널리 소개하고 배우려 했던 지식인이 있었으니 그는 바로 이광수가 "조선 유일의 중화극 연구자요 번역자"(「梁建植君」, 『開闢』 44호)라고 했던 양건식(梁建植)이다. 중국과 조선의 전통적 가치가 폄하되는 사회적 상황 속에서, 양건식은 오랜 기간 긴밀한 영향 관계에 있었던 중국과 문학적 교류 상황에 주목했다. 중국문학의 영향을 받아온 우리 문학의 정체성을 파악하는 데에 천착했고, 쇄도하듯 수입되던 외국문학과의 조화를 강조했다.

한국 근현대문학사에서 중국문학의 전신자로서 양건식의 성과는 상당히 중요하다. 그는 현상윤, 이광수, 백대진 등과 어깨를 나란히 했던 근대의 대표적인 신지식인이었다. 그러나 그에 대한 연구는 1970년대에 와서야 비로소 주목되기 시작했다. 그가 발표했던 창작 단편소설들 뿐 아니라 중국 작품의 번역들은 한국 근대문학사에서 정당한 평가를 받지 못했다. 진보적 지식인들을 중심으로 전통의 가치를 평가 절하시키려던 의식이 팽배했기 때문에 중국 전통문학에 대한 연구는 중심적 논의의 뒤편으로 밀려나 있었다. 더불어 양건식에 대한 문학사적 평가 역시 소략되어 왔다.

한국 근대문학의 연구 성과가 상당히 축적된 것에 비해, 중국 고전문학과의 교류 및 영향 관계에 집중한 연구는 아직까지 부족한 형편이다. 당시 중국과의 관계가 소원했던 이유가 가장 크겠지만 근대문학에 대한 연구가 일본 및 서구의 작품 번역에 편향되어온 학계의 상황과 관련 있다. 근대시기 번역문학연구의 정전으로 손꼽히는 김병철의 『한국 근대 번역문학사 연구』에서도 구미 혹은 일본 문학의 번역에 주의를 기울였고 그것의 연구 성과는 일본문학의 유입 및 조선에 미친 영향에 편중되어 있기 때문이다. 문화번역을 통해 텍스트를 재조명하려는 시도가 빈번한 현시점에서, 중국소설 번역에 대해 살펴보는 것은 한국 근대문학의 연구 성과를 풍성하게 보완하는데 일조할 수 있다.

새로운 문물과 문명에 눈 돌리며 전통을 부정하고자 했던 시기에, 발전된 내일을 위해서 어제를 알고자 했던 양건식의 중국 고전소설 수용은 어떻게 이루어졌는지, 번역을 통해 그가 기획했던 근대 사회는 어떤 형상이었는지 추적해 보자. 근대전환기 한국과 중국문학의 교류양상을 살피고 전통의 번역과 수용은 무슨 의미인지, 한국문학장에서 중국소설의 번역은 근대 사회를 기획하고 설계하는데 어떤 역할을 했는지 살펴본다.

2. 근대사회와 번역가 양건식

1) 근대와 번역

중국과 한국은 예로부터 전통 문화에 대한 자긍심이 강했다. 중국이 세계의 중심이라는 중화주의 사상과 그것에 영향을 받을 수밖에 없었던 조선의 역사, 그리고 바깥의 사람들을 왜(倭) · 이(夷) 등으로 업신여겼던 민족적 자부심을 돌이켜 본다면, 서구 열강들의 각축지가 되어버린 19세기 말 조선의 상황은 암울함과 절망의 연속이었다. 서구와 일본이라는 외래의 척도로 재단된 근대성은 우리 전통에 대해서 타의적이고 부정적인 인식을 심어주었다. 우리의 문화유산은 하루아침에 근대적이지 못한 낙후된 것으로 전락했고 젊은 지식인층과 유학생들은 하루빨리 일본처럼 서구의 개화된 문명을 받아들이고자 했다. 봉건적이고 폐쇄적인 조선의 상황을 바꾸려면 중국의 그늘에서 벗어나는 길만이 최선이라고 생각하면서 일본의 문물을 앞다투어 받아들였다. 서구의 문명을 추종하다가 우리의 전통을 완전히 부정하면서 제국주의의 입장까지 옹호하게 되었던 그릇된 판단과 사건들도 우리 역사의 얼룩진 부분으로 남겨졌다.

윤치호(尹致昊)의 언급에서도 확인되듯이, 수천 년 영향을 주고받았던 중국과의 관계 자체를 청산하고 부정하고 싶었던 지식인층이 확산되었다.[1] 그러한 시점에서 경제적 여유가 없었던 조선이 개화된 문명을 받아들이는 가장 손쉬운 방법은 외국 문학서의 번역이었다. 한국에서 서구식 근대화를 이룩할 수 있는 유일한 길은 서구 문헌을 한국어로 번역하는 것이었는데, 번역이야말로 외국인을 초빙하거나 자국 학생 혹은 시찰단을 외국에 보내는 것보다 쉬운 방법이었다.[2]

일본을 좇아 서구 텍스트를 번역해야 할 필요성을 느끼면서 통역과 번역을 담당하는 기관 및 교육기구를 설립하고 번역문을 발표할 신문과 잡지의 발간도 서둘렀다. 널리 알려진 것처럼, 유길준(兪吉濬)의 『서유견문』에서도 외국어 교육의 필요성이 부각되었다. 1886년 2월 15일 『한성주보』 '사의(私議)'란과 1896년 4월 25일 『독립신문』 기록 등에서 알 수 있듯이, 당시의 지식 계층은 외국어의 번역이야말로 자국민을 교육시켜서 계몽으로 이끄는 첫걸음임을 알고 있었다.

계몽을 위하여 외국어 교육과 번역의 필요성을 자각했으나, 전문적인

---

1   윤치호, 『윤치호 일기』 제3권, 서울국사편찬위원회, 1974, 227~228쪽.
2   김욱동, 『번역과 한국의 근대』, 소명출판, 2010, 23쪽.

번역을 담당할 인재를 양성하는 것도 큰 문제였다. 유학생이라도 중국의 한자와 일본어를 제대로 번역하는 것이 쉽지 않았으니 프랑스나 독일어·러시아어의 번역은 말할 것도 없었다. 서양 선교사들의 도움으로 기독교의 전파와 함께 교육기관을 설립하고 외국어 교육에 힘을 쏟을 수 있었다. 육영공원·배재학당·이화학당 등이 설립되고 1894년 관립 한성영어학교가 인가를 받으면서 근대시기 외국어 교육은 본격적인 기반을 마련했다. 우리나라에서 최초로 번역된 서구의 문헌이 성경과 찬송가임을 상기한다면 근대 번역문학사에서 기독교 선교사들의 공로가 얼마나 중요한 토대를 이루었는지 알 수 있다. 암흑 같던 한국 근대 교육사에 등불을 밝혀주었던 호러스 언더우드(Horace Grant Underwood)와 헨리 아펜젤러(Henry Gerhard Appenzeller)가 처음 함께 한국에 들어올 때도 이수정(李樹廷)이 일본에서 번역한 『마가젼 복음셔언해』를 들고 왔고, 서재필(徐載弼)이 미국에서 망명할 때 영어로 된 성경을 번역했던 일례들[3]은 이미 밝혀진 바와 같이 우리 근대 번역문학사가 기독교 선교와 깊이 관련되어 있음을 보여준다.

우리나라 최초의 민간신문이자 첫 한글 전용 신문이라고 할 수 있는 『독립신문』의 1897년 기사에서도 신문을 한글로 출간하고, 외국 문학작품을 우리말로 번역하여 많은 사람들이 외국의 학문과 지식을 알아야 함을 주장했다. 안확이 『조선문학사』에서 밝혔던 것처럼, 개화기의 번역은 정치와 민족의식에 깊이 관련되어 있었으며 봉건성에서 탈피하여 문호를 개방하고 국권을 지켜내기 위해 중요한 역할을 담당하고 있었다.

---

3   김욱동, 『근대의 세 번역가』, 소명출판, 2010, 21~22쪽.

일제 강점기에는 일본정부의 식민정책의 일환으로 식민지인들의 관심을 다른 곳으로 돌리려는 정치적, 의도적인 목적으로 번역이 이용되기도 했다. 일본의 선정적인 작품들이 번역되어 일간지에 연재되기도 했지만, 폐쇄적인 사상에 젖어있던 조선의 민중을 개화시키고 계몽시킬 수 있는 일차적인 관문은 바로 외국 문학 작품의 번역이었다.

2) 양건식과 중국문학

19세기 말부터 20세기 초 국내학계의 경향은 일본을 통해서 서구 근대 지식을 수입하는데 몰두해 있었기에 중국문학의 수용은 소외된 분야였다. 다만, 중국문학에 대한 평론문을 작성했던 김광준, 노신 작품에 관심을 가지고 연구했던 이육사, 중국문학 전반에 주목했던 양건식 등을 손꼽을 수 있다. 그 중 양건식의 적극적인 중국문학 수용에 대한 문학적 성과와 의의에 주목할 필요가 있다.

양건식의 일생에 관해서는 명확하게 남겨진 기록이 없다. 흩어져 존재하는 기록으로 추정해 보면, 1889년 5월 경성에서 태어나서 한성관립학교를 다녔던 것으로 보인다. 『삼천리(三千里)』 제67호(1935.11)에는 경성 탑동 출생이라고 했으나, 김영복(金榮福)은 경기도 양주 출생으로 1944년 2월 서울 홍파동에서 세상을 떠났다고 기록했다.[4] 또 잡지 『동광』 제18호에 실린 「유학십년(遊學十年)」에 보면 중국 유학생활을 동경했다. 실제

---

4   金榮福, 「白華의 文學과 그의 一生」, 『양백화문집』 3, 강원대 출판부, 1995, 355쪽.

로 유학을 했는가 그 여부에 관한 논의는 차치하고 꾸준히 중국소설 및 희곡을 번역했던 그의 한문 실력은 상당히 높았을 것으로 짐작된다. 고재석은 출생지의 인접성과 관리 경력 및 중국문학의 권위자였던 점에 근거하여 양건식이 다녔던 한성관립학교는 바로 관립한성외국어학교를 가리키는 것으로 추정했으나[5] 김영금은 일반 관립중학교에서 한문 독해와 번역을 공부했던 것으로 주장했다.[6]

그는 1910년대에 거사불교운동에 참여했는데 이로서 명진학교(明進學校)와 능인학교(能仁學校)의 교장으로서 각종 외국어에 통달했던 이능화와 교류하게 된다. 1912년 12월 26일 각황사의 석가세존 성도기념식에서 관립한성외국어학교 학감을 지냈던 이능화와 함께 연사로 참여했으며, 1915년 1월 9일 불교진흥회 설립총회 임시서기가 되어 『불교진흥회월보』를 편집하게 되면서 불교에 더욱 심취하게 된다.

양건식은 어려서부터 중국 고전문학 작품을 자주 읽으며 성장했다. 1934년경 『매일신보』에 취직하게 된 것도 뛰어난 한문 실력 덕분이었다. 중국문학을 좋아해서 항상 중국책을 곁에 두었는데 매일신보사에 입사한 후 그가 아끼던 중국서적이 없어지자 상사에게 대들던 일, 먹을 것이 없을 때조차 원고료를 변통해서 당서(唐書)를 사던 일, 특히 중국소설을 좋아하여 작품의 심오한 내용을 알기위해 불교 강습소에 입학한 일 등의 사건으로 미루어 보면 그의 중국문학에 대한 애착이 어느 정도인지 짐작이 된다. 양건식은 새로운 문체 속에 새로운 내용을 담아내고자 노력하던 당시 문단의 상황에 맞게 문단활동을 했으나, 생활고로 신문사에 취

5   고재석, 「백화 양건식 문학연구」, 『양백화문집』 3, 강원대 출판부, 1995, 369~370쪽.
6   김영금, 『白華 梁建植文學 硏究』, 한국학술정보(주), 2005, 47~48쪽.

직하면서부터 창작소설을 발표하기보다 번역료를 벌기 위한 문인기자로서 활동하게 된다. 글을 발표할 때마다 국여(菊如), 백화(白華), 백화생(白華生), 노하생(蘆下生), 금래(今來), K.S.R, 성서한인(城西閑人), 천애(天愛) 등의 호를 사용했으며 그 중 국여, 백화를 즐겨 사용했다.[7]

그의 문학적 활동은 크게 두 가지로 나눌 수 있다. 첫째, 중국신문학운동을 국내에 널리 소개하고자 했고 둘째, 중국 고전문학과 현대문학 작품을 번역했다. 20세기 초 시대가 남겨놓은 민족적 고뇌와 현실인식을 중국문학 번역을 통해서 자국민에게 일깨우고자 했던 양건식에 관한 연구는 1976년에 이석호에 의해 처음 시작되었다. 박재연, 고재석, 최용철 등의 연구로 이어졌으나 1990년대까지도 손가락에 꼽힐 정도로 계속 주목받지 못했다. 2000년대에 들어와서야 학위논문에서 그에 관한 연구가 다루어졌다. 대부분은 양건식의 중국 현대소설 및 희곡작품 번역에 중점을 두었는데 최근 한국 내 중국 유학생들의 증가와 함께 양건식 업적의 문학사적 재평가가 이루어지는 것으로 판단된다. 단행본으로는 남윤수·박재연·김영복 편의『양백화문집』1, 2, 3(강원대 출판부, 1995)을 들 수 있다. 현재 구하기 힘든 양건식에 관한 자료를 모아 엮었기 때문에 불모지와 같았던 이 분야 연구의 기초 작업으로서 공로가 크다.

다음 표에 여기에서 살펴볼 고전소설 관련 번역 작품과 평론문을 발표 시기, 발표신문 및 잡지, 글의 성격 등을 중심으로 정리하여 다음 장을 위한 토대로 삼아본다.

---

7   崔溶澈,「梁建植의 紅樓夢 評論과 飜譯文 분석」,『中國語文論叢』제6권, 1993.

번호	작품명	게재지	호수	시작일자	종료일자	분류
1	小說 西遊記에 就ᄒ야	朝鮮佛敎總報	3	1917.5.		평론
2	支那의 小說及戲曲에 就ᄒ야	每日申報		1917.11.6	1917.11.9	평론
3	紅樓夢에 就ᄒ야	每日申報		1918.3.21		평론
4	紅樓夢	每日申報		1918.3.23	1918.10.4	번역소설
5	小說로 觀察한 佛敎	佛敎	7	1925.1.1		평론
6	石頭記	時代日報		1925.1.12	1925.6.8	번역소설
7	水滸傳 이야기	東亞日報		1926.1.2	1926.1.3	평론
8	新譯 水滸傳	新民	9〜18	1926.1.	1926.10.	번역소설
9	水滸序	新民	12	1926.4		평론
10	紅樓夢是非	東亞日報		1926.7.20	1926.9.28	평론
11	五字嫖經	文藝時代	창간호	1926.1.1		평론
12	中國文化의 根源과 近代學問의 發達	東亞日報		1929.1.19	1929.1.29	번역평론
13	三國演義	每日申報		1929.5.5	1931.9.21	번역소설
14	中國의 名作小說 紅樓夢의 考證	朝鮮日報		1930.5.26	1930.6.25.	평론
15	長板橋上의 張飛	新東亞	24	1933.10.		평론
16	朝鮮의 文學을 위하여	每日申報		1935.1.1	1935.1.8	평론
17	水滸再讀	每日申報		1935.8.14		평론

3. 전통의 번역과 수용

다음 글의 순서는 양건식이 발표했던 시기에 따른 배열이며, 발표분
량이나 횟수와 무관하다. 기타 중국 고전소설을 소개 및 번역한 바 있으
나 그의 문학관과 번역관이 비교적 구체적으로 명시된 육대기서(六大奇書)
를 중심으로 한다.

1)『서유기』

『서유기』와 연관해서 그가 발표한 문장은 모두 평론문으로 도표 1번 「소설 서유기에 취ᄒᆞ야」와 도표 5번 「소설로 관찰한 불교」의 총 2편이다.

그는 불경 연구를 위하여 1910년 각황사에 불교강습소가 개설되자 『능엄경』과 『유마경』을 공부했다. 문학을 연구하는 과정에서 불교와 인연을 맺게 되었고 1915년 3월에 첫 단편소설인 『석사자상(石獅子像)』을 발표하여 불심을 통해서 적자생존의 사회현실을 구원하자는 입장을 밝혔다. 뒤이어 발표했던 단편소설 「미(迷)의 몽(夢)」(1915.4~5) 역시 불교적 주제를 다루었으며, 이후 불교진흥회의 전임서기이자 『불교진흥회월보』의 기자를 역임했다. 불교에 심취했었던 그가 제일 처음 소개하고자 했던 중국문학작품이 『서유기』였음은 자연스러운 결과이기도 하다.

1917년 5월 『조선불교총보』에 『서유기』에 관한 평론을 처음 발표하였다. 양건식은 중국의 소설을 연구하면서 불교의 필요성을 간파했다. 1928년 9월 잡지 『불교』에 발표했던 「인류를 구제하는 종교」에 보면 신앙에 대한 관심보다 불교사상에 심취했었음을 알 수 있다.

불교를 '인류를 구제하는 종교'라고 여겼던 양건식은 한용운과 함께 불교잡지 『유심』지를 통해서 민족적이고 시대적인 과제에 주목했다. 비록 두 사람의 나이차는 있었으나 국가와 민족의 미래를 고민하는 지식인으로서의 관심은 같은 방향을 향하고 있었다. 불교라는 사상적인 유대성을 공고히 하며 현실적인 모순을 인식하고 타개하고자 노력했다. 그러나 1944년 동일한 년도에 사망했던 양건식과 한용운의 사후 평가는 상당한 차이를 보여준다. 양건식이 당시에 주목받지 못했던 중국문학 수용을 주장하면서 생활고와 정신질환으로 사망했던 점은 그에 대한 문학적 평가를 낮추는 이유 중 하나로 작용했을 것이다.

『서유기』에 관한 평론은 문학작품에 대한 심도 있는 논설이라기보다 다분히 불교 전파의 목적과 교화의 의도를 내포했다.

「소설서유기에 취ᄒᆞ야」
(『조선불교총보』 3호, 1917.5)

「소설로 관찰한 불교」
(『불교』 7호, 1925.1.1)

글자 하나하나가 다 약동하니 실로 하나의 신기축(新機杻)을 출(出)한 종교문학의 상승일 뿐만 아니라 그 문장으로 말할지라도 자못 영활자재(靈活自在)하여 서인(西人)의 이른 바 불률어(不律語)의 비유시(譬喩詩)에 가까운 것이니 저 기독교의 소설 번역의 『천로역정』이라든가 또는 『아라비안 나이트』에 비하여 훨씬 나으며 고래로 기경 심오한 교훈을 주어 불교뿐만 아니라 풍교(風敎)에 도움 됨이 적지 않다. (…중략…) 우리 조선에도 『서유기』가 수백 년 전에 도래하여 언역(諺譯)되어 일반 사대부가에 성히 환영되었고 금일 방간(坊間)에도 두세 역본이 유행하나 역필이 자못 졸렬한즉 금일 불교 진흥할 시기에 이 책을 선역(善譯)하여 방간에 유포함도 전도상에 일조가 될가 한다. (「소설 西遊記에 대하여」, 『양백화문집』 3)

종래에 유행하던 지나나 조선의 불교소설은 구조가 치밀하지 못하고 염세적으로 불교에 귀의한다는 천편일률적인 내용이라고 지적했다. 이전 작품들은 불교의 중심 교리를 오해할 소지가 많으나 『서유기』는 불설의 이치를 비유하고 설명하는 것이 뛰어남에도 불구하고 오히려 그 가치를 제대로 평가받지 못했다고 밝히고 있다.

아까 말씀한 『서유기』는 전부 비유를 가지고 교묘히 인류의 심정을 곡사(曲寫)하여 번뇌를 버리고 해탈을 구하는 방편을 말하여 유현한 불리(佛理)를 동화적으로 연술하여 좀 황탄(荒誕)한 듯하나 우의적 비유담으로 그 상(想)의 유현하고 그 필(筆)의 변환함과 그 결구의 웅대함을 세계에 그 비를 볼 수 없는 작품입니다. (…중략…) 그런즉 『서유기』는 불교의 오묘한 교리를 소설화한 것이니 이 의미에 있어 이 위에 몇 마디 말씀을 소설로 본 불교라 할 수 있습니다. 하물며 석존(釋尊)의 전기가 소설적이요 희곡적이며 불교 경전이 모두 소설적 희곡적으로 되었으니 이 경전을 소설로 본다 하더라도 세계에 다시없는 지고 지귀한 웅편 걸작이라 할 수 있습니다. (「小說로 觀察한 佛敎」, 『양백화문집』 3)

『서유기』에 대한 높은 평가는 「파수만초(破睡滿草)—금운교전(金雲翹傳)」에도 보인다. 양건식이 중국문학을 국내에 처음 소개했던 작품이 소설 『서유기』였으나 아이러니컬하게도 그에 관한 번역은 시도하지 않았다. 사대기서 중 유일하게 번역을 하지 않았고 평론문만 발표했다. 1917년과 1925년에 발표했던 평론문 모두 『서유기』라는 작품에 대한 평가와 문학적 가치를 논의하기보다 불경연구와 불교 교리 전파를 위한 소개, 불교의 가치를 환기시키기 위함이었다.

2)『홍루몽』

『홍루몽』에 관하여 그가 발표한 글은 평론 3개, 번역소설 2개이다. 평론으로는 도표 3번 「홍루몽에 취ㅎ야」와 도표 10번 「홍루몽시비」, 도표 14번 「중국의 명작소설 홍루몽의 고증」이고, 번역소설로는 도표 4번 「홍루몽」, 도표 6번 「석두기」이다.

양건식은 『홍루몽』에 대하여 두 차례 번역을 시도했다. 처음은 「홍루몽」이란 제목으로, 두 번째는 「석두기」란 제목으로 시도했으나 둘 다 완역하지 못한 채 중단되고 말았다. 그의 번역이 발판이 되어서 1930년 장지영(張志暎)이 『조선일보』에서 「석두기」란 제목으로 번역을 시도했으며 양건식이 서문을 썼다.

양건식은 중국 사대기서 중 『수호전』과 『홍루몽』에 주목하여 일찍이 높이 평가했다. 『수호전』에 관해서는 문학적 가치에 주목했고, 『홍루몽』에 관해서는 작품에 내포된 사회적 고발이나 현실 비판적 의의를 강

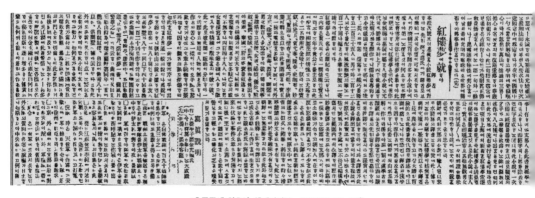

「홍루몽에 취호야」(『매일신보』, 1918.3.21, 1면)

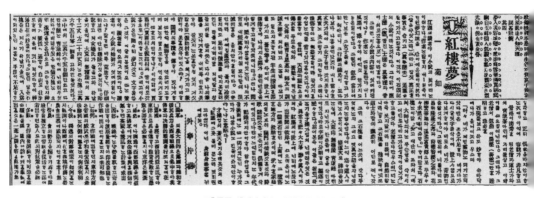

「홍루몽」(『매일신보』, 1918.3.23, 1면)

조했다. 비록 미완성이긴 했지만 번역을 두 차례나 시도했고 평론문을 세 번이나 발표했던 점에 근거해 봐도 『홍루몽』에 대한 애착이 특별했었음을 알 수 있다.

먼저, 1918년 3월 21일 「홍루몽에 취호야」라는 평론문을 『매일신보』에 발표한다. 이틀 뒤 동일 신문에 「홍루몽」이란 제목으로 1918년 3월 23일부터 그 해 10월 4일까지 낙선재본 번역문과는 다른 당시의 현대어로 번역을 시도했다. 총 138회를 연재했는데 원전의 제28회까지 해당된다.

원전 자체의 구조적 문제와 일간지 발행이라는 환경적 요인 때문에 아쉽게 미완에 그치자 1925년 1월 12일 『시대일보』에 「석두기」란 제목으로 다시 번역을 시도한다. 그러나 1925년 6월 8일까지 총 17회, 원전의 제 3회까지만 연재한 뒤 마감해야 했다. 이듬해인 1926년에는 「홍루몽 시비」라는 평론문을 『동아일보』에 총 17회 발표해서 『홍루몽』의 문학 사적 위상, 문학적 가치, 저자 문제, 『수호전』과 비교논의, 주인공의 역할을 논증하고, 전체 줄거리를 요약했으며 호적과 고힐강(顧頡剛)의 연구를 인용하면서 『홍루몽』에 대한 문제의식을 깊이 있게 다루었다. 또 1930년 5월 26일부터 「중국의 명작소설 홍루몽의 고증」이란 제목으로 총 17회의 평론문을 『조선일보』에 연재했다.

먼저, 1918년 『홍루몽』에 관한 첫 평론에서 『수호전』과 더불어 중국의 양대 명저로 손꼽히고 있음을 밝히고 있다.

> 『紅樓夢』은 明代에 著作된 『金瓶梅』의 系統에 屬한 人情小說노 元代의 『水滸傳』과 共히 上下 四千載를 通하야 比流가 無한 傑作이나 儒敎를 專尙하고 小說 戲曲을 賤視하는 支那에셔 金陵 十二美女의 佳話를 描寫하야 纖巧를 極하고 二百三十五人의 男子와 二百十三人의 女子를 配하야 風流幽艷의 筆노 一百二十回나 編한 것은 寧히 文壇의 一 奇蹟이라 可謂하리로다.(「紅樓夢에 就하야」, 『매일신보』, 1918.3.21)

> 朝鮮에 久히 支那의 小說이 輸入된 以來로 『水滸傳』의 譯書는 임의 世에 此가 傳하거늘 此와 並稱하는 『紅樓夢』이 姑無함은 朝鮮文壇의 一恥辱이라.(「紅樓夢에 就하야」, 『매일신보』, 1918.3.21)

예시문처럼 중국문학사에서 차지하는 두 작품의 위상에 대해서 양건식이 높게 평가하고 있음을 확인할 수 있다. 1926년 「홍루몽시비」에서는 더욱 구체적으로 분석하고 있다.

소설『홍루몽』은 청조 삼백년의 제일 걸작으로 상하 사천년을 통하여 다시없는 대장편이니 명대의『수호전』과 아울러 중국소설의 일월(日月)이다. 유교를 숭상하여 소설 희곡을 천히 여기던 중국에서 풍류유염(風流幽艷)한 붓으로 이러한 대작을 지어냈다 하는데 대해서는 또한 문단의 한 기적이라고 아니할 수 없다. 이 소설은 원명이『석두기』이다. (…중략…) 저『수호』는 주로 36남아의 강○을 다종다양으로 사출(寫出)하였지마는『홍루』는 이에 반하여 금릉 12채 36미인의 여성미를 각인각양으로 발휘하기에 힘써 온유, 한장(閑粧), 청고(淸高), 연애, 집착, 질투, 천려(淺慮), 음즐(陰騭) 등 모든 정해(情海)의 파란을 곡진하여 남녀 양성의 비환이합(悲歡離合) 희소노매(喜笑怒罵)의 심리상태를 상세히 연술(演述)하였다. (…중략…)『수호』는 기를 묘(描)함에 호탕에 이루지 않음이 없고 본서는 정을 술함에 정미(精微)를 다하지 않음이 없어 피(彼)와 차(此)가 중국소설의 이대 명주(明珠)니 대재가 아니면 어찌 이를 지을 수 있으랴 하였다.(「紅樓夢是非」,『양백화문집』3)

『수호전』과『홍루몽』의 주요인물, 주제, 서사구도, 서사기교, 묘사방법 등을 구체적으로 비교하면서 문학적 가치에 대해 높은 평가를 내리고 있다.『수호전』은 기개가 광활하고 사건이 웅장하며 영웅호걸들의 감개를 잘 전달하고 있는 반면에,『홍루몽』은 감정과 여운을 묘사하는 데 뛰어나고 여인들의 심정변화를 아름답고 곡진하게 펼치는데 뛰어났다고 평가했다.

> 이 세계적 명작소설이 오늘날 중국어학(中國語學)의 제일인자인 열운(洌
> 雲) 선생의 연달(鍊達)한 붓으로 조선에 소개되는 마당에 필자의 이 해설적
> 고증이 그다지 무의미한 일은 아닐까 한다.(「中國의 名作小說 紅樓夢의 考證」,
> 『조선일보』, 1930.5.20)

그는 첫머리에서 자신이 5, 6년 전에 「홍루몽시비」라는 글에서『홍루
몽』의 대의를 소개했다고 밝히고, 열운 장지영의 부탁으로 다시 그것에
관해 기록한다고 썼다. 『홍루몽』이 문제가 많은 작품이기에 고증적 해
석이 없다면 독자들이 읽고 이해하기 힘들며 흥미를 잃기 쉽다. 그래서
소설의 가치와 작가의 고심도 간과될까 두려워 자신이 다시 언급하게
되었다고 이유를 밝히고 있다. 이미 두 번의 번역을 시도했고 세 번의 평
론문을 발표한 상황에서 재차『홍루몽』고증의 필요성을 강조했다. 이
것에 미루어 보면,『홍루몽』의 중심내용인 주인공 가보옥을 둘러싼 가
씨 가문의 쇠락과 청 제국의 몰락을 통해 풍전등화와 같은 조선의 현실
과 그 안에서 갈등하는 지식인의 내면적인 자기모순, 현실비판적 의의
를 투영시키고자 했던 것으로 짐작된다. 봉건왕조의 몰락을 담은『홍루
몽』번역을 통해서 비판 의식과 계몽사상이 고취돼야 할 조선의 현실을
고발하고자 했었을 것이다.

3) 『수호전』

『수호전』에 관해서는 평론 4개, 번역소설 1개, 총 5개의 글이 있다. 우선, 평론으로는 도표 7번 「수호전 이야기」, 도표 9번 「수호서」, 도표 11번 「오자표경」, 도표 17번 「수호재독」이고, 번역문으로는 도표 8번의 「신역 수호전」이 있다.

『수호전』에 대한 높은 평가는 그가 발표한 글에 산발적으로 많이 등장하고 있다. 「수호재독」에 보면, 어려서 우연히 『수호전』을 읽고 너무 기뻐했다는 기록이 있다. 조선의 『허생전』에 비교할 수 없을 만큼 그 규모와 무대가 넓고 커서 광활한 세계에 온 것 같다며 『수호전』을 다시 읽을 필요성을 제기하고 있다. 또 「오자표경」에서는 일역본 『수호전』의 오역상황을 꼼꼼하게 꼬집고 있는데 아마도 1926년 『신민(新民)』이라는 잡지에 『수호전』을 번역하면서 일역본을 참고하다가 발견한 듯하다. 쿄쿠테이 바킨[曲亭馬琴], 구보 텐즈이[久保天隨], 간바라 하루오[蒲原春夫] 등의 일역본 오역을 비판하였는데 근대전환기 신구교육을 모두 받은 지식인으로서 글자의 표면적 해독을 넘어서 심층적인 의미를 간파할 수 있었던 그의 학문적 역량을 짐작할 수 있다. 「신역 수호전」은 노지심의 이야기를 풀어놓은 것이고, 「수호서」는 재미가 있어서 의역한다고 밝히고 있다.

양건식이 1926년 『신민』에 「수호전」을 연재하고 2년 뒤 윤백남이 1928년 5월 1일부터 『동아일보』에 「신역수호전」이라는 제목으로 번역을 시도했다. 양건식의 『수호전』에 대한 애착은 그의 사후 회고록에서도 살펴진다. 그가 죽은 지 10여 년이 지난 후 조용만(趙容萬)이 양건식을 추모하며 『민성(民聲)』에 「백화의 음서벽(淫書癖)」이란 글을 발표한 적이

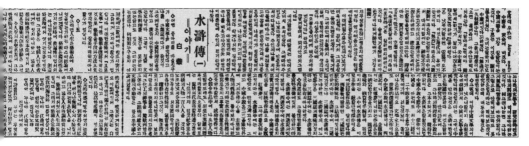

있다. 이 글에서 양건식이 구보 선생과 가까이 왕래하면서 『조선문단』에 기고했었음을 밝히고 있는데, 여기서의 음서란 바로 『수호전』을 일컫는 것으로 추정된다.

　유래로 우리 조선같이 중국의 문학을 연구한 나라는 없지마는 그 대신 중국을 안다는 것은 수호전 한 질을 읽은 지식만 못하다. (…중략…) 『수호전』은 말할 것도 없이 중국소설 전체 중의 걸작이니 중국을 아는데도 저 십삼경(十三經)이나 이십사사(二十四史)를 평생을 두고 뇌를 썩혀가며 읽는 것보다 도리어 나은 작품이요 문학사상으로도 세계적 가치를 가진 대작이다. (…중략…) 중국소설은 두셋을 제한 외에 거의 사건 중심을 주로하고 인물의 성격은 돌아보지 아니하는 폐가 있지마는 『수호전』은 성격의 묘사로든지 그 사실의 포치(布置)로든지 안전하다 할 만치 성공한 작이다. (…중략…) 그 결구의 웅대하고 문사(文辭)의 탁려함은 참으로 중국소설의 관면(冠冕)이다.(「水滸傳 이야기」, 『양백화문집』 3)

　문학적 작품이라고 별로 볼 것이 없는 이 땅에서 자라난 나로서는 이때까지 자차분한 이야기만 듣고 보다가 별안간 이러한 위대한 작품을 대하고 보니 마치 소천지에서 돌아다니다가 광활 세계로 갑자기 뛰어나온 듯이 그 규모의 크고 무대의 넓음에 놀라지 아니할 수 없었다. (…중략…) 대개 중국소설 중에 이『수호』는 그 최고의 위(位)를 점하는 작품이니 첫째 그 문장으로 말하더라도 김성탄이 '천하지문장무출수호우자'라 하듯이 천고의 기문인데다가 (…중략…) 누구나 한번 읽을 만한 것이요 더욱이 현대 청년으로는 반드시 좌우에 두고 볼만 한 것이니 나는 이 만대불멸의 명저『수호전』으로써 중국의 상하 사회를 여실히 묘사한 가장 가치 있는 작품이요 문헌이라고 믿는다.(「水滸再讀」,『양백화문집』3)

그는 「수호재독」에서『수호전』에 대해 극찬하고 있다.『수호전』의 특색은 통쾌함에 있다고 밝히고, 등장인물의 다양한 성격묘사와 눈앞에서 펼쳐지는 듯한 생생한 사건의 서술, 다변하는 줄거리와 굴곡진 구성 등을 높게 평가했다. 규모와 배경의 광활함에 놀라면서 천하의 기서에 비유하고 13경이나 24사보다 훌륭하다고 칭찬했다. 이것은 이념과 교훈을 강조하는 경전이나 사서보다 당시의 혼란한 사회를 살아가야 할 대중들의 현실적인 고민을 염두에 두었던 그의 문학관을 잘 보여준다. 조선의 소설 중에서도 구성과 내용이 뛰어난 것으로 박연암의『허생전』을 손꼽을 수 있으나『수호전』에 비할 수 없으며『수호전』을 천 번 읽고 만들어 낸 것이 걸작『홍길동전』이라는 한 작가의 말을 인용한다. 그만큼『수호전』의 가치를 높게 평가했다.

『수호전』을 "십삼경이나 이십사사를 평생을 두고 뇌를 썩혀가며 읽는 것보다 도리어 나은 작품"이고 "세계적인 가치를 가진 대작"이며 "만대 불멸의 명저", "중국소설 중 최고의 위치"라고 극찬을 한다. 탄탄한 구성과 폭넓은 내용에 대한 찬사도 아끼지 않는다. 이것은 상·하층계급의 모순과 갈등을 현실적으로 잘 묘사하고 있던『수호전』의 주제가 한일병합 후 더욱 억압받던 조선의 정치, 사회적 상황에서 시사하는 바가 있다고 생각했기 때문이다. 통치계급에 의해 소외된 계층의 삶과 그들의 현실적인 고통까지 반영했던『수호전』의 현실 비판적 의의에 주목했다. 중국과의 사이가 나날이 가까워지는 시점에서『수호전』을 반드시 다시 한 번 읽을 필요가 있다고 강조한다.

4)『삼국연의』

『삼국연의』에 관한 글로는 총859회의 번역소설인 도표 13번의「삼국연의」와 평론문인 도표 15번의「장판교상의 장비」를 들 수 있다.

우리나라와 일본에서 가장 사랑받았던 중국소설『삼국연의』는 근대시기에 낙선재의 번역필사본 이후 양건식에 의해서 처음 번역되었다. 그의 번역에 뒤이어 한용운이『조선일보』에『삼국지』라는 제목으로 1939년 11월 1일부터 1940년 8월 11일까지 번역하다가 완역하지 못했다. 이후, 박태원의 번역본이 출판되었고, 또 정비석은 일본 요시카와 에이지 [吉川英治]가 번안한『삼국지』를 기반으로 자신의 창작을 가미하여 1963년 1월부터 1967년 10월까지 월간지『학원(學園)』에「소년삼국지(少年三國志)」라는 이름으로 연재했다. 반년 뒤인 1968년 5월 5권 분량의 단행본으로 간행했다. 홍상훈은 양건식이 당시 조선에 널리 퍼져있던 모종강 평본을 저본으로 삼았을 것으로 추정했는데[8] 그렇다면 양건식의『삼국연의』번역은 중문판 120회 장편을 모두, 최초로 완역했다는 점에서 큰 의의가 있다. 더욱이 당시의 현대어로 번역했다는 것에 주목할 수 있다. 그때는 조선의 지식인들이 서둘러 일본유학을 떠났고 일본화된 서구의 근대지식을 받아들이면서 외국 작품의 일역본을 중역하는 경우가 상당했기 때문이다.

양건식은『홍루몽』과『수호전』에 관해서 번역 뿐 아니라 평론문을 발표함으로써 시대의 명작임을 강조했으나『삼국연의』에 관해서는 작품의 중요성이나 번역의 필요성을 언급한 적이 없다. 오히려 다른 사대기서의 작품에 비해 뒤떨어지고 있음을 지적했다.

> 이 외에 나관중(羅貫中)이 지은 바『삼국지』의 대작이 있으나 평범하여 특색이 없고(「支那의 小說及戲曲에 就ㅎ야」,『양백화문집』3)

1926년『동아일보』에 발표한「수호전 이야기」에 보면『수호전』이 모든 작품 중에 가장 뛰어난 대작임을 설명하면서『삼국연의』는 그에 미치지 못한다고 밝히고 있다.

> 중국소설에『수호전』이니『서유기』『삼국지』니『금병매』니『홍루몽』이니 하는 작품은 모두 적당한 배경을 가지고 적당한 취미와 적당한 수완 아래 된 것이지만는 그 중에『수호전』은 이 모든 작품을 대적할 만한 걸작이요 이에 비견할 작품은 달리 없다. 가령 예를 들어 말하면『삼국지』는 역사적 흥미와 그 결구(結構)에 있어 볼만 하지마는『수호전』중에『삼국지』가 있느냐

---

8   홍상훈,「梁建植의 三國演義 번역에 대하여」,『한국학연구』제14집, 2005, 71쪽.

『삼국지』에『수호전』이 있느냐 하면『수호전』중의 어느 한 부분은『삼국지』의 흥미가 있지마는『삼국지』중에는『수호전』만한 것을 포유(包有)치 아니하였다 (…중략…) 어쨌든지 소설『수호전』은 (…중략…)『삼국지』『금병매』따위는 따르려면 어림도 없을 뿐만 아니라 그 글이 피 같은 문자요 불 같은 문자인 동시에 읽는 사람으로 대장부의 본령을 알게 하고 국국절절(局局竊竊)하여 사람이 모두 유염(有髯)의 부녀자의 누습에서 벗어나게 하는 최고의 문학서이다.(「水滸傳 이야기」, 『양백화문집』 3)

그러나 불과 3년 후인 1929년에 와서는『삼국연의』를 완역해서 한국 최초로 신문에 연재한다. 일제의 식민통치에 대한 독자들의 이목을 돌리고 신문판매부수를 늘리기 위한 신문사측의 정치적·경제적 의도가 잠재되었으나, 장편의『삼국연의』는 별 탈 없이 완역될 수 있었다. 아래 연재문을 보면 제목 옆에 일정한 그림을 삽입시켰고 번역문 중간에 당일 번역 내용과 관련된 그림을 2∼3단에 걸쳐 크게 싣고 있다.

『삼국연의』번역문에는 연재 내용과 부합되는 그림을 실었다는 점이 다른 작품을 연재한 것과 상이한 부분이다. 일간지에 매일 새로운 그림을 삽입함으로써 독자들의 흥미를 유발시켰다. 1933년『신동아』에 발표했던 「장판교상의 장비」에서는 이전에 비해서 긍정적인 평가를 내린다.

우리가『삼국연의』를 애호하는 이유의 하나도 여기 있거니와 통틀어 말하면 이『삼국연의』에 나오는 그 시대의 인물은『수호전』의 가작인물(假作人物)과 달라 실재인물인 만큼 우리에게 흥미를 더 많이 준다.(「長板橋上의 張飛」, 『양백화문집』 3)

「**삼국연의**」(『매일신보』, 1929.5.5, 3면)

「**삼국연의**」(『매일신보』, 1929.5.7, 5면)

　　예문에서 알 수 있듯이 1910년대에서 1920년대 양건식은 『삼국연의』
에 관해 주목하지 않았으나 1930년대에 와서는 실제 역사를 바탕으로 한
흥미로운 작품이라고 재평가하고 있다. 용감한 대장과 영웅의 아들이 사
람을 경탄케 하는 이야기는 천고에 뛰어난 비장하고 유쾌한 무용담이라
며 『삼국지』의 문학성을 역사적 근거에서 찾고 있다. 촉한의 명장 조자
룡이 아두를 품고 조조의 백만 대군을 헤치며 빠져나오는 초인적 용맹
을 예로 들면서, 고아한 기개와 충군의 기상을 높이 칭찬하고 있다. 아마
도 1929년부터 2년 4개월간 총 859회에 걸쳐 신문에 번역 연재하면서 작
품의 위상에 대해 새롭게 인식했기 때문으로 보인다. 이전에는 "역사적 흥
미와 결구"에서 그저 볼 만 했던 작품이었으나 1933년에 와서 "천고에 뛰
어나 비장하고 쾌절한 무용담"이라고 격상된 평가를 받게 되는 것이다.

『수호전』에 대한 문학사적 가치와 사회사적 평가에 훨씬 미치지 못하지만 육대기서 중 유일하게 완역했던 작품이『삼국연의』였음을 고려한다면, 작품 자체에 대한 예술성보다 근대시기 조선사회가 갈망했던 시대적인 요구가 투영되었기 때문일 것이다. 양건식 자신이 언급했듯이, 실제 인물의 사적을 근거로 했기 때문에 현실적인 개연성을 부각시킬 수 있었다. 민족적 영웅이 등장하여 모순되고 부조리한 현실에서 조선을 구원해 줄 것이라는 희망을 역사에서 반추할 수 있었다. 이러한 점에서 양건식은『삼국연의』를 완역한 후에 이전과는 상반된 새로운 평가를 내릴 수 있었다. 실제 역사에서 근거한 소설을 소개함으로써 일제 통치 하에 억압받던 조선인들에게 암담한 현실을 헤쳐나갈 수 있는 긍정의 메시지를 번역하고자 했다.

4. 번역의 과제와 신문학의 모색

낙선재에 보관되어온 조선시대 중국소설 번역필사본의 발견은 19세기 말 한국 근대문학사의 중요한 일부가 되었다. 이후 단절되었던 중국소설에 대한 번역은 20세기 초 양건식에 의해서 재개되었다. 그의 중국소설 및 희곡작품의 번역은 국내에서 처음 시도되는 작품들이 상당수 포함됐다는 점에서 더욱 주목할 만하다. 양건식은 번역을 통해서 과거의 역사적 경험을 비춰보고 이상과 현실이 괴리된 당시의 사회현상을 반성하며 조선이 나아갈 바를 계획했다.

번역을 통해서 계몽사상과 개화 의식을 전달하고자 노력했으나 한 나라의 문화가 녹아든 문학작품을 다른 나라의 언어로 완벽하게 번역해 내는 것이 불가능함을 인식하고 있었다. 번역이란 원전의 왜곡이 전제된 행위였음을 일찍이 체득하고 있었다. 번역가의 입장에서 원문을 함부로 삭제하거나 첨가하는 것을 반대했고, 부자연스러운 번역 때문에 내용적 오해를 초래할까 고심했던 흔적이 뚜렷하다. 신문에 번역문을 연재할 때는 축자번역에 대한 독자들의 지루함을 달래고 번역가로서 고충을 토로하고자 독자와 소통하는 호소문을 기재하기도 했으며 번역에 대한 자신의 견해를 피력하기도 했다. 기본적으로 직역을 고수했으나 원작의 뜻을 왜곡하지 않는 범위 내에서 부분적인 의역을 시도했다.

> 本 譯者가 此小說을 譯出홈에 當ᄒᆞ야 可能ᄒᆞᆫ 程度에서 原文에 忠實코저 ᄒᆞ얏스나 原文 中에 些少 變氣가 有ᄒᆞᆫ 處에ᄂᆞᆫ 不得已 結構를 傷치 안ᄂᆞᆫ 範圍 內에서 改譯ᄒᆞ야 原作의 妙趣를 傳치 못ᄒᆞᆫ 것도 有하며(「紅樓夢에 就하여」, 『매일신보』, 1918.3.21, 1면)

> 그 편언척구(片言隻句)의 미(微)에 내포된 묘미가취(妙味佳趣)를 전하기는 도저히 불가능합니다. 그러기에 원뜻을 상치 않도록 의역을 시도한 곳이 많아, 역문은 다만 그 형을 그리고 그 선을 모(摹)치 못하였으며 다만 그 말을 기록하고 그 소리를 쓰지 못한 때문에 (…중략…) 그 진지 산초(酸楚)한 정신의 금옥문자를 화하여 용렬무미한 와락(瓦礫)을 만든 죄는 이 나의 감수하고 깊이 부끄리는 바입니다.(「琵琶記」, 『양백화문집』 2)

한자에 대한 해박한 소양을 갖춘 그였으나 일본판의 번역도 모두 참조하면서 번역의 어려움을 인식했을 뿐 아니라 어설픈 번역이 초래하는 왜곡된 현상을 우려했다. 번역이란 창작 이상의 수고로운 노력이 필요하다고 분명하게 밝히고 있다.

> 이 극본을 역출할 때에 삼인의 역본을 호상 참조하였는데 극중의 동일인의 말로 세 역본이 정반으로 다 같지 아니함에 이르러는 역자도 한참은 곤란하였다. 번역이 창작보다 어렵다 함이 이를 이름인지.(「人形의 家에 대하여 附言」, 『양백화문집』3)

양건식의 중국 고전소설 번역은 단순한 내용의 전달, 의미의 옮김이 아니었다. 발전된 내일을 위해 과거를 알아야 했다. 그러나 대다수의 사람들은 식민지의 억눌린 감정을 현실에 대한 적극적인 저항이 아닌, 전통을 부정하고 과거를 단절하려는 소극적인 태도로 표출했다. 지나간 역사를 지우고픈 부정의식은 암담한 세상에 대한 도전이 아니라 극복할 수 없는 현실에 대한 왜곡된 선택이었다.

이 시기를 전통의 단절과 외래문화의 이식이라는 각도에서 접근한다면 양건식의 중국 고전문학 수용에 대한 업적은 간과될 수밖에 없다. 서구 및 일본의 강압적인 개입 속에서 성장한 타의적인 근대성과 전통을 부정하려는 시각은 재고해야 할 문제이다. '동쪽'에서 온 근대는 전통을 무시한 개혁에 치중했고, 뿌리 없는 꽃을 피우기에 전념했다. 이러한 사회적 배경 속에서 양건식은 신문학의 도입 뿐 아니라 고전문학의 중요성을 부르짖었으나 그의 외침은 급변하는 국제질서의 혼란 속에 묻혀버렸다.

양건식에게 외국문학을 연구하는 목적은 자국문학을 발달하게 하기 위함이었다. 조선 문학에 크게 영향을 미쳤던 중국문학을 이해해야만 조선과 중국의 전통적 동질성과 변별점을 파악하고 그 기초 위에 새로운 세상으로 나갈 수 있다고 파악했다. 중국문학을 소개하는 이유는 전통을 부활시키자는 복고의 목적이 아니었다. 오히려 현실을 정확히 파악하고 미래에 대처하기 위한 기반이었다. 과도기적 근대성의 발판을 단절돼야 할 전통이 아닌 뿌리처럼 녹아든 옛 것에서 찾았다. 동쪽에서 온 개화된 문명의 필요성은 인정했지만 전통과 혁신의 조화를 꾀하고자 하였으니, 전통이 부재한 문명의 단순 이식이 아니라 전통에서 발아된 '조선적인' 근대를 꿈꾸었다.

외세의 개입으로 본격화된 근대는 전통이라는 토대를 어떻게 접근하는 가에 따라 새롭게 평가될 수 있다. 서구에서 건너온 떠오르는 근대성을 정착시키기 위해서 과거의 제국 지나에서 온 문학들이 비판받아 '마땅했던' 그 시대에도, 부정할 수 없었던 동아시아 공공의 문화가 수천 년의 시간 속에서 함께하고 있었다. 앙드레 슈미드의 지적처럼, 한국과 중국 고대로부터 이어 내려온 이야기들 중에 개화된 것으로 칭송받을 만한 업적들은 강조되었지만, 이전에 인정받은 업적이라 할지라도 문명의 개념적 틀에 들어맞지 않으면 쓸모없는 역사로 격하되고 새롭게 편집되었다.[9] 시대의 흐름과는 다른 방식으로 계몽을 부르짖었고, 대다수의 지식인과는 다른 시각으로 근대에 접근했기에 양건식에 대한 연구가 소략

---

9 앙드레 슈미드, 정여울 역, 『제국, 그 사이의 한국』, 휴머니스트, 2007, 225쪽.

되어 왔던 것은 사실이다. 그러나 일본 유학파들이 '새 것'에 대한 희망을 꿈꿀 때 양건식은 '옛 것'에서 뽑어져 나온 기층문화의 힘을 자각하고 있었고, 그것을 토대로 중국의 신문학과 문학혁명이라는 새로운 사회 변화를 주시할 수 있었다.

그에게 있어 중국신문학을 번역하는 것과 고전문학을 번역하는 것은 다른 맥락이 아니었다. 중국과 우리의 상황이 유사했고, 우리의 기층적 사고관이 중국의 사상과 문화에 밀착되어 있었던 목전의 현실을 고려했기 때문이다. 조선 문단에 새로운 기풍과 신문학에 대한 인식을 고취시키기 위한 토대로서 고전문학 번역에 매진했다.

> 반신문학의 작품이 어미, 사상, 예술 두 방면에서 보아 입각할 여지라고는 조금도 없는데 어째서 저들에게 대두할 기회를 주었는가? 이는 필연코 신문학이 보통적으로 국인(國人)의 환영을 받지 못하고 국인(國人)의 신사상에 대한 이해가 부족한 까닭인 듯하다.(「反新文學의 출판물이 유행하는 중국문단의 기현상」, 『양백화문집』 3)

그는 신문학이 국민의 호응을 받지 못한 이유로 사상과 예술 방면에서 깊이가 없고 신식부호를 함부로 남용한 미숙한 백화문만 즐비하게 쏟아져 나왔기 때문이라고 지적하며 상투적인 작품 내용과 형식이 반신문학의 기세를 높이게 된 주요원인이라고 꼬집었다. 그의 궁극적인 목적은 반신문학이 아니라 내용과 형식이 성숙치 못한 신문학에 반대했을 뿐 근대문인 장병린(章炳麟), 호적, 왕국유(王國維), 황준헌(黃遵憲), 진독수(陳獨秀), 주수인(周樹人), 성방오(成仿吾), 고힐강 등의 글을 번역하고 인용,

소개하면서 우리와 비슷했던 중국의 상황을 타산지석으로 삼고자 했다. 저명한 학자들의 글을 번역하고 국내에 소개하면서 스스로도 신문학의 필요성을 깨닫고 있었다. 근대 신문학의 형성과 신문화의 적극적인 도입에 전통이 기초가 되었음을 파악하고 있었다.

> 문예부흥의 근인은 고전문학의 수입과 신대륙의 발견 등이었다. 중국의 문학혁명도 외국사상의 수입이 근인이요 그 결과는 문예부흥과 마찬가지로 소위 '인간의 발견'이었다.(「反新文學의 출판물이 유행하는 중국문단의 기현상」, 『양백화문집』 3)

> 조선과 비교적 습속이 근사한 저 지나의 그 사상 감정과 상상의 반영인 소설과 희곡의 평민문학을 연구하여 금일 일부 청년문사에 의하여 수입되는 서양문학과 잘 융합 조화하여 조선문학에 공헌하는 인사가 있으면 이 행심(幸甚)이로다.(「支那의 小說及戲曲에 就ㅎ야」, 『양백화문집』 3)

그는 일본을 통한 무조건적인 서구 문화 수입에 동의하지 않았다. 조선 문단의 정체성을 파악하고 있었기에 중국과 뿌리 깊은 전통적 공공성을 재고한 후 조선의 주체적인 특성을 발양시켜 서구 학문과 조화시키고자 했다. 일역본을 참조해서 중국문학을 번역하기도 했던 것은 객관적인 평가와 입장을 견지하면서 왜곡된 번역물의 출판이 미치는 악영향을 방지하고자 했기 때문이다. 제대로 된 번역을 통해서 계몽을 이끌고 조선의 현실에 맞는 신문학을 창작하여 근대 사회를 맞이하고자 했다. 「원시시대의 예술」에 보면, "조선예술(朝鮮藝術)이 쇠패(衰敗)를 극(極)

한 금일(今日)에 처(處)하야 반만년(半萬年)의 찬연(燦然)하든 고대예술(古代藝術)을 부흥(復興)하고 동시(同時)에 신시대(新時代)의 예술(藝術)을 창조(創造)하야써 통일(統一)하고 조화(調和)하야 신조선(新朝鮮) 예술(藝術)을 표현(表現)함이 오인(吾人)에게 무엇보다도 초미(焦眉)의 급무(急務)"(『동아일보』, 1920.5.18, 4면)라고 하였다. 모두가 일본과 서구를 바라보며 새 것에 대한 개혁을 부르짖을 때 홀로 중국의 옛 것을 꿋꿋하게 소개하고 번역했던 것은 전통에 대한 객관적인 평가 위에 창신함을 조화시켜 조선의 상황에 맞는 신문학의 출로를 찾고자 했던 것이다. 이런 점에서 양건식의 중국 고전문학 수용과 번역은 시대착오적인 복고나 과거로의 회귀가 아닌, 암울한 현실 속에서 자국의 실정에 맞는 근대성을 타진하는 작업으로 이해할 수 있다.

3장

『홍루몽』 번역과 매체 언어의 발견

1. 『매일신보』와 1910년대 조선

　신문과 잡지 등 근대매체는 지식을 형성하고 보급시키는 데에 핵심적인 역할을 했다. 민족이란 개념을 발견하고 계몽활동을 확장해가는 새로운 구심점으로서 매체의 영향력은 절대적이었다. 지식인들은 불특정 다수의 타인에게 자신의 목소리를 신속하고도 광범위하게 전달해주는 매체를 적극적으로 활용하고 있었다.

　일찍이 매체의 파급력과 효과를 인지했던 일본정부는 1898년부터 신문에 실린 정치 사안 및 반일적 움직임에 관해서 한국 정부에게 기사의 정정을 요구하거나 공식적인 언론 통제를 시작했다. 『제국신문』·『황성신문』을 정간시키고, 1907년 7월 24일에 사전검열과 사후통제를 가능케 하는 신문지법을 공포하여서 사실상 민족 언론을 말살하는 언론독점권을 확보했다. 각종 정책과 관련하여 일제 식민통치의 합법성과 근대성을 강조하고 조선인들의 미개함을 의도적으로 강조하면서 '우매한' 조선을 '우월한' 일본이 선도한다는 친일화 정책을 선전하고 있었다.

이러한 사회적 배경 속에서, 『매일신보』는 1910년 8월 30일부터 35년간 일본의 식민주의 정책과 지배논리를 충실히 수행한 조선총독부의 관제언론이었다. 『매일신보』의 전신은 1904년에 창간된 『대한매일신보』이다. 영국인 베델과 양기탁에 의해 발행된 『대한매일신보』는 1909년 5월 1일자로 영국인 만함(萬咸)에게 넘어갔고, 다시 1910년 6월 9일 이장훈(李章薰)에게 팔리게 된다. 만함이 영국으로 돌아가고 양기탁도 신문의 발행에서 손을 떼자, 『대한매일신보』는 더 이상 민족지로서의 역할을 할 수 없었고 '대한'이라는 글자를 삭제한 뒤 1945년 일제의 패망까지 조선총독부의 기관지로서 식민지배를 위한 언론통제를 담당했다. 초창기에 『매일신보』는 『대한매일신보』의 판본을 이어받아 국한문판과 한글판을 동시에 발행했으나 1912년 3월 1일부터 한글판을 폐지하고 국한문판과 병합해서 발행했다. 제1면은 논설, 제2면은 정치와 외보, 제3면은 사회전반, 제4면은 광고와 소설로 개편된다. 『매일신보』의 순 한글판은 판매부수를 확장함으로써 민심수습과 식민정책의 안정화에 도움을 주려는 의도에서 보급됐지만 근대소설의 문체를 형성해 나가는데 상당히 중요한 역할을 했다.

일제의 강압적 식민 정책과 언론통폐합 정책인 신문지법은 모든 정책과 지침을 오로지 『매일신보』를 통해서 공포하게 했고 언론의 자유를 차단시켰다. 1910년대 번역소설의 번영은『매일신보』의 식민지 안정화 정책과 대중화 전략의 연장선상에 있다. 통속적인 외국 가정소설의 번역을 적극적으로 도입하면서 대중들의 관심을 끌고자 했다. 1900년대의 신문이 계몽을 일깨우고자 했다면, 1910년대 신문은 피폐해진 민심을 달래기 위해 대중성과 통속성을 강조했다. 이러한 경향은 1910년대 후반으로 갈수록 뚜렷해지는데, 일본 가정소설의 선정적이고 자극적인 내용이『매일신보』라는 일제 기관지를 통해서 전략적으로 나타난다.[1]『매일신보』발행진들이 소설가에게 기대했던 것은 강력한 친일 의지가 아니라 대중들의 시선을 사로잡을 오락이었다. 이념이나 체재의 홍보가 아니라 대중적 흥미였다.[2] 이것은 신문 판매부수의 확장이라는 시대적 안건을 성공시키기 위한 과정이었고, 식민지 정책을 안정시키기 위한 방책이었다. 조선총독부의 정책을 널리 알리고 보급시켜야 했기에 기관지의 판매 부수는 확장돼야 했다. 결과적으로, 1910년대『매일신보』는 계몽성과 대중성을 동시에 지니고 있었다. 조선의 친일적 감정을 북돋기 위해, 그리고 신문사의 경제력을 충당하기 위해 대중적 호응도가 높은 외국 소설을 번역해서 친일 동화정책을 우회적으로 진행시켰다.

1919년 3·1운동이 일어나자, 일본은 각종 사설이나 기사에 3·1운동을 매일 상세히 보도하면서 불법적인 시위와 폭행으로 매도한다. 3·1운동에 참여한 민중들과 기독교 선교사들의 정치적 태도를 비판하고 그들이 불이익이나 사회적 지탄을 받는다고 하면서, 식민체제의 안정을 위

---

1 전은경, 『근대계몽기 문학과 독자의 발견』, 역락, 2009, 39쪽 참조.
2 김영민, 「1910년대 신문의 역할과 근대소설의 정착과정」, 연세대 근대한국학연구소 기초학문 연구팀, 『한국 근대 서사양식의 발생 및 전개와 매체의 역할』, 소명출판, 2005, 153쪽.

해 다시 『매일신보』의 지면을 적극적으로 활용한다. 3·1운동의 영향으로 소위 문화통치를 내세워 1920년대 민간신문의 창간이 허용되자 독점적 지위를 행사해왔던 『매일신보』는 새로운 상황에 직면하게 된다.

앞 장에서 양건식의 중국 고전소설 관련 번역 및 평론문의 현황을 표로 예시한 바 있는데 그 중 6개가 『매일신보』에 발표되었다. 일제의 강제병합 이후 유일한 한글신문이라고 할 수 있는 『매일신보』에는 1910년대 전 기간에 걸쳐 100편 이상의 소설이 게재되었다. 외국번안 및 번역소설의 대부분이 『매일신보』를 통해서 발표되었다. 『매일신보』는 이 시기 소설 인식의 변화와 근대적 양상을 살피기 위한 필수적인 매체이다. 근대 소설의 탄생 및 발전의 굴곡을 보여주는 코드이며, 식민 지배를 위한 일본의 언론정책이 그대로 드러나 있기에 동아시아 각국의 관계망을 고찰하는데 중요한 자료가 된다.

2. 『홍루몽』의 수용과 번역의 의도

『홍루몽』은 청대 건륭시기에 조설근(曹雪芹)이 지은 장편의 자서전적 백화소설이다. 가씨 가문이라는 명문귀족의 몰락을 통해서 18세기 중엽 중국의 정치·사회·경제·문화 등의 전방위적인 사회상을 반영했다. 1905년 왕국유는 『홍루몽평론』에서 '우주의 대저술'이라고 했고, 노신도 「중국소설의 역사적 변천(中國小說的歷史的變遷)」에서 "실로 중국소설 중에 찾아보기 힘든 작품"이라며 참신함과 현실성에 대해 극찬을 했다. 전통적인 사고와 기법을 뛰어넘는 훌륭한 작품이라고 했으니, 『홍루몽』에 대한 평가가 어느 정도인지 짐작할 수 있다. 현재까지도 중국인들에게 가장 사랑받는 대표적인 소설로서, 드라마나 영화·연극의 형태로 다양하게 재해석되고 있다.

　『홍루몽』에 대한 연구를 꾸준히 진행해온 최용철에 따르면, 『홍루몽』이 우리나라에 처음 소개된 것은 1830년대 이전으로 추정된다. 현재까지 발견된 『홍루몽』에 관한 기록은 1830년대로 추정되는 이규경(李圭景)의 『오주연문장전산고(五洲衍文長箋散稿)』에 그 이름이 처음 보이고, 1855년 조재삼(趙在三)의 『송남잡지(松南雜識)』에 『홍루부몽(紅樓浮夢)』이라는 명칭이 보인다.

　『홍루몽』에 대한 세계 최초의 완역본은 조선시대 낙선재본 『홍루몽』이라고 할 수 있다. 번역가와 번역연대 등을 정확히 고증할 수 없지만 고종 년간인 1884년 전후 이종태(李種泰) 등이 120회본 『홍루몽』을 완역했던 것으로 추정된다. 낙선재본 『홍루몽』은 원문 전체가 수록되어 있고 번역문과 중국어 발음까지 병기되어 있으며, 『홍루몽』뿐 아니라 5종의 속서까지 포함하고 있어서 한국에서의 홍학 연구에 상당히 중요한 자료이다.[3]

　세계 최초의 『홍루몽』에 대한 번역본이 조선 시대에 등장한 이후, 근대전환기에 와서 양건식에 의해 다시 시도되었다. 그는 1918년 3월 23일부터 1918년 10월 4일까지 총 138회에 걸쳐 원작의 제28회까지 현대어

3　『紅樓夢』의 한국·중국·일본으로의 전파 및 번역상황에 관해서 최용철, 『홍루몽의 전파와 번역』, 신서원, 2007, 19~54쪽 참조.

로 번역했다. 여기에서 현대어란 조선 후기와 다른 새로운 문체, 즉 1910
년대에 사용되던 당시의 언어를 말한다. 그는 중국에서 신흥학의 붐이
일기 전에 이미 『홍루몽』 텍스트에 내재된 반봉건성과 현실투쟁 의식을
조선에 알려야 할 필요성을 깨달았다. 1918년 3월 19일, 21일 『매일신
보』에 실린 『홍루몽』 예고문과 「紅樓夢에 就ᄒ여」를 보면, 『홍루몽』의
가치와 문학성에 대해 높은 평가를 내리고 있었음을 알 수 있다.

양건식은 단편소설 창작을 통해서 문단에 등단했으며 불교에 심취해
있었다. 1917년 5월 『조선불교총보』에 「소설서유기(小說西遊記)에 취(就)
ᄒ야」라는 평론문을 실으면서 중국문학을 국내에 소개하기 시작했다.
『매일신보』에 1917년 11월 6일에서 9일까지 「지나(支那)의 소설급희곡(小
說及戲曲)에 취ᄒ야」를 발표하여 중국문학을 이해해야 하는 당위성을 설
명하고 있다.

> 大抵 外國文學을 硏究ᄒᄂ 目的은 自國文學의 發達에 資코저 흠이니, 저 支
> 那文學은 朝鮮에 輸入된지 三千餘年 以來에 大흔 影響을 及ᄒ야 深흔 根底를
> 有흔 故로 支那文學을 不解ᄒ면 我文學의 一半을 解키 不能ᄒ다ᄒ야도 不可
> 치 안케 되얏거던 況 支那文學은 一種의 特性을 備ᄒ야 世界의 文壇에 異彩를
> 放흠이리오.(『매일신보』, 1917.11.6)

지나의 문학은 동양문화의 원천이며, 일본에까지 영향을 미쳤다고 강
조하면서 중국문학을 번역해야 할 필요성을 주장했다. 우리나라에 미친
영향과 공헌을 언급하면서 『홍길동전』이나 『동상기』 등 조선의 평민문
학과 번역문학을 촉진시켰다고 분석했다. 일본문학과 문물을 맹종했던

당시의 사회적 정황에 비추어 보면 중국문학을 강조했던 그의 주장은 상당히 이례적이다. 희곡과 소설의 발달과정을 언급하면서『장자』나 우언, 한위육조의 소설부터 예시하고 있는데, 동양의 전통보다 서구 문명을 배우는 것이 국가발전의 기초라고 여겼던 당시의 사회 분위기에서 비껴나 있었다. 그는 1910년 이전 중국고전의 번역이 지식인들 사이에서 주목받았던 점을 강조하면서 전통과 신학문의 조화가 식민지 조선이 나아갈 길임을 주장했다. 서구 및 일본 문화의 맹목적인 유입이 아니라 우리나라에 수천 년 영향을 미쳐온 지나의 문학을 이해한 바탕 위에 새로 유입된 문화를 받아들여야 한다고 인식했다. 당시 보편적인 시대적 경향과는 '다른' 방식으로 근대를 기획하고 있었다.

『홍루몽』 제73회 번역문에 교육과 학문의 중요성을 강조하는 부분이 있다.

> 그게 무슨 말수이오! 工夫라는 것은 죠흔 것이라오 그러치 안이ᄒ면 那終에는 쓸데업는 사름되고 말어요. 그런듸 늬 한 가지 말슴ᄒ올게스리 져 글 읽으실 쩌에는 그져 글만 읽으시고 글을 읽으실 쩌에는 그져 집만 싱각ᄒ야 주시우 그리고 다른 이와 함씌 쟉란 마시우(『매일신보』, 1918.6.30)

지식인 계층의 참여를 독려했고, 나아가 일반 대중들의 계몽을 선도하고픈 양건식의 의도가 교묘하게 투영된 부분이라고 할 수 있다.

양건식은『홍루몽』에 대한 두 편의 번역문과 세 편의 평론문을 발표했다. 1926년 7월 20일부터 9월 28일까지『동아일보』에「홍루몽시비(紅樓夢是非)—중국(中國)의 문제소설(問題小說)」을 발표하고, 1930년 5월 25일부터 6월 25일까지『조선일보』에「중국(中國)의 명작소설(名作小說) - 홍루몽(紅樓夢)의 고증(考證)」을 실으면서,『홍루몽』에 대한 번역의 필요성과 시급함을 강조했다. 당시의 문단에서 크게 주목받지 못했으나 이광수가 "조선 유일의 중화극 연구자요 번역자"라고 평가했던 것처럼, 주체적인 한중교류가 쉽지 않았던 시대에 확고한 신념을 가지고 중국과의 역사적 경험을 적극적으로 반추하고자 했다.

3. 언문일치의 모색과 국한문혼용체

　근대매체의 탄생은 한국 뿐 아니라 동아시아 근대 문학장의 재편을 추동했다. 작품을 모두 완성한 후 발표했던 이전 문학장에서의 상황과 달리, 매체에 연재된 작품들은 독자들의 반응에 민감할 수밖에 없었다. 더 많은 독자의 참여를 독려하기 위해 대중화된 글쓰기가 필요했다. 순한글 소설의 대중화는 근대화의 성숙도를 저울질할 근거가 되었다.

　최초의 국한문혼용체 신문은 1886년 1월 25일 발간된『한성주보』였다. 그러나 국한문혼용기사의 비율이 높지 않았기에, 근대계몽기 국한문혼용의 대표적 매체는『황성신문』을 손꼽는다.『황성신문』은 국문체 신문인『경성신문』과『대한황성신문』을 인수하여 제작한 것으로 당시 관료층 및 지식인층을 겨냥해서 창간된 신문이었다.[4]『황성신문』은 1898년 9월 5일 창간호「사설」란에 갑오경장 당시 황제가 공사문첩에 국한문을 혼용하라는 칙서를 내린 바를 인용하면서 국한문혼용체를 정식 문체로 삼았다. 전통적인 교육을 받았던 지식인 계층은 여전히 한문체를 고수했기에, 국한문체는 실제적으로 일반 대중까지 염두에 둔 글쓰기라고 볼 수 있다.

1900년대에 들어오면서 신문의 일반기사는 국한문체, 소설은 순 한글체로 편집되기 시작한다. 『매일신보』는 총 4면으로 발행되었는데 신지식인이나 중견 작가들의 작품은 1, 4면에 기재됐다. 당시 양건식과 이상협은 모두 중견작가에 해당된다. 양건식의 『홍루몽』이 제1면에서 국한문체 혼용으로 연재되고 있을 무렵, 이상협의 『무궁화』는 제4면에서 순한글로 연재되고 있었다. 동일시기, 같은 신문 안에서 문체가 혼용되고 있음을 보여주는 사례이며, 『매일신보』 편집진들의 문체수용 방안이 통일되지 않았음을 알려준다.

근대 서사의 문체는 순한문체·한문현토체·국한문혼용체·순국문체 등으로 나눌 수 있다. 유길준은 「서유견문서(西遊見聞序)」에서, 이광수는 「금일아한용문(今日我韓用文)에 대(對)ᄒ야」에서 국한문체 사용을 권장하고 국한문체의 유용함을 각기 세 가지씩 들었다. 그 주장 속에는 우리 글이 아닌 중국의 한문 사용을 지양하고 말과 글이 일치하는 아문을 창안하려는 노력과 고민이 드러난다. 순 한글을 채택했던 『독립신문』·『매일신문』·『제국신문』의 활약에도 불구하고, 『황성신문』·『대한매일신보』 등에서 국한문혼용체를 계속 사용하고 있었고 심지어 한문현토체까지 사용하고 있었다. 1908년 11월 발간된 최초의 근대 잡지 『소년(少年)』에

---

4 정선태, 『개화기 신문 논설의 서사 수용 양상』, 소명출판, 1999, 121쪽.

서는 일관되게 국한문체가 사용되었다. 1917년 이광수의 『무정(無情)』이 『매일신보』에 순국문체로 발표되면서 근대소설의 문체는 점차 안정되는 듯했다. 그러나 뒤이어 『홍루몽』이 국한문혼용체로 발표됨으로써 여전히 혼재적 상태임을 보여주었다.

1910년대 소설에서 국한문 혼용체가 득세했던 것은 일본 지식인들의 서구 문물 추종과 관련 있다. 일본에서는 구미권에서 수입한 개념의 번역어로 메이지시대에 새롭게 만들어진 한자숙어를 대량으로 사용했다. 이러한 문체를 구문직역체라고 불렀는데[5] 한자숙어가 많아질수록 서구적으로 문명개화했다는 증거였기 때문이다. 일본의 영향을 받은 조선의 문단에서 국한문혼용체는 지식인들의 지식을 과시하는 수단이기도 했다. 사실 지식인들이 제시했던 언문일치는 새로운 말(言)을 글(文)과 동일한 실체로 보는 상상의 산물이라서 종래의 '글'도 '말'도 억압하는 것이었다. 표면상으론 문자어와 구어를 일치시키는 것이었지만 실제로는 기존의 문어를 대신한 새로운 문어를 창조한 셈이었다.

백화체로 쓰였던 『홍루몽』을 조선의 언문일치체로 번역하고자 노력했던 점은 다음의 문장에서도 알 수 있다.

東湖生에게

貴下의 校示은 보왓스닉다. 그러느 다만 遺憾으로 싱각ᄒ옵는 바는 그 時期가 조곰 느짐이오 또는 支那의 小說은 大小作을 勿論ᄒ고 그 文體가 원릭되기를 現今의 쓰는 바 所謂 言文一致体로 되얏슨즉 이를 飜譯ᄒ에는 不可不時

---

5 코모리 요이치, 정선태 역, 『일본어의 근대』, 소명출판, 2003, 140쪽.

文의 言文一致体 譯出ᄒᄂ 것이 適當ᄒᆯ 줄노 싱각ᄒᆷ이외다. 그리고 이를 豫告ᄒᆫ 바와갓치 現代語로 飜譯ᄒᆷ에ᄂᆫ 原文에 科擧, 壯元, 小姐, 老爺라 ᄒᄂ 것보다 文官試驗, 及第, 아가씨, 大監이라 意譯ᄒᄂ 것이 어느 意味로ᄂᆫ 나흘듯ᄒ기에 이를 取ᄒᆷ이오 ᄯᅩᄂᆫ 在來의 支那小說의 飜譯例套를 ᄒ번 打破히 보자ᄂᆫ 愚見에서 나온 것이올시다. 貴下의 厚意ᄂᆫ 大端히 感謝ᄒᆞ옵ᄂᆫ 비올시다. 그만.(『매일신보』, 1918. 4. 23)

국한문혼용체는 독자에 대한 교육과 계몽에 효과적이었다. 이것은 앞서 언급한 유길준과 이광수의 주장에서도 살필 수 있다. 양건식은 이광수 소설에 대한 비평에서 시작해서 북경의 구어가 가득한 『홍루몽』을 번역했다. 귀족가문의 흥망성쇠 속에서 전통적인 구습에 매몰된 인간과 봉건질서의 부패를 묘사했던 작가 조설근의 현실 비판의식을 식민지 조선 사회에 고취시키고 싶었다. 비록 그 시작은 지식인 계몽에서 출발했다 할지라도 그가 염두에 둔 독자의 범주에는 일반 대중까지 포함되어 있었다. 소설연재는 지식인 뿐 아니라 언문 밖에 모르는 일반 대중까지 회유하기 위한 것이었기에 다양한 독자층을 포괄하는 국한문 혼용의 에 끄리뿌르를 시도했다. 낙선재본 『홍루몽』과 『매일신보』에 연재된 『홍루몽』 제1회 동일한 첫 대목을 예시해 본다.

이ᄂᆫ 척을 펴면 뎨 일회라. 짓ᄂᆫ 쟤 스스로 니ᄅᆞ딕, "일즉 ᄒ 번 숨쑤고 환토ᄒᆞᆯ 지닌 후의 진짓 참 일을 숨겨 바리고 통령(通靈)ᄒᆞᆷ를 비러이 셕두긔(石頭記) ᄒ 글을 말ᄉᆞᆷᄒ미라. 그런고로 진ᄉᆞ은(甄士隱)이라 닐너시딕 다만 이 글의 긔 쇽ᄒ 빈 무슴 일이며 엇던 사ᄅᆞᆷ인고?' ᄌᆞ긔(自己)가 ᄯᅩ 니ᄅᆞ딕 "이

졔 풍진의 碌碌ᄒ여 ᄒ 가지 일도셩취ᄒᆫ 비 업다가 당이르이 잇던 바 녀ᄌ의게 싱각이 밋쳐 낫낫치 ᄌ셰히 비교ᄒ여 보미 그 힝동거지와 의견과 지식이 다 닉 우히 나ᄂᆫ 쥴 ᄭᅵ다를지라. 나ᄂᆫ 당당ᄒ 슈염과 눈셥으로 진실노 져의 치마 입고 빈혀 쏘지니만 ᄀᆺ지 못ᄒ너니 실노 붓그럽기ᄂᆫ 유여(有餘)ᄒ나 뉘 웃치미 쏘 무익ᄒ니 크게 엇지ᄒᆯ 슈 업ᄂᆫ 날이라. (낙선재본 『홍루몽』 卷之一)

江湖의 讀者야! 이 小說의 첫머리ᄂᆫ 이러ᄒ다. 作者ᄂᆫ 말ᄒ지 내! 일즉이 ᄒ 번 夢幻境을 단이여온 일이 잇셧다. (쑴을 ᄭᅮ엇노라) 그리고 짐짓 眞正ᄒ 事實은 숨기고(眞事隱去) 通靈을 빌어가지고 말ᄒ다 이것이 이 石頭記의 小說이라ᄂᆫ 것이다. 그 ᄭᅵ닭에 진사은(甄音진 土隱은 진사은과 音이 서로갓홈으로)이라 ᄒᆷ이다. 그러면 이 小說의 內容이 엇더케된 것이냐? 作者ᄂᆫ 쏘 말ᄒᆯ란다 내! 風塵에 碌碌ᄒ야 이ᄶᅥᆺ것 한가지도 일은일이업다. 그런듸 忽然 當日에만ᄂᆫ 보든 그 女子들을 싱각ᄒ고 가히 헤아리니 그 行動과 識見이 모다 나보다 나흘을 ᄭᅵ닷겟다 내! 當當ᄒ 丈夫가 되야 그 女子들만 갓지못ᄒ니 眞實노 붓그럽기 그지업다. 그러나 後悔ᄒ야도 無益ᄒ 일이라 참엇지 ᄒᆯ수업ᄂᆫ ᄶᅥ를 當當얏다 ᄒᆯ수잇다. (『매일신보』, 1918.3.23)

『홍루몽』이 청대 인정소설의 대표작으로 백화체를 성공적으로 운용했다고 하지만, 텍스트 이면에 뿌리 깊게 남아있던 문언체가 완전히 사라진 것은 아니었다. 국한문혼용체의 번역은 문화적 이질감을 완화시키면서 원전의 의도를 최대한 변질시키지 않는 범위에서 담아낼 수 있었다. 노신이 언급했던 경역(硬譯)은 즉, 낯섦을 낯섦 자체로 번역하는, 외국문학의 이질감이 그대로 전달되지만 출발어가 도착어로 옮겨지면서 생략될 수 있는, 혹은 사라질 수 있는 부분을 최소화 할 수 있다.[6] 중국과 한국, 일본은 한자라는 동일한 문자문화권에 속해 있기에, 국한문체 번역은 텍스트의 내적 혹은 외적인 문제가 그물망처럼 연결되어 있다. 당시 전통적 지식인 계층에선 한자의 조합없이 지적인 의사소통이 불가능했고, 순 한글에 대한 폄하는 공공연하게 이루어지고 있었다. 다양한 계층의 독자층을 확보하기 위한 지식인의 고민은 언문일치를 향한 모색으로 이어졌고 국한문혼용체의 번역은 이를 위한 효과적인 방법이었다. 『홍루몽』의 국한문혼용체 번역은 전통에서 근대로의 시대적 전환 뿐 아니라, 중국 고전의 근대 한국어 번역이라는 통시적, 공시적인 전환의 의미를 지닌다.

4. 종결어미의 변화와 서술의 객관화

종결어미의 변화는 서술자의 시점이 어디에 있는지 보여주는 지표가 된다. 양건식 스스로가 밝힌 것처럼, 조선후기의 번역어투에서 벗어나 당시의 현실적 감각에 맞게 번역하고자 노력했다. 먼저 낙선재본 『홍루몽』을 살펴본다.

---

6   조재룡, 「동서양의 문화 번역론 비교 연구—루쉰과 베르만, 베르만과 루쉰」, 『비교문학』 제48집, 2009, 11~14쪽.

림딕옥이 문난간 우히 셔셔 입의 슈건을 믈고 웃거늘 보채 니릭딕, "너는 쏘 바름 부는 거슬 견딕지 못ᄒᆞᆫᄃᆡ 엇지ᄒᆞ여 쏘 그런 바름바지의 셧는고?" 림딕옥이 웃고 니릭딕, "언졔 방즁의 잇지 아니ᄒᆞ여시랴마는 다만 텽샹(廳上)의셔 한 쇼릭 부릭믈 듯고 나와보니 원릭 이는 익안(鷾雁 기러기라) 이러라." 보채 니릭딕, "내가 막 나오니 그 거시 곳 공교히 한 쇼릭 지릭고 나라가더라." 입으로 말슴ᄒᆞ며 슈즁의 슈건을 한 번 둘너 보옥의 면상을 향ᄒᆞ여 두릭니 보옥은 아지 못ᄒᆞ고 졍히 눈이 마진지라. 한 쇼릭 이야ᄒᆞ니 진덕ᄒᆞᆷ믈 알녀 ᄒᆞ거든 챠텽하회분ᄒᆡ하라.(낙선재본 『홍루몽』 卷之二十八)

'니릭딕' · '〜는고' · '〜러라' · '〜더라' · '〜지라' · '〜하라' 등의 어미가 사용되었음을 알 수 있다. 낙선재본 『홍루몽』에는 대체적으로 '〜라' · '〜릭딕' · '〜인고' · '지라' · '이라' 등의 연결 및 종결어미가 사용되고 있다. 이것은 '〜ᄒᆞ야' · '〜ᄒᆞ고' · '〜ᄒᆞ니' · '〜ᄒᆞ며' · '〜릭딕' 등의 어미를 반복시켜서 장문의 만연체로 썼던 중세시기 산문체의 특징을 보여준다.

반면에, 『매일신보』에 연재된 『홍루몽』에서는 '〜라'체의 어미는 사라지고, '〜ㄴ다'의 현재형 종결어미와 '〜엇 / 앗다'의 과거형 종결어미가 많이 등장하고 있다. 위의 낙선재본 예시문과 동일한 대목인 138회 연재 마지막 단락을 실어본다.

黛玉이가 門턱에 서서 手巾을 씹으면서 다만 이 便을 노려보고 잇다. "웨 黛玉아 너는 거긔셧늬" "하늘에서 무슨 소릭가 나기에 나와 보왓지 기력이야." "어딕잇늬." "놀닉셔 달아낫지!" ᄒᆞ면셔 手巾을 뭉쳐 寶釵의 얼골에 던진다.(『매일신보』, 1918.10.4)

낙선재본에서 보았던 '~더라'·'~이라'·'~지라'의 종결어미는 『매일신보』에 연재된 『홍루몽』에서 거의 살필 수 없다. 위 예시문의 '잇다'·'보왓지'·'던진다' 처럼, '~앗(엇)다' 혹은 '~ㄴ다'의 어미가 사용됨을 확인할 수 있다. 앞에서 예시한 제1회에서도 '~ㅎ다'·'잇셧다'·'말ㅎ다'·'~이다'·'말ㅎ란다'·'~업다'·'씌닷겟다'·'그지업다'·'ㅎ수잇다' 등의 어미를 살필 수 있는데 종결어미는 'ㅎ다'·'~앗(엇)다'·'~ㄴ다'·'~다'·'~ㅂ다'로 정리될 수 있다.

종결어미 '~더라'체가 사라지는 대신 현재형 '~ㄴ다'와 과거형 '~앗(엇)다'체 사용이 증가했다는 것은 서술시점이 변화했음을 의미한다. 서술자와 사건 사이에 공간적 거리가 생기면서 객관적인 묘사가 가능하게 된 것이다.

'~더라'체에서 서술자는 모든 일을 알고 있는 전지적인 상태에서 이야기함으로써 초월적 서술자, 집합적 화자, 집단적 경험의 축적을 기반으로 하는 설화적 세계의 존재가 된다.[7] 서술자는 모든 시공간에 편재되어 있으면서 어떠한 제약을 받지 않는다. 그러나 '~더라'체가 사라지고 현재형·과거형 어미가 확대되면서 서술자는 등장인물과 동일 시공간에 존재하며 사건을 관찰하게 된다. '~더라'체의 소멸은 서술자와 사건의 공간적 위치를 재편하면서 서술의 객관화를 이끌고 있다.

이희정은 1910년대 『매일신보』 연재소설에서 상반기와 하반기의 종결어미가 대비적으로 변화하고 있음을 구체적으로 분석한 바 있다.[8] 1910년대 초반에는 '~더라'·'~이라' 식의 고소설적 종결어미가 많이 사용되

---

7 함태영, 「1910년대 『每日申報』 '단형서사' 연구」, 연세대 근대한국학연구소 기초학문연구팀, 『한국 근대 서사양식의 발생 및 전개와 매체의 역할』, 소명출판, 2005, 353쪽.
8 이희정, 『한국 근대소설의 형성과 매일신보』, 소명출판, 2008 참조.

었으나, 후반기로 갈수록 '~ㄴ다'·'~앗 / 엇다'의 어미사용이 기하급수적으로 증가했다. 또, '~다'의 어미는 초반에 약간 사용되다가 중반으로 갈수록 사용량이 확대되고 후반으로 갈수록 다시 저조해진다. 이것은 한국 근대소설의 종결어미가 전지적 '~더라'(~이라 / ~하라)체 → 현재형 'ㄴ다' → 과거형 '~앗(엇)다'로 변모하고 있음을 증명해 준다.

과거형 종결어미 '~앗(엇)다'는 이야기의 진행을 특정한 시점에서 회고하는 듯한 원근법적 시간성을 가능하게 만든다. 서술자와 사건 사이에 거리가 발생하면서 서술자는 냉정한 관찰자로서 역할을 한다. 내부적인 시선에서 벗어나 사건을 객관적으로 응시하며 제3자적 위치에서 서술하므로 화자를 중성화시킨다. 근대소설의 화자는 초월적 서술자가 아니며, 등장인물과 객관적 거리를 유지하는 존재이다. 서술자의 전지적 능력이 삭제됨으로써 텍스트 내외에서 중립을 유지하고 작품에 대한 감상과 평가를 독자에게 남겨둔다. '~앗(엇)다' 어미를 통해 화자의 중성화가 실현되고 주인공과 공간적 거리가 유지되면서 등장인물의 심리 상태를 객관적으로 묘사할 수 있다. 또, 심리 묘사에 대한 감상을 독자에게 남겨줌으로써 독자의 자발적인 참여를 이끌어낸다. 어미의 전환은 서술의 객관화를 실현시키고 독자의 참여를 독려할 수 있다.

'~앗(엇)다'의 사용이 대폭 확장되었다 하더라도 앞의 1918년 3월 23일 연재문처럼 '~더라'·'~이라' 식의 목소리는 여전히 혼재되어 있었다. 그러나, 더 이상 고소설에서 존재했던 전지적 서술자가 아니라 현재의 상황을 독자와 함께 관찰하는 서술자로서 참여하기에 과거의 용례에서 벗어난다. 1910년대 후반 인간의 내면심리에 대한 객관적인 묘사는 어미의 변화와 서술자의 거리가 확보된 이후에 실현될 수 있었다.

5. 근대적 독자의 탄생과 초보적 여론의 형성

신문에 장기간 번역·연재되는 소설은 독자들의 관심과 지지가 절대적인 요건이다. 독자들의 참여도는 독자투고란에 실리는 글을 통해서 살필 수 있고, 신문 판매부수의 추이를 통해 확인할 수 있다. 편집가 혹은 번역가와 독자의 자연스런 소통은 근대화를 향한 또 다른 지표가 된다.

1910년대 신문 판매부수의 확장은 근대적 독자의 탄생과 직결된 문제였다. 1913년 7월 23일 기사에 보면 초창기 3천부 찍던 『매일신보』가 시간당 2만 부를 생산하고 있음을 밝히고 있는데 당시는 조중환·조일재·이상협 등의 번안소설이 연재되면서 한창 인기를 끌던 시기였다.

한일병합 초기에 일본은 식민지배 체제를 다지기 위해서 새로운 시정에 맞는 행동을 취하라는 권고성 사설을 신문에 집중적으로 게재한다. '미개한' 조선의 상황을 고발하고, '우월한' 일본의 문물적 혜택을 강조했다. 의도적인 정당성과 합리성을 내세워 식민지배체제를 공고히 다진 후 1915년부터 다른 차원에서 친일 정책이 시도되었음은 앞에서 밝힌 바와 같다.

1910년대 후반으로 갈수록 계몽에 대한 직접적인 표명은 사라지고 번역소설 속에 내면화된다. 일본정부는 식민지 안정화 정책을 위해서 대중적이고 통속적인 외국소설을 번역해서 신문에 연재하고자 했다. 병합 이후, 신문의 독자수 확보 및 증가는 시급한 문제였고 외국 소설의 번역은 총독부 기관지라는 불리한 입장을 희석시키는 효과적인 방책이었다. 신문연재소설이 인기를 얻을수록 독자들이 증가하게 되고 독자들이 증가할수록 더 많은 조선인들에게 식민정책을 선전할 수 있기 때문이다. 독자수를 확보해서 신문사의 경제력을 충당하고 일본정부의 대외적 정책을 선전해야 했다. 이러한 이데올로기가 오락적 재미를 갈망하는 대중들의 요구와 부합하면서 번역 소설은 확고하게 뿌리내릴 수 있었다.

『매일신보』는 최초의 근대적 양식의 독자투고란을 만들었다. 1912년부터 만들어져 독자들의 공감대가 형성되자 신문의 판매부수는 급격히 증가한다. 독자는 잘 모르는 타인과 인적 네트워크를 형성하고, 기사화된 사건에 대한 평가와 비판의 주체로서 부상하게 된다.

『매일신보』에서 독자투고란은 사회의 사고나 소소한 이야기를 순 한글체로 썼던 제3면에 위치했기에 한문에 익숙하지 않은 여성에게도 큰 인기를 끌었다. 독자투고란은 이들의 참여를 유도하면서 판매부수 확장을 위한 수단이기도 했고, 답신을 게재하면서 식민정책을 옹호하는 창구이기도 했다. 독자투고란의 참여율은 1915년부터 현저하게 높아진다. 의식 있는 독자층이 형성되면서 그들의 관심은 소설에 대한 흥미에서 벗어나 정치·사회 등 시사적 문제로 옮아가게 된다. 자율적인 비판이 이어지고 사회의 세태나 편집 의도에 대한 비난이 쏟아지자 더 이상 독자의 불만을 달래면서 식민 방침을 전달하는 역할이 불가능하게 되었다. 따라서 독자투고란은 1916년 2월 16일부터 3년 4개월간 잠정적으로 폐쇄하게 된다.

『홍루몽』 제19회 연재 뒤에 실린 독자와의 소통 한 단락을 살펴본다.

「譯者言」 여러 讀者諸氏에게 한마듸 말삼ᄒ겟슴니다. 달음안이라 요소이 本小說은 아마 諸氏가 滋味가 업서ᄒ실줄 아옴니다. 勿論 譯者도 滋味업서 ᄒ

눈빅인즉 그럿치 안수오릿가 그러ᄂᆞ 前日 豫告ᄒᆞ온 바와 ᄀᆞ치 이 小說은 원체 大作인 썬문에 아즉 滋味가 업ᄂᆞᆫ 것은 왼 일이냐 ᄒᆞ면 只今은 그 局面에 伏線을 놋ᄂᆞᆫ 것이니 이러ᄒᆞ고야 비로소 小說이 되ᄂᆞᆫ 싯닭이로니 諸氏ᄂᆞᆫ 아즉 그 意味를 모르실지라도 連續ᄒᆞ여 잘 記憶ᄒᆞ여 주시면 那終에 비로쇼 理會ᄒᆞ실 날이잇셔 무릅치실 날이 잇스리다. 비록 譯文은 잘 되지 못ᄒᆞ얏슬지라도(『매일신보』, 1918.4.18)

120회 장편의 중국통속소설 번역에서 원문 1회의 분량은 신문에 7, 8회로 나누어 연재해야 했다. 더욱이『홍루몽』제5회까지는 많은 인물들이 등장만 하고 전체 소설의 내용이 복선처럼 진행되기에 단조롭고 지루하게 이어진다. 이러한 내용에 대하여 독자들에게 안내하고 기다려 달라는 협조문을 공지하고 있다. 양건식은 독자들의 반응을 염두에 두면서 소설을 연재했다. 독자들의 평가를 의식했었음은 1918년 4월 23일 독자에게 온 편지에 답하는 글을 게시하여서 번역의 원칙과 태도를 천명하는 것에서도 살필 수 있다.

「독자구락부」라는 정식적인 공간 없이도, 양건식은 번역문 말미에 독자와의 직접적인 대화를 시도하곤 했다. 1918년 7월 14일 「역자로부터 독자에게」라는 글을 서술하여『홍루몽』번역태도에 대한 변경의 이유를 밝혔다. 기재된 내용이 주로 오역, 당부, 번역 태도의 천명 등으로 한정되긴 했으나, 신문은 근대적 독자가 탄생하고 그들과 소통하는 새로운 매개체로 경계를 넓혀나가고 있었다. 일반 대중은 기자가 아닌 독자의 신분으로 대중매체에 글을 싣고 반론을 제기하며 사회의 구성원으로 참여했다. 모르는 사람과 의견을 주고받으며 초보적인 여론을 형성하는 과정을 통해서 근대의 독자층은 형성되고 있었다. 1910년대 신문의 독자들은 자신의 목소리를 불특정 다수 앞에 내놓으면서 '소통'과 '문화형성'의 과정을 밟아가고 있었다.[9] 일간지에 번역 연재된『홍루몽』은 독자와의 즉각적인 소통을 가능케 하면서 초보적인 여론을 형성하는데 일정한 역할을 하고 있었다.

6. 매체, 소설번역, 근대적 글쓰기

신문은 대표적인 근대 매체로써 일반 대중들을 계몽시키는데 효과적인 역할을 했다. 발간과 수용이라는 측면에서,『매일신보』는 총독부의 정책을 식민지 조선에 수렴시키는 역할과 그들의 의견을 반영해야 하는 쌍방의 조건을 만족시켜야 했다. 식민지 사람들의 저항의 논리와 침략국의 동화의 논리가 모두 수용돼야하는 양면성을 지녔다. 이러한 아이러니는 식민 논리가 고스란히 투영된 논설란과, 이데올로기에서 좀 더 자유로웠던 연재소설란이 동시에 운영되는 기초가 되었다.

1910년대 초반『매일신보』서사의 주기능이 계몽이었다면 후반기는 계몽과 통속화가 동시에 진행되고 있었다. 독자들의 호응을 끌어내기 위해서 오락과 통속성을 고려했던 편집가들은 사랑과 연애를 주제로 한

---

9   이영아, 「1910년대『매일신보』연재소설의 대중성 획득 과정 연구」,『한국현대문학연구』23, 2007, 77쪽 참조.

가정소설이 신문연재에 적합하다고 판단했다. 1919년 6월 3일 공지한 「현상소설모집(顯賞小說募集)」에서 알 수 있듯이, 현대적 소재, 구어화된 문체, 통속화된 순수한 조선 문자의 사용을 강조하면서 독자들을 회유했다. 1910년대 후반 통속적 대중소설과 지식인 포섭의 계몽소설이 동시에 연재될 수 있었던 것은 1차 세계대전 후, 식민지배체제를 더욱 공고히 하려던 일본의 정치적 목적과 맞물린다. 통속소설의 연재를 통해서 일반 대중 집단을 포섭하고 계몽소설을 허용함으로써 지식인 집단을 회유하고자 했다. 계몽과 통속이라는 양면적 역할은 번역의 과정 속에서 근대 소설의 발달을 가속화시켰다. 장회소설『홍루몽』의 번역은 계몽과 오락이 혼재된 양식 속에서 새로운 매체언어를 탄생시키고 있었다. 계몽의 기획과 네이션 의식, 신문의 매체적 장점이 제대로 실현되기 위해서 신문이라는 새로운 제도에 맞는 새로운 에끄리뛰르가 창출되고 있었다.[10]

1910년대 번역서사는 주체성 상실에 대한 절망과 일본 문물에 대한 경이로움 사이를 메꿔주는 틈새이며, 구습에 대한 비판과 신문명에 대한 동경을 타협시켰다. 현실과 이상의 경계에 감춰진 자아를 표출하는 방법이기도 했다. 새로운 매체를 통해 지식인들의 현실인식과 고뇌, 미래를 향한 모색을 전달하고, 오락과 재미를 더하여 대중 속으로 파고들었다. 전통적인 개념이 균열하고 새로운 패러다임이 제시되면서, 혼재된 시대의 글쓰기 방식은 국가적 불안과 위기를 계몽과 통합으로 이끌고자 했다. 국한문혼용의 서사방식은 지식인까지 포섭하기 위한 언문일치의 노력에서 기인했고, 현재형과 과거형 종결어미는 서술자의 위치를

---

10 황호덕,『근대 네이션과 그 표상들』, 소명출판, 2005, 217쪽.

객관화시키는 과정에서 사용되었다. 또 새로운 매체의 보급과 함께 초보적인 여론을 형성하는 근대적 독자도 탄생하고 있었다.

외국소설의 번역은 서구 것에 대한 맹종도, 일제의 식민사관도 아닌 우리 고유의 것과 외래문화의 혼종을 통해서 창조된 글쓰기였다. 소설의 번역은 원전의 내용과 주제를 전달하는 문학적 역할을 수행했을 뿐 아니라 지식인들의 현실적 고민을 담아내는 통로이자 계몽적 실천의지를 표출하는 방식이었다.

『홍루몽』 번역은 국가의 위기를 극복하기 위한 저항의 글쓰기인 동시에 현실을 자각하고 미래를 기획하려는 치열한 고민의 흔적이다. 『매일신보』의 행간에는 침략국과 식민지의 문명이 끊임없이 교섭하며 그 혼성화된 역동성 속에서 현실에 대한 저항과 미래에 대한 모색을 담아내고 있었다. 120회 장편에 대한 번역의 어려움, 『매일신보』가 지향했던 식민화 정책과의 상충 등으로 미완성이 되었지만, 『홍루몽』의 번역연재는 변화하고 있는 문학장 속에서 매체 언어를 새롭게 발견하며 근대를 기획해가는 또 하나의 이정표가 되었다.

4장
『삼국연의』번역과 근대의 기획

1.『삼국연의』의 전래와 수용

한국과 중국은 예로부터 한자공동체 문명권에 속해 있었고 양국이 한자를 사용했기 때문에 세종대왕이 한글을 창제하기 이전까지 중국의 문학작품이 국내에 들어와도 번역의 문제는 존재하지 않았다. 민관동에 따르면, 조선시대 국내에 유입된 중국소설은 총 460여 종으로 추정되며 그 중 번역된 고전소설은 약 68종, 출판된 고전소설은 약 22종에 이른다.[1] 조선시대에 중국어 원문으로 출판되기도 했고 재밌는 장면만 선역

1 　조선시대 『삼국연의』의 전래와 수용에 관해서 민관동, 「三國演義의 國內 流入과 板本 硏究」(『중국소설논총』 VI, 학고방, 1995), 민관동, 「국내의 중국 고전소설 번역 양상」(『중국어문논역총

해서 부분 번역이 이루어지기도 했으며 번안되기도 했다. 1920년대 말까지 번역 출판된 중국 고전소설의 종류는 부분 발췌한 단행본까지 합치면 40여 종이 넘는다. 또, 일제시대와 광복을 거쳐 최근에 이르기까지 중국 고전소설은 약 90여 종의 작품들이 번역·출판되었다. 그 중 가장 많이 번역 출판된 작품은 『삼국연의』로 판본만도 70여 종에 달하며 조선시대에 이어 한일병합 이후에도 『삼국연의』의 인기는 계속되었다.

『삼국지평화』는 『노걸대』에 언급된 것으로 보아 고려 말에 유입된 것으로 보이며, 『삼국연의』의 최초 국내 유입은 『조선왕조실록』의 기록을 토대로 1569년 이전으로 추정한다. 특히 박재연의 연구에 주목할 필요가 있는데, 그는 국내에서 발견된 『삼국지통속연의』 판본에 근거해서 대략 1552년 이후부터 1560년대 초·중반 사이에 간행된 것으로 추정했다. 새로 발굴된 판본은 우리나라에 현존하는 『삼국지연의』 간행본 중 가장 오래된 것이자 한중일 삼국을 통틀어 첫 번째 금속활자본이란 점에서도 세계적인 주목을 받은 바 있다.[2] 이후 『신간교정고본대자음석삼국지』는 인조 5년인 1627년에, 가장 널리 유통된 것으로 사료되는 『관화당제일재자서』는 숙종 년간(1674~1720)에 간행되었다.

조선시대에 번역된 중국 소설 중에는 역사를 소재로 한 연의류 소설이 많다. 장편의 백화소설을 번역할 때 전체를 완역하기보다 축약해서 번역하거나 번안 및 재창작을 했다. 특히, 『삼국연의』는 관우, 장비, 제갈량, 조자룡 등의 이야기 일부만 발췌해서 국내에 소개되는 경우가 많

간』 제24집, 2009), 「중국 고전소설의 출판문화 연구―조선시대 출판본과 출판문화를 중심으로」(『중국어문논역총간』 제30집, 2012) 참조 및 정리.
2   박재연, 『중국 고소설과 문헌학』, 역락, 2012, 273쪽.

았다. 원문의 처음부터 끝까지 완역한 경우는 낙선재본『홍루몽』이 가장 이르다. 1884년경 만들어진 것으로 추정되는데 최용철은 중국어 원문과 중국어 발음 및 우리말을 모두 번역한, 원문에 근거해 글자 하나하나를 축자번역한 세계 최초의 완역필사본임을 입증했다. 창덕궁 내 왕실도서관 격인 낙선재는 헌종 13년 (1847년)에 후궁 김씨를 위해서 지어졌으나 후에 고종의 편전으로 사용되기도 했다. 조선시대 역관 이종태가 자신의 집에 수십 인의 문사를 두고 오랫동안 중국소설을 번역해서 백여 종을 보관했다. 나중에 창경궁의 장서각으로 이관 소장되었다가 1981년 창경궁 보수공사로 현재는 한국학 중앙연구원에서 관할하고 있다.

『삼국연의』는 낙선재에 보관되어온 완역본 39책 이외에도 17책, 19책, 20책, 27책, 30책, 38책 등 방각본, 번각본, 필사본의 다양한 판식과 판본으로 유통되었다. 조선시대에 많은 중국소설이 간행되었으나 백화소설 중에는『삼국연의』가 처음이고, 가장 널리 유통되어 끊임없는 사랑을 받은 것도 이 책이었다. 근대시기에 가장 흥미로운 부분을 떼어내서 번역하는 부분 번역이 활발했는데『화용도실기(華容道實記)』(1913~16),『삼국대전(三國大戰)』(1918~35),『대담강유실기(大膽姜維實記)』(1922),『적벽대전(赤壁大戰)』(1925) 등이 그러하다. 번안한 작품으로는『산양대전(山陽大戰)』(1916~), 판소리『적벽가(赤壁歌)』(1916~1932),『관운장실기(關雲長實記)』(1917~18),『장비마초실기(張飛馬超實記)』(1917~25) 등을 들 수 있고, 재창작된 것으로는『황부인전(黃夫人傳)』,『몽결초한송(夢決楚漢訟)』,『오호대장군기(五虎大將軍記)』,『몽견제갈량(夢見諸葛亮)』,『제갈량전(諸葛亮傳)』 등을 꼽을 수 있다.

양건식은『매일신보』에『삼국연의』원문 120회를 우리말로 번역하여 연재했다. 이것은 근대시기 일간지 신문에 당시의 현대어로, 최초로 완역한『삼국연의』이다. 그가 사대기서 중 전문을 완역했던 작품은『삼국연의』가 유일하다. 번역을 시도하고 평론문을 발표했던『홍루몽』을 완역하지 못했지만 동일 일간지에 1929년 5월 5일부터 1931년 9월 21일까지 2년 5개월 동안『삼국연의』를 번역했다.『동아일보』나『조선일보』가 몇 차례 정간되던 상황에서『매일신보』는 조선총독부의 기관지로써 1945년 해방 때까지 한 번도 정간된 적이 없었다. 더욱이『매일신보』는 외국문학 작품의 번역과 번안에 적극적이었기 때문에 이 당시 일제의 식민정책과 중국소설 번역의 상관관계를 재고하는데 좋은 자료가 된다.

이후 양건식의 완역을 기반으로 한용운, 박태원, 정비석 등의 작가들이 연이어 번역을 시도했다. 양건식이 번역한 지 10년 후 만해 한용운은『조선일보』에「삼국지」라는 제목으로 연재했다. 한용운은 양건식보다 열 살이나 많았지만 양건식과 함께 불교 단체에서 활동하면서 종교적인 교감을 나눈 바 있다. 그는 1939년 11월 1일부터 1940년 8월 11일까지 총 281회를 번역했다. 한용운의『삼국연의』번역은 일본 베스트셀러 작가였던 요시카와 에이지[吉川英治]의 영향을 받은 것으로 보인다. 요시카와 에이지는 일본에서 1939년 8월 26일부터 1943년 9월 5일까지『중외상업신보(中外商業新報)』에『삼국지』를 연재했고, 한국에서는 1939년 9월 20일부터 1943년 9월 14일까지 일본어 신문인『경성일보』에 연재했다. 박태원은「신역 삼국지」라는 제목으로 번역하여『신시대』에 1941년 4월부터 1943년 1월까지 연재한 후 1945년에 박문서관에서, 1950년에는 정음사에서 출판했다.[3] 정비석은 1963년 1월부터 1967년 10월까지『학

---

3   한용운과 박태원의 번역에 관해서 조성면,「한용운 삼국지의 판본 상의 특징와 의미」,『한국학연구』제14집, 2005, 75·86·92쪽.

원』이란 월간지에 연재하고 이듬해 단행본으로 출판했다.

　기존의 연구에서 이미 지적되었듯이, 해방 이후부터 1990년대 사이 『삼국연의』에 대한 번역은 이전의 번역본을 베껴 썼거나 중국어 원본이 아닌 일본어판 저본을 이용했다. 중문학자가 아닌 소설가들에 의해 번역되거나 혹은 출판사의 상업적 전략에 의해 개작되는 등 여러 가지 문제점을 내포하고 있다.[4]

　『매일신보』에 번역된 『삼국연의』를 대상으로 문체와 번역자의 글쓰기 방식, 역사적 영웅과 민족의식의 관계, 신문 삽화와 대중문예에 관해 살펴본다. 특히, 한일병합 후 강력하게 민족의 목소리를 드높였던 1919년 3・1운동을 기점으로 『매일신보』의 문예물 편집 정책에 여러 가지 변화가 있었다. 문화통치라는 형식적인 허용이 실질적인 감시와 통제로 이어졌던 이 시기, 신문에 번역된 문학작품을 중심으로 당시 사회의 문학적 풍경을 읽어볼 수 있다. 동일 일간지에 연재했던 『홍루몽』 번역을 부분적으로 언급하면서 1910년대와 1920년대 『매일신보』의 문예물 연재에 대한 변화와 혼란한 시대를 살아가는 지식인의 현실인식은 어떻게 드러나고 있는지 살펴본다.

4　민관동, 「국내의 중국 고전소설 번역 양상」, 『중국어문논역총간』 제24집, 2009, 622~628쪽과 오순방, 『중국 근대의 소설번역과 중한소설의 쌍방향 번역 연구』, 숭실대 출판부, 2008, 265~267쪽 참조.

2. 국문체 글쓰기와 지식인의 현실인식

양건식의 중국소설 번역문에는 국한문체와 국문체가 모두 사용되고 있다. 아래『삼국연의』번역문의 첫 단락을 실어본다.

독자여 천하의대세(天下大勢)는 아마도 난호인지가 오릭면 합하고 합한 지가 오릭면 또 난호이는 것인가 봅니다. 그릭서 그러한지요? 주(周)ㅅ나라 말년에는 일곱나라로 난호여 서로 다토다가 진(秦)나라에 병합이 되엇고 진나라가 멸망한뒤에는 초(楚)ㅅ나라와 한(漢)나라로 또한 난호여 다토다가 나종에 한나라에 합처지고 말핫습니다. 원릭 이 한나라는 고조(高祖)가 삼척검(三尺劍)을 들고일어나 천하를 통일한 뒤로 광무황제(光武皇帝)가 한번 이를 중흥(重興)하고 헌뎨(獻帝) 째에 일으러 마츰내 또 난호여 세나라가 되엇습니다.(『매일신보』, 1929.5.5)

話說天下大勢, 分久必合, 合久必分 : 周末七國分爭, 并入於秦. 及秦滅之後, 楚, 漢分爭, 又并入於漢. 漢朝自高祖斬白蛇而起義, 一統天下. 後來光武中興, 傳至獻帝, 遂分爲三國.(羅貫中,『全國圖像三國演義』)

오늘날 보통 우리가 읽는『삼국연의』는 청대 강희 년간 모종강이 비평하고 개작한 판본이다. 모종강 평본은 명대 나관중의『삼국지통속연의』를 개작한 것으로 언어와 서사구조를 치밀하게 다듬고 자신의 비평을 첨가하여 다른 판본들을 압도하고 유행했다. 청대 모윤・모종강 부자는 구어로 된 백화문학의 가치를 높게 인식했던 이지와 김성탄의 영향을 받아서 매회 제목을 붙이고 평점을 덧붙이면서 작품의 서사적 완성도를 높였다. 홍상훈이 지적했듯이 양건식은 당시 국내에 널리 퍼져있던 모종강본을 번역의 저본으로 삼았던 것으로 추정된다. 또 각종 일역본 등을 참조해서 원작의 평점과 일부 삽입시를 제외한 원문만 번역했다. 모종강 판본의 장회 체제를 거의 그대로 따르고 있으나 중국의 장회소설을 한국의 일간지에 번역하기 위해서 사건 위주로 목차를 재구성했다.

양건식은 1918년 『홍루몽』을 연재할 때에 북경의 구어가 가득하게 묘사된 원문을 국한문혼용체로 번역했고, 1929년 『삼국연의』를 연재할 때에는 국문체로 번역했다. 아래 국한문혼용체로 번역한 『홍루몽』 번역문의 첫단락을 실어 비교해 본다.

江湖의 讀者야 이 小說의 첫머리는 이러ᄒ다. 作者는 말ᄒ지 내! 일즉이 한번 夢幻境을 단이여온 일이 잇섯다.(쑴을 ᄭᅮ엇노라) 그리고 짐짓 眞正흔 事實은 숨기고(眞事隱去) 通靈을 빌어가지고 말흔다 이것이 이 石頭記의 小說이라는 것이다. 그 ᄭᅡᆰ에 진사은(甄音진 士隱은 진사은과 音이 서로갓홈으로)이라 홈이다. 그러면 이 小說의 內容이 엇더케된 것이냐? 作者는 ᄯᅩ 말흘란다.(『매일신보』, 1918.3.23)

그의 문체는 문필활동의 시작에서부터 살펴볼 필요가 있다. 앞서 살핀대로 양건식은 1917년 5월 『조선불교총보』에 「소설서유기(小說西遊記)에 취(就)ᄒ야」라는 평론문을 기고하면서 중국문학을 국내에 소개했다.

당시 불교 잡지에서 활동하는 문인들이 한문체를 즐겨 사용했고 그 역시 국한문 혼용체로 글을 쓰기 시작했다. 그 해 11월 『매일신보』에 「지나(支那)의 소설급희곡(小說及戲曲)에 취ㅎ야」를 국한문혼용체로 발표하여 국내에 하루빨리 중국문학을 소개해야 하는 필요성과 중국문학의 가치를 언급하고 있다.

> 大抵 外國文學을 硏究ㅎᄂ 目的은 自國文學의 發達에 資코저 홈이니, 저 支那文學은 朝鮮에 輸入된지 三千餘年 以來에 大혼 影響을 及ㅎ야 深혼 根底를 有혼 故로 支那文學을 不解ㅎ면 我文學의 一半을 解키 不能ㅎ다ㅎ야도 不可치 안케 되얏거던 況 支那文學은 一種의 特性을 備ㅎ야 世界의 文壇에 異彩를 放홈이리오.(『매일신보』, 1917.11.6)

이 시기에 발표했던 평론문은 지식인들의 참여를 촉구하는 것이 시급한 목표였기 때문에 국한문혼용체를 사용했다. 이후 중국 신문화운동의 추이를 주시하고 호적의 문장과 중국문단의 흐름을 국내에 적극적으로 소개하게 된다. 1917년 호적이 「문학개량추의(文學改良芻議)」를 발표하자 양건식은 1920년에 「호적씨(胡適氏)를 중심(中心)으로 한 중국(中國)의 문학혁명(文學革命)」이란 제목으로 국내에 소개했다. 『개벽』 제5호에 발표된 이 글은 호적의 「문학개량추의」에서 주장했던 8가지 항목 중 옛 사람들을 모방하지 말라는 '불모방고인(不模倣古人)'에서 "삼천년(三千年) 이전(以前)의 사어(死語)를 묵수(墨守)함보다 이십세기(二十世紀)의 활어(活語)를 조(操)이 가(可)하고 이(耳)가 원(遠)한 진한육조(秦漢六朝)의 문언(文言)을 모(摹)함보다 누구나 이선(易鮮)할 수호(水滸)·서유식(西遊式)의 속어(俗語)를 사용(使用)함이 가(可)하다"고 하면서 한 시대는 그 시대에 따른 문체가 있음을 강조하며 백화문의 필요성을 주장했다. 이 글은 호적을 국내에 처음 소개하는 글이라는 점에서도 주목받고 있다. 고문보다 구어체 형식인 백화문을 주장했던 호적의 언문일치 사상에 양건식이 적극적으로 동조했음을 살필 수 있다. 호적이 명청시기 백화소설이나 원대 희곡에서 사용된 백화문을 추구해야 할 근대적 문체라고 주장했던 것처럼, 양건식은 중국 고전소설 중 백화문 운용이 성공적인『수호전』을 극찬했다.

그는 평생에 걸쳐서 중국문학 연구의 시급함과 번역의 필요성을 주장했지만, 글쓰기 문체에 관해서는 주체적인 태도를 분명히 하고 있었다. 중국문학을 번역하는 이유는 우리 문학의 발전에 공헌하기 위함이라는 뚜렷한 목적의식을 가지고 있었기에 서사 방식에 있어서 한문체 문장에 관한 불만을 토로하며 우리식 문체를 부흥시키고자 했다. 1916년에 발표한「춘원의 소설을 환영하노라」에서 문체의 특질은 사람의 특질이라고 언급하면서 일찍부터 문체의 중요성에 주목했다. 그는『홍루몽』번역에서 중국의 한시를 우리의 시조 가락에 맞게 번역했고 1925년『시대일보』에 발표했던 글에서도 문체에 관한 확고한 견해를 보여준다.

自來로 漢文에 넘우 中毒된 우리 朝鮮에서 自國의 詩인 時調에 對하야 넘우 等閒)에 부치고 虐待에 갓가웁게 돌아보지 아니한 것도 事實이다. (…중략…) 우리의 詩는 그 後에 니르러 漸次로 漢詩의 큰 壓迫을 바다 우리의 固有한 精神을 일허버린 까닭에 近代에 니르러서는 우리의 創作과 우리의 創造가 업고 民族은 그로 因하야 勇敢活潑한 氣像이 업서지는 同時에 지금은 참아 말못할 地境에 빠지고 말앗다. 이 意味에 잇서 저 千餘年以來로 腦를 썪이며 피를 배

아트며 螢窓雪案에 蕭條生涯로 되지도 안흘 李杜韓蘇를 애를 써가며 본을 뜨랴고한 漢詩人들은 坐한 우리 民族의 罪人이라고 할 것이다.(「시조론(時調論)」, 『시대일보(時代日報)』, 1925.7~8)

양건식은 한문에 중독된 우리 문인들에 대해 민족의 죄인이라고 통렬히 비판하면서 우리의 정체성이 들어나는 우리식 글쓰기 문체를 주장하고 있었다.

1918년『홍루몽』번역문에는 한글과 한자를 동시에 병기한 국한문혼용체로, 1929년『삼국연의』번역문에는 국문체로 썼다. 인명이나 지명 등이 나올 때는 한글 뒤 괄호 속에 한자를 표기했지만 이전에 발표했던 『홍루몽』번역문과는 다른 문체임을 알 수 있다. 그러나 비슷한 시기인 1929년 출판된『중국단편소설집』에서 중국의 현대문학 작품을 국한문 혼용체로 번역하고 있었고, 1930년대『월간야담』에 발표했던 작품들은 국문체로 번역했다. 이 시기 중국 현대작가들에 대한 평론문에서 여전히 국한문혼용체로 쓰고 있음을 살필 수 있다.

동일한 일간지에 번역했던『홍루몽』과『삼국연의』의 문체가 이렇게 혼용되었던 것은 뚜렷한 문체관을 견지했던 그조차도 시대적인, 정책적인 상황과 무관할 수 없었던 결과였다. 대한제국 정부는 1894년 갑오경장 이후 고종이 내린 칙령 제1호 공문식 제14조에서, 모든 법률과 칙령은 국문을 본으로 삼고 한문 번역이나 국한문을 혼용한다는 공문을 발표했다. 형식상으로는 국문을 내세웠으나 국한문 혼용의 가능성을 내포하고 있었다.[5] 1896년 우리나라 최초의 민간신문으로 출범한『독립신문』이 순 한글전용 신문으로 창간되고, 1898년『황성신문』이 창간호에서 국한

문혼용체 신문임을 공표했다. 1905년 통감정치가 시행되면서 국한문체
는 더욱 확대되었고 국한문혼용의 대표 신문이었던『황성신문』조차 필
요에 따라서 문체의 변이를 허용했다.『대한매일신보』는 순 한글 기사
와 영문기사를 함께 다루는 신문으로 출발했으나 나중에 국문판을 국한
문혼용판으로 바꾸어 발행하게 된다. 각종 신문들이 원래의 기획 의도와
는 상반된 문체로 창간되고 발행되었다는 점은 당시 문체가 정립되지 못
한 채 혼용되고 있음을 말해준다.

　글쓰기 문체는 작가의 가치관 혹은 독자의 계층에 따라서 선택해야
했던 지식인의 고민이 드러난다. 또 사세를 확장해야 하는 신문사의 입
장에서 보면 신문의 발간과 유통에서 아주 중요한 문제였다. 1910년대
억압적인 식민정책과 언론통제는 3·1운동을 촉발시켜서 1920년대 문
화통치라 불리는 시기로 이어지게 된다. 1924년 소에지마 미치마사副島
道正 사장이『매일신보』에 취임한 후 조선의 현실적 기반 위에 조선적인
것을 강조하고자 했다. 1920년대 초기에『매일신보』는 제1면에서 서구
작품의 번역소설을 국한문혼용체로 싣고 있었고 4면에서는 가정소설이
나 연애소설을 순 국문으로 싣고 있었다. 후반으로 갈수록 문화정책을
내세워 식민지 조선의 작가들을 영입하고자 했으며 연재소설에서 적극
적으로 국문체를 활용했다.『매일신보』는 1927년에 신문지면을 개편하
고 1928년에 루비식 표기로 전환하는 등 새로운 활자정책 속에서 다양
한 문학작품을 싣고자 했다. 일간지『매일신보』는 1920년대 후반 민족
지와의 경쟁 속에서『삼국연의』를 2년여 간 국문체로 연재하며 많은 독

5　　김영민,『한국 근대소설의 형성 과정』, 소명출판, 2005, 72쪽.

자층을 확보할 수 있었다.

혼란했던 이 시기에 정치적 목적에 따라 국한문혼용체가 강조되기도 하고 일반 대중을 겨냥한 순국문체가 강조되기도 했다. 보수적인 지식인들이 자신들의 체제를 옹호하기 위해 지속시키고자 했던 한문체, 개혁의지를 담은, 개화를 목표로 하는 신지식인층에서 보급시키고자 했던 국한문혼용체, 어려운 한자를 모르는 일반 하층민을 대상으로 했던 국문체는 목적과 대상을 달리하면서 혼란한 근대 시대를 표상하고 있었다. 국한문혼용체가 지식인과 일반 민중이라는 두 층위의 독자들을 모두 포섭하기 위한 중도적인 방책이었다면, 국문체는 민족의식을 결집시켜 민족적 정체성을 고취시키는 방식이었다. 여기서 한 가지 간과할 수 없는 점은 신지식인 대부분이 전통적인 것과 단절하고자 노력했던 시기, 과거의 제국인 지나야말로 본받지 말아야 할 대상이었을 그 시기에도 우리는 여전히 한자공동체 문화권에 속해 있었다는 것이다. 국한문혼용체는 문화적 이질감을 완화시키면서 원전의 의도를 최대한 변질시키지 않는 범위에서 중국 고전을 번역하기에 적합하다. 그러나 반문언 반백화체의 『삼국연의』를 당시의 현대적 어투의 국문체로 번역한 것은 번역자 양건식이 추구했던 글쓰기 방식이 뚜렷하게 표출된 것이라고 할 수 있다. 지식인의 촉구를 기대하는 평론문에서는 여전히 국한문혼용체로 썼으나, 일반 대중을 독자로 하는 문장에서 국문체로 썼던 것은 시대적, 정치적 한계 속에서도 우리의 정체성을 모색하려던 번역자의 의지가 투영된 결과라고 하겠다.

근대시기 문체의 변화를 문학형식의 발전이라는 측면에서만 살필 수 없는 이유는 정치권력과 식민담론, 근대 매체의 편집 방향 뿐 아니라 지식인의 현실 인식과 연관되기 때문이다. 번역자의 글쓰기 문체는 국가와 민족을 염두에 둔 지식인의 현실적 고뇌를 반영한다. 이들은 개인적인 이상과 시대적인 한계 사이에서 끊임없이 갈등하며 미래를 모색하고 있었다.

3. 영웅의 등장과 소비되는 역사성

1920년대 『매일신보』에는 이전에 유행하던 애정소설 만으로 독자들을 확보하기 어려웠고 더 복잡한 서사구조와 복선이 깔린 탐정소설이 등장하게 된다. 1924년 5월 30일 영국에서 들여온 「귀신탑」 연재를 공지하면서 "본지사면에 오리동안 소설이 긋치여 애독자 졔씨에게 적지안이 미안합니다. 이번에는 특히 스면소설의 특식을 발휘하기 위하야 쟉품의 션퇵에 적지안은 시일을 허비하얏습니다"라는 글에 보면 『매일신보』 편집진들의 고뇌를 읽을 수 있다. 어떤 작품을 연재할 것인지 상당히 고심했던 흔적을 알 수 있다. 또 마지막 공지문에 "본지 노력이 헛되지 안을 줄을 깁히 밋습니다"고 하여 탐정소설 연재에 대한 자신감을 표시하고 있다.

「귀신탑」을 연재하면서 자극적인 삽화를 함께 실었고 후속작품으로 「바다의 처녀」, 「제이(第二)의 접문(接吻)」을 연재했다. 「제이의 접문」은 일본 대중작가 기쿠치 칸의 작품으로 일본에서 '활동영화'로 상장되어 많은 사랑을 받았던 작품이다.[6] 1928년 10월부터 염상섭의 「이심」이 연재되고 그 흥행의 연장선상에서 「삼국연의」 번역이 이어지게 된다. 1929년 4월 공지문에서 「삼국연의」를 대중소설의 걸작으로 소개하고 있다.

> 강호에 만혼 환영을 맛는 본지 런재소설 『이심』은 작일로서 씃이 낫슴으로 본사는 다시 그 뒤를 이어 릭월초순부터 중국의 사대긔서(四大奇書)의 하나요 대중소설의 걸작인 『삼국연의』를 이제 중국문학자 량빅화씨의 그 류려한 붓을 빌어 소개하기로 한 바 그 내용은 이미 다 아는 바와 갓치 사상(史上)의 저명한 사실인만큼 그 무한한 흥취는 일빅번 넑어도 슬치 아니한 것이니 반듯이 독자 제현의 상찬을 바드리라고 밋는 바요 다만 몃칠동안은 쏘한 동씨의 붓으로 된 재미잇는 중국의 단편소설을 게재하오니 독자는 그리아시옵소서.(『매일신보』, 1929.4.25)

『조선일보』에 실린 「중국(中國)에서 처음 수입(輸入)한 삼국지영화(三國誌映畵) 불일봉절(不日封切)」에 보면,

> 예술문화협회본부(藝術文化協會本部)에서는 금번에 새로히 박수형(朴洙衡), 현철(玄哲) 량씨의 주간으로 영화부를 조직하고 영화 제작 배급 흥행 등을 목덕한다는데 일차 첫시험으로 중국(中國)에서 고래 유명한 삼국지(三國誌)를 중국에서 수입하야 불일간 시내 모극장에서 봉절한다 하며 이것이 중국영화로는 조선에 첫수입이요 또 조선 사람의 누구나 다 내용을 아는 그만

---

6 이희정, 「1920년대 식민지 동화정책과 매일신보 문학연구 2 — 후반기 연재소설의 전개과정을 중심으로」, 『현대소설연구』 48, 2011, 306~309쪽 참조.

『매일신보』, 1929.4.26. 3면

치 일반은 긔대하리라더라.(『조선일보』, 1929.5.31)

양건식의 번역이 실리기 바로 전 영화부를 조직하여 영화제작 배급 및 흥행을 목적으로한 광고를 실는다. 여기에서 조선에 제일 처음 수입된 중국영화가 〈삼국연의〉였음을 알 수 있다. 소설 예고문에는 양건식의 사진이 실리고 대중소설의 걸작인 『삼국연의』를 "그 무한한 흥취는 일빅번 닑어도 슬치 아니한 것"이라며 연속해서 공지하고 있다.

당시는 1927년을 전후로 조선야담사가 설립되었고 1930년대까지 지속적으로 야담운동이 진행되면서 민중계몽을 목적으로 한 역사물이 보급된다.[7] 양건식은 1927년 『중외일보』에 「강담과 문예가」라는 글을 기고하여 강담이란 단순히 사실의 나열 혹은 옛 이야기에서 그치는 것이 아니라 대중성과 예술성이 결합하여 대중소설로 나아간다고 주장했다. 1928년 1월 31일 『동아일보』 기사에 "일본의 강담(講談)과 중국의 설서(說書)를 절충하야 조선덕으로 쏘 현대덕으로 새민중예술(新民衆藝術)을 건설한 것"(「民衆의 娛樂으로 새로 나온 野談─朝鮮에서는 첫 試驗」)이라며 '조선에 최근에 새로난 신술어'로써 야담을 규정한다. 조선야담사가 김진구 등의 발기로 창립되어 역사적 사건이나 인물을 중심으로 야담공연이 시행됐음을 기록했다. 최남선·민태원·양건식 등이 조선야담

---

7 역사물 보급과 야담운동에 관해서 이승윤, 「한국 근대 역사소설의 형성과 전개」, 연세대 박사논문, 2005, 67~69쪽 참조.

298 제3부 • 기획과 변용─지식으로서의 소설번역과 동아시아 근대

사의 고문으로 활동했으며 일본의 강담과 중국의 『삼국연의』・『수당연의』・『수호지』와 같은 설서를 절충했다고 했다. 야담은 종래의 진부하고 허무맹랑한 것이 아니고 특권 계급의 독점적 역사가 아닌 민중적이고 현대적 오락물임을 밝히고 있다. 1928년 2월 5일 『동아일보』에서는 "중국(中國)의 설서(說書)와 일본(日本)의 강담(講談), 그 중(中)에도 신강담(新講談)을 슬어다가 그 장(長)을 취(取)하고 단(短)을 보(補)하야 그 우에 조선적(朝鮮的) 정신(精神)을 집어너어서 절대(絶對)로 조선화(朝鮮化)시킨 그것을 창설(創說)해 노은 것이 즉(卽) 야담(野談)"(金振九, 「野談出現必然性(四)─우리 朝鮮의 客觀的 情勢로 보아서」)이라고 정의내리고 있다.

사실 중국에서 설서의 전통은 아주 오래되었다. '이야기를 말하다'는 포괄적인 각도에서 보면 고대시대까지 근원을 추적할 수 있으며, 백화소설과 직접적인 관련성은 당대(唐代) 이후부터 언급할 수 있다. 『삼국연의』는 원말 명초 나관중의 작품으로 알려져 있으나 주지하다시피 한 개인의 창작이 아니다. 송대에 이미 역사 이야기를 하는 강사(講史) 가운데 삼국의 이야기만 전문적으로 하는 설삼분(說三分)이 있었다. 송대 대중들의 사랑을 많이 받았던 민간연예오락의 방식 중 장편의 역사 이야기만을 강술했던 강사화본의 형태로 널리 유행했다. 현행 판본의 직접적인 모태가 되는 것은 원대 지치 년간 건안 우씨가 간행한 『전상삼국지평화』이다. 강사화본인 『전상삼국지평화』 3권은 명대 출현한 『삼국지통속연의』의 대략적인 스토리를 갖추고 있었다. 즉 오늘날 우리가 흔히 볼 수 있는 『삼국연의』는 정사의 기록이었던 진수의 『삼국지』를 바탕으로 송대 강사, 원대 평화본의 형태로 유행했다가 나관중의 손을 거쳐 각색된 후 청대 모종강에 의해 개작되고 비평이 덧붙여진 120회본 역사소설이다.

역사적 영웅의 이야기가 유행했던 배경에는 일본의 언론통제법에 대한 민족의식의 분출과 연관해 볼 수 있다. 사전 검열이라며 1900년대부터 한국 언론에 간섭해 오던 일본은 러일 전쟁을 계기로 1904년부터 신문검열을 심화시켰다. 1907년 7월 「신문지법」과 1909년 2월 「출판법」을 제정, 공포하여 언론과 출판에 관한 사전 및 사후 검열이라는 이중적 장치를 설치했다. 1915년 조선총독부가 발표한 「교과용도서일람」을 보면 출판법에 의해 1910년부터 발매 반포 금지한 도서목록이 나온다. 1910년에는 현채의 「월남망국사」, 1911년에는 유원표의 「몽견제갈량」, 신채호의 「이태리건국삼걸전」 등 망국과 구국을 소재로 혹은 뛰어난 영웅의 활약을 기록한 서적들이 출판물에 대한 발매 반포 금지 조치를 받았다. 그러나 3·1운동으로 일제의 무단통치에 대한 문제점이 부각되면서 조선의 저항을 애초에 진압하기 위한 목적으로 민족지의 발간을 허용한다. 영화나 포스터, 대중 매체를 활용하여 조선의 민족의식을 분열시키고 장기적으로 조선 민족을 일본에 동화시키려는 내지연장주의를 실시했다. 무단통치를 마감하고 문화통치를 내세웠으나 궁극적으로는 조선을 영구적인 식민지로 만들면서 우리 민족을 통제할 수 있는 치밀한 계획을 준비하고 있었다. 1920년 민간지의 발행을 허가한 것은 민중의 동요나 불만을 사전에 감지할 수 있고 이에 대한 정보를 수집하여 대응하기 위한 이중적인 속셈이 내재된 것이다. 1926년 순종의 붕어와 6·10만세 사건 등은 문화통치 시기였음에도 불구하고 우리 민족의 독립적 의지를 보여주는 사건이었다. 이에 대해 『매일신보』 6월 13, 17, 18일 사설과 논설에서 조선의 민족주의자들이 민족의식을 기초로 해서 독립을 기도하는 것은 망상이라고 보도했다.

김진곤이 지적했듯이, 역사서에 기술된 역사사실을 근거로 하여 작품의 얼개를 만들고 만약 그 사이에 빈공간이 있다면 작가가 자신의 상상력을 발휘하여 메우는 것이 역사소설이며, 작가는 자신이 창작 대상으로 삼는 그 시기에 대해 자신의 입장과 견해를 자연스럽게 노출시킬 수 있다는 것이 역사소설론이다. 축홍파는 『삼국지연의』가 영웅 중심의 서술 경향으로 영웅사관에 함몰되어 역사발전의 진정한 주체라고 할 수 있는 다수의 민중을 역사의 객체로 만들어 버렸다고 했다.[8] 그러나 1920년대 우리가 처했던 상황은 역사발전론의 관점이 아니라 암울한 현실에서 다수의 민중을 구원해 줄 역사적 실제 인물을 갈망하고 있다는 점에서 중요했다. 지식인들은 민족의 주체성을 강조하고 독립의 가능성을 모색하기 위해 역사 속 영웅을 호출하여 국가를 회복시킬 희망을 반추하고자 했다. 역사적 영웅을 소재로 한 소설들은 역사적 사건이나 의식을 주제로 삼기보다 영웅의 삶 혹은 그의 일생을 중심으로 역사를 파악하고 이해하는 관점에서 접근할 수 있다. 진수의 역사서 『삼국지』가 허구의 설정과 평점이라는 특수한 담론형태가 덧붙여져 작가의 역사적 해석이 담겨진 120회 장편 소설로 재구성되었고, 중국문학의 전신자였던 양건식은 이 작품의 번역을 통해서 우리의 민족의식을 일깨우고자 했다.

　　당시는 실존했던 역사적 존재를 앞세워 시대적 사명감과 구국의 의지를 기탁할 영웅이 필요했다. 『삼국연의』가 한국 뿐 아니라 아시아 전체의 고전으로 자리 잡은 가장 큰 이유 중 하나는 유비라는 인물을 통해 촉한정통론적 입장에서 역사를 소설로 환원시켰기 때문일 것이다. 정사에

8　　김진곤, 「역사 인식의 변환과 역사소설의 창작」, 『중국소설논총』 제28집, 2008, 173・179쪽.

서 정권 획득에 실패했던 유비는 소설에서 자애로운 성군의 형상으로 등장하고, 실제 권력을 거머쥔 조조는 간사하고 음흉하여 만세에 욕을 먹어 마땅한 간웅으로 형상화되었다. 장학성이『삼국연의』의 7할은 사실이고 3할은 허구라고 지적했음에도, 소설에서 형상화된 촉한정통론적 대의는 식민지인들이 암울한 현실에서 희망을 투사할 수 있는 역사적 근거가 되었다. 촉나라의 유비가 정권을 장악하길 바라는 패자부활에 대한 대중들의 염원은 식민시기 조선 사회에도 이어졌다. 몰락한 한 황실의 종친인 유비가 어려운 여건 속에서도 부패하고 간사한 통치계급과 당당히 맞서 싸우는 내용은 외세 침략이라는 굴욕적 현실 위에 자주 독립이라는 희망을 투영하고 있었다. 중국을 타산지석으로 여겼던 양건식은 유비의 인의와 포용력, 관우와 장비의 충의, 제갈량의 지모를 빌어서 민족의 웅혼한 기상, 민족의식의 강화를 꾀하고자 했다. 전통적으로 많은 사랑을 받아온 역사적 영웅을 등장시키는 일은 일제의 검열을 피할 수 있을 뿐 아니라 동시에 꾸준히 문필활동을 할 수 있는 발판이 되었다.

1920년대 연애소설과 탐정소설의 유행이 현실에 대한 도피라는 소극적인 면모를 내포한 것에 비해 1930년대 역사소설의 유행은 현실에 적극적으로 직면하는 방식을 보여준다. 일제의 언론 통제가 삼엄해진 환경에서 친숙한 역사적 영웅을 등장시켜 현실적 고난과 모순을 타개해 줄 희망을 투영시키고자 했다.

4. 연재소설 삽화와 대중화 전략

『삼국연의』 번역문에는 이승만의 삽화가 실려 있다. 제1회부터 마지막 859회까지 '양백화 술(述), 이승만 화(畵)'라고 되어 있고 번역문 중간에 신문의 두세 단을 할애하여 당일 연재 내용의 특징적인 장면을 그림으로 실었다. 삽화는 연재가 끝나는 1931년 9월 21일까지 지속되었다. 다만, 1931년 3월 18일 671화 '무후탄금퇴중(武侯彈琴退仲)' 연재문에 이승만 그림이라고 되어 있으나 실재로 삽화가 실리지 않았다. 또, 제1회부터 제11회가 연재된 1929년 5월 15일까지『삼국연의』 제목 옆에 동일한 그림이 인쇄되다가 제12회 연재문이 실린 5월 16일부터 보이지 않게 된다. 제목 옆 그림은 삭제하고 번역문 중간에 당일의 연재문 중 특징적인 장면을 부각시켜 내용을 강조하고 있다. 5월 8일자 연재문에서는 유비와 관우, 장비가 도원결의하는 장면을 특징적으로 묘사했다.

삽화가 이승만에 관한 기록은 많지 않다. 그는 휘문의숙을 나와서 일본 미술의 명문 천단화학교에서 그림공부를 하고 조선미술전람회 서양화부에 4회나 특선으로 뽑혔다.『매일신보』에 1925년 성주(星珠)의 번안소설「바다의 처녀」와 1928년 염상섭의 소설「이심(二心)」에 삽화를 그려 넣었다. 김팔봉과 이서구의 권유로 1928년『매일신보』 학예부에 입사한 뒤부터 삽화에 전념했고, 1935년 박종화의 역사소설『금삼(錦衫)의 피』에 삽화를 그리면서부터 본격적인 활동을 시작했다. 조용만의「故 李承萬 화백의 영전에」라는 회고에 따르면 당시 서양화단을 이끌어 가는 대표적인 화백이었는데 1930년대에 들어서 신문 삽화로 붓을 돌려 역사

『매일신보』, 1929.5.8, 3면, 『삼국연의』 제3회(아마도 제4회의 오류인 듯하다)

소설에 옛날 풍속화를 그렸다. 이승만의 요염한 풍속화는 신윤복을 능가한다는 칭찬을 받았으며, 해방 전부터 역사소설의 삽화에 그를 따를 사람이 없었다고 평가된다.

중국 고전소설 삽화본은 원대에 처음 등장했고 명말 크게 융성하다가 19세기 말 20세기 초 서양사진 석인술의 전파와 보급으로 부흥하게 되었다. 19세기 말 점석재서국에서 발행했던 석인 삽화본 소설에는 수백 폭의 삽화가 인쇄되어 원대에 간행된 『전상삼국지평화』나 명말 목각본 소설과 대조를 이룬다. 점석재본 『삼국지전도연의(三國志全圖演義)』에는 280폭, 동문서국본 『증상삼국전도연의(增像三國全圖演義)』에는 384폭의 삽화가 들어가 있다. 청 건륭시기에 인물삽화 위주로 소설이 간행되었으나 이 시기에는 사건의 묘사나 색채가 선명한 '이야기 삽화'가 다시 유행하게 되었다. 점석재본 『삼국지전도연의』 280폭의 삽화 중 이야기 삽화가 240폭, 인물삽화가 40폭 삽입된 것을 통해서도 알 수 있다.[9]

광서 8년(1882) 11월 4일 『신보』에 점석재본 『삼국연의전도(三國演義全圖)』 판매 광고 문구를 보면 아래와 같다.

---

9 근대시기 석인술과 고전소설에 관해서 潘建國, 「서양 사진 석인술과 근대 중국 고전 소설 삽화본의 부흥」, 『코기토』 66, 2009, 159~160·165쪽 참조.

『삼국연의』는 오래 전부터 인구에 회자되었다. 세상에 통용되는 판본의 글자가 모호하고 종이가 조잡하며, 삽화도 단지 40쪽 밖에 안되어 독자들이 안타까워했다. 본 점석재는 거금을 들여 선본(善本)을 구입하여 다시 장인을 불러 베끼고 수차례 교정을 거친 뒤 석인술로 인쇄했다. 그래서 책은 유난히 선명하고 하나의 오자도 없다. 삽화도 무릇 240장이며 매 회의 첫머리에 나누어 열거했다. 원본은 삽화가 40장으로 책 끝에 배열되었고 그림이 뛰어나나 독자를 위해서만 배치한 것이 아니라 화가들의 작법을 위한 목적도 겸했다.

이전 서적들에 비해서 삽화가 많이 실리게 된 것을 크게 광고하고 있는데 소설 삽화는 근대의 대표적 매스미디어인 신문의 보급을 통해서 활성화되었다. 신문과 잡지류 등 인쇄물에 수록된 사진과 삽화 등 대량 복제된 인쇄 미술은 이러한 지식과 정보를 시각적으로 공급하여 징험시키고 일상화, 담론화하는 근대 계몽의 수단으로서 중요한 구실을 했다.[10] 『매일신보』는 한국 근대시기 최초로 연재소설에 삽화가 실렸던 신문이다. 번역이나 번안 신문연재소설에 처음 삽화가 등장한 것은 이수일과 심순애 이야기로 알려진 「장한몽(長恨夢)」(1913.5.13~10.1)이다. 일본 요미우리 신문에 연재되었던 「곤지키야샤(金色夜叉)」가 「장한몽」이라는 제목으로 『매일신보』에 번안되면서 이후 소설, 신파극, 영화 등의 대중예술양식으로 보급되었다. 1921년 한국 최초의 신문소설 삽화가인 김창환이 『매일신보』에 등장했고 그 뒤를 이은 대표적인 인물 중 행인 이승만은 역사소설 삽화가로서 주목을 받았다. 그는 1925년 5월 9일 『매일

---

10 홍선표, 「근대적 일상과 풍속의 징조−한국 개화기 인쇄미술과 신문물 이미지」, 『근대의 첫 경험−개화기 일상 문화를 중심으로』, 이화여대 출판부, 2006, 18쪽.

신보』에 연재된 「바다의 처녀」를 시작으로 신문에 삽화를 그리기 시작했다.

이승만은 「소설삽화(小說揷畵)의 어제와 오늘」이란 글에서 역사소설 전문 삽화가로서 자신의 일생을 회고하고 있는데, 삽화가로서 이름을 떨치게 된 경위, 당시 소설 삽화의 중요성 등을 기록하고 있다.

매일신보사 삽화가였던 안석영이 갑자기 동아일보사로 옮겨가는 바람에 일본 신문사라고 탐탁하게 여기지 않았던 매일신보사에 입사하게 된 계기와 그로부터 50여 년 신문소설 삽화가로 종사하게 된 배경, 행인이라는 호를 사용하게 된 상황을 적고 있다. 또 육당을 찾아가 역사적 사실에 대해 지도를 받는 등 남보다 많은 재료를 모으고 피나는 노력을 기울여 역사물에 관한 소설 삽화는 거의 다 본인에게 의뢰가 들어오던 당시의 상황을 기록했다. 역사물만 전문적으로 다루게 된 사연, 조용만의 제의로 박종화에게 소설을 청탁하여 함께 삽화를 실었는데 독자들의 호응이 좋았던 일, 당시 지면 조판이 끝나면 삽화 교정지 검열을 받고서야 인쇄를 할 수 있었던 일 등 삽화 인쇄에 각별히 신경 쓰던 신문사에 관해 적고 있다. 특히, 소설 삽화 중 역사물을 취급하는 것에 대한 애로점을 상세히 기록하고 있다. 계급구별, 지역구별, 풍속에 따른 구별 등 역사물에서 풍물의 고증이 가장 어렵다고 토로했다. 마지막으로 소설삽화의 중요성에 관해 언급하며 글을 마치고 있다.

소설 삽화(小說 揷畵)의 중요성이란 크다. 소설을 읽기 전에라도 삽화를 봄으로써 모든 내용이 집약되어 들어와야 하는 것이다. 그런데 요즈음의 삽화(揷畵)에서는 인간(人間)의 표정(表情)은 물론 그 구성에서 드라마틱한 분

위기와 활기는 넘쳐흐르나 어딘가 정서가 적은 것 같다.(「小說揷畵의 어제
와 오늘」, 『世代』8)

소설삽화의 의의 등을 설명하며 당시 삽화의 한계점에 관해서 지적하
고 있다. 국장급 월급이 90원이었을 시절, 이승만이 매일신보사에서 받
는 급료가 80원이었으니 당시 신문사에서 소설 삽화가를 어느 정도 대
우해 주었고 주시했는지 짐작이 된다.

조용만이 발표했던 「고(故) 이승만(李承萬) 화백의 영전에」란 글을 통
해서도 그의 삽화 활동에 관해 살펴볼 수 있다. 이승만이 깊은 병환 중에
서도 신문 삽화에 온 힘을 기울이는 모습, 1920년대 유일한 전람회였던
선전(鮮展)에서 연이어 4회에 특선으로 뽑힌 재능, 해방 전부터 역사소설
의 삽화에 있어서 따를 자가 없었다는 평가 등이 잘 나타나 있다.

1930년대에 들어서는 신문 삽화로 붓을 돌려서 월탄(月灘)의 역사(歷史)소
설에 금상첨화(錦上添花)의 느낌을 주는 아취(雅趣) 무르익은 옛날 풍속도
(風俗圖)를 그렸다. (…중략…) 해방 전으로부터 오늘날에 이르기까지 역사
소설의 삽화에 있어서 그를 따를 사람이 없다는 것은 공평히 말하여 누구나
다 인정하는 바일 것이다. (…중략…) 그는 50년 동안 외곬으로 화필(畵筆)만
을 들어온 순수 일로(一路), 성실일로(誠實一路)의 거장이었고 아름답고 격
조(格調)높은 그림으로 신문삽화(揷畵)의 지위(地位)를 오늘날 같이 향상(向
上)시켜논 우리나라 삽화계(揷畵界)의 원훈(元勳)이었다. 날마다 그의 그림
을 즐거이 보아오던 만천하(滿天下)의 신문독자와 함께 섭섭한 마음을 금할
길이 없다.(『동아일보』, 1975.2.18)

1957년 5월 12일 『경향신문』 문화계 소식란 기사(「長篇 임진왜난 作家揷畵家 慰勞會」)에서도 작품과 삽화의 관계를 유추해 볼 수 있다. 정동 문총 회관에서의 모임을 공지하고 있는데 기사 제목과 내용에서 알 수 있듯 이 이미 삽화는 작가 못지않은 지위를 확보하고 있었다. 또 1961년 6월 6일과 10일 반복해서 '삽화가팔인전'이라는 제목으로 중앙공보관에서 전시회가 열리는 공지문을 살필 수 있다. 신문의 삽화는 독립적인 전시회를 열만큼 그 예술적 가치를 인정받게 되었다.

삽화는 연재된 내용을 보충 설명해 주는 부수적인 기능이 아니라 연재 내용을 총괄적으로 집약시키는 중요한 작용을 했다. 이승만은 삽화의 중요성 뿐 아니라, 당시 삽화 연재의 한계점까지 지적하고 있었다. 그가 염상섭의 「이심」에 그렸던 삽화와 비교해 보면, 「삼국연의」 삽화에는 중국의 역사적인 풍물을 많이 담아내고자 노력했음을 알 수 있다. 예를 들어 관복이나 의상, 모자, 건축양식, 소도구 등의 화풍에 중국적 느낌이 물씬 배어있다. 단순히 등장인물을 배치했던 인물 위주의 구성과는 달리 당일 연재내용의 특징을 압축시켜서 반영했다. 공식적인 중국 유학 경험이 없는 그는 역사물을 공부하면서 중국에 대한 지식을 쌓아갔다. 서양화를 전공했으나 동양의 역사물에 삽화를 그리기 위해 문인들을 쫓아다니고, 고궁이나 유적, 각 지방의 민속적 풍모를 찾아다니며 스케치하고 자료를 모았다. 엄청난 그의 노력 덕분에 『매일신보』에 인쇄된 삽화는 '읽는' 소설에서 '보는' 소설로 문예장르의 범주를 넓혀 나가는 토대가 되었다.

1920년대 문화통치의 시기에도 『매일신보』는 여전히 조선총독부의 감시 속에서 식민지지배 이데올로기 정착을 위한 보급로의 역할을 했다. 삽화가 실린 대중소설은 상업성을 염두에 둔 신문사의 책략이기도 했다. 친숙한 소재를 가져와 오락성을 가미해서 민심을 회유하고 사세를 확장했다. 인쇄매체에 의해 대량 생산되어 널리 보급된 삽화들은『삼국연의』의 역사지식을 시각적으로 소비하는 대중소설로 탈바꿈시키고 있었다. 일간지에 연재된 소설 삽화는『삼국연의』를 '읽고 보는' 복합적인 대중 문예물로 확장시키면서 더 많은 독자들을 확보할 수 있었다.

5. 번역된 근대, 근대의 기획

근대시기 한국문학과 중국문학의 상호 관련성에 대한 학계에서의 연구는 소략되어 왔지만 현채, 신채호, 정래동, 이윤재, 유수인, 김태준, 김광주, 이육사, 신언준 등의 문인들은 꾸준히 중국문학에 관심을 가지고 국내에 소개하고자 했다. 그 중 양건식은 중국문학과 학계의 흐름을 국내에 가장 활발하게 소개하고 작품을 번역했던 지식인이었다.

양건식은『삼국연의』120회 전체를 당시의 현대어로 번역했다. 수차례 번역을 시도했던『홍루몽』의 완역은 실패로 돌아갔으나 처음부터 긴박하게 전개되는 역사적 영웅의 이야기『삼국연의』는 민중소설의 걸작으로 인정받으며 완역이 가능했다.『삼국연의』는 일제의 억압과 문화검열이 삼엄했던 20세기 초에도 대중의 사랑을 받으며 일간지 신문에 연재되었고, 박문서관, 조선서관, 영풍서관, 영창서관 등에서 단행본의 형태로 출판되었다.

양건식이 두 차례에 걸쳐『홍루몽』번역을 시도하고 세 번의 평론문을 발표했던 애착에 비하면,『삼국연의』에 대한 평가는 높지 않았다. 우선,『삼국연의』에 대한 평론문을 작성하지 않았고『수호전』이나『홍루몽』처럼 주목하지 않았다. 1917년에 발표했던「지나(支那)의 소설급희곡(小說及戱曲)에 취(就)ᄒᆞ야」에서 "『삼국지(三國誌)』의 대작(大作)이 유(有)ᄒᆞ나 평범(平凡)ᄒᆞ야 특색(特色)이 무(無)ᄒᆞ고"라 하여 평범한 작품이라고 평가했다. 1926년『동아일보』에 발표한「수호전(水滸傳) 이야기」에서는 "『삼국지』는 역사적(歷史的) 흥미(興味)와 그 결구(結構)에 잇서 볼만 하지마는『수호전』중에『삼국지』가 잇느냐『삼국지』에『수호전』이 잇느냐 하면『수호전』중의 어느 한 부분(部分)은『삼국지』의 흥미(興味)가 잇지마는『삼국지』중에는『수호전』만한 것을 포유(包有)치 아니하엿다"고 하여 이전의 위상보다는 긍정적으로 인식했으나『수호전』에 비할 수 없는 것으로 평가했다. 그러나『삼국연의』를 번역한 후, 1933년『신동아』에 발표했던 「장판교상(長板橋上)의 장비(張飛)」에서는 "『삼국연의(三國演義)』에 나오는 그 시대(時代)의 인물(人物)은『수호전』의 가작인물(假作人物)과 달라 실재인물(實在人物)인 만큼 우리에게 흥미(興味)를 더 만히 준다"며『삼국연의』의 문학성을 역사적 실재성에서 찾고 한 단계 높게 평가하고 있다. 이러한 변화는 1927년 야담부흥운동의 시작과 1930년대 역사소설 유행의 문턱에서 지식인 양건식이 역사를 소비하는 방식을 보여준다.

근대시기 한중 소설론에서 나타나는 공통적인 현상 중 하나는 언문일치운동이었다. 중국에서는 서구열강의 중국침략과 청일전쟁의 패전으로 국가의 존속 자체가 위협받던 시기에 자국민에 대한 계몽과 구국의 일환으로 언문일치 운동이 일어났다. 1897년 구정량이 백화문 사용을 주장하는 「논백화위유신지본」을 발표한 이래로 백화신문이 많이 창간되었다. 1917년 호적은 문언문인 고문을 폐기하고 백화문을 사용하자는 백화문운동을 주장했다. 한국에서는 신소설이 등장했고 언문일치운동과 함께 국한문혼용체와 국문체는 서로 동시대에 존재하며 혼용되고 있었다. 호적의 신문화운동에 주목했던 양건식은 시대에 맞는 새로운 문체의 사용에 적극적으로 동조하면서 우리식 문체의 중요성을 강조했다. 그러나 『매일신보』 기자로 활동하면서 조선총독부의 언론통제와 신문사의 편집 방향 속에서 끊임없이 갈등하고 있었다.

120회 장편의 『삼국연의』가 신문에 완역될 수 있었던 원인 중 하나는 친숙한 역사적 영웅의 등장이었다. 역사적 영웅의 이야기는 근대매체의 상업적 활동과 결합하여 예술성과 대중성을 담아냈다. 계몽과 개화를 부르짖고 교화를 강조했던 전대의 사회와 달리, 인간의 행위를 통해 역사를 재인식하여 받아들였다. 전쟁과 영웅에 대한 긴박하고 흥미로운 구성은 혼란한 사회를 결속시켜줄 영웅을 갈망하는 대중의 심리에 부합되었다. 위·촉·오 삼국의 역사 이야기는 유교문화권으로 결속되어진 한국과 중국의 역사적 경험을 상기시키며 제국에 대항하는 공통의 저항의식으로 자리했다. 『삼국연의』 번역은 역사 속 인물을 추적하는 것이 아니라 인물을 통해 역사를 재해석하고 미래를 기획해가는 과정이었다. 조선야담사의 고문으로 활동하던 양건식에게 전통과 역사는 새로운 시대를 준비하는 지적 토대가 되었다.

일간지에 인쇄된 삽화는 대중의 이목을 집중시키며 독자의 수를 확장하는데 효과적이었다. 인물묘사에 집중했던 이전에 비해 주요 사건이나 특징적 장면을 중심으로 당일 연재될 내용을 축약시켜 표현했다. 연재소설의 삽화는 근대매체를 통해 문학작품을 시각화하면서 대중적인 문예장르의 하나로 나아가고 있었다.

양건식이 『삼국연의』를 위시한 고전소설을 번역한 것은 전통으로의 회귀를 강조함이 아니다. 중국 고전문학 뿐 아니라 신문학운동에 관한 이론과 현대문학 작품 및 작가에 대해서도 적극적으로 번역해서 우리 문단에 소개하고자 했다. 『삼국연의』 연재 한 해 전 1928년 3월 북경평민대학에서 썼던 「역자(譯者)의 말」을 보면, 우리 젊은이가 읽었을 때 피가 끓어오르고 원기를 북돋아주는 혁명적 문예를 번역하고자 했다. 그는 한국에서 가장 먼저 중국신문학운동을 소개했고 그가 번역한 중국문학 작품 중에는 국내에서 제일 처음 번역된 것들이 상당수 있다. 중국 신문학운동을 널리 수용하고 관련된 글들을 번역했을 뿐 아니라 중국문학의 가치를 분명하게 인식했다. 양건식의 왕성한 번역활동으로 호적과 노신을 위시한 중국 현대문인들이 국내에 널리 알려지기 시작했다. 그는 중국 신문학 운동의 흐름을 주목하고 서둘러 국내에 소개하며 역사적으로 상호 영향을 주고받았던 중국을 타산지석으로 삼고자 했다. 호적과 노신의 사상과 문예를 주시하고 그들의 신문화운동에서 우리 실정에 맞는 근대성을 타진해 보고자 했다. 현대소설 뿐 아니라 고전소설의 번역에도 적극적이었던 것은 새 시대로 향하는 기초를 전통적인 토대에서 찾고자 했기 때문이다. 그러한 의미에서 번역이란 외국의 개념과 사상의 단순한 수용이 아니라 항상 자국의 전통에 의한 외래문화의 변용이라는 가토 슈이치의 견해가 힘을 얻는다.[11]

    한국과 중국은 수천 년간 동일한 한자문화권에서 문화적 공감대를 형
성하며 교섭해 왔다. 더욱이 외세에 의한 반강제적이고 수동적인 개화
를 통해 근대 사회를 맞이했다는 외형적 유사성을 공유한다. 이러한 동
질성이 오히려 근대시기 각국의 개별적 정체성을 간과하는 요소로 작용
할 수 있음에 주의해야 한다. 서구 작품을 번역할 때 의도적으로 낯설게
번역하던 노신과 직역을 위주로 하되 본뜻을 상치 않는 범위 내에서 의
역을 가미했던 양건식의 태도는 다를 수밖에 없다. 각국의, 또 각자의 위
치에 맞는 문화적 정체성이 녹아있는 부분이기도 하다. 번역을 통해 지
식을 변용, 생산하고 미래를 설계하는 토대로 삼고자 했던 양국 지식인
의 현실 인식은 동일한 고민에서 출발했다. 그러나 국가의 주권을 회복
하고 미래를 기획하려는 각국 지식인들의 구체적인 수행활동은 국가별
고유성과 문화적 특수성을 고려하여 평가돼야 한다.

    '언어횡단적 실천'이란 용어로 번역과 근대의 관계를 설명한 리디아
리우의 지적처럼 식민과 탈식민의 혼종 속에서 자주성을 회복하는 일이
필요하다.[12] 필연적으로 부딪히는 언어 형식의 문제에서 벗어나 복수적
으로 코드화된 문화 속에서 번역은 끊임없이 시도된다. 번역의 틈새에
서 파생되는 목소리는 자국화된 지식을 다양하게 생성, 보급시키며 각
국의 문화적 자립을 추동하는 지적 동력이 된다.

---

11 마루야마 마사오・가토 슈이치, 임성모 역, 『번역과 일본의 근대』, 이산, 2000, 178~179쪽.
12 리디아 리우, 민정기 역, 『언어횡단적 실천, 문학, 민족문화 그리고 번역된 근대성―중국, 1900
    ~1937』, 소명출판, 2005.

참고문헌

1. 원전 및 자료류

古本小說集成編委會 編, 『三分事略-三國志平話』, 上海 : 上海古籍出版社.

『九章算術』, 叢書集成初編 1263, 北京 : 中華書局, 1985.

紀昀, 永瑢 等 撰, 『四庫全書總目提要』, 臺灣商務印書館 發行(영인본), 1983.

紀昀, 『四庫全書總目提要』, 臺北 : 商務印書館(영인본), 1985.

金聖歎 輯註, 毛宗崗 評, 『中國鉛活字本三國志第一才子書』, 上海 : 廣益書局.

羅貫中, 『三國演義』, 北京 : 人民文學出版社, 2012.

_____, 毛宗崗 評, 『全國圖像三國演義』, 呼和浩特 : 內蒙古人民出版社, 1981.

_____, 毛宗崗 評, 『注評本三國演義』 1~3, 上海古籍出版社, 2014.

_____, 毛宗崗 評訂, 齊煙 校点, 『毛宗崗批評三國演義』, 濟南 : 齊魯書社, 1991.

魯迅, 『中國小說史略, 漢文學史綱要』, 『魯迅全集』第9卷, 北京 : 人民文學出版社, 1987.

魯迅 撰, 郭豫適 導讀, 『中國小說史略』, 上海古籍出版社, 2011.

丹齋申采浩先生紀念事業會 編, 『改訂版丹齋申采浩全集』別集, 螢雪出版社, 1982.

_____, 『改訂版丹齋申采浩全集』上中下, 螢雪出版社, 1982.

劉鶚, 『老殘遊記』(中國古典文學名著), 陽明書局, 1985.

___, 『老殘遊記』, 浙江古籍出版社, 2015.

___, 陳翔鶴 校, 戴鴻森 注, 『揷圖本老殘遊記』, 人民文學出版社, 2015.

___, 哈洛德, 謝迪克 [共] 英譯, 『老殘游記, The Travels of Lao Ts'an』, 南京 : 譯林出版社,
    2005.

四部叢刊正編, 『資治通鑑』, 臺北 : 臺灣商務印書館, 1979.

謝冰瑩 等 編譯, 『新譯四書讀本』, 三民書局印行, 2016(6판).

申采浩 譯述, 張志淵 校閱, 『伊太利建國三傑傳』, 廣學書舖, 1907.

梁啓超, 『飮氷室文集』, 臺北 : 臺灣中華書局, 1983.

_____, 『淸代學術槪論』, 北京 : 東方出版社, 1996.

_____, 『飮氷室合集』 1~12, 中華書局, 2011.

吳承恩, 張書紳 評, 『注評本西遊記』 1~3, 上海古籍出版社, 2014.

吳沃堯, 『二十年目睹之怪現狀』上下, 江西人民出版社, 1988.

劉知幾, 『史通』, 臺北 : 商務印書館, 1979.

李昉 等 編, 『太平廣記』, 北京 : 中華書局出版, 1990.

李寶嘉, 『官場現形記』 上下, 人民文學出版社, 1985.

李汝珍 撰, 『鏡花緣』(中國學術類編單行本), 臺北 : 鼎文書局, 1979.

_____, 『鏡花緣』(中國古典小說名著叢書), 上海古籍出版社, 2011.

曹雪芹 撰, 饒彬 校訂, 中國古典名著 『紅樓夢』, 三民書局印行, 1982.

_____ ・高顎 著, 護花主人・大某山民・太平閑人 評, 『注評本紅樓夢』 1~4, 上海古籍出版
　　　社, 2014.

『中國近代官場小說選』 卷七(『宦海潮』・『老殘游記』), 內蒙古人民出版社, 2003.

曾樸, 『孽海花』, 上海古籍出版社, 1980.

____, 張明高 校注, 『揷圖本孽海花』, 人民文學出版社, 2015.

陳鼓應 主譯, 『莊子今註今譯』 上下, 中華書局, 2012.

陳壽 撰, 裵松之 注, 『三國志』, 北京 : 中華書局, 1990.

清 永瑢 等 著, 『四庫全書簡明目錄』 上・下, 華東師範大學出版社, 2012.

胡適, 『胡適文存』, 中國學術叢書, 上海書店(학술정보센타 영인본), 1994.

____, 『胡適文存』 2集 中國學術叢書 第1編 94, 上海書店(학술정보센타 영인본), 1994.

____, 『胡適文存』 3集 中國學術叢書 第1編 95, 上海書店(학술정보센타 영인본), 1994.

____, 『胡適文集』, 北京大學出版社, 1998.

____, 『四十自述』, 華文出版社, 2013.

____, 『胡適 『紅樓夢』 研究論述全編』, 上海古籍出版社, 2013.

____, 『中國章回小說考證』(胡適作品系列), 北京師範大學出版社, 2013.

John Arthur Ransome Marriott, *The Makers of Modern Italy : Mazzini, Cavour, Garibaldi. Three
　　　Lectures Delivered at Oxford*, Primary Source Edition, Nabu Press, 1889(영인본).

나관중, 김구용 역, 『삼국지』 1~10, 솔, 2000.

남윤수・박재연・김영복 편, 『양백화문집』 1~3, 강원대 출판부, 1995.

魯迅, 趙寬熙 譯注, 『中國小說史略』, 살림, 1998.

단재신채호전집편찬위원회, 『단재 신채호 전집』 제4권 전기, 독립기념관 한국독립운동사연
　　　구소, 2007.

량치차오, 신채호 역, 류준범・장문석 현대어 역, 『이태리건국삼걸전』, 지식의풍경, 2001.

_____, 이종민 역, 『신중국미래기』, 산지니, 2016.

류어, 김시준 역, 『라오찬 여행기』, 연암서가, 2009.

안동림 역주,『莊子』, 현암사, 2010(개정2판).

양계초, 이혜경 주해,『신민설』, 서울대출판문화원, 2014.

_____, 전인영 역,『중국 근대의 지식인』, 혜안, 2005.

_____ 편저, 안명철·송엽휘 역주,『역주 월남망국사』, 태학사, 2007.

李基文 編,『周時經全集』上下, 亞細亞文化社, 1976.

李昉 등 모음, 김장환 외역,『태평광기』1~21, 학고방, 2000~2005.

이여진, 문현선 역,『경화연』1~2, 문학과지성사, 2011.

선문대학교 중한번역문헌연구소 권도경·박재연·김영 校註,『홍루몽』상·하권(조선시대 번역고소설 총서 17), 이회문화사, 2004.

선문대학교 중한번역문헌연구소, 박재연 校註,『삼국지통속연의』(조선시대 중국소설희곡번역자료총집), 학고방, 1998~1999.

김장환·박재연·김영 역,『셔유긔』(조선시대 중국소설희곡번역자료총집), 선문대학교 중한번역문헌연구소, 2005.

박재연 校註,『슈호지』(조선시대 중국소설희곡번역자료총집), 선문대학교 중한번역문헌연구소, 2001.

曹雪芹·高顎, 최용철·고민희 역,『홍루몽』1~6, 나남출판사, 2009.

주시경,『이태리건국삼걸젼』, 박문서관, 1908(한국학중앙연구원 소장본).

진수, 김원중 역,『(正史) 삼국지』, 민음사, 2007.

천두슈 외, 한성구 역,『과학과 인생관』, 산지니, 2016.

_____ · 후스 외, 김수연 편역,『신청년의 신문학론』, 한길사, 2012.

박재연·정재영·장윤희·황선엽·김규선·김영 校注, 중한번역문헌연구소,『삼국지』(한글 생활사 자료총서 번역 고소설), 학고방, 2009.

정민경·정재영·황문환 校注,『삼국지』(한글 생활사 자료총서 번역 고소설), 중한번역문헌연구소, 학고방, 2007.

후스, 강필임 역,『백화문학사』, 태학사, 2012.

『小說林』

『繡像小說』

『新小說』

『新靑年』

『月月小說』

平田久, 『伊太利建國三傑』, 일본국립국회도서관본(http://kindai.ndl.go.jp/info:ndljp/pi
　　d/777020).

『東亞日報』(http://www.donga.com.access.ewha.ac.kr/pdf/archive/).

『每日申報』(영인본), 景仁文化社, 1984.

『每日申報』(http://gate.dbmedia.co.kr.access.ewha.ac.kr/).

『朝鮮日報』(http://srchdb1.chosun.com.access.ewha.ac.kr/pdf/i_archive/).

한국언론진흥재단 고신문자료(http://www.kinds.or.kr).

2. 참고서 및 논문류

賈鴻雁, 『中國游記文獻研究』, 東南大學出版社, 2005.

高小康, 『中國古代敍事觀念與意識形態』, 北京大學出版社, 2006.

郭慶堂 等著, 『20世紀中國哲學論要』, 中國社會科學出版社, 2013.

郭延禮, 『中國近代飜譯文學槪論』, 湖北敎育出版社, 2001.

郭晴雲, 「近代期刊與中國小說觀念的現代轉型」, 『濰坊學院學報』 제9권 제3기, 2009.

郭浩帆, 「晚淸印刷技術的提高及其對小說的影響」, 『貴州大學學報』 제25권 제4기, 2007.

_____, 「中國近代四大小說雜志研究」, 山東大學 博士學位論文, 2000.

_____, 「淸末民初小說與報刊業之關係探略」, 『文史哲』, 2004년 제3기.

紀德君, 『中國古代小說文體生成及其他』, 常務印書館, 2012.

_____, 『明淸通俗小說編創方式研究』, 社會科學文獻出版社, 2012.

羅志田, 『變動時代的文化履迹』, 復旦大學出版社, 2010.

寧稼雨 撰, 『中國文言小說總目提要』, 齊魯書社, 1996.

魯德才, 『古代白話小說形態發展史論』, 南開大學出版社, 2002.

譚正璧, 『中國小說發達史』, 上海古籍出版社, 2012.

唐靜, 「梁啓超憲政思想研究」, 南開大學 政治學理論 博士學位論文, 2013.

陶春軍, 『中國近現代通俗文學期刊風格研究』, 南京大學出版社, 2015.

杜旅軍, 「1898~1911 : 梁啓超立憲思想的萌生與轉變」, 西南政法大學 碩士學位論文, 2006.

梅新林・兪樟華, 『中國游記文學史』, 學林出版社, 2004.

_____・曾禮軍・慈波 等 著, 『當代中國古代文學研究(1949~2009)』, 中國社會科學出版社, 2013.

閔寬東, 『中國古典小說在韓國的研究』, 學林出版社, 2010.

龐暘, 『二十世紀中國知識分子』, 中國文史出版社, 2013.

方正耀, 郭豫適 審訂, 『中國小說批評史略』, 中國社會科學出版社, 1990.

方曉紅, 「晚清小說與晚清報刊發展關係研究」, 南京師範大學 博士學位論文, 2000.

潘建國, 『物質技術視閾中的文學景觀－近代出版與小說研究』, 北京大學出版社, 2016.

藩光哲, 「時務報和它的讀者」, 『歷史研究』, 2005년 제5기.

傅元峰, 「諷刺的跨度－从反諷到谴責」, 『浙江社会科学』, 2001년 제5기.

北京大學哲學系中國哲學敎硏室, 『中國哲學史』(第2版), 北京大學出版社, 2013.

石昌渝, 『中國小說源流論』, 新華書店, 1995.

蕭相愷, 『宋元小說史』, 浙江古籍出版社, 1997.

孫歌, 『我們爲什么要談東亞』, 北京三聯書店, 2011.

孫順霖・陳協琹 編著, 『中國筆記小說縱覽』, 華東師範大學出版社, 2013.

時萌, 『晚清小說史』, 上海古籍出版社, 1989.

阿英, 『晚淸小說史』, 人民文學出版社, 1980.

楊義 主編, 『二十世紀中國飜譯文學史－十七年及文革卷』, 百花文藝出版社, 2009.

_____, 『二十世紀中國飜譯文學史－五四時期卷』, 百花文藝出版社, 2009.

_____, 『二十世紀中國飜譯文學史－近代卷』, 百花文藝出版社, 2009.

楊亮軍, 「梁啟超憲政思想研究」, 吉林大學 政治學理論 博士學位論文, 2012.

梁台根, 『中國近現代思想史上的道德主義與智識主義』, 臺北 : 臺灣學生, 2007.

余嘉錫, 『四庫提要辨證』上下, 雲南人民出版社, 2004.

余英時, 『士與中國文化』, 上海人民出版社, 1996.

_____, 『知識人與中國文化的價值』, 時報文化出版社, 2007.

_____, 『中國思想傳統的現代詮釋』, 臺灣聯經出版社, 2013(초판10쇄).

葉郎, 『中國小說美學』, 北京大學出版社, 1982.

吳敏, 『20世紀中國文學的朝韓書寫研究』上篇, 北京 : 法制出版社, 2012.

吳伯雄 編, 『四庫全書總目選』, 鳳凰出版社, 2015.

吳福輝, 『中國現代文學發展史』, 北京大學出版社, 2010.

吳志達, 『中國文言小說史』, 濟南 : 齊魯書社, 1994

王慶華, 『話本小說文體硏究』, 華東師範大學出版社, 2006.

王宏志, 『重釋"信,達,雅"－二十世紀中國飜譯研究』, 北京 : 淸華大學出版社, 2007.

_____, 『飜譯與文學之間』, 南京大學出版社, 2011.

_____ 主編, 『飜譯史研究』, 復旦大學出版社, 2012.

王國良, 『魏晉南北朝志怪小說研究』, 臺北 : 文史哲出版社, 1984.

王德威, 『晚淸小說新論－被抑壓的現代性』, 臺北 : 麥田人文, 2003.

王汎森, 『中國近代思想與學術的系譜』, 吉林出版集團有限責任公司, 2011.

王秉欽, 『20世紀中國飜譯思想史』, 天津 : 南開大學出版社, 2004.

王先霈・周佛民 共著, 『明淸小說理論批評史』, 中國 : 花城出版社, 1988.

王中江, 「進化主義原理, 價値及世界秩序觀－梁啓超精神世界的基本觀念」, 『浙江學刊』, 2002년 제4기.

王平, 「論『老殘游記』的文化内涵－及其淵源與價値」, 『齊魯學刊』, 1995년 3기.

王向輝, 王麗麗, 「從『格列佛游記』和『鏡花緣』看中西傳統文化的差異」, 『外國文學研究』, 1995년 2기.

汪暉, 『阿Q生命中的六個瞬間』, 華東師範大學出版社, 2014.

姚名達 撰, 嚴佐之 導讀, 『中國目錄學史』, 上海古籍出版社, 2011.

袁進 主編, 『中國近代文學編年史－以文學廣告爲中心(1872〜1914)』, 北京大學出版社, 2013.

劉德隆・朱禧・劉德平, 『劉鶚及老殘游記資料』, 四川人民出版社, 1985.

劉明華, 「水中月, 鏡中花－『鏡花緣』的社會理想」, 『西南師範大學學報』, 1995년 4기.

劉姗, 「戊戌變法失敗后梁啓超政治思想的變遷」, 『華中師范大學研究生學報』, 2012년 4기.

劉葉秋, 『魏晉南北朝小說』, 上海 : 上海古籍出版社, 1978.

劉永文, 「晚淸報刊小說研究」, 上海師範大學 博士學位論文, 2004.

劉勇強, 『中國古代小說史敍論』, 北京大學出版社, 2007.

_____, 『話本小說敍論－文體詮釋與歷史構建』, 北京大學出版社, 2015.

_____ 編著, 『集成與轉型－明中葉至辛亥革命的精神文明』, 北京大學出版社, 2010.

劉瑜, 「論劉鶚『老殘游記』的創作心理動機」, 『南京理工大學學報』(社會科學版), 1994년 1기.

劉靑峰 編, 『胡適與現代中國文化轉型』, 香港中文大學出版社, 1994.

_____・岑國良 編, 『自由主義與中國近代傳統』, 當代中國文化研究中心集刊, 香港中文大學出版社, 2002.

陸信禮, 『梁啓超中國哲學史研究評述』, 中國社會科學出版社, 2013.

李劍國, 『唐前志怪小說史』, 天津 : 南開大學出版社, 1984.

李歐梵, 『中國文化傳統的六個面向』, 香港中文大學出版社, 2016.

李桂奎, 『小說與人生境界十講』, 淸華大學出版社, 2014.

李明友, 『李汝珍師友年譜』, 鳳凰出版社, 2011.

李福業, 「梁啓超戊戌變法前后思想變化硏究」, 『蘭臺世界』, 2015년 13期.

李鵬飛, 『唐代非寫實小說之類型硏究』, 北京大學出版社, 2004.

李小龍, 『中國古典小說回目硏究』, 北京大學出版社, 2012.

李舜華, 『明代章回小說的興起』, 上海古籍出版社, 2012.

李業娟, 『晩淸小說與政治之關係硏究(1902~1911)』, 中國法制出版社, 2013.

林崗, 『明淸小說評點』, 北京大學出版社, 2012.

林明德 編, 『晩淸小說硏究』, 臺灣桂冠圖書事業公司, 1988.

張朋園, 『梁啓超與民國政治』, 上海三聯書店, 2013.

_____, 『梁啓超與淸季革命』, 上海三聯書店, 2013.

張少康, 『中國文學理論批評史』上下, 北京大學出版社, 2012.

張舜徽 撰, 『中國文獻學』, 上海古籍出版社, 2011.

張俊 著, 『淸代小說史』, 浙江古籍出版社, 1997.

張滌華, 『類書流別』, 北京 : 商務印書館, 1985.

張天星 編著, 『晩淸報載小說戲曲禁毀史料彙編』上下, 北京大學出版社, 2015.

張鄕里 著, 『唐前博物類小說硏究』, 上海古籍出版社, 2016.

錢理群 主編, 『中國現代文學編年史－以文學廣告爲中心(1915~1927)』, 北京大學出版社, 2013.

_____ · 吳福輝 主編, 『中國現代文學編年史－以文學廣告爲中心(1928~1937)』, 北京大學出版社, 2013.

丁潔琳, 「梁啓超與中國近代憲政」, 『中國政法大學學報』, 2013년 제1기.

程文超, 「"游"者的視線內外－『老殘游記』的文化思考」, 『中山大學學報』(社會科學版), 1998년 2기.

程毅中, 『古小說簡目』, 中華書局, 1986.

齊裕焜, 『中國古代小說演變史』, 敦煌文藝出版社, 1990.

_____, 『明代小說史』, 浙江古籍出版社, 1997.

_____, 『獨創與通觀』, 上海三聯書店, 2009.

周凌雲 · 溫明明, 「論淸末"譴責小說"受報刊傳媒之影響」, 『明淸小說硏究』총86기, 2007.

周先愼, 『古典小說的思想與藝術』, 北京大學出版社, 2011.

樽本照雄, 陳薇 監譯, 『淸末小說硏究集稿』, 齊魯書社, 2006.

陳利今, 「對梁啓超『意大利建國三杰傳』唯心史觀的剖析與批判」, 『史學理論研究』, 1995년
　　제1기.

陳文新, 『中國筆記小說史』, 志一出版社, 1984.

_____, 『傳統小說與小說傳統』, 武漢大學出版社, 2007.

_____, 『中國小說的系譜與文體形態』, 中國社會科學出版社, 2012.

陳室如, 『近代域外遊記研究－1840~1945』, 臺北 : 文津出版社, 2007.

陳平原, 『中國現代小說的起點－淸末民初小說研究』, 北京大學出版社, 2006.

_____, 『小說史－理論與實踐』, 北京大學出版社, 2010(第2版).

_____, 『作爲學科的文學史』, 北京大學出版社, 2011.

_____, 『科學與傳播』, 北京大學出版社, 2015.

_____, 『新文化的崛起與流播』, 北京大學出版社, 2015.

_____・夏曉虹 編, 『二十世紀中國小說理論資料』, 北京大學出版社, 2009.

_____・夏曉虹 編, 『觸摸歷史－五四人物與現代中國』, 北京大學出版社, 2009.

陳淸茹, 『光緒二十九年(1903)小說研究』, 中州古籍出版社, 2009.

蔡之國, 「晚淸譴責小說傳播研究」, 揚州大學 博士學位論文, 2010.

肖愛雲・張積玉, 「晚淸四大小說雜志硏究路徑探析」, 『陝西師範大學學報』(哲学社會科學
　　版) 제41권 제4기, 2012.

馮友蘭, 『中國哲學史』, 臺灣商務印書館, 2016(增訂臺四版).

賀根民, 「『老殘游記』－游記模式下的主體自覺」, 『寧夏大學學報』(人文社會科學版), 2007
　　년 2기.

何吉賢・張翔 編, 『探尋中國的現代性』, 東方出版社, 2014.

夏志淸, 劉紹銘 等 譯, 『中國現代小說史』, 香港中文大學出版社, 2015(第二版).

_____, 何欣 等 譯, 劉紹銘 校訂, 『中國古典小說』, 香港中文大學出版社, 2016.

何軒, 「晚淸八股取士的廢止與新小說的興起」, 『湖南科技學院學報』 제29권 제2기, 2008.

夏曉虹, 「作爲書面語的晚淸報刊白話文」, 『天津社會科學』, 2011년 6기.

黃霖 主編, 付建舟・黃念然・劉再華, 『近現代中國文論的轉型』, 上海古籍出版社, 2015.

黃維樑 著, 『從『文心雕龍』到『人間詞話』』, 北京 : 北京大學出版社, 2013.

侯忠義, 『漢魏六朝小說史』, 沈陽 : 春風文藝出版社, 1989.

_____, 『中國文言小說史皷』, 北京 : 北京大學出版社, 1990.

_____, 『隋唐五代小說史』, 浙江古籍出版社, 1997.

Benjamin A. Elman 著, 原祖杰 等 譯, 『科學在中國(1550~1900)』, 中國人民大學出版社,

2016.

David Der-Wei Wang, *The Monster Thay is History : History, Violence, and Fictional Writing in Twentieth-Century China*, University of California Press, 2004.

David Der-Wei Wang and Shang Wei editors, *Dynastic Crisis And Cultural Innovation : From The Late Ming to The Late Qing And Beyond*, Harvard University Press, 2005.

David E. Pollard, *Real Life in China at the Height of Empire*, The Chinese University Press, Hong Kong, 2014.

Lawrence Wang-chi Wong, Bernhard Fuehrer, *Sinologist as Translators in the Seventeenth to Nineteenth Centuries*, Research Centre for Translation, The Chinese University Press, Hong Kong, 2015.

Leo Ou-Fan LEE, *SHANGHAI MODERN : The Flowering of A New Urban Culture in China 1930-1945*, Harvard University Press, 2001.

Liang Chi-chao (translated by L.T. Zhen), *History of Chinese political thought during the early Tsin period*, London : Routledge, 2000.

Lu, Sheldon Hsiao-Peng, *From Historicity To Fictionality : The Chinese Poetics Of Narrative*, CA : Stanford Press, 1994.

Richard G. Wang, *Ming Erotic Novellas : Genre, Consumption, and Religiosity in cultural Practice*, The Chinese University Press, Hong Kong, 2011.

Russell Kirkland, 「A World in Balance : Holistic Synthesis in the Tʼai-pʼing kuang-chi」, *Journal of Sung-Yuan Studies*, Number 23, 1993.

Timothy Brook, *The Troubled Empire : China in The Yuan ang Ming Dynasties*, Harvard University Press, 2013.

Zuyan Zhou, *Daoist Philosophy & Literati Writings in Late Imperial China : A Case Study of The Story of the Stone*, The Chinese University Press, Hong Kong, 2013.

David Rolston, 조관희 역, 『중국고대소설과 소설평점』, 소명출판, 2009.

J. J. 클라크, 『동양은 어떻게 서양을 계몽했는가』, 우물이있는집, 2004.

Rainer Schulte & John Biguenet 편, 이재성 역, 『번역이론─드라이든에서 데리다까지의 논선』, 동인, 2009.

가라타니 고진 외, 송태욱 역, 『근대 일본의 비평』, 소명출판, 2002.

가라타니 고진, 박유하 역, 『일본 근대문학의 기원』, 도서출판b, 2010.

갈조광, 이연승 역, 『사상사를 어떻게 쓸 것인가』, 영남대 출판부, 2008.

강내희, 「근대성과 번역」, 『비평과 이론』 제14권 1호, 2009.

거자오광, 이등연·심규호·양충렬·오만종 역, 『중국사상사』 1~2, 일빛, 2015.

_____, 이원석 역, 『이 중국에 거(居)하라』, 글항아리, 2012.

고모리 요이치, 송태욱 역, 『포스트콜로니얼』, 삼인, 2002.

고민희, 「『紅樓夢』 한국어 번역에 있어서의 諸 問題－後40回를 중심으로」, 『중국어문논총』, 2008.

고야스 노부쿠니, 김석근 역, 『일본근대사상비판－국가·전쟁·지식인』, 역사비평사, 2007.

鄺士元, 이태형 역, 『중국학술사상』, 학고방, 2007.

구양근, 『청말 견책소설의 사실관계연구』, 성신여대 출판부, 1988.

구장률, 『지식과 소설의 연대』, 소명출판, 2012.

국민대학교 중국인문사회연구소 편, 『중국 근대 지식체계의 성립과 사회변화』, 길, 2011.

권보드래, 『한국 근대소설의 기원』, 소명출판, 2012(증보판).

권순긍 외, 『한국문학과 사회상』, 소명출판, 2009.

권영민, 『한국현대문학사』 1, 민음사, 2012(2판 21쇄).

권용선, 「요시카와 에이지 『삼국지』의 수용과 사적 의미」, 『한국학연구』 제15집, 2006.

권중달, 『資治通鑑傳』, 삼화, 2010.

김경미, 『19세기 소설사의 새로운 모색－지식, 이념, 섹슈얼리티를 중심으로』, 보고사, 2011.

김경미 외 9인, 『1910년대 문학과 근대』, 월인, 2005.

김기욱 외, 『강좌 중국의학사』, 대성의학사, 2006.

김병길, 『역사소설, 자미(滋味)에 빠지다』, 삼인, 2011.

김병철, 『한국근대번역문학사 연구』, 을유문화사, 1975.

김복순, 『1910년대 한국문학과 근대성』, 소명출판, 1999.

김삼웅, 『단재 신채호 평전』, 시대의 창, 2011.

김선희, 「전근대 문헌의 公刊과 근대적 호명－근대 계몽기 지적 公認의 변화」, 『민족문화』 Vol.46, 2015.

김성연, 『영웅에서 위인으로－번역 위인전기 전집의 기원』, 소명출판, 2013.

김수연, 「만청 소설의 서사주의와 매체」, 『중국어문논총』 제49집, 2011.

_____, 「만청 소설작가의 네트워크」, 『중국어문논총』 제57집, 2013.

김수자, 「신채호의 『이태리건국삼걸전』 번역 목적과 '영웅상'」, 『한국민족운동사연구』 80호, 2014.

김영금, 『白華 梁建植文學 硏究』, 한국학술정보(주), 2005.

김영민, 『한국 근대소설의 형성 과정』, 소명출판, 2005.

_____, 『한국의 근대신문과 근대소설』, 소명출판, 2006.

김용운·김용국, 『중국수학사』, 민음사, 1996.

김용현 편저, 『신본초학』, 한울, 2014.

김욱동, 『번역과 한국의 근대』, 소명출판, 2010.

_____, 『번역의 미로』, 글항아리, 2011.

김월회, 「중국근대의 어문개혁운동과 신체 산문에 관한 고찰」, 『중국문학』 제38집, 2002.

김윤식·정호웅, 『한국소설사』, 문학동네, 2000.

김은희, 「양계초의 소설론 연구」, 『중국문학』 19집, 1991.

김주현, 「『월남망국사』와 『의대리건국3걸전』의 첫 번역자」, 『한국현대문학연구』 제29집, 2009.

김주현, 『신채호문학연구초』, 소명, 2012.

김진곤 편역, 『이야기, 小說, Novel』, 예문서원, 2001.

_____, 「역사 인식의 변환과 역사소설의 창작」, 『중국소설논총』 제28집, 2008.

김진희, 『한국 근대시의 과제와 문학사의 주체들』, 소명출판, 2015.

김태관, 「출판, 인쇄매체의 발달이 만청소설의 발전에 미친 영향」, 『인간과 문화연구』 제9집, 2004.

김현미, 『글로벌 시대의 문화번역』, 또하나의 문화, 2005.

남석순, 『근대소설의 형성과 출판의 수용미학』, 박이정, 2008.

노연숙, 「20세기 초 한국문학에서의 정치서사 연구-한·중·일에 유통된 텍스트를 중심으로」, 서울대대학원 박사학위논문, 2012.

더글러스 로빈슨, 정혜욱 역, 『번역과 제국-포스트식민주의 이론 해석』, 동문선, 2002.

라인하르트 코젤렉, 한철 역, 『지나간 미래』, 문학동네, 1998.

레이 쵸우, 정재서 역, 『원시적 열정』, 이산, 2010.

로렌스 베누티, 임호경 역, 『번역의 윤리』, 열린책들, 2006.

루샤오펑, 조미원·박계화·손수영 역, 『역사에서 허구로』, 길, 2001,

리디아 리우, 민정기 역, 『언어횡단적 실천, 문학, 민족문화 그리고 번역된 근대성-중국, 1900~1937』, 소명출판, 2005

리쩌허우, 김형종 역, 『중국현대사상사론』, 한길사, 2010(3쇄).

_____, 임춘성 역, 『중국근대사상사론』, 한길사, 2010(제1판 제2쇄).

_____, 정병석 역, 『중국고대사상사론』, 한길사, 2012(제1판 제4쇄).

마루야마 마사오·가토 슈이치, 임성모 역, 『번역과 일본의 근대』, 이산, 2000.

문정진·민정기·박소현 등, 『중국 근대의 풍경』, 그린비, 2008.

문학과사상연구회, 『근대계몽기 문학의 재인식』, 소명출판, 2007.

민관동, 「三國演義의 國內 流入과 板本 研究」, 『중국소설논총』 VI, 학고방, 1995.

_____, 「국내의 중국고전소설 번역 양상」, 『중국어문논역총간』 제24집, 2009.

_____, 『중국 고전소설의 전파와 수용-한국편』, 아세아문화사, 2007.

민정기, 「근대 중국 정기간행물의 지식 편제와 '문학'」, 『중국문학』 제64집, 2010.

박봉순, 「4대 견책소설의 창작동기」, 『중국소설논총』 제16집, 2002.

_____, 「견책소설-중국 고대소설 예술에 대한 계승과 혁신」, 『중국학논총』 21집, 2006.

박재연, 「새로 발굴된 조선 활자본 『삼국지통속연의』에 대하여」, 『중국어문논총』 44, 2010.

_____, 『중국 고소설과 문헌학』, 역락, 2012.

潘建國, 「서양 사진 석인술과 근대 중국 고전 소설 삽화본의 부흥」, 『코기토』 66, 2009.

발터 벤야민, 최성만 역, 『언어 일반과 인간의 언어에 대하여; 번역자의 과제 외』, 길, 2008.

方正耀 著, 洪尙勳 譯, 『中國小說批評史略』, 乙酉文化史, 1994.

백낙천, 「한국사상문학-주시경의 삶과 학문의 세계」, 『韓國思想과 文化』 Vol.69, 2013.

벤저민 엘먼, 양휘웅 역, 『성리학에서 고증학으로』, 예문서원, 2008.

변광배, 『장 폴 사르트르-시선과 타자』, 살림출판사, 2004.

부산대학교 점필재연구소 고전번역학센터 편, 『동아시아, 근대를 번역하다』, 점필재, 2013.

사에구사 도시카쓰 외 『한국근대문학과 일본』, 소명출판, 2003.

사카이 나오키, 후지이 다케시 역, 『번역과 주체』, 이산, 2005.

서경호 외, 『중국의 지식장과 글쓰기』, 소명, 2011.

_____·조관희 외, 『중심과 주변의 삼중주』, 소명, 2015.

성현자, 「단재 (丹齋) 신채호의 역사전기소설연구-『이태리건국삼걸전』과의 비교를 중심으로」, 『동방문학비교연구총서』 3권, 1997.

손성준, 「『이태리건국삼걸전』의 동아시아 수용양상과 그 성격」, 성균관대 석사논문, 2007.

_____, 「영웅서사의 동아시아 수용과 중역의 원본성-서구 텍스트의 한국적 재맥락화를 중심으로」, 성균관대 박사논문, 2012.

송석원, 「도쿠토미 소호의 언론관과 정치관」, 2012년 한국일본어문학회 학술발표대회논문집, 2012.

수요역사연구회 편, 『식민지 조선과 매일신보』, 신서원, 2003.

_____, 『식민지 동화정책과 협력 그리고 인식』, 두리미디어, 2007.

쉬지린, 송인재 역, 『왜 다시 계몽이 필요한가』, 글항아리, 2013.

_____ 편저, 김경남·박영순·이철호·장창호·최은진·한혜성 역, 『20세기 중국의 지식인을 말하다』 1~2, 길, 2011.

스즈키 사다미, 김채수 역, 『일본의 문학개념』, 보고사, 2001.

신용하, 『신채호의 사회사상연구』, 한길사, 1984.

_____, 『증보 신채호의 사회사상 연구』, 나남, 2004.

심형철, 「중국 근대 원고료 제도에 관한 소고」, 『중국현대문학』 제35호, 2005.

알렉산더 우드사이드, 민병희 역, 『잃어버린 근대성들―중국·베트남·한국 그리고 세계사의 위험성』, 너머북스, 2012.

앙드레 슈미드, 『제국, 그 사이의 한국』, 휴머니스트, 2007.

앤거스 그레이엄, 나성 역, 『도의 논쟁자들―중국 고대철학 논쟁』, 새물결, 2015(개역판).

야부우치 기요시, 전상운 역, 『중국의 과학문명』, 사이언스북스, 2014.

양일모, 『옌푸―중국의 근대성과 서양사상』, 태학사, 2008.

양진오, 「영웅 개념의 주체적 모색과 신채호 문학―신채호의 『伊太利建國三傑傳』 읽기」, 『어문논총』 제55호, 2011.

엄영욱·양충렬·정영호, 『중국근대 문학사상 연구』, 전남대 출판부, 2009.

엄복, 양일모·이종민·강중기 역주, 『천연론』, 소명출판, 2008.

연세대 근대한국학연구소 기초학문연구팀, 『한국 근대 서사양식의 발생 및 전개와 매체의 역할』, 소명출판, 2005.

연세대 근대한국학연구소, 『근대계몽기 단형 서사문학 연구』, 소명출판, 2005.

_____, 『한국문학의 근대와 근대성』, 소명출판, 2006.

葉乾坤, 『梁啓超와 舊韓末 文學』, 法典出版社, 1980.

오복휘, 김현철·신동순·신진호·정선경·조홍선 역, 『중국현대문학발전사』 상, 차이나하우스, 2015.

오순방, 『20세기 중국소설의 변혁과 기독교』, 숭실대 출판부, 2005.

_____, 『중국 근대의 소설번역과 중한소설의 쌍방향 번역 연구』, 숭실대 출판부, 2008.

오윤호, 「대중매체에 나타난 타자 재현 양상 연구」, 『탈경계인문학』 Vol3 No3, 2010.

왕후이, 송인재 역, 『아시아는 세계다』, 2011.

우남숙, 「梁啓超와 신채호의 자유론 비교―『新民說』과 「二十世紀新國民」을 중심으로」, 『동양정치사상사』 제6권 1호, 2006.

우림걸, 『한국 개화기문학과 양계초』, 박이정, 2002.

초출일람

제1부 2장 「중국소설의 위상 변천으로 본 과도기 지식 장(場)의 변화—梁啓超의 小說界革命을
중심으로」, 『東洋古典研究』 제55집, 2014.

제2부 1장 「역사에서 영웅으로—『三國演義』 영웅을 바라보는 근대의 시선」, 『中國語文學論集』
제82호, 2013.

제2부 3장 「유기체 소설로 본 근대 전환기 서사의 특징—『鏡花緣』과 『老殘遊記』를 중심으로」,
『東아시아 古代學』 제41집, 2016.

제2부 4장 「晚淸 4대소설과 근대 매체의 만남—문학 장의 전환, 그 과도기적 경계성을 중심으로」,
『中國語文學論集』 제93호, 2015.

제3부 1장 「『意大利建國三傑傳』 번역을 통해 본 한중 영웅서사 수용의 재맥락화」, 『中國小說論
叢』 제46집, 2015.

제3부 2장 「근대시기 양건식의 중국고전소설 번역 및 수용에 관하여」, 『中國語文學論集』 제73
호, 2012.

제3부 3장 「1910년대 『每日申報』에 연재된 『紅樓夢』 飜譯과 敍事의 近代性」, 『中國語文學誌』
제36집, 2011.

제3부 4장 「『每日申報』에 번역된 『三國演義』에 대한 고찰」, 『中國語文學誌』 제43집, 2013.